好·奇

提供一种眼界

MAGGIE
GEE

Virginia Woolf

in
MANHATTAN

伍尔夫漫步21世纪曼哈顿

[英]玛吉·吉 ——— 著 秦程程 肖海 ——— 译

广东旅游出版社

中国·广州

名人赞誉

接地气，妙趣横生，令人爱不释手，久久难忘。

多丽丝·莱辛

诺贝尔文学奖得主、《金色笔记》作者

快节奏，激情满满，读者在阅读中将会感受到持续不断的惊喜。

希拉里·曼特尔

布克奖得主、《狼厅》作者

一部诙谐、优美的作品，让人体验到生之活力。

扎迪·史密斯

英国著名作家、《白牙》作者

玛吉·吉在《伍尔夫漫步21世纪曼哈顿》中重新构建了一个可以超越时空并为所有女人带来灵感的伍尔夫。

伊莱恩·肖瓦尔特

美国著名女性主义批评家、曾任美国现代语言学会会长

玛吉·吉亲手缔造的奇迹……于轻描淡写间展露高超的写作技艺且兼具可读性。通过塑造一个极为丰满的人物形象，玛吉让伍尔夫获

得了新生。这是现实生活的诗化,也是对虚构写作最具激情的捍卫。

大英帝国弗吉尼亚·伍尔夫协会

玛吉·吉的写作极其卓越。优雅,幽默,令人惊叹,这是一次经典的创作。

《泰晤士报》

玛吉·吉的写作极其有趣,极其微妙,读者可以从阅读中获得纯粹的快乐。

《每日电讯报》

玛吉·吉文笔优雅,写作技巧娴熟。

《独立报》

玛吉·吉是我们这个时代最具野心,同时也最引人争议的小说家之一。

《星期日泰晤士报》

推荐序

爱上伍尔夫的穿越大法

于是

作家、《一间自己的房间》译者

这是一本脑洞大开的粉丝献作——献给女性文学历史上最有名的文豪：伍尔夫。

作者玛吉·吉是英国皇家文学学会副主席，已创作出版了十多部作品，被提名包括橘子奖、都柏林国际IMPAC奖在内的多项国际文学奖。身为伍尔夫粉丝的玛吉·吉将这部小说视为给伍尔夫的"一封来自21世纪的情书"，用充沛的想象力让伍尔夫复活，让她在当代曼哈顿目睹了连锁书店的凋敝，体验了珍本书店里的交易，在时髦的百货商店买买买，第一次坐上飞机，重返伊斯坦布尔……

事实上，这也是一次回顾之旅——用古今对照的眼光重审伍尔夫的诸多杰作，从《一间自己的房间》《幕间》到《奥兰多》，每一个场景都能巧妙对应到伍尔夫早在一百多年前就思考过的女性议题。哪怕是不熟悉伍尔夫原作的新生代读者也会产生好奇，想要一睹伍尔夫文学世界的真容，由这本书出发，链接到她的九部长篇小说和数十部短篇小说集、散文和评论集。因为"我们研读文学，并非为了应付考试，而是试图寻新的自我——那还未得到充分表达的自我，以及别人眼中的我。就像伍尔夫说的，'那尚未被开发的部分'。唯有文学才能做到这点。"

而对于熟悉伍尔夫的读者来说,这本小说不仅能唤起文学的记忆,更能带动出人与人的共鸣。书中时不时出现很多细节,足以证明粉丝对偶像的细枝末节都了如指掌。为了更深入地理解这些细节的妙处,我建议大家花一点时间了解伍尔夫的生平故事——

弗吉尼亚·伍尔夫出生于1882年,是二十世纪最著名的意识流小说家之一、女权运动先驱。她的父母双方都曾丧偶,所以从小就与异母/异父的七个兄弟姐妹住在一起。她的父亲莱斯利·斯蒂芬爵士(Sir Leslie Stephen)是一位很有名的编辑,也是文学评论家及传记作者,第一任妻子哈利特(Harriet Thackeray)是大作家萨克雷的幼女,第二任妻子朱莉娅(Julia Duckworth)长得很美,曾为前拉斐尔派的画家爱德华·波恩-琼斯(Edward Burne-Jones)担任模特,弗吉尼亚是她的第三个孩子。弗吉尼亚十三岁时,母亲朱莉娅因病去世,她经历了人生中第一次精神崩溃;两年后,同母异父的姐姐、代替母亲照顾家人的斯特拉也去世了;紧接着,1904年,她的父亲莱斯利也去世了,她只能随兄弟姐妹搬到了布卢姆斯伯里(Bloomsbury)的戈登广场。双亲相继辞世的这段时期里,她常常遭到同母异父的哥哥的性侵。

出生在这样的文艺世家,弗吉尼亚显然比同时代的大部分女性更开明。因为父亲与很多文学名士都有往来,包括亨利·詹姆斯、丁尼生及托马斯·哈代,她从小就对文学情有独钟。自1900年起,九岁的弗吉尼亚就在父亲的鼓励下开始写作,自创了名为《海德公园门新闻》的小周报,用词语代替玩具,倾情于自己的游戏。自1897到1901年间,她在伦敦国王学院接受了古希腊语、拉丁语、德语及历史教育,并从1905年开始职业写作生涯,最初为《泰晤士报文学增刊》撰稿。

后来,她和姐姐凡妮莎、哥哥索比、弟弟艾德里安以及几位朋友创立了布卢姆斯伯里文化团体,在伦敦文艺界相当活跃。在他们的诸多事迹里,有一件事特别值得一说:1910年,弗吉尼亚女扮男装,和弟弟艾德里安等四人登上了当时英国皇家"无畏号"战舰,谎称自己是非洲某个国家的外交团,在舰船上受到了高规格的待遇。此事被媒体披露后,英国海军感觉颜面尽失。而经历这事的人都称赞弗吉尼亚的扮相和演技——这显然会让我们联想到她出版于1928年的惊世骇俗的小说《奥兰多》。当时,布卢姆斯伯里文化团体有很多拥趸,其创办理念时常与上流社会的迂腐风气冲突,但从回忆录来看,团体内部始终有矛盾,包括姐妹间的情感龃龉,所以,不妨说是因为凡妮莎的干预和推动,弗吉尼亚才成为了伍尔夫。

1912年,弗吉尼亚和公务员兼政治理论家伦纳德·伍尔夫结婚,出乎了所有人的意料,但世人最终会说,嫁给伦纳德是她一生中最明智的决定。他一直仰慕她,婚后也一直抚慰她、理解她,无论是分房睡,还是创办出版社,他都没有怨言地配合她。1917年4月24日,他们买到一架手动印刷机,霍加斯出版社就此成立,最主要的业绩莫过于担当了伍尔夫所有作品的独立出版机构。最初这项只限于会客厅的出版事业很快就占据了他们的餐厅,最后占据了他们生活中的大部分时间,既能以体力活儿让她消解紧张情绪,又能让伍尔夫夫妇不受其他出版社限制,通过自己的文学创作和圈内人脉赚到钱,带来精神和物质的双重满足。但经营独立出版社是很辛苦的,他们不得不从商业角度考虑选择出版物,因此,也拒绝了同样是当时最前卫的意识流作家——詹姆斯·乔伊斯的新作《尤利西斯》。

无论如何,霍加斯出版社确保了伍尔夫的文学生涯顺畅展开。1917年,伍尔夫出版了《墙上的斑点》;1919年,出版《邱园记事》和《夜与昼》;1922年,出版《雅各布的房间》;1925年,出版《普通读者》与《达洛维夫人》；1927年，出版《到灯塔去》；1928年，出版《奥兰多》；1929年，出版《一间自己的房间》；1931年，《海浪》问世；1937年，几经重写和修改的《岁月》问世。

令人扼腕的是，饱受躁郁症困扰的伍尔夫在1941年自沉于河，口袋里装满了石头。然而，这样的死法并不能、也不该让后人对伍尔夫的印象停留在悲戚中，因为她事实上是个智慧、狡黠、幽默、前卫的时髦女人，多亏了玛吉·吉，满血复活的伍尔夫在本书中充分显示了这些性格魅力。

另一位主人公也很耐人寻味。小有名气的女作家安吉拉要去伊斯坦布尔做一次有关伍尔夫的演讲，立志摒除后人对这位女性主义作家的诸多误解和诋毁，但在现实生活中，她自己却饱受身为女性的困扰：和丈夫分居，赚钱养家，女儿叛逆，事业总还差口气。在伍尔夫的眼里，安吉拉算不算成功的女性呢？21世纪的女性有没有像她在19世纪末的剑桥大学对女学生所做的演讲中提到的那样获得了实现自我、超越性别束缚的机会？她们的谈话无所不包：时尚，旅行，阶级，民主，女性自主权，女性之间有没有友谊，性，母性……

作者还刻意地将一部分篇幅留给了安吉拉的女儿格尔达。毫无疑问，格尔达代表了未来。伍尔夫是一位对经济、历史、性别等社会问题有深刻思考的知识分子，她的文学遗产值得后人不断重读，她超越时代的思想更值得一代又一代女性深思，充满想象力和行动力的格尔达就是继承和发扬伍尔夫精神的新一代。

21世纪盛行穿越时空的想象，伍迪·艾伦就曾在《午夜巴黎》里畅想重见昔日的艺术大师们的场面，现在，让我们开启新的想象：和伍尔夫同行，开始新的探险吧！

2020年8月

中文版序

给中国读者的一封信

亲爱的中国读者们,

你们好!很高兴通过《伍尔夫漫步21世纪曼哈顿》这本书与大家见面。

在这本小说里,我带来了另外两位作家,她们成为了朋友,并一起经历了一场冒险。其中一位真实存在且声名远扬——弗吉尼亚·伍尔夫,这位于1882年到1941年居住在伦敦和英格兰南部的20世纪著名女作家创作了多部小说、散文和日记。嗯——她在这部小说里"重回"21世纪,被现代的纽约和伊斯坦布尔所震惊、学习探索互联网世界。小说里的另一位作家是一位虚构的当代畅销小说家,安吉拉·兰姆,也是弗吉尼亚·伍尔夫的仰慕者。

两位作家见面的场景会是怎样的?我想应该是苦乐参半。想象一下安吉拉——原本只是想在纽约公共图书馆近距离阅读伍尔夫的手稿,却意外"遇到"自己的偶像并与之共度了几周美好、筋疲力尽又富有启示性的时光——的震惊之情。两位作家的冒险之旅既有快乐的感受,也有痛苦的体验。安吉拉不得不与伍尔夫这位难伺候的上流阶层分享一间酒店房间;而伍尔夫爱上了酒店里的电梯,却从没用过现代的淋浴。两人一起售卖伍尔夫恰巧随身携带的两本初版小说,并为了向绝版书商卖个高价而"重新"签名的情节也乐趣满满。不过,纽约实体书店式微的事实让两人异常难过。之后,安吉拉和从未坐过飞机的伍尔夫一同飞往伊斯坦布尔。一路下来，可怜的安吉拉不得不竭力向这位高贵、美丽、比自己社会阶层高许多的老妇人解释自己并不是她的仆人。

一言以蔽之，这部小说的情节中既有龃龉争执，也有欢声笑语；两个人时而亲密无间，时而彼此妒羡。但其中永远不变的一点是，对写作与书的热情改变了两个生命。

小说中也有一些严肃的讨论：伟大的作家真正留给后人的是什么？为什么能一直得到世人的关注？我们真的可以跨越时空同他们对话吗？更重要的是，过去的人会如何看待今天的世界？我们的世界在一位来自过去、极具智慧与好奇心的人眼中是什么样的？重生后的生命有什么收获，又能给我们这些现代人带来哪些启示？

尽管我与你们相隔遥远，但在写下这些话时，我却真实地感觉到同你们非常亲近。我一直对中国艺术和文化充满兴趣，也感谢你们阅读这本书，哪怕只有几个小时的"相处"，在我们余下的生命中，也不再只是地球两端的陌生人。

玛吉·吉
2020 年 8 月

献给挚爱的
麦尼·欧兹尤尔特·基利希
Mine Özyurt Kılıč
以及我在伊斯坦布尔的朋友们

伦敦

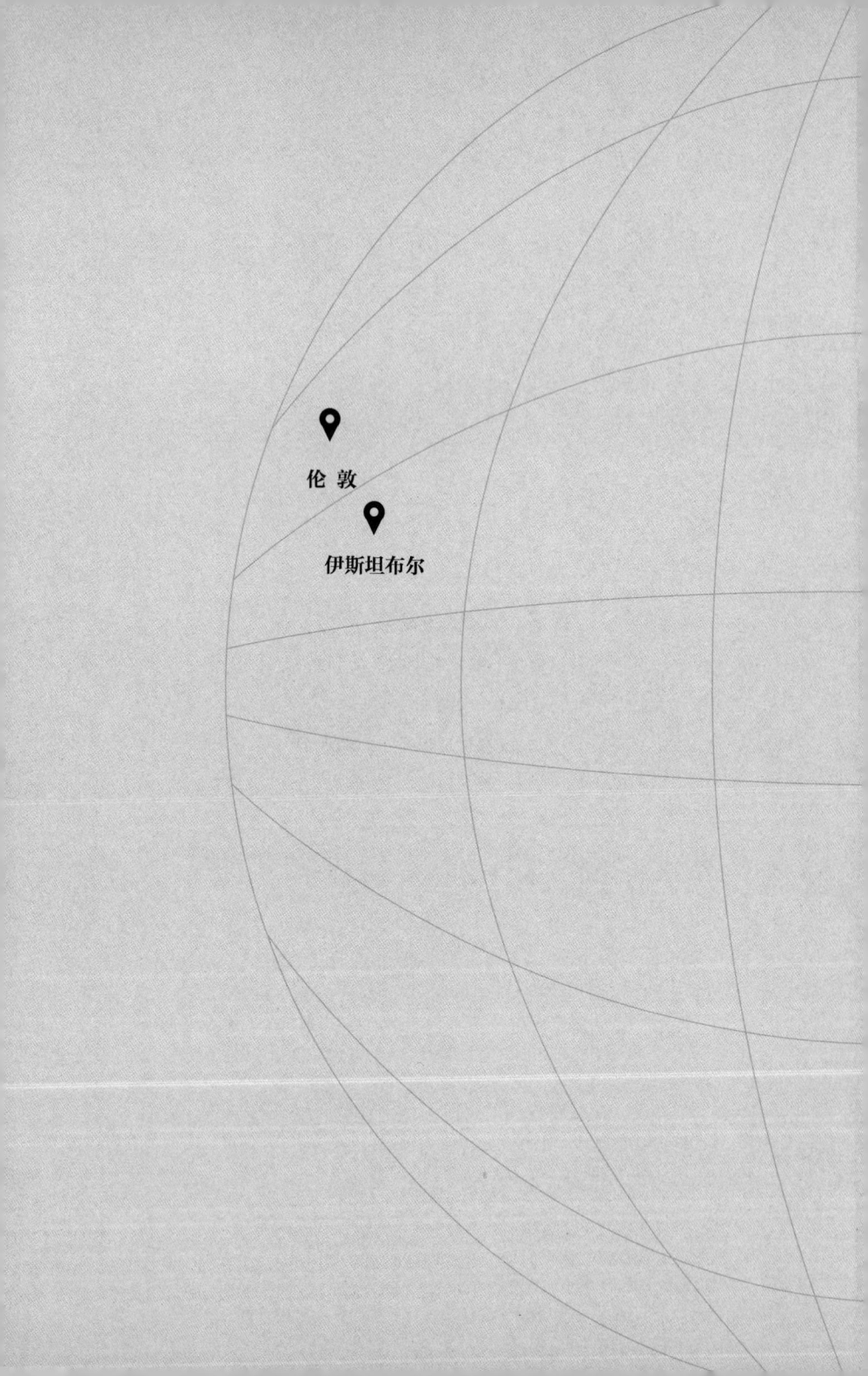

伊斯坦布尔

目录

纽约

推 荐 序　　爱上伍尔夫的穿越大法
中文版序　　给中国读者的一封信

第一部分　　伦敦 ✈ 纽约 001
第二部分　　伦敦 ✈ 纽约 ✈ 伊斯坦布尔 237
第三部分　　伍尔夫在伊斯坦布尔 309
第四部分　　无处不在 451

致　谢

伦 敦

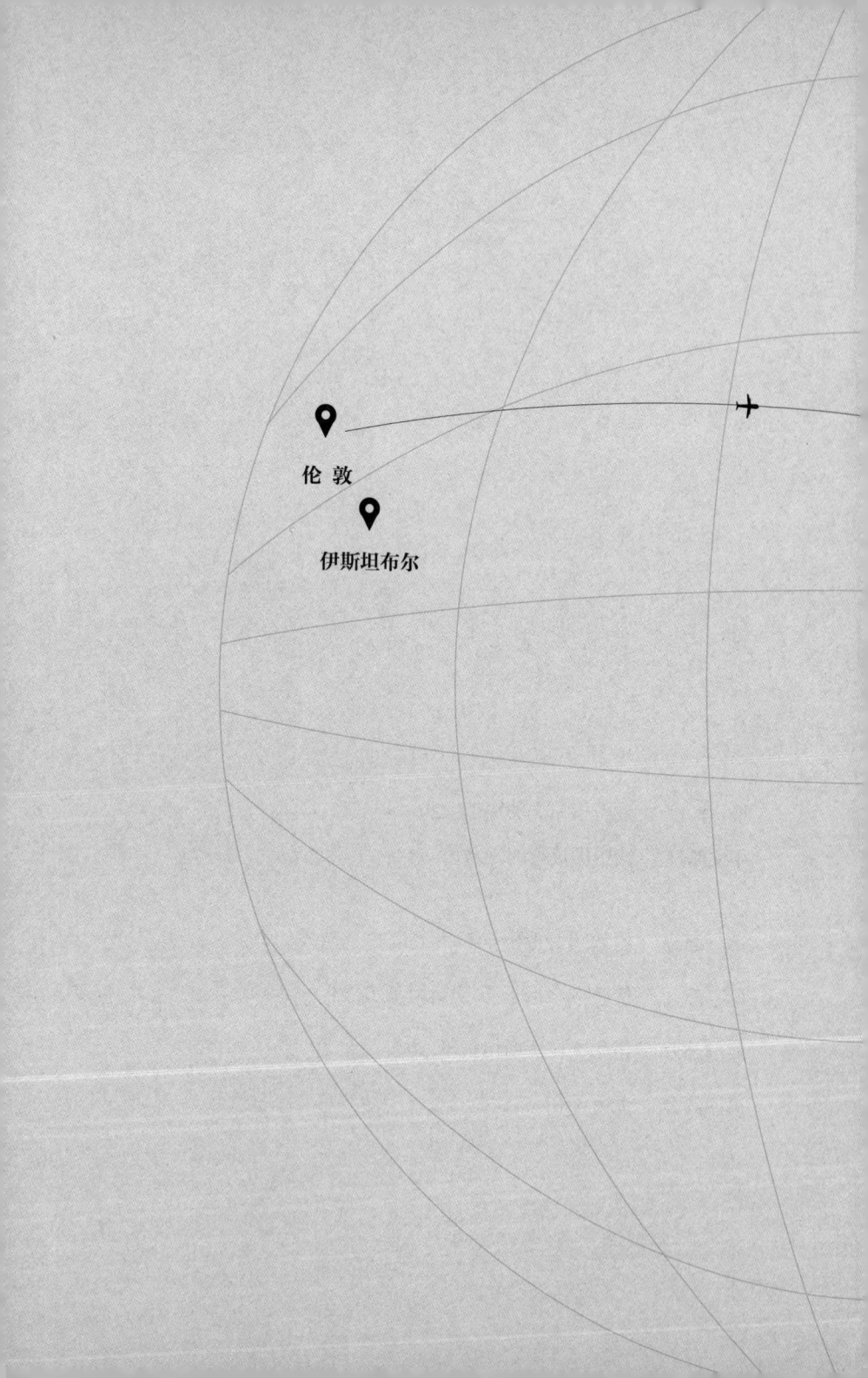

伊斯坦布尔

纽 约

第一部分 伦敦 ✈ 纽约

窗外雷声轰鸣，在机翼的不远处，闪电豁然乍现，发出爆裂的声响。安吉拉坐在即将飞往纽约的航班上，包里放着一本弗吉尼亚·伍尔夫的书。

今日忌出行——安吉拉才不信这套。飞机已经晚点，机长开始用广播通知各位乘客："今日飞行会有些许颠簸，安全带指示灯亮起时，请各位乘客回到座位上坐好，系紧安全带……"

"35亿年前，地球还是一片汪洋，在富含化学物质的海洋上空，频现的闪电催生了生命。"安吉拉刚好在书上读到这句话。闪电的力量。安吉拉猛地合上书，封面上写着：《地球上的生命》。安吉拉的脑海里随即浮现出几个字：*空中的死亡*。

飞机正在滑行，一切为时已晚。

登机箱中的护照上有她的名字：安吉拉·兰姆。发放地：伦敦。出生日期：1966年5月20日。内页盖了不少章，她经常坐飞机出国，应该早就对雷雨见怪不怪了。

后面的联系人那里仍填着爱德华·凯——如果要改联系人，她还真不知道怎么改。（不管怎样，她真的准备好了吗？他们仍是夫妻，若是让如今不惑之年的她，再去爱另一个人，再生一个孩子，好像来不及了。）她只有一个孩子：唯一的一个——格尔达。

生命一定起源于很多个不同的地方，安吉拉对此非常笃定。这时，显示屏慢慢放下，安全宣传片开始了，甜美的乐音充盈机舱。无数个细胞器——刚刚那本书里用的是这个词吧？——茫茫汪洋大海，时光层叠交错，宇宙漫漫无边。还有疾驰而过的闪电，凭着强大的力量翻跹盘旋，穿越数十亿年，如嬉戏玩耍般在空中炸裂，幻化出各类形状，永远无休无止。

生命啊！（只结一次婚算不算浪费生命？）
它会有何壮举？又将去向何方？

安吉拉的日程安排只能用疯狂来形容：伦敦——纽约——伊斯坦布尔。从纽约直飞伊斯坦布尔，全程将近 11 个小时。安吉拉本可以不那么拼命，但她偏要"苛待"自己，下一个目的地是哪完全取决于工作需要——路途长短根本不在考虑范围内。此时此刻，安吉拉的目标是纽约公共图书馆的伯格收藏，她要去查阅伍尔夫的手稿。之后再飞到伊斯坦布尔，参加伊斯坦布尔大学举办的一场主题为"21 世纪的弗吉尼亚·伍尔夫：跨文化及转换性视角解读"的大型国际会议。安吉拉解释过，自己不是搞学术研究的，但没错，她偶尔也做点"科研"，因为有"任务在身"（客座教授）。

写小说才是安吉拉的老本行，她在海德斯通出版社出版过许多作品。最近，出版社被因并购重组而大发横财的哈斯利特集团收购。安吉拉的知名度的确很高，她得过包括冰岛文学奖在内的众多文学奖项，但她更加渴望的是：尊重。作为文学家，文字是她的至爱——当然，她也爱钱。

为了不总想着起飞这件事，安吉拉掏出弗吉尼亚·伍尔夫那本书，翻到《女人的职业》这篇，该文写于1931年，那是上一代人的世界了。这篇散文相当精彩，但安吉拉却反反复复读着同一个句子，关于伍尔夫在性和身体上所面临的困境："说实话，从我的亲身体验来看，我并没有解决这些难题。大概到目前为止，没有一位女性可以解决……"

飞机呼啸着滑过跑道！速度感刺激着安吉拉的心脏，和往常一样，她有些兴奋。终于，满载乘客的飞机如子弹头般腾空而起，直冲云霄。她飞起来了。

突然，安吉拉的脑海中冒出一个念头，轻飘飘的，和蚊子差不多，它先在机舱中幽幽萦绕，之后又暗暗落下：倘若我和伍尔夫在同一个时空相遇，她会有何反应？

她会——喜欢我吗？

——我会喜欢她吗？

念头一旦升起，仿佛充了电一般，根本刹不住闸。

天气糟糕透了。平流层下，狂风裹挟着银色的机身，汹涌的气流如同未经磁化的铁屑，肆无忌惮地奔腾冲撞，劲飞乱舞。天际仿佛蕴藏着巨大的铁砧，闪电于近两万米的高空豁然迸发，恰似锻造中泛起的火光。大多数飞机的飞行高度只有一万多米，因此，每个人都可谓命悬一线。空乘人员和乘客不同，与其说他们紧张，倒不如说他们保持着高度警觉。

新来的漂亮空姐正在做例行检查，乘务长站在一旁宽慰她。布满恐惧的眼神、棕色的睫毛纤长卷翘，乘务长难免春心荡漾。"你知道，闪电没有危险，"他告诉妮拉，眼睛尽量不瞥向她的胸部，"机身就像一个巨大的法拉第笼。"然而，妮拉只是茫然地看着他，一副完全不懂对方在说些什么的样子。"就算被闪电击中，当然，这种事不会发生，机翼上还有放电刷呢，可以把电导掉。""放电刷，"妮拉重复着乘务长的话，"在机翼上，"她小心翼翼地放下笔，"培训课上好像讲过。"但此时此刻，妮拉只能想到蜡烛芯[1]，那个总在不停燃烧的东西，倘若真有意外发生，希望我能勇敢面对。

飞机仍在爬升。

大家都盼望着飞机能快些冲出云层，沐浴在阳光下，可惜事与愿违。机身仍在无边的云层中颤抖颠簸，安全带指示灯迟迟未灭。窗外是片流动的灰色世界，让人心生不安，偶尔，也会有丁点儿光亮传来，但也许那只是光线或视角的轻微变化，根本不是光亮。一切都是人们的一厢情愿而已。

有的乘客将前方座位口袋里的安全指南拽出来，仔细观察逃生图上的小人儿是如何做的。可惜，指南并未列明如何应对闪电。

忽然，机舱内传来巨大的声响，顶端的显示屏被放了下来，但什么都没播又升了回去。乘客们笑了笑，声音中透着忧虑。不一会儿，相同的事再次发生。这回，笑的人少了，大家仓皇四顾，谁也没时间多看谁一眼。难道飞机的电力系统发生故障了？

安吉拉想到了爱德华。格尔达和爱德华，他俩向来是安吉拉的精神支柱，只要有他们在，就

---

[1] "放电刷"与"蜡烛芯"在英文中为同一单词。——编者注

算天塌了也不怕。哪成想如今，支柱也不顶用了，因为安吉拉不在陆地上，而在半空中。

"请大家在座位上坐好，系紧安全带。"机长开始进行广播，声音里透着紧迫。"我们即将经历一阵气流颠簸。"

话音刚落，机身就抖动起来，仿佛穿在绳上的板栗。震耳欲聋的爆裂声随之而至，大自然肆意发泄着淫威，全然不顾人类的感受。相比之下，机上的乘客简直渺小脆弱如尘埃。我听见有人在轻声啜泣。

世事难料：飞机穿越时空，突然向下坠落，妮拉尖叫着，各种念头在脑海中碰撞：

妈妈告诫我别做这份工作

爱德华　格尔达　爱

弗吉尼亚·伍尔夫飞跃天际

降落在一个陌生之地

是的，大幕已拉开。

1

弗吉尼亚

忽然间,我又置身于时光之中。

无穷无尽的时光。
(是真的吗?——又或许只是一个无心的夜晚闪现的光亮间隙?)

我在黑暗中……度过了七八十年——几乎是一个人的一生。
现在我又回来了——不是吗?存在于此时此刻,时间的彼端。

如果我写,会留下任何文字吗?这个世界的人会读我写的东西吗?
人们觉得理所应当的光,无止境地从百叶窗射入我漆黑的房间,形成橘色的条纹。凌晨两点、三点、四点,光不断从外面涌进来,照得我头痛难忍,我感觉自己仿佛一条被搁浅的鱼般难受。
很久之前我曾活过,我们住在一幢不是很高但很安静的房子里，天色暗下后的夜晚能闻到花园传来的芬芳。紫丁香混合着玫瑰花的味道、刚割完的草坪的味道，还有伦纳德[1]雪茄的味道。六月的夜晚：他安然地待在隔壁的房间里。还能听到猫头鹰和蝙蝠的叫声。有时候我的脑袋里思绪万千，但大多数时候是安宁的，因为我在家。根本没有人能体会那是多么幸福和甜蜜的时光……（是谁曾说出了"永恒地观察"这个词？）

莫名其妙地，我错过了一个世纪。口袋里的石头把我往下坠——我沉入水底，然后"轰"的一声——一切戛然而止。接下来是无止境的黑暗，仿佛被世界遗忘了一般。

但在这里居然有人认识我，在我从未来过的纽约——一个陌生人把我叫住，一边制止我往前走，一边将我从梦境的藩篱中拉回现实，脏兮兮、迷糊糊又一脸惊愕的我，忽然半梦半醒地出现在曼哈顿，并且——这是真的吗？——现在是 21 世纪。但是，我想……

安吉拉

我想讲点新东西，就这么简单。因为演讲论文的题目叫《弗吉尼亚·伍尔夫：一道颀长的暗影》，我决定查阅第一手资料。虽然之前读过相关文献，但很多内容已经变得模糊。所以，我在最后一刻上网订了飞往纽约的廉价机票，只因那里保存着伍尔

---

[1] 伦纳德·伍尔夫（Leonard Woolf, 1880—1969），弗吉尼亚·伍尔夫的丈夫，英国批评家、经济学家、作家和出版人，1912 年与弗吉尼亚·伍尔夫结婚，1917 年两人共同创立霍加斯出版社。——译者注（若无特别说明，本书脚注皆为译者注。）

夫的手稿。

刚开始写作时，伍尔夫的文字带给我许多灵感。没错，她是我创作的领路人。查找论文所用资料固然重要，但伍尔夫的文字里还有某些更根本的东西指引着我。比如，生活的方向在哪儿？我的写作之路又该何去何从？仔细研读伍尔夫真是对我大有裨益。

也许我应该从我的女儿开始讲起。(当然，伍尔夫没有孩子。在这点上，我比她做得好。)格尔达13岁了。她能茁壮长大，真是谢天谢地！最近，她刚离开家去了寄宿学校。本德汉姆公学可是好学校，我们家还从没有人上过公学。把她送走我难过极了，伤心得不得了，爱德华一直在反对……打算阻止我？想都别想。等到第二个学期，格尔达就习惯了。学校禁止用手机——规定虽然老套，但也算合情合理——手机容易被偷，贪玩还会影响学习。我告诉格尔达，她可以每天给我发邮件……

有点怪吧，但理论上还是可行的。

当然，我和格尔达解释过，我工作很忙。

真是怪事——弗吉尼亚是典型的英国作家——但所有著名的手稿，《奥兰多》《海浪》《到灯塔去》[1]居然全收藏在纽约公共图书馆。不愧是伯格收藏，封面是暗红色的皮革，摸上去很舒服。

在英国，我已经习惯了被人，嗯——我绝没有

[1]《奥兰多》(Orlando: A Biography)，1928年出版，奥兰多的故事始于16世纪伊丽莎白时代，终于1928年伍尔夫搁笔的时代，历时400年。

《海浪》(The Waves)，1931年出版，是伍尔夫作品中结构最形式化的一部，透过六个人物不断的独白，呈现九个像故事又不是故事的段落。六个人物用自己描述性的主题在全书中持续地变奏：人物在长大的过程中，渐渐发展出歧异性。

《到灯塔去》(To the Lighthouse)，1927年出版，该小说描写一战后拉姆齐教授一家和几个亲密朋友在苏格兰某岛屿上度假的一段生活。作者试图在这部情节非常简单的小说中探讨人生的意义和自我的本质，是伍尔夫意识流写作的代表作之一。

冒犯的意思，但自从斩获冰岛文学奖后，大家对我的态度的确都变得更友善了，还有苹果马提尼奖。我的名字已经家喻户晓。苹果马提尼奖改变了很多书的命运，事实上，获奖后，我果真大赚了一笔。格尔达和爱德华自然也跟着沾光。我们去埃及、澳大利亚和牙买加度假，还购置新房，改善居住条件。我是个成功人士。成功、成功，这个闪闪发亮的词狡猾得很，但愿它永远也别从我身上溜走。

之前坐飞机或火车时，经常有人问我"我是不是从哪儿听过你的名字"，我就说"也许你记错了吧"。但现在，人们大多面带微笑，一副恍然大悟的表情："哦，对，你是那个非常有名的作家，是吗？"还有人问我会不会把他们写进书里，而我只能礼貌地笑笑，心想"当然不会"。

许多人好奇我是否认识 J. K. 罗琳，我通常会说"在派对上见过一面，但人家正和菲利普·普尔曼相谈甚欢呢"，就算听到这样的回答，他们仍旧激动得要命。我很成功，而且年纪尚轻，尽管不如之前那样年轻了。

弗吉尼亚

她追着我跑，好像我是个歹徒一般。当我看清她只是个中年妇女时，我就放弃再跑束手就擒了。但她喊我名字的方式让我很不舒服，她居然没有喊我"伍尔夫夫人"，而是直接喊我"弗吉尼亚"。她居然知道我的名字。

安吉拉

说实话，在纽约，我只是个籍籍无名的小人物，而弗吉尼亚·伍尔夫却称得上是顶级作家——比如,《岁月》[1]一书曾荣登《纽约先驱论坛报》畅销小说排行榜榜首,还登上了《时代》杂志的封面。自那以后,她便在文坛上长盛不衰。

到了20世纪七八十年代,弗吉尼亚·伍尔夫的名声更旺,颇有独领风骚之势,与她相比,所有女性作家都要黯然失色。在当时的学术界,若想研究女性文学,伍尔夫是绕不过去的话题,她是大学课堂上的绝对主角:弗吉尼亚·伍尔夫和这个,弗吉尼亚·伍尔夫和那个,弗吉尼亚·伍尔夫和某某某。没错,她就是这么特殊,但——盲目崇拜一个人会不会让一切都过于简化?只要记住她的好,其他全不看。

当然,我绝没有嫉妒伍尔夫。

她的作品属于全人类。条理清晰,鞭辟入里,直抵心灵最深处,唯有用震撼来形容。

弗吉尼亚

我以为我死后便被遗忘了,从这个世界上完全消失了。

安吉拉

事实就是如此,至少在我看来是这样。(只有格尔达愿意相信我。小家伙眼神直勾勾的,仿佛要将我看穿一般。她的睫毛纤长,呈金红色,半

---

[1]《岁月》(*The Years*),1937年出版,这部小说经过伍尔夫反复修改,它不仅体现了伍尔夫后期在小说理念上的成熟,也是她在长篇小说写作上不断创新与突破的成功实践之一。

掩着淡蓝色的双眸。格尔达颤抖了一下，接着环住双臂，说话就像在哼歌："真——真的，妈妈？"格尔达可是听童话长大的。）

纽约。无人接机。我打电话质问酒店，对方称不知道有航班降落。毫无睡意的夜晚，窗外，酒店的名字闪烁着橙红色的光。我满身疲惫，乏力至极，但心底却充满渴望，兴奋得很。

我睡着了。再次醒来：一个崭新的开始。

在纽约开启崭新的一天！我最爱纽约的清晨。假如餐厅拥挤不堪怎么办？一个身材肥胖的家伙用餐完毕，从人群中挤了出去，我趁势溜到他的座位。这里靠窗，盘中的煎蛋沐浴在阳光下。宽阔的街道上，每个人都在为了自己的目标奔波。我向来乐观，这是我的优点——相比之下，爱德华就有些爱抱怨。绚烂的阳光一路照进公园，酒店条件虽糟糕，但好在离中央公园不远。

我爱这里的一切。溜冰场、慢跑者、美丽的湖水、春天的绿树、优雅的金黄——还有动物园。没错，我爱动物园，这个小巧、可爱的乐园。它坐落于城市的中心，里面有猴子和熊，真是一个与周围环境格格不入，又神秘感十足的地方。相比之下，那里生机勃勃，而人类社会却死气沉沉。

还是要以工作为重。目标：纽约公共图书馆。

（我仍没有完全回过神来。自从看见那道耀眼的白光，我的心就被掏空了，悬在那儿，无法着陆。）

伍尔夫的手稿收藏在伯格收藏处。女管理员递给我一张椭圆形读者卡，上面写着："允许安吉拉·兰姆借阅伯格收藏（320号房间）完成对弗吉尼亚·伍尔夫的研究工作。除非因故提前收回，有效期至2025年11月27日。"我喜欢会员卡这种东西，它给人一种拥有特权的感觉,这种感觉可不是常有的。

当然,弗吉尼亚是顶着贵族头衔出生的。但从某种程度上来说,我也出生在胡弗汉顿,是亨利和洛娜的女儿。

阅览珍贵文献必须遵守规定。禁止携带外套、手提包、相机、笔和手机入内。这不算什么,我都快激动死了,等不及要与她零距离接触!

谁知,管理员另有说辞。由于伍尔夫的手稿过于珍贵,所以图书馆规定:所有人都无法获取原稿。"恐怕您只能阅读微缩胶卷了。"但这怎么能一样呢?伍尔夫并没有用过这些胶卷,那上面没有她的指纹,更感受不到她的呼吸!

我低着头,只能愤怒地小声咒骂,我还不想被赶出去。这里相当舒适,如深藏水底的潜水艇,亦如温暖的子宫,整个房间里只有我和两位图书管理员。至少,那些手稿就在我身边。在距我半米远的地方,一个巨大的玻璃柜里收藏着弗吉尼亚·伍尔夫最后拄过的拐杖——一根通体乌黑、形状弯曲且透着一丝恐怖气息的拐杖。那是——被诅咒了的东西。我对自杀这件事非常敏感,但不管怎样,这终究是伍尔夫用过的东西。

除了我,还有谁更有权利阅读她的作品呢?

我心无旁骛地坐在那儿,所有过往统统消失在脑海中。弗吉尼亚……弗吉尼亚……我飘洋过海,只为走近你。他们为何不肯成全我?真是莫名其妙。我渴望看到她那优雅且富有棱角的笔迹,她在沉思中洋溢着古典气息的脸庞。英国人!她是英国人啊,但她的手稿却被这些有钱的美国佬盗取了!

那位笑容满面的女孩给我找来一篇内容怪异的文章。它创作于1938年，是伍尔夫为《赫斯特杂志》和《都市》撰写的。她拿的是一份原版印在由洋葱皮做成的纸的副本，上面还有几处修改过的墨水痕迹，文章的题目是《虽无缘得见，却已深入我心：今日国际化世界中的美国》。

我立刻就被这曼妙的文字吸引了。"小轿车并排行驶着，时速达60或70迈，"她的语气如此肯定（虽然她从未到过那儿），"人的影子出现在身后，而轿车的光亮却是在其身前舞动，这才是未来。"我边读边微笑。我在心底暗自许诺，要将手稿带回欧洲，我要把它装进包里，带回苏塞克斯，带回莱维斯[1]，带回伦纳德的身边……

也许，是我说话声太大了——特别是这句"我要将你带回莱维斯，带回伦纳德的身边"——其中一位管理员正死死地盯着我。

或许她看的不是我。没错，她注视的是我的身后。

我听到，或隐约听到一个嘶哑的声音，如此悲痛，又透着些许紧张。好像有人在说话。我从椅子上转过身来。而她，就站在我面前。

弗吉尼亚

我好像听到有人说"伦纳德"，是我说的吗？这一切究竟是怎么回事？

[1] 苏塞克斯郡莱维斯是英国的一个小镇，伍尔夫夫妇自1919年在这里定居长达数十年。

忽然从虚无之中

　　　　　　　　来到了真实的人间？

是我自己的声音从遥远的时空传来，将我唤醒——
那从远处传来的颤栗又——
苍老的——
（虽然我离开这个世界时，内心还是个孩童）

我跟随着它
　　　从冰冷的沉睡中苏醒
　　　　　　来到一间狭小且昏暗的陌生房间
一个女人读书时的呼吸声，她的嘴唇一张一合，神情严肃
　　时而叹气　　时而微笑

她读的正是我的书，看起来十分沉醉，我不禁想：
　　　"她究竟是谁？"

金色的头发　看上去并不年轻

我站在门口　感觉累极了　没有丝毫的头绪
我一阵颤抖　她在读我的书　她读的是我的灵魂啊——

是她把我从遥远的时空拉过来，让我体会到一阵如拔齿般的剧痛。

安吉拉

　　这个女人。这个陌生的女人。就是她。身材高挑,满身灰尘,身着一套灰绿相间的套装,衣服完全湿透了。"请问,您有什么需要吗?"管理员边说边慢慢向女人逼近,活像个典狱长。

弗吉尼亚

　　回去已经来不及,不如打起精神来——
　　　　　伴随着痛楚
　　折起蔽目的长长的绸缎窗帘
　　　　　收起犹豫不决
　　虽然我不愿意被看见
　　但还是下定决心
　　　　　　　去面对
　　面对她,面对所有人
　　　　　但是,哦——

　　　　　　我又看到了光

身处黑暗中的漫长岁月　我迷失在了自己破败不堪的身体里
　浑身沾满了污泥和黏液　死亡并不比我生前的恐惧更可怕
没有什么东西比恐惧更加可怕

而现在,我突然来到了这里。

温暖的木地板,陌生女人,明亮的电灯,一间奇怪的房间。

我手里拿着两本书。是的,是我写的。我紧紧地将它们抓在手里,贴得离自己更近了。这是我的书。

仿佛新生一般,再也没有恐惧,难道一切都结束了吗?

安吉拉

我还没反应过来,女人就消失了。两位管理员双面包抄,将她推出门外。"如果您不需要阅览原始文献……"其中一位管理员说,女人目瞪口呆地看着她们,那表情就像一条鱼。"开放阅览室的工作人员很乐意为您提供帮助。"另一位管理员如念经般补充道。

门晃悠了几下便关上了。看到"入侵者"离开,两位管理员难免心生疑惑,她们轻声交谈起来,我只听到一句"那家伙是谁啊"。

我立刻反应过来,起身飞奔到门口。

楼梯的平台上,一群吵闹的日本游客正举着相机四处拍照,一个头戴红色毛线帽的大鼻子男人——不是她。我跑下楼梯,她就站在那儿,倒数第二个台阶上,旁边座椅上一个戴墨镜的黑人男孩正坐着睡觉。没错,肯定是她。这个身材高挑、瘦削的女人时而在原地徘徊,时而倚着楼梯站立,远远望去就像一艘桅杆高耸的帆船。她用苍白的手指划过楼梯栏杆,之后又摩挲着紧紧抱在胸前的两本书,神色羞赧,好像在惊叹着什么。

我简直兴奋得喘不过气来。我缓缓朝她走去,慢慢地,一步,

一步,

又一步。

我害怕,但我并未停下脚步,直至走到她身边。

我俨然成了一个追星族,一个痴迷偶像的粉丝。她的脸就在那儿,离我如此之近。她低下头,大眼睛迅速看向别处:一副疲

急不堪的样子。也许，我该放她走。但我怎能让她孤身一人在曼哈顿街头流浪呢？我绝不能置之不理。"你是弗吉尼亚？"

弗吉尼亚

第一次听到她喊我的名字，那语气仿佛我是属于她的。我不会属于任何人！她居然喊我"弗吉尼亚"，我听到后只想逃开。看到前面有红线我才发现自己跑错了方向，穿制服的男人拦住我要检查我手里的"书"。我手里拿着的是两本我自己的书，他死死盯着我，然后问："女士，这书是你从图书馆拿的吗？"——"不是！"我一边回答一边逃走，而那个女人还在后面穷追不舍，然后——

安吉拉

我一边笑，一边禁不住打了个哆嗦。这种事竟然会发生在我身上，我绝不能眼睁睁看着她溜走。

简直不可思议！我激动得几乎无法呼吸。弗吉尼亚·伍尔夫出现在曼哈顿。我向她伸出了手。

弗吉尼亚

她碰到了我，仿佛有电流通过我的身体。但是，我想——

安吉拉

那感觉就像把手浸入水中。

弗吉尼亚

我想回去。

2

安吉拉

　　我热爱生命：享受每一天的每一个时刻。写作让我功成名就。没错,一切都是我凭能力争取来的,我很享受现在的生活。看不完的电影、四处旅行,还有买不完的衣服和巧克力。我爱我的女儿——我爱我的女儿。(好像已经很久没给她发邮件了。)

　　我喜欢美食,也愿意在这上面花钱,甚至到了败家的地步。我没必要为自己辩护。小时候家里很穷,妈妈也不会做饭。我还喜欢阳光明媚的地方,因为我的童年是在黑暗中度过的。小时候,我经常与恐惧为伴。当然,现在的我也不轻松,跟爱德华的关系问题重重,环保英雄在日常生活中可未必好相处。

　　他此时不在身边,问题才更严重。爱德华加入了一支资金雄厚的北极探险队。我不想让他去,为此还大吵了几架。我警告他,倘若离开这个家,就再也不要回来了。

　　我也不想独守空房,但谁又会想和错误的人共度一生呢？我确信,我会有个更光明的未来。

　　因此,我选择暂停,不能把自己逼得太紧。视野中突然出现一个黑色斑点,但转眼就消失不见了,仿佛露出水面的鱼鳍。

（弗吉尼亚·伍尔夫的文字并不好懂。我虽然爱她的文字,但有时也会被其中一些部分惊到。没错——她偶尔会窜入我的脑海,那个瘦骨嶙峋、面色苍白的女人。她会将我引入完全陌生的地方,一个没有空气、不见阳光的阴厉之地。当然,她也有幽默的一面。）

霎时间,宇宙裂开了一条缝隙,奇迹就此降临。

她站在那儿,就在我的正前方,脸色惨白。

"你是弗吉尼亚?"我再次问道。

3

弗吉尼亚

　　一个金头发的女人正盯着我看,这让我很不舒服,尽管她看上去妆容精致,也比周围的人要亲切很多。这里有很多化着妆的女人,每个人闻起来都有一股化学试剂的味道。非洲人和亚洲人尤其多。

　　难道是鸦片的缘故?难道我又走丢了?

　　世界在我眼前旋转,我失去了重心,也许那些声音又会回来。

　　但一部分的我平静且安宁。一个孩子正在和我对视。难道我是重生了吗?

安吉拉

　　很久之后,我才意识到自己的失礼。我们站在大厅里,外面是喧嚣扰攘的街道,但仍有一层玻璃在保护着她——打从一开始,我就知道,我必须保护她。"您是伍尔夫太太?"我更改了称呼。"伍尔夫太太?您需要帮助吗?"

"我想，"她说道——多么动听，但又有些好笑！按今天的标准看，她的声音太过抑扬顿挫，尤其是发元音时，"I"读成"A"，"a"读成"e"——"我需要帮助，我好像忘了这是哪里。"

我结结巴巴地回答："纽约公共图书馆。"

"图书馆？"她眨了眨眼睛，一脸迷茫的神情。灰绿色的双眸衬着清瘦的脸庞，凹陷的眼眶似两个洞穴。时间仿佛错乱了，眼前的景象令她疑惑不解。"有电话吗？"

"用我的手机吧，"我说，"但必须到外面去。"

她瞪着我，好像完全没听到我说话似的。"附近有电话吗？"

要和她解释的东西太多了。但当务之急是给她找个住处。弗吉尼亚·伍尔夫，站在车水马龙的街头……"跟我回酒店吧，离这里不远。"

等等，伍尔夫住酒店——还是现代化酒店——逼仄，简陋，暖气片嗡嗡作响，也就是我下榻的建于20世纪70年代的沃丁顿酒店？

她的声音变得越来越急切。"抱歉，虽然我不知道你的名字，但我必须给我丈夫打个电话。"

我顿时起了怜悯之心。丈夫已经去世，她却不知道！"是伦纳德吧。"我脱口而出，这才显得我并非一无所知。她肯定听出了异样，否则不会如此惊慌。"你认识我丈夫？"

"我听说过他。事实上，每个人都听说过他。"

伍尔夫那张几乎像马一般的长脸终于松懈下来。她的眼睛闪烁着光芒，眼神中尽是悲戚与迷惑，饱满的双唇微微翘起，露出甜美、害羞的微笑。是的，这就是幸福的模样。"真的？伍尔夫先生会很高兴的。"

你仍爱着他，我心痛地想，为她心痛，也为我自己心痛——爱德华也曾说他爱我，但还是义无反顾地跟探险队去了北极。我果真像弗吉尼亚那样好运，有个深爱我的丈夫吗？

"你必须跟我走。"我说，语气甚为粗鲁（人们已经开始盯着她看了）。意识到这点后，我又尽可能和蔼地补充道："跟我走吧，我会照顾你的。"

我必须为自己的承诺负责。

4

格尔达

　　妈妈领了个奇怪的女人回酒店,给她发邮件时我才知道。她肯定是昏了头了。她说那个人"非常有名",其他的什么也没跟我说。我想:"没错,她准是疯了。"

　　她早该告诉我,而我也应该相信她,最后也——但那是很久之后的事了。

5

安吉拉

弗吉尼亚身上散发着一股泥土和树根的味道。经过厚重的图书馆大门时,很多人都会停下脚步嗅嗅周遭的空气。我无法保持理智。这是个梦,当然是梦,但千万别叫醒我,直到……

我要聆听她的教诲,越多越好。关于生活,也关于写作。她有的是秘密。她就是大师。除了她,没人能告诉我们真理,至少我一直这样认为。但大师踪迹难觅,他们不可能活过来,至少我们再无求教的可能。

但她还在——弗吉尼亚·伍尔夫。

弗吉尼亚

我挣脱了时间的绳索,是吗?

我想是这样。
我来到了一个想都未曾想过的世界。
一开始我想,这只不过是一场梦,和其他梦没什么不同。

但现在，看看我的周围，都是活生生的人。
还有栅栏　砖块　塔楼　树木　高耸的银灰色的树
图书馆旁还有和我从过去一起穿越过来的乌鸦
它在亲切地和我打招呼　"呱，弗吉尼亚"
现在，我要去找其他人了。

（虽然我知道并不是所有我以前认识的人都在这里，但不管怎样，只要伦纳德在就好了。）
他一定也在这里，他不会让我独自一人的。

6

"这里是第五大道。"安吉拉说道。弗吉尼亚颤颤巍巍地走在人行道上。"这里相当有名,弗吉尼亚。"

没错。最声名卓著、最笔直狭长的一条街,坐落在这世界上最伟大的城市里。闪亮光鲜的街道、交通信号灯,人行道上既没裂缝也无坑洼。这里是梦想之城,是电影之都。

"我知道,"弗吉尼亚说,"我又不是乡巴佬。"她看看左侧:车流奔腾不息,目光所及之处是望不到尽头的玻璃橱窗。周围只有几棵树,叶子褪成黄绿色,在风中轻轻摇曳,偌大的中央公园没剩下几抹绿色。

弗吉尼亚又看看右侧:尖塔更多了,车也更多了,摩天大楼的玻璃墙上闪耀着刺眼的光芒。她再次把头转到左侧,就像一匹戴着项圈、烦躁不安的马儿。她非常愤怒,眼前的一切都不是她期望的。楼怎么都这么高?

她那双大眼睛搜寻着微薄的绿色。是的,尽管到了春天,这座城市里依旧缺少绿意。

我本可以去那里，可以幸福地生活。

一个不成熟的想法在悄然浮现：再活一次。

可惜，她们已被困入死胡同，就像两只迷失方向的蚂蚁被卷入了泛着银光的蜘蛛网。

7

安吉拉

她看起来就像一头困兽。

这是座历史悠久的城市,曾经的曼哈顿只是一片一望无际的田野。

哦,糟糕——她已经走到前面去了。

弗吉尼亚

到处都是噪音、咆哮和轰鸣,阳光从四面八方照射过来。天空被分割成碎片,树枝低低地垂下来,奇形怪状的高楼上反射出一片片云朵。天空和城市揉在了一起,而它们各自的碎片又散落一地。我把书深深地插进衣服口袋里,我要腾出手来保护自己。我的头晕乎乎的,几乎是盲目地往前走——

"你在搞什么啊!疯子!往后退!"

一辆黄色的汽车差点儿把我撞倒。我被挤到了人行道上,司机那张愤怒的脸让人印象深刻,他的头巾下面是一副小巧的金丝边眼镜。我在哪里?这些人又是谁?我静静地站在马路中间,车来车往,但我并不害怕。

因为不再恐惧,我已经和过去完全不同,也许那漫长的黑暗终于远离了我。过去的许多年来,虽然不知道自己身在何处,但我已经把我的恐惧抛诸脑后。虽然此时我头晕目眩,但却感觉到一股无法抑制的喜悦正在困惑中迸发,就像是一个孩子来到了那片心爱的草地,先是震惊地停下了脚步,然后加快步子,舞动着身体,溅起一片片欢乐的泥土——

"呱,弗吉尼亚。"那只乌鸦仿佛是在欢迎我重新回到这个世界,我想正是它在过去和未来的世界之间啄开了一个口,让我再一次回到这里。

安吉拉

新的人生还未开始,她就差点被撞死!

弗吉尼亚

她半拉半拽地把我带到一个满是煎肉味的地方,我几乎要为她的粗鲁无礼而大打出手了。而且,我从来就不喜欢酒店。这里放着我从未听过的音乐,聒噪的鼓点和乱糟糟的吼叫声。我用双手捂住耳朵,对她说:"电话在哪里?"

安吉拉

"坐下吧,你在这里很安全。有些事我必须向你解释清楚,但还是先喝杯咖啡吧——你喝咖啡吗?我记不清了。"

弗吉尼亚

听她语气，这个女人好像认识我！

安吉拉

我是说，18世纪就有咖啡了，但拿铁、卡布奇诺、美式……这些现代咖啡也不知道她是否喜欢。还是意式浓缩最保险。她的日记里有提到过咖啡的事吗？

弗吉尼亚

当然，我爱咖啡。

安吉拉

我端着从收银台拿来的托盘，弗吉尼亚就坐在不远的地方。在一定的距离之外，如此清晰地看着她的脸，这还是第一次。

她虽然已经年老，但依然是个美丽的女人。脸色苍白，身子弯成弓型，身形瘦削高挑。她那双眼睛透露出某种渴望。

在世人眼中，此时的弗吉尼亚看起来相当怪异。两个美国孩子直勾勾地瞪着她，小肚子滚圆滚圆的。她像只巨大的蜉蝣，修长的脖子朝前探着；四肢胡乱垂下，膝盖外凸；两只长长的脚仿佛笨重的船只，随时可能漂离身体；油腻的灰发盘成髻，搭在纤细的脖颈上。她身穿一套羊毛套装，看着像是量身定做，其实并不合适，弗吉尼亚似乎总想把它脱掉，但还是尴尬地放弃了。她那双惨白而修长的手仿佛从手腕上脱了臼，再也无法向内弯曲。她看起来并不沮丧，但非常紧张。与此同时，她还满脸好奇，四处打量着，房间里的一切都让她感到新奇不已。她会怎样看待我们？——到处是塑料材质的物品，张扬刺眼的色彩，还有"衣衫不全"的人群"沐浴"在纽约春日里不寻常的热浪中。

我给弗吉尼亚要了一杯意式浓缩，和往常一样，自己要了一杯加奶油的低因拿铁，装在一个颇具美感的玻璃杯中。弗吉尼亚毫不犹豫，立刻用干瘦的手抓起我的拿铁。

看来，我只能喝那一小杯清苦的意式浓缩了。

奶油归她享用，剩下的我来收拾。她那高挑、棱角分明的身躯挡在窗户前面，浓浓的黑暗吞噬了我的骄傲。

是的，我们都活在她的阴影之下。

那双灰绿色的双眸四处游移，神思恍惚，她到底在想什么？

我看出来了，她不想和我说话。她沉浸在自己的世界里，纤弱的手指在桌面上蠕动着，就像某种海洋生物，先是爬上她那窄口玻璃杯（我的玻璃杯）弯曲的边缘，接着又滑向杯底，摩挲着杯托的金属表面。她拿起搅拌勺，不久又放下。

突然间，我记起了她在《海浪》中的句子："就让我永远坐在这里，伴随着这些纯粹的东西，这个咖啡杯……保持它们各自本性的东西，保持我的本性的我本人。"[1]

"保持我的本性的我本人。"我了解她的意思。这正是我逃离家，逃避责任的原因——我甚至打

[1] 译文采用上海译文出版社于2012年出版的版本，译者曹元勇。——编者注

算远离格尔达,想想真是羞愧。因为我想做自己,至少在写作时,我还可以做自己,不是吗?

我足够优秀到可以袒露自己吗?

她就很棒。上帝,她真的很棒,连咖啡都能描绘得那般美妙。

我看着她喝光了我的拿铁,大口大口地咽下,好像要将整个世界一饮而尽。她确实已经几十年水米未进了!

"请问,能再给我倒一杯吗?喝完再给我丈夫打电话。"她说。

再来一杯?她以为这是免费的吗?我和她不同,父母没给我留下巨额遗产。她好像把我当成她的用人了!当然,我会尽量顺她的意,但,好吧——我祖母的确当过用人。

又是"给丈夫打电话"——我内心的厌烦顿时化作同情。

要如何告诉她呢?

所有她认识的人都已离世。

8

安吉拉

人身安全。我还不能保障她的人身安全,这可是头等大事。我带着弗吉尼亚穿过喧嚣的街道,一辆辆车疾驰而过,看得人胆战心惊。终于,我们小心翼翼地回到了沃丁顿酒店。

弗吉尼亚·伍尔夫,文学史上的巨擘!能做这样的梦简直三生有幸——或者对她而言,能光临我的梦境也是一种幸运?难道死去的人也能趁假期时间还阳吗?

我跟在弗吉尼亚身边,每一步都迈得提心吊胆。谢天谢地,酒店离得并不远。沃丁顿酒店,坐落于第七大道,是我能订上房间的最后一间酒店。

出行还是要早做打算。机票便宜是便宜,但也算九死一生了!

电梯。弗吉尼亚没坐过电梯,我的确想到这点了。她吓得要命,离墙远远的,就好像整个墙体都在收缩。我刷卡开门,弗吉尼亚注视着我的举动,仿佛在看怪物般。刚进房间,迎面就是电话。"不,弗吉尼亚,等一会儿,现在还不能用。"

梦快醒吧。本以为一路走来,梦就会醒了,但难以言说的静默仍在持续——她在这里，我也在这里，眼前还是那个逼仄的房间，就像小时候我和父母一起生活过的那个房间一样。我曾在那个房间里照顾双亲直到他们过世。亲眼目睹父母过世将彻底改变一个人。

无论如何都要让弗吉尼亚知道，伦纳德早已不在人世。

我要和她解释清楚。

弗吉尼亚

"现在是 21 世纪。"这是她第二次对我说这句话，她刻意放慢语速，十分耐心地向我解释，仿佛我是个孩子或者傻子。

周围的一切在我的脑子里乱作一团。楼下街道上喧闹的车流、房间里通风口传出的嘈杂声，而眼前这个金头发的女人使劲盯着我，抱着我的手臂，和我说着我一个字都不会相信的鬼话。奇怪的房间里摆满了丑陋的家具，床边一台老旧的电话以一种我从没见过的姿势蹲在桌子上，仿佛一只生病睡着了的小腊肠犬，而这个一脸浓妆的陌生女人居然不让我用电话！

我必须要马上醒过来　是时候醒过来了

"你不能跟他通电话，"她对我说，"我很抱歉，但他——他肯定接不到你的电话，因为我说过了，现在是 21 世纪！"

"当然，当然，但我必须和我丈夫通电话——"

我必须要马上醒过来　是时候醒过来了

我努力想要挣脱这个梦境——

但所有的细节都太真实了，真实得不像是一个梦。这个如同长方形盒子般狭窄的房间，丑陋的床配上劣质又寒酸的床头板；方形的黑色屏幕在某个角落盯着我们，那应该是某种可怕的影像机器；廉价的花纹窗帘散发出一股毒气般的恶臭，而那个女人竟然说这一切都是我臆想出来的！

难道我真的穿越了一个世纪？

那我还能……回去吗？

我望向窗外，只能看到一块蓝天、一束阳光。

忽然，一种绝美的东西在我眼前摇摇晃晃。透过狭小的窗户，它在向我传递着新世界的信号，闪亮又鲜艳。

但是我的伦纳德，他会在这儿吗？

奇怪的是，我都想不起来我们是如何分开的。我想不起昨天的事，但我能确定我一定是和伦纳德一起度过的，我的猫鼬[1]，我至爱的伴侣。我们曾经有过那么快乐的岁月，人们有时候低估了幸福婚姻的快乐。没有人会比我们更快乐——

[1] 猫鼬，是伍尔夫对其丈夫的昵称，伦纳德称伍尔夫为"山魈"。

　　我想不会有任何人会比我们更快乐

我盯着地板，又看了看四周黄色的墙以及刷过漆的墙纸。不可名状的斑点、水渍和油渍，以及化着浓妆的女人——

不，这都不是真的。我看向别处，看向远处，看向天空——

"弗吉尼亚，你要喝点水吗？弗吉尼亚？弗吉尼亚？"

"别理我，求求你，我想安静。"

我听到一个无比清晰的声音在读我写的信，就在我的后颈处将我唤醒，声音里充满了愧疚和恐惧——

（房间的角落里响起了刺耳的铃声。女人开始发疯似地在身上摸索，像是在胡乱地舞蹈，然后她从口袋里掏出来一个小盒子。现在，她开始自言自语起来，还开心地笑了。）

我明白了，那是另一部电话。在这个奇怪的世界里，有的电话不需要电话线，有的电话则像狗一样睡在桌子上。我得让她把电话给我，我要给伦纳德打电话。"抱歉，"她咕哝着，"抱歉，格尔达。"

9

格尔达

  我趁课后留校前偷跑进村子,在公共电话亭给妈妈打了个电话。电话亭是典型的伦敦风:样式老旧,空间狭窄,还飘着淡淡的烟味。伦敦!我的梦想之地。接到我的电话,妈妈一点都不兴奋,她说话声音也太小了吧。

  "抱歉,这么久没和你联络。我这里有客人。抱歉,格尔达——"

  "谁?"

  "她就在我身边。一位声名显赫的前辈,我必须好好照顾她,她太特殊了。我很忙,亲爱的。"

  "那你不管你的女儿了吗?我对你来说不算特殊吗?我恨你,妈妈。"我猛地挂断电话,听筒没有回归原位,而是滑了下去,任由电话线吊着,在半空中摇摇晃晃,如同一个绑着绳索的婴儿,它撞得玻璃窗当当作响,到处都透着绝望。缓了一阵后,我的情绪渐渐平复了。外面正在下雨,这里我谁都不认识,只知道眼前这个村子如此恐怖。

  我就是那个摇摇晃晃、满心绝望的"婴儿"。

安吉拉

她知道,她不该给我打电话。但孩子就是孩子:喜欢我行我素。总有问不完的问题。我叮嘱过她永远不能挂我电话。

弗吉尼亚也像个孩子。她对我毫不在意。诚然,我同情她失去了丈夫,但我也为自己担心。爱德华已经很久没有消息了。

无论怎么装作不在乎,我毕竟不是铁石心肠。在北极,爱斯基摩犬的确能派上用场,但有些路只能靠步行。爱德华为此接受了几个月的特殊训练——我还抱怨他不肯分担家务——他向来粗枝大叶,对自己的健康和人身安全不甚在意,也不懂打点行装,对什么都漫不经心。他还容易得冻疮。算了,一想起爱德华就烦,就当自己是庸人自扰吧。

倘若在报纸上读到他的死讯怎么办?他或他的队友知道我在哪儿吗?我把新手机号留给了邻居,但爱德华和他们打过招呼吗?男人通常都不太在意这些。我可不想从陌生人那里听到这样的消息,我又如何向格尔达交代呢?

她会伤心死的。她很爱她的父亲。

10

弗吉尼亚

1941年。我又回到了漩涡之中，水流拉扯着我走向毁灭。那一年我59岁，而我的生命将永远停在那里。

我终于记起来了，记起了三月的那一天和我离开之前写的信。

天空湛蓝透明，像一块虚无的蓝色巨幕压向我，让人晕眩。赤裸裸的恐惧袭向我，所有人都将知道，所有人都将看到

所有人都会发现我写得一团糟

一天前，我去看了奥克塔维娅医生，她叫我把衣服脱掉 好看清楚我 她想看什么？ 她又知道什么？ 她太年轻，根本算不上一个医生！

我拒绝了她，我没有任何问题。

我不明白为什么伦纳德要我去看医生？ 她冰冷的目光刺向

我的身体　眼里的同情和怜悯让人感到窒息　是的，是的，奥克塔维娅医生，谢谢你，谢谢你冰冷的双手（我的感谢完全不足以匹配你的专业）

（当然出于礼貌，我并没有直接说出来）伦纳德之前嘱咐她要让我多休息　我看见了他的小动作　他们现在联合起来对付我了

她对我说："忍耐一下，就算是为了伦纳德。"那个晚上我根本无法入睡

那个清晨　所有的东西都变得无比清晰　天气很冷　我取来了我的羊绒大衣　我需要这最后一丝安慰　花园里的花如此鲜艳　胖嘟嘟的黄水仙　刺目又洋洋得意地盛放着

它的颜色如此鲜艳　整个屋子仿佛都被染成了金黄

奥克塔维娅医生居然让我为了伦纳德忍受这一切？这简直是残忍的要求，仿佛我对伦纳德漠不关心，而她又知道什么？

我真的努力过了，但我实在坚持不下去了

在路的尽头，复仇女神[1]在那里等着我

---

[1] 希腊神话中的复仇女神包括阿勒克图（不安女神）、墨盖拉（妒嫉女神）和提希丰（报仇女神），任务是追捕并惩罚那些犯下严重罪行的人，无论罪人在哪里，她们总会跟着他，使他的良心受到痛悔的煎熬。

面目可憎的老太婆们把她们的爪牙伸向我，垂涎欲滴，一边爬向我一边发出低吼，灰色的利爪上长满了鳞片，全身上下是血肉模糊的一片

我能闻到她们充满铁锈味的呼吸，手里握着的剪刀泛着白闪闪的光，在春日的蓝天下依然刺眼得可怕，周遭的一切不断地吞噬着我的生命，而我却毫无防备。

我曾热爱我的生命，但现在我不得不离开了，一旦被复仇女神发现，你只能逃跑。那一天我没能跑得过她们，天空万里无云，她们在河边将我团团困住——

我给伦纳德和凡妮莎[1]都写了信，那些我在头脑中写了无数遍的句子。而复仇女神此刻就在我的耳畔，我能听到她们的呼吸声。她们分叉的黄色指甲势如破竹，仿佛要穿破我的眼膜。

而此刻在这个寒酸、恶臭、泛黄的房间里，那些可怕的句子又重新回到了我的脑海里，那是说出口就无法收回的文字，是一旦做了就无法弥补的错误

那都是我给他的伤口　　我带给他的伤痛

我不得不伤害他。我穿上大衣，把手插进口袋，像往常一样径直走过那片草地。此刻，我已经准备好接受命运的安排，是的，我已经无路可退，

[1] 凡妮莎·贝尔(Vanessa Bell, 1879—1961)，伍尔夫的姐姐，英国画家和室内设计师。1907年与克莱夫·贝尔(Clive Bell, 1881—1964)结婚，他们育有两子，分别是朱利安·贝尔和昆汀·贝尔。他们夫妻二人维持开放婚姻，凡妮莎婚后与画家邓肯·格兰特育有一女，名为安吉莉卡。

一个微弱的声音在喊：停下来
　　　这声音小得就如未出生的婴孩从母亲的肚子里发出它是我身体的一部分
　　　　它曾在那个夜晚痛哭，但微小、倔强，仅是昙花一现
总试图从我的身体里逃走

但我径直走到了河边　　复仇女神就在我的身后紧紧跟随着我
她们试图抓住我的脚踝　　用荆棘般的手撕扯我的鞋袜，用冰冷愤怒的咆哮重击我的耳朵，用鞭子笞打我往前，逃跑，我要逃跑
　　我很清楚这一次她们绝对不会放过我

河在怒吼着
河面映照着刺眼的蓝天，那是天尽头的蓝色和地尽头的棕色的混合体

我确定自己又要疯了

　　我无法再忍受这种可怕的时刻
我开始听到声音　　注意力无法集中
　　我现在正在做着　　最正确的事情
你已经给了我最大的幸福　　没有任何人能比我们更快乐
　　没有任何人能比我们更快乐
而这该死的病魔
　　我已无力与之抗争

安吉拉

一阵长久的沉默后,她开口了,声音依旧嘶哑。"我终究那么做了,对吧。我做了件极其糟糕的事。"

弗吉尼亚

坐在那个女人又丑又破的床上,明黄色的床单上印着不知名的污渍,可能是红酒或者血渍。床在我身下嘎吱作响,让我感觉如同漂浮在海上,而我的悲伤是它所不能承受之重……我的喘息声越来越大,像一台老旧的机器,又像一块被冲到海岸上的黑色砾石,更像一只受伤的野兽在嘶吼。

我记起来了

那个临近的正午,那次笨拙的散步,无数的声音在我身后嘶吼和咆哮,复仇女神一路尖叫着追赶我,追着我走过我最爱的那片草地,我后背的肌肉因恐惧而痉挛,弗吉尼亚,你又要疯了

我记起来了

我把石头揣进口袋里
　　那大而笨重的石头像只蟾蜍在河岸边等着我
我能感觉到它在我手中的重量
　　盲目又残忍　　是我选择了你

笨重的石头让我的口袋都裂开了口,仿佛连它也在咧嘴哭泣,

我听到丝线崩开的声音,于是我停下来。我要对它温柔点,是的,温柔点,我把那巨大的威胁从它身上拿开

我全都记起来了

当复仇女神追上了我,我躲过了她们从侧面对我的猛烈攻击。她们黑色的身影遮住了整个蓝天,她们的利爪伸向我的同时发出刺耳的大笑,我很清楚,我的恐惧会将我拖下河水,将我困在绿色的水流之中,但我脑袋里仍然有一个声音在低语着:伦纳德,一个女人的声音,我怎么能弃你而去?

伦纳德,伦纳德。是的,伦纳德我的爱,我不能离开你。

但已经来不及了,他也无法将我挽回。还有我亲爱的姐姐,她总是那么耐心,低着头用坚定的眼神看着我。
这一切曾那么真实。我终究还是弃他而去。我爱我的丈夫,但我还是抛弃了他,死亡是一道门,将我们天人永隔。

11

那是一个下午的两点,经历了多少次轮回,两个脆弱的生命相遇了。蒲公英印在破旧的床架上。安吉拉,弗吉尼亚。

她就像个破损的洋娃娃,被河水冲到了下游。直到三个星期后,他才来认领尸体。孩子们以为她是水中漂浮的一块圆木,他们用石头狠狠地砸去,想让她沉入水中,玩得不亦乐乎。突然,一个男孩发现,那是一具尸体。

大街上,寒意渐渐复苏,冲击着春日的热浪。这黑暗的、备受压抑的寒冷,它时而停留,时而前进,充满警觉。用不了多久,它就会爬回阴沟,顺着建筑物一路而上。

安吉拉环顾四周,不禁打了个激灵。"伍尔夫夫人,您还好吧?"

12

弗吉尼亚

　　他不得不辨认从水里捞出来的我的尸体。恐惧是不是已经将我的脸吞食?伦纳德看到后会不会被吓到,把之前所有对我的美好印象都抹去?

　　精疲力竭地坐在床上,我想起了自己犯下的所有的错。

安吉拉

　　她的脸如蜡般惨白,坐在那里抖个不停。"伍尔夫夫人?弗吉尼亚?"她不停地摇头,一下接着一下,好像小狗在甩掉身上的水。

弗吉尼亚

　　"我不认识你。为什么你会在这里?为什么你不让我用你的电话?"

安吉拉

　　她像个老者一般,呼哧呼哧地喘着气。

"现在是21世纪。很久很久之后。我叫——我已经告诉过你很多遍了——安吉拉·兰姆。我还活着,我觉得咱俩都还活着,但伦纳德——好吧,他去世很久了,你无法给他打电话。抱歉。"

她瞪着我,眼神里全是怒气,但手依然伸向电话。

我的语气比预想的还要粗鲁。"你所知道的那个世界——早已消失不见。"

"消失不见?你在说什么?"她嘴上不服,胳膊却收了回来,肩膀缩成了弓形。

整整一分钟,她静静地坐在那儿,用那双惨白的大手揉搓着床单。她的形象如此——伟岸,这一画面将令我终生难忘。我的确为她难过,但……作为作家,我真想记录下眼前的一切,该如何描绘这个时刻呢?我也在这里。这是——上帝的旨意。无论如何,我必须找到合适的词汇。

泪水自她的脸颊滚落,在干燥、苍白的皮肤上留下鲜明的印迹。她用双手捂住脸,睿智的长脑袋上覆满银发。她瘫坐在那里,仿佛一尊碎裂的雕像、一座浸染了水渍的纪念碑。她就这样立在满是污渍的床单上,在这个错误的房间、错误的时代。

我也在这里,和弗吉尼亚·伍尔夫共处一室。之后,很久之后,我会将这个时刻诉诸笔端。

长久的沉默,两人都没说话。

"我知道这很难接受。我也不想告诉你……但你看——我们身处21世纪。伦纳德要是活着,也已经100多岁了。他有自己的生活,生活还要继续,在你——"我没说下去。"我的意思是,现在是七八十年后,在你——"我无法对她说出"在你死后""在你自杀后"这样的话,我说不出那些字眼,永远无法在她面前提及。

我们相视而坐，两个大活人，而且个头都那么高，对我们来说，房间太小了。这个真实、陈腐、满是杀虫剂味道的房间。在曼哈顿，客人的安危不重要，只要房间里没虫子就行。嗡嗡作响的通风口，喧嚣吵嚷的车流，所有的一切都和这个房间一样真实。

我，无所不知；而她，一无所知。她选择自杀，放弃了了解自己所爱之人的权利。她毅然转身，独自踏上了不归路。

（心里猛然一阵刺痛。我果真那样做了吗？爱德华临出门前，我冲他大喊道："别回来！也别给我打电话！"他的确够听话，至今音信全无，他竟以为我是认真的。这个男人！我把思绪从爱德华身上拉回来。）

作为陌生人，我比弗吉尼亚更清楚那段历史。她去世后，伦纳德不仅重新走上写作之路，还娶了第二任妻子，过着幸福的生活。

绝不能告诉她真相。

（如果爱德华也重新找到了幸福呢？如果他有了别的女人怎么办？）

"我说，弗吉尼亚——伍尔夫夫人——趁天还没变冷，我们赶快出门吧。"

弗吉尼亚（用力地用袖子将脸上的泪水抹去）

"都是我的错，是我丢下他一个人。我以为他可以继续工作，即使没有我……"

安吉拉

"这个话题对你而言太沉重了，对我也是。你喜欢散步，不是吗？我需要呼吸点儿新鲜空气。也许，我们可以一起到外面走走？"

弗吉尼亚

"我必须回家,我现在就要回家。"

安吉拉

绝望可以激发一个人的创造力——"动物园,那里有个动物园,你会喜欢的。公园中的小天地,值得一看。中央公园,很漂亮的地方。"

弗吉尼亚(坐直了身子)

"我当然听过中央公园。"

安吉拉

"去逛逛——好吗?"
她轻轻点了下头,动作幅度太小,不仔细看都看不出来。

弗吉尼亚

"我想总比待在这里要好。"

安吉拉

"那就这么定了。先休息休息,再出去散步。我得洗个澡。哦,你要用浴室吗?"

弗吉尼亚(冷漠地)

"我只在早上洗澡。"

安吉拉

"厕所。抽水马桶。天啊,我不知道。你自己看着办吧。"

我一步也不舍得离开,哪怕弗吉尼亚正在——不,不可能。我拿着手机来到走廊。当然,这确实很荒唐。

(连续几天,我都跑到大堂上厕所,和退房准备离开的客人一起排队。客人的行李箱堆得老远,我不知被绊了多少次。)

回房间时,她已经从厕所出来了。"好了?"我说。"你——要按一下马桶上的把手。"

她生气地看着我:"我会用抽水马桶。我们在僧侣屋[1]也装了一个。当然,这里的马桶更加……精致。"我在她脸上看到了轻蔑的表情,心里不由得一紧,赶紧看向别处。

"弗吉尼亚,你需要穿件外套。"

此时此刻,我真庆幸自己带了那么多衣服,也许是试图吸引美国男人的注意(如今,和她在一起,可谓机会渺茫了)。我把弗吉尼亚带到衣橱前,向她推荐我第二喜欢的外套——一件美利奴羊毛的窄肩大衣,款式时髦,料子光滑乌黑。弗吉尼亚摇摇头。

哦,不,她正在用纤长的手指抚摸那件斯特拉·马里斯牌风衣。蓝色马海毛质地,剪裁上乘,版型优雅,真真是我的最爱。抵肩设计成船帆形,

[1] 僧侣屋(Monk's House)是伍尔夫夫妇于1919年花费700英镑购买的一幢位于罗德麦尔的花园小屋,并一直居住于此。
——编者注

尖翻领配一条靛蓝色蛇皮腰带,除了我,谁也不配穿它……

但我永远无法对弗吉尼亚说"不"。

我们很快来到街头,我再次紧张起来。我从大堂的镜子中看到纤瘦的弗吉尼亚一袭蓝衣,映衬着她那象牙白色的椭圆形脸庞,美丽的身姿就像一只振翅欲飞的蓝闪蝶,相当引人注目。和她相比,我简直成了悲哀的隐形人。

(虽然离了我,她无法在曼哈顿生活。)

13

格尔达

　　妈妈不再回我邮件了。我讨厌这所学校,简直气不打一处来。不久,妈妈写来一封莫名其妙的邮件。

　　　　我要照顾弗吉尼亚·伍尔夫。此时此刻,她正在和我说话。等她休息后,我才能发邮件。你简直无法想象她有多难伺候。你应该没听说过她,但倘若你听说过,你一定会感到震惊的。她太有名了。能照顾她是我的幸运,但也是压力。她只有我一个朋友。爱你,爱你,爱你,么么么。拥抱你,抚摸你,爱你的妈妈。PS:希望你在学校一切顺利。PPS:她是个天才。

　　这位天才到底是何方神圣?
　　第二天,我用谷歌搜索了"弗吉尼亚·伍尔夫"这个名字。上帝,竟有590万条结果。
　　之后我又搜到她早就已经死了。

从那一刻开始,我讨厌妈妈。

安吉拉

这就是所谓的名人崇拜吧?弗吉尼亚是名人中的名人,她家境显赫,还是个美女。我们必须正视这一点,她之所以出名,绝不仅仅因为文学天赋。家世和容貌必会助她一臂之力,让她有机会结识各界名流(当然,这里不包括我)。

特权阶级。总是让人憎恨的对象。

但这并非我想说的。诚然,她是维多利亚时代最负盛名的学者莱斯利·斯蒂芬的女儿;是 E.M. 福斯特、梅纳德·凯恩斯和利顿·斯特雷奇[1]的朋友。除此之外,她还有份不算丰厚的收入,以及从长相上来看就是一个天资聪颖却又心不在焉的天使——但极擅长写作——一个被束缚的、不同寻常的天使。

脆弱、机智、冷酷无情,弗吉尼亚可以以极快的速度在三种状态之间转换。每每阅读伍尔夫的文字,我对她的崇敬就会加深一层。我想试着提点批评意见,但她的文字就是这么……无懈可击。

弗吉尼亚是特权阶级,这点我欣然接受。因为她是女性的代言人,她用行动表明自己比男人更睿智,男人能做到的女人也能做到。我告诉过格尔达:"她是个天才。"

同时——她也属于特权阶级。

[1] 利顿·斯特雷奇(Lytton Strachey, 1880—1932),英国著名传记作家,布卢姆斯伯里文化团体成员,曾向伍尔夫求婚。

格尔达

　　我讨厌弗吉尼亚·伍尔夫。妈妈自己也是作家,她为何就对这个弗吉尼亚情有独钟呢?这个女人为什么可以当天才?也许某一天,我也能做天才。

　　但妈妈根本不关心我。她对我的邮件不是置之不理,就是随便写几句话应付我。

　　那天在电话亭,我感受到了前所未有的孤独。天才也需要鼓励。

安吉拉

　　我们没有伍尔夫那样得天独厚的条件,未来还有何希望可言?

格尔达

　　我想起了安徒生。他离开家时年纪比我还小,他的父母都是农民,从来没人鼓励过他。

　　他跑到哥本哈根,凭借自身努力成了一位伟大作家。我最喜欢他的童话。我的名字格尔达就来源于《冰雪女王》的主角,她是个勇敢的女孩,靠自己的力量克服了一切困难。

　　她就是我的动力。

安吉拉

　　我比我的母亲更有优势,也因此我才能取得更大的成就。当然,格尔达会继承这一切,那孩子不知道自己有多么幸运。

　　我猜,她会比我更成功!

　　我不可能嫉妒自己的女儿。

格尔达

同学们都叫我"胖子",我长得确实很结实。她们总有一天会闭嘴的,我就是喜欢吃,而且我知道,我早晚会长成一个大美女。爸妈经常夸我漂亮,在圣马克读书时,曾有两个男生为我大打出手。但这里的女生简直太过分了,为表反抗,我只好用力抓扯其中一个女生的头发,还"轻轻"推了另外两个女生一把,结果她们都掉进了游泳池。

我也许是个胖子,但力气也很大。我忘了其中一个女孩不会游泳。

从那以后,麻烦便开始不断找上门来。我不是个恃强凌弱的人,这样称呼我不公平。我试图告诉妈妈学校里发生的一切,但从她的回信就能看出来,她根本没听进去我的话——"了不起啊,格尔达,你过得开心我就开心了。"

我爱妈妈,但她并不完美。她总这样说爸爸。其实,所有男人在她眼里都不够完美。她最爱搞性别歧视!虽然她告诫我别这样干。

我要趁学校放假期间把对她的不满都写在笔记本上,然后把本子留在自己房间里,这样她就能读到了。

事实上,那样做毫无效果,我知道,妈妈不会偷进我的房间。她从不会偷偷摸摸的。

我的意思是,她根本没兴趣。

只因为她"压力"太大了,她总把"压力"二字挂在嘴边。

成功就是"压力"!

她应该做回穷人。

(当我没说,她需要挣钱养我。)

我要把对妈妈的不满大声朗读出来。也许就在睡觉前，趁她疲惫不堪的时候。她会当众朗读，我也会。

然后，我就比她更出名了。哈哈哈。

但我依然爱她，我不怕承认这点。

我喜欢她胳肢我。每次我一躺下，她就会拽我的脚，虽然听上去很奇怪，但其实很正常。还是婴儿时，我就喜欢她这么做。或者当她心里没那么大压力时，她还是会这么做。

她始终在我心里，但我却越来越不习惯叫她"妈咪"或"老妈"，真是怎么叫怎么别扭，怎么听怎么有距离感，仿佛她漂去了某个地方，或者我们各自漂向了不同的地方。

（也许我该称呼她"母亲"，但这个词听起来就像一个敌人。）

14

安吉拉

　　动物园的门票从来都不便宜。我虽不想落个吝啬鬼的名声,但弗吉尼亚貌似不知道进动物园也要花钱:40美元可不是小钱!

　　我要求不高,只希望她能说句"谢谢"。

弗吉尼亚

　　动物园就在第五大道附近,走过一片林荫地后很快就到了,周围的建筑看上去……很土气。路上有人盯着我看。

　　看到票价我有点吓坏了,到她付门票钱时,我假装没在意。我身上一分钱都没有。

　　这个花费不菲的动物园又小又旧。这不可能是未来该有的样子,不是吗?伦敦动物园都要比这个大很多。铁笼子看上去就像是维多利亚时代的东西。"这肯定是个梦"的念头又一次窜上来。

　　但周围美国人的声音又是如此聒噪和真实,强烈的阳光照在女人们的脸上,照得她们皮肤上的皱纹清晰可见。付钱时,她双唇紧闭。周围几个胖乎乎的孩子在吃着各色各样的冰淇淋,其中一个孩子看着我咯咯地笑。

我很想知道自己作为作家的收入如何，但每次出门都是伦纳德付钱。

安吉拉

"可怜的北极熊，一只黄色的庞然大物，它好像……被抛弃了。我忍不住开始同情它。"

弗吉尼亚

这个女人太莽撞了。

"它会吞掉你的，一个爪子就能要你的命，然后呼哧呼哧——你就进她肚子里了。"

安吉拉

谢谢。

弗吉尼亚

几秒之后，一只熊滑进了水池，一位非洲裔管理员对着它说"快下去"。水下有一扇窗户，我们还没来得及适应昏暗的四周和旁边这个蓝色的方形玻璃屋，一个巨大的白中泛黄的漩涡就打破了平静，两只粉粉的爪子用力地抵在我们眼前的玻璃上，熊想要从水里爬出来但最终又爬了回去——它有着不费吹灰之力的巨大能量——只留下一圈像是鱼群般的泡泡在打转。我从骨子里感受到了生命的震颤。我就在这里，这一切就发生在我眼前。我的的确确是活着的。

而我们之间的玻璃窗，就像是两个世界交汇的地方，尽管那只熊对眼前的我们漠不关心。

我想把这一切都告诉伦纳德。

安吉拉

她很开心，我知道。她眼神中满是喜悦，走得飞快。

我俩都很喜欢在玻璃窗外观赏企鹅，这还是我有生以来头一次！小家伙左摇右晃，模样滑稽得很。它们游得很快——身子绷得像箭一样直，根据空气动力学原理，只有这样才能最大限度减少阻力。企鹅"嗖"的蹿出水面，速度之快就如一只飞鸟。

第一次看到企鹅，弗吉尼亚甚至高声尖叫起来，我们一同站在那儿，开心地大笑——一只只小企鹅就像一架架小型飞机，它们排着队，先是快速滑行，接着腾空而起，最后跃入水中。格尔达肯定也喜欢企鹅，我正琢磨着，手机就响了。

当然是格尔达。一股强烈的负罪感瞬间涌上心头。她写来的邮件很短，但句句扎心："你在做什么呢？我想你，鱼脸。"

"亲爱的格尔达，"我回道："做我应该做的。你在上课吗？"我想多写两句，我真的想，但谁知一抬头，弗吉尼亚却不见了。

她站在傍晚的日落中，看着湖中的假山，两只金丝猴正纠缠在一起。精致的耳朵，亮粉色的小脸，它们一会儿打成一团，一会儿又相互抚摸。也许它们是恋人，也许是兄妹，它们活在自己的世界里。

弗吉尼亚没有意识到我的存在，只是静静地观赏着远处的金丝猴。

弗吉尼亚（眼神避开安吉拉）

"都怪我，是我抛弃了他。我以为没有我他能更好地工作。"

安吉拉（急切地想要施予援手）

"伦纳德生活得很好。不要再折磨自己了。"

一只猴子跳上另一只猴子的背，动作相当轻灵。接着，它开始抚摸、拍打同伴的脑袋。有很长一段时间，它们用鼻尖轻蹭对方，互相舔舐对方的身体。弗吉尼亚就这样静静地看着，两缕灰发拂过她的脸庞，触到了她那悲伤的嘴唇。

我想保护她，但她却突然瞥了我一眼。

弗吉尼亚

"你什么意思？你知道什么？你为什么叫我丈夫'伦纳德'？"

（这个女人知道的居然比我还多，他知道关于我丈夫的一切——

我是个坏女人，是我离开了他，抛弃了他。）

安吉拉

"我知道——伍尔夫先生——他写过很多本书，也非常受人爱戴。"

弗吉尼亚（叹气）

"他没有放弃工作就好，他能继续工作我就别无他求了。"

（但我留给他的伤痛是不可撤回的。）

这个地方无聊又陌生。那些可怜的猴子待在光秃秃的假山上，但样子看上去倒很幸福,因为它们都成双成对。它们给彼此梳理毛发、挠痒痒、打闹玩乐——我们也有过如此鹣鲽情深的日子。

如果你在这里就好了,我亲爱的伦纳德,我们可以手挽手地走出去面对这个世界。他一定会牵着我的手在这些榆树下散步,但愿在某个时空,我们两人正一起安静地散着步吧。如果我是在他去世之前活过来的话,那么我就能找到他,只不过他已经更加苍老,也更加悲伤……

我不想再问她关于伦纳德的事情,这个女人看起来很俗气,无论是她那一头染黄的头发、庸俗的相貌和大胸,还是浓妆艳抹的嘴唇和眼睛,看上去都像个职业站街的。我是怎么和她纠缠在一块的?她跟我能有什么关系!

我的朋友们呢?有谁知道?我走之后他们应该会陪着伦纳德吧……

但如果伦纳德去世了,他们也一定不在了。

还有凡妮莎、利顿、薇塔[1],甚至可怜的埃塞尔[2]和克莱夫。那些我熟悉的名字和脸庞都不在了,而我必须要面对这些陌生人吗?

更让我伤心的是,我想到了可爱的外甥女——安吉莉卡,她就像个小精灵,可爱的嘴巴几乎和她母亲的一模一样——如果她也去世了,那么我真的无法接受。

我离开的时候她才七岁。我的小天使,我还

[1] 薇塔·萨克维尔-韦斯特(Vita Sackville-West, 1892—1962),英国女作家、诗人、园艺家,也是伍尔夫的情人。

[2] 埃塞尔·史密斯(Ethel Smyth, 1858—1944),英国作曲家,致力于争取女性参政的权利运动,曾追求伍尔夫。

记得她温柔的吻。安吉莉卡，我最亲爱的，你也不在这个世界上了吗？这一刻，我仿佛又看见了她，就在我的身边。阳光照在她的头顶，一双大大的蓝眼睛，她总是那么活泼好动，此时我似乎感觉到她正在用力拉我的手。

孩子，你离开的时候是否经历了痛苦呢？

我的心再一次被刺痛：她应该也离开了。那个穿着白色裙子在花园里跳舞的小女孩，她跑到我的椅子前让我抱抱她，搂着我的脖子的手臂仿佛花朵般柔美脆弱。我们曾在位于戈登广场我房间的阳台上向楼下健壮的马儿投喂糖果……

不，我的每一寸灵魂都在拒绝接受这个事实。

"为什么只有我独自一人回来了？他们都不要我了吗？我真的……真的……想回家——"

安吉拉

"我们去看海狮吧，之后我保证会带你回家。"

当然，我指的是酒店。但正如我说的，我记得自己在伯格收藏许下的那个愚蠢的诺言，就在她出现的下一秒，我便轻声低语："弗吉尼亚，我会带你回家……"

是我这句话一直在诱惑着她？其实我不过是想多跟她待一会儿？

"请跟我来，说真的，你一定会喜欢海狮的。"

她没回应，但端着的肩膀已经松懈下来，眼神里的狂热也消失了。她跟着我来到海狮岛，那是坐落在湖中央的一块巨型岩石，完全是人为打造的景观，岛上耸立着由金棕色沙石堆成的假山，一条螺旋形的轨道一直延伸到山顶。

难道动物园是将两个不同品种的海狮养在一起了吗？我们看到一只庞然大物，有点像没长腿的大象，它浑身金黄，皮毛闪闪发亮。这只巨兽坐在岸边，根本无法动弹。水中还有两只皮毛光滑的黑色海狮——不，是三只——它们自由自在地游动，潜水艇似的，身形纤长，疾速游来。不一会儿，它们便爬上岸，滴滴水珠从它们身上缓缓滑落，仿佛褪下一层光晕，健壮有力的大脚蹼咯吱咯吱地碾压着沙地。

阳光开始渐渐远离假山。海狮都上岸后，海豹才跟着爬上来。三只"黑色王子"跳跃着追逐那条吞噬了阳光的阴影，它们时不时地扭动身体，活像三个垂立着的黑色橡胶支架。小家伙们简直势不可当，很快就取得了胜利。此时此刻，它们正在向一位拍手的观众表演，脖子四面摇晃，脑袋不时指向后方。观众纷纷鼓掌，我也激动地拍起手来！我转头看向弗吉尼亚，脖子有点僵——很久没锻炼身体了——她一脸紧张，表情阴郁。我想都没想就伸出手去，我确信自己并没有碰到她——

弗吉尼亚

"离我远点！是你——绑架了我！"

安吉拉

一时间，人们都没心情看海豹了，齐齐扭过头来，瞪视着弗吉尼亚，她大喊大叫着，有的人开始表现出不满，我立刻火冒三丈。"这不是我的错。你就这样——出现了，在伯格收藏，那里不是谁都能进去的，你甚至连门票都没买。"

这话说得的确有点荒唐，竟然责备她乱闯图书馆。纽约公共图书馆之所以出名，正是因为藏有弗吉尼亚和纳博科夫的手稿。

"对不起，"我说，"我不是这个意思……"

突然，意想不到的事情发生了，她好像意识到了我是她唯一可以依赖的人。

"抱歉，我不该大喊大叫。"

时间仿佛暂停了，之后，我们同时都松了一口气。海狮仍在表演，小家伙们似乎不知疲倦，浑身上下都洋溢着活力。

弗吉尼亚

"我当然记得那个图书馆，但在那之前还有许许多多的事情和漫漫长长的时光，以及无边的黑暗，我几乎什么都看不到。"

"然后，你忽然出现在我身边。我并非刻意表现出无理和冷漠，但是我并不认识你，不是吗？"

安吉拉

弗吉尼亚放低声音，双唇（只能用"美丽"二字来形容，那曲线就像雕刻出来的。她不像我，没有抹唇膏）恢复到了正常的颜色。她看向我，露出恳求的神色，虽然她嘴上说不相信我。

"我只是个读者，图书馆里保存有你的手稿，供人们研究。我正在读你的作品，试图——"（听到我在读她的作品，弗吉尼亚抬起头来）"但图书馆有严格的规定，我急切地想读到你的作品——"

弗吉尼亚

"现在的人还在读我的书？你也在读我的书？"

安吉拉

"然后你就出现了,接着,你就被图书馆管理员赶了出去。"

这样说很无礼,她好像生气了。我立刻转移话题,也许该向她介绍下我自己。

突然,一位身材强壮、穿厚夹克的男人挡在我面前:宽大的灰色外套、肥胖的粉色脖颈、一头红色卷发。

"我不仅是你的读者,事实上,我也是位作家。"

弗吉尼亚在听吗?

男人走到后面去拍照,胳膊肘碰到了我的胃。"借过一下,女士。"他脸上没有一丝表情,但语气却亲切和蔼。

弗吉尼亚

"21世纪的人仍然在读我的书吗?"

安吉拉

"我是说,我也写作。当然,你不可能听说过我……"

"算了。我读你的作品,没错。你应该知道,所有人都读你的书。"

弗吉尼亚(忽视她说的话,转过身去)

"我最后一本书完全是个失败品,是个灾难。"虽然伦纳德表面上否认,但他的眼睛骗不了我。我知道我最深的恐惧都是真实存在的——

安吉拉

"《幕间》[1]。当然,我读过这本书。一部公认的杰作。"

她的双眸泛着光——多漂亮的眼睛啊!夕阳加深了她瞳孔的颜色:灰绿色变成了金绿色——

弗吉尼亚

"《幕间》?杰作?真是奇怪!所以,它还是出版了。"

刚开始构思这本书时,我确实很喜欢它,它在我的脑袋里就像一卷纤细的丝线,或傍晚的霜花上每一根被落日染红的冰晶。一场盛宴……轻盈如同它的名字,波因茨庄园。我想像修拉作画一样点彩成章,使其短小精悍、富于韵律,让整个世界凝结、充盈于每一个鲜明的笔触之间。

但经过长时间的酝酿和反复构思,我明白自己写出来的东西和最初所想已经大不相同。之后,令人不安的恐惧开始了,黑暗开始从边缘吞噬我。他们对我撒谎说这书很不错,可以出版,我知道它很糟糕。伦纳德也知道,虽然他表面上拒绝承认,但他的表情骗不了我——

> 他紧皱的眉头
> 为什么我总是让他替我担心?
> 是否我们全都错了?

[1] 《幕间》(Between the Acts),1941 年出版,是伍尔夫辞世之前的最后一部作品。当这部小说进展到约前五分之一的部分时,作者让波因茨庄园的一位女仆到睡莲池旁向读者交待十年前曾经有一位贵妇人在该处投水溺亡。仅在小说完成的一个月后,伍尔夫便投水身亡。

"你刚刚说人们称它为'杰作'?"

安吉拉

"有人说这本书是你写得最好的一本,它融合了你全部的人生体验。"

她认真地、长久地看着我,目光中透着审视。我还是第一次看她露出这种神情。

她看着我,我看着她。我勇敢地迎向她的双眸,那里面透着惊人的渴望和智慧。游客们从我俩身旁匆匆而过。有人在哭,那哭声就像猫在求欢:到处都是奔忙的动物,只有我和她两个人类,彼此对视。

某一刻,我俩共同看向远方。

阳光照在海狮岛的假山上,留下一束窄窄的光亮。就在我俩移开视线的这段时间里,一切都变了。那只毫不起眼的、苍白的老海狮晃动着巨大的黄色身躯登上了假山的山顶。它推开那只迈着芭蕾舞步的黑色年幼海狮,拖着肥胖的身子,一路向上爬,只为沐浴在阳光下。老迈的海狮竟会如此健壮结实。

日落的余晖照得她满身金黄。

弗吉尼亚

"我当然不会理会那些批评家说什么。"

安吉拉

"当然。"

弗吉尼亚

"我从来不在乎他们所谓的想法。"

安吉拉

"对。"

弗吉尼亚

"他们究竟说了什么?"

安吉拉

我试着给出她想要的答案。"你想让人类触摸到艺术——"但却鬼使神差地讲了下面这番话:"布卢姆斯伯里文化团体[1]成了,你知道,势利眼的代名词。为了艺术而艺术之类的。"

弗吉尼亚

"势利?布卢姆斯伯里势利?我们可是社会主义信仰者!伦纳德从来都离那些拉选票活动远远的。"

安吉拉

"对不起,对不起。是的,我知道。你丈夫很好。"

谈到伦纳德,我用的竟然是过去时,弗吉尼亚愣了下神。她用修长的双臂环住身体,头低下去又抬起来,眼神里好像有火焰在燃烧,模样相

[1] 1899年,伍尔夫的哥哥索比·斯蒂芬邀请他剑桥的朋友们在每周四的晚上到戈登广场46号的家中举行"星期四聚会",成员们在这里一边享用美酒佳肴,一边畅谈到深夜,由此成立了布卢姆斯伯里文化团体。布卢姆斯伯里吸纳了包括伍尔夫夫妇、贝尔夫妇、E.M.福斯特、T.S.艾略特、利顿·斯特雷奇等在内的英国各界才子文人。这个小团体"通过对艺术重要性的持久信念"而团结在一起,他们的作品和观点深深地影响了如今英国乃至全世界的文学界、美学界、经济学界,也推动了女性主义、意识流小说和现代艺术的发展。

当可怕。

弗吉尼亚

"你有听到我说的话吗？我们信仰社会主义，是彻头彻尾的反帝国主义者！"

安吉拉

我不能被她吓住。

"也许，你的读者还不知道这一点。"

弗吉尼亚

"大众有时候是盲目的。"（眼睛里闪着光）"但现在还有大众喜欢我吗？——仍然？——现在？"

安吉拉

"你当然有读者。"

又是一阵沉默，气氛在悄然发生改变。我俩短暂地对视了几眼。她的肌肤闪着微弱的光，也许是阳光的缘故，也许是因为她的心底燃起了希望。她还真是个美人。(爱德华也夸过我漂亮。我还年轻，而她已青春不再。)

她扬扬眉毛，露出一抹神秘的微笑。

弗吉尼亚

就在那一刻，命运仿佛从我身上辗转而过。这是我的新人生，我的美国人生！

此刻，杏黄色的阳光在小岛上渐渐消失，随着夜幕降临而渐渐暗淡下来，天空是靛蓝透着深紫，与杏黄色的光芒交汇着。小岛上的动物们仿佛也融入了这片天空。

而我在这里，我的人生再次开始了。

靛蓝、深紫，鸽子围成圈从空中飞过，每一只鸽子翅膀上的羽毛都闪着鲜艳的光。

生命的电流仿佛传遍了全身，我感到汗毛直立，后脖颈和每一寸肌肤都在微微颤抖。我是活着的。我有读者。

安吉拉

周遭突然传来低沉的嘶嘶声，一下接一下，最后汇成响亮的重击。四只海狮全部跃入水中。

弗吉尼亚

"我们再回刚刚的街上走走吧。你说我们现在是在美国？"

安吉拉

"我们在纽约。天马上就要黑了。"

弗吉尼亚

"我去过很多地方，但却从没来过这里！我从没来过美国，也没想过自己会来这里，我爱欧洲……"

其实我有想过来美国，但我害怕。我身体的某一部分想要待在屋子里一直写作，哪儿也不去；另一部分却想要走出去看世界。我以前很喜欢坐着我们那辆汽车出行，它带给我安全感。伦纳德和我，还有米茨[1]，我们曾开着车，窗外的欧洲就从眼前掠过……

我们对欧洲很熟悉，我和朋友们也去过欧洲很多地方。但美国好像很遥远，仿佛另一个世界。我想象过美国的样子：车流如织，并行不悖，驶向未来，但那对我来说简直冷漠又陌生……太可怕了，我会活不下去的。

现在身在美国，我还是以前的我吗？夜晚就要来临，但我不害怕。再说，我也没有行李和衣服这些身外之物，而这些现代的……纽约人都会穿什么呢？"除了身上这套破破烂烂的衣服，我没有其他，更糟糕的是，我也没钱——"

[1] Mitz Marmoset，是伍尔夫夫妇养的一只猴子。

安吉拉

"口袋里一点钱都没有吗？"（我清楚地看到她的口袋鼓鼓囊囊的。）"上帝，我可不是有钱人。"

弗吉尼亚

"——我也没地方住。我能住哪儿？"不管怎么说，我总得有住的地方。

有那么一刻，我感到了简单的快乐。我要找一个住的地方，一个新的地方。我想起在僧侣屋的快乐时光，把躺椅摆在合适的位置，躺在上面能望到窗外一家古董店。我要再找一个能生活的地方。

但这样的快乐还会再现吗?那些恐惧和折磨……会不会卷土重来?我不敢想象自己真的逃过了看守地狱的恶犬,逃了出来。

或许在这个世界上,我只有这么一天的时光而已。

安吉拉

"正如我说的,我并不富有。不过虽然到不了万贯家财的程度,但帮你渡过难关也许没什么问题。"

弗吉尼亚一直在盯着石子路出神。我们慢慢跟随着稀稀落落的人群走出公园大门。太阳已经落下,这些耸入云霄的建筑物将中央公园团团围住,仿佛看门人一般。在公园散散步不也挺有趣的吗?

没过多久,我们就成了两个影子,在这个由影子组成的世界默默相伴彼此。弗吉尼亚时不时走到路边,抚摸着道旁的悬铃木,她用指尖摩挲着树干,指甲扣着树皮。我看到她手握黑色栏杆,整个身体扑在上面,仿佛要永远停留在那里。回酒店的路上,弗吉尼亚满心欢喜,她小声哼哼着,身体前倾,一面微笑一面点头,但不是冲我。她在自娱自乐。倘若其他人也知道——那些满身疲惫、正走在回家路上的行人、学生、白领……他们低头看路,弯腰驼背——这个瘦高的身影是弗吉尼亚·伍尔夫就好了。她此刻正和我在一起!我深深地吸了口气。

距酒店还有五分钟路程时,弗吉尼亚突然说了句:"我累了。"她停下脚步。光透过叶子照在她脸上,整张脸显得很空洞。她的面色更苍白了。弗吉尼亚想说些什么,但说不出来。我找了个凳子坐下,凳面冰冷,木板让人极不舒服。她一屁股瘫坐在凳子上,嘴里发出一声低沉的呻吟。

"弗吉尼亚,你还好吧?"

她没回答,而是努力打起精神,好像要让自己从黑暗里挣脱出来似的。

她双肩向后打开,仿佛一名士兵一般将上身挺得笔直。一声轻叹后,她站起身来就往前走。

"弗吉尼亚,你走错方向了。"

回到第五大道时,街灯已然亮起,绚丽夺目的商店橱窗化作染色玻璃,闪耀出七彩光芒。

她走走停停,注视着两侧的街景,她身上那些难以形容却又无比熟悉的特质突然亲切起来。

这怎么可能——简直难以想象——我的蓝色外套上竟会出现那么一张脸,宽大的蓝色袖口中竟会伸出如此白皙的纤纤素手?就在那领口上方,淡紫色的血管在她的太阳穴周围若隐若现——让我尽情地饱饱眼福吧。

(那些文豪们令人着迷。伍尔夫、奥登、纳博科夫——他们是不朽的,名声如雷贯耳,其人又如月光般神秘。而如今,那个她就在我们之中。)

弗吉尼亚

"到处都是电。"我们在一扇橱窗前停下来,里面闪出柠檬黄色的光,一圈复活节彩蛋挂在上面。

"太让人眼花缭乱了,我眼睛都睁不开了。这样的城市一定消耗不菲。"

安吉拉

毕竟,她写过《一间自己的房间》[1]。她明白,女人不能没钱。

弗吉尼亚

我不时地感到精疲力尽。

安吉拉

"弗吉尼亚,我们快到家了。"

[1]《一间自己的房间》(*A Room of One's Own*),1929年出版,根据伍尔夫1928年在英国两所大学所作的"妇女与小说"主题演讲而写成,文中充分表达了作者的女性主义思想和对女性的整体思考,文笔细腻风趣,充满智慧,是女性文学的传世名篇。

15

安吉拉

回到酒店房间后,我点了茶;很快,温水和茶包就送了过来。气氛很放松,弗吉尼亚也来了精神。

弗吉尼亚

"国外的茶永远都这么难喝,不管是法国的还是德国的,看来这个世界的变化并不大。"

安吉拉

我必须和她解释清楚。
"这里的茶确实不好,沃丁顿算不上高档酒店。"

弗吉尼亚

"既然你知道它不好,为什么还住这里?"

安吉拉

弗吉尼亚坐在床上。她个头太高了,床显得又短又窄。

我在琢磨该如何告诉她网上预订酒店这回事。首先,我必须向她解释何为互联网——不,还是明天再说吧。"因为便宜。"我说。

她把我的外套搭在单人扶手椅上。我坐在弗吉尼亚身边,中间留出点距离,以表达我对她的尊敬。

弗吉尼亚

"那,你是不是很穷?"

安吉拉

我有点被惹怒了!"当然不是。"

她以为自己在搞人类学研究呢:我只是生活在另一个时代的人类——不,也许我对她来说根本就不具备真实性。

但我的确是真实存在的。金钱这个话题比较敏感,如果她愿意实话实说,我自然不介意。"就目前来看,你应该相当富有了,那些版税、版权,等等。"

弗吉尼亚

"如果是这样,可没有人跟我这么说过,可能他们联系不上我吧。"

安吉拉

她在嘲笑我,我尽量不这样想。也许因为阶级差异吧。听她说话的腔调,念个"really"(真的)都能把元音拉那么长。一看就是不用工作、养尊处优的富家女。

穿越到未来的纽约,发现自己身无分文,对她而言,这简直再好不过了。

弗吉尼亚

我被这个女人紧张兮兮的样子逗乐了。

很开心能和她聊起关于钱的话题,很多女人都做不到坦然地讨论金钱。虽然有些神神叨叨,但她有着难得的爽朗。尽管如此——她不会以为我带着支票吧?

安吉拉

我羞红了脸,她绝对是在笑话我。我希望她认为我足够聪明。有那么一瞬间,我几乎感到了——恨意。

"所以你身无分文,是吧,弗吉尼亚?"(我何必小心翼翼的,一口一个"夫人"?)"那可就——不太方便了。"我窃笑着,表情阴郁。真是一报还一报。

我给自己斟上茶,才不管她要不要续杯呢。

弗吉尼亚

她的言辞有点过分了,真是个粗俗的女人,希望她能立刻垂下那上扬的嘴角。"我离开的时候——没有带一分钱。"

安吉拉

这样做感觉很糟糕。

"抱歉,弗吉尼亚。"

弗吉尼亚（严肃地）

"是伍尔夫夫人。"

安吉拉（大吃一惊）

"抱歉。"

这太荒唐了，我绝不会——卑躬屈膝。"但你知道，现在是 21 世纪。"

弗吉尼亚（不解地）

"礼貌这种东西在任何时代都不会过时的。"

安吉拉

"没错。我叫安吉拉，你可以随时喊我的名字。"

（沉默。）

"等一下……你口袋里装的是什么？"（失望）

"哦，估计是石头。"

弗吉尼亚

"我口袋里没有你感兴趣的东西。"

安吉拉

看表情就知道她在撒谎！

傲慢中透着孩童般的内疚，语气中掺杂着一丝担忧——她就像一岁半时的格尔达把香蕉藏在沙发底下。后面会发生那种事也就理所当然了,如今回忆起来,简直难以相信——我俩竟会打架!

"就是那个。"我伸手去抓她口袋里的东西,弗吉尼亚挣扎着,尽量背对着我——我们扭打了一阵。我竟和伍尔夫扭作一团。当然,我体格更强壮——她都去世好几十年了!但自她第一次出现在图书馆后,有些东西已经发生了变化:当我触摸她的手时,那里早已空无一物。她的身体也不再如液体般柔软无骨。她在喘息,不,她在大笑。

两边的口袋里各有一个硬邦邦的东西,挤得上衣的花呢布料都变形起皱了。

弗吉尼亚

"是书,仅此而已。我习惯随身带着它们。"

(奇怪的是,我们之间的拉扯让我笑出了声,太久没有和人有过肢体接触。很久很久之前,我会和哥哥们玩这样的游戏。那时我还是个孩子,母亲还活着,老房子也亮堂堂的。)

"是我写的书,曾经出版过。我有权利带着它们。"

(说完我才反应过来,我为什么要向她证明自己,她又不是我的父母。这是典型的弗洛伊德式思维,弗洛伊德一定会用他微妙、简洁,但又略带隐晦的方式去分析我的想法——

我对弗洛伊德的喜爱实在来得太晚。就像是对我父亲一样,我在他死后才感觉到对他的爱,我曾爱过他,虽然我只记得他的争吵、抱怨和摔门而走的样子,但当他去世后,我才会独自在静默中想念他、感受他,才胆敢爱他。我对弗洛伊德也是一样,他死后,我才开始读他的书。)

安吉拉

"上帝！是《到灯塔去》，多么珍贵的版本！"

我简直不敢相信，这本书竟会出现在这里。弗吉尼亚把它拿出来时不小心掉了下去，书页赫然翻开。我瞪着上面的字，是霍加斯出版社的印刷字体，还泛着墨香，纸张是醇厚的奶油色。我轻轻合上书，它真的陷进了床里。

"弗吉尼亚，这可是初版书！"

由凡妮莎设计的封面，位于下方的灰色漩涡代表海浪，几抹平实的线条代表灯塔，分布不均、排列成扇形的黑点则是明亮的灯光。在这一切的外围，是灯塔的墙壁。"这本书绝对值钱。还有其他的吗？"

弗吉尼亚（沉默着，陷入沉思）

安吉拉

"弗吉尼亚！给我看看另一本！我都快激动死了！简直难以相信！"

弗吉尼亚（使劲盯着书看了很久后把它交给安吉拉）

"可能是我的书找到了我吧！"

（安吉拉翻了几页，惊叹着。）

弗吉尼亚（梦呓般的）

"它们就在这个陌生的世界等着我，崭新如同刚刚印完时的样子。我想，一定还有其他的平行时空，我希望如此……"

"创作《奥兰多》是一件令人愉快的事，就像从一个陌生的国度里飞驰而过——那是一个特别快乐的秋天，直到最后我的笔背叛了我的心。但无论如何，我还是完成了它……"

安吉拉

"《奥兰多》！这简直太棒了。可以拍照吗？就拍一下？我只拍书，不拍你？"

此时此刻，我仿佛就是个观光客。弗吉尼亚坐在床边，大腿上放着《奥兰多》，旁边是《到灯塔去》。弗吉尼亚·伍尔夫，随身携带着两本自己的初版书！

先是打了一架——我居然和伍尔夫打架！——现在又拍照。弗吉尼亚用修长、白皙的手摸摸脸。我能看出她正在努力积聚力量，让自己振奋起来。

（我肯定按错按钮了，因为什么都没拍到。）

弗吉尼亚

"真心希望你不要再这么做了。我不喜欢，也不想要被拍照。"

安吉拉

弗吉尼亚被惹怒了。她猛地站起身，挡住光亮。她一定很讨厌我。

"抱歉，"我说，"我知道你讨厌照相。我看过——"传记两个字被我咽了下去。她不知道自己有无数本传记，大多是厚厚一本、内容私密、版本众多。

"抱歉。"我又说了一次,接着伸出手,掌心朝上,想要与她讲和。

弗吉尼亚

"我们来聊些更有趣的事,你说——这些——现在都很值钱,是吗?"

安吉拉

"极其珍贵。当然,你可能不会想卖掉它们。"

我们对视了一眼,这是毫无疑问的。

弗吉尼亚(伸出的手停在半空中)

"你说过,你叫安吉拉?你想让我叫你安吉拉?"

安吉拉(仍不敢掉以轻心)

"我正要向你解释,如今,'夫人'这个词已经过时了。"

弗吉尼亚

"我知道了。那么,你也可以叫我弗吉尼亚。我有个侄女叫安吉莉卡。"

安吉拉

"我的全名是安吉拉·兰姆,写书也用这个名字。"

(后面一句是顺口说的。每次遇到陌生人——我是说完全不懂文学的陌生人——他们总要问:"你是用本名写作吗?"

当然,弗吉尼亚是内行中的内行。)

弗吉尼亚

"那我应该叫你兰姆夫人。"（轻轻微笑）

安吉拉

"千万不要！"

（她们稍稍朝对方转了转身子。）

弗吉尼亚

"安吉拉。"

安吉拉

"弗吉尼亚。"

弗吉尼亚（兴高采烈地）

"让我们出门去赚点钱吧！"

（几秒钟后，她们握了握手。）

16

格尔达（站在学校宿舍的镜子前大声念着）

"妈妈的 14 条罪状"

1）把我送去寄宿学校
（我承认，在家待着的确无聊，但那也是因为她经常不在家。）
2）厨艺奇差。总有一天，我会成为大厨
3）总是忘记买巧克力蛋糕
4）总让我刷牙
5）成天唠叨爸爸的事，哪怕犯错的确实是他。和爸爸分手，他毕竟是我的爸爸，父母双全总归是好事。住在同一个屋檐下，至少可以聊聊天。
他们为何没想到这些？为何不在乎我的感受？
6）没意识到我是个天才
7）不给我打电话，其他同学的妈妈就不会这样
8）不给我买一个更好的手机

9) 交男朋友——一个比一个长得恶心

10) 没错，就是恶心。恶心，恶心，恶心

11) 只关心自己

12) 说一些我不爱听的话

13) 擅自拿走借给我的夹克，拒绝再给我穿，只因为口袋处有点小破损——她难道不想让我变漂亮吗？

14) 不仔细阅读我的邮件

读给她听时，我必须大声强调这点，最好有震耳欲聋的效果，唯有如此，她才会专心听我说话。

——妈妈什么时候回家呢？

17

安吉拉

  这种温情果然没持续多久。我通过客房服务点了三明治，弗吉尼亚不喜欢吃，希望我再要些别的。我承认，我有些生气——"你确定要吃培根、生菜和番茄三明治？别怪我没提醒你，味道可相当糟糕。"

  我浑身疲乏，现在只是强打精神陪她，另点三明治又花去我20美元，除此之外，她还吃了原先送来的薯条，所以之前点的也不能退回去了。我希望她尽快上床睡觉，方便我回邮件。

  我试探性地提出把睡衣借给她，弗吉尼亚只是耸耸肩、摇摇头。于是，我决定去酒吧待半小时，方便她洗澡。哪知再回房间后，我看到弗吉尼亚光脚站在梳妆台旁，身上没穿外套，冻得哆嗦成一团，薄薄的一小撮长发披在肩上。她居然想打开我的电脑！出于本能，我赶忙冲过去阻止她。

  "不行，弗吉尼亚，这是台机器，操作相当复杂，我明天再给你演示。"

  她刚刚肯定没洗澡。

"我想看看这东西是如何工作的。"弗吉尼亚说着,但她为何要用水果刀撬开电脑呢?

等我再从卫生间出来时,她已经睡着了——的确是睡着,不是死了,我检查过她的呼吸——僵直地躺在其中一张单人床上,仿佛某处宗教遗迹;俊俏的脸庞在枕头中间的位置,枕头下面还藏着我的睡袜和收音机,那是我昨晚睡的床。夜里很冷,但我不想再去打扰她。关灯后总算可以放松一下了。"明天早晨,她定会消失。"我甚至开始希望这一切只是一场梦。

上帝,弗吉尼亚的鼾声太响了,我每小时都要被吵醒一次。我还未睁眼,她就起床了。她穿好衣服和鞋,直愣愣地站在窗前,凝视着眼前的景色。必须尽快洗漱完毕,我边这么想着边把腿伸到床下。

"早安,弗吉尼亚。"我用嘶哑的声音说,"要洗澡吗?早餐前洗个热水澡?"

弗吉尼亚

她像对孩子一般和我说话。很快我发现她痴迷于洗澡,几乎每天都会洗!难道她比普通人更容易出汗?

我想,无视她是最好的办法。

安吉拉

她稍稍回过神来。"那些大厦,"她说,"真漂亮。"

她温顺地吃着吐司,边吃边环顾四周。她喜欢盯着其他客人看,却独独不理我。用完早餐,她便开始不耐烦起来。回房间后,她径直走到衣橱前,连句"请勿见怪"都不说就穿上我那件蓝色大衣。

那是我的大衣，我最爱的一件。

"弗吉尼亚，我还没准备好出门呢。今天不需要穿外套，天气没那么冷，我替你把外套挂回去吧。"

我需要先搜集点资料才能出去赚大钱。我打开电脑——房间小得可怜，电脑只能放在梳妆台上。写作赋予我们空间，让我们得以逃避自我，逃避那些熟悉的面孔——但此时此刻，我只能坐在镜子前，自我是无处可逃了。

但也有个好处：我可以通过镜子监视弗吉尼亚的一举一动。

（万一她突然从窗户爬出去了呢？我刚遇到她，绝不能轻易失去——虽然在某种程度上，我觉得一个人更自在。20世纪最伟大的女文豪猛然出现在眼前，身上还泛着泥土和水草的气味，这点的确不容易适应。）

我看见她在翻我的东西，拿起来又放下，还摸来摸去的。死过一次的人果真没什么顾忌。我可以理解，但内心却焦虑不已。她会通过我阅读的书来评价我吗？维多利亚时代的大家传记固然是加分项，但我从机场顺手拿走的睡前助眠读物呢？那本专题报道乔丹整形手术的《OK！》杂志特刊，头题就叫"一步一步来：乔丹如何重塑她的身体？"，估计她看不懂里面的内容。哦，不，她竟饶有兴致地翻阅着，还时不时笑出声来。"你喜欢色情小说？"她问，"在我们那个时代，大家会偷着看。"

"这不是色情小说，弗吉尼亚。"

她得意洋洋地朝我挥舞着其中一页上的照片：上面是乔丹那巨大的圆锥形乳房。

"不，弗吉尼亚，这很正常。哪个女人不想让胸部更丰满？"

"女人想让胸部更丰满？什么意思？你也这样吗？"她转过身

来瞪着我的胸部,眼睛里尽是疑惑。

"当然不是了,弗吉尼亚,我现在无法跟你解释。"

我已经成了她的研究对象,古人研究现代人,这种"考古"有意思。我尽量集中精力继续自己的工作。

谢天谢地,她终于安静下来了。弗吉尼亚再次站到窗前,凝视着窗外明亮的建筑物,那如悬崖般陡峭的白色墙壁上镶着好几千扇窗户。她伸长脖子望着马路,皮肤早已松弛下垂,怎么看怎么像一只鹭。接着,她用下巴抵住胸膛,前额紧紧贴着窗玻璃。她神情急迫、焦虑,眼神中充满好奇,那样子看起来就像一只猴子正倚着栏杆低声吼叫。她的一切都是新的,活力四射又躁动不安,嘴里发出低沉的呻吟声。

我在谷歌上搜"曼哈顿的绝版书书店"。

她走过来,隔着我的肩膀偷窥,影子让屏幕变暗了。"那是什么打字机?"她问,"我能试试吗?"

她动作迅速,我还没反应过来,她就按了键盘,沉重的手臂把我推开,又是讨厌的水草味。苍白的手指笨拙地移动着,速度相当缓慢——她总是手写吗?没错,但既然经营过霍加斯出版社,她肯定对排版很熟悉,应该是相当擅长才对。一排排金属字母,摸起来就很舒服。

她按的那几个字母在谷歌页面上毫无反应。也许是伦纳德把所有书稿校对好的。她失望地摊开两只手,就像信天翁展开修长、厚重的双翅。

"按键不管用。纸在哪儿?"

"没有纸,弗吉尼亚。"

"那怎么写东西?"

她看着我，怎么也听不明白。她抓起电视遥控器旁边的酒店便签纸。"这里有纸，但放哪儿？"

"不用纸。作家不在纸上写稿。"

"世界上怎么能没有纸呢？"

"纸是有的，但"——我敲敲键盘——"不用在这儿。"

我们，两个处于不同时空的人，对视着彼此。"我稍后一定跟你解释。"

她坐在床上，在我的正后方，用不信任的眼光注视着我的一举一动，看着我点开戈德斯坦父子公司的官网。绝版书书店位于麦迪逊大街，一张张被书铺满的照片扑面而来。

"你正在看的电影是通过键盘操控的吗？"

"这不是电影，弗吉尼亚。"

"我们那个时代也有电影院，我和伦纳德都喜欢电影，我对电影院熟悉得很。"

"这里不是电影院，弗吉尼亚。"

"这根棍子可以调出画面，不是吗？"我还没反应过来，她就抓起便签纸旁边的电视遥控器，开始随意摆弄按钮。

之后的场景只能用混乱不堪来形容，声音突然被开到最大，电视里正在播放阿富汗的新闻，无数子弹从机枪中奔射而出，声音震耳欲聋，爆炸一个接着一个，被战火熏黑的建筑物映衬着橘黄色的火光。弗吉尼亚好像被什么东西噎住了似的，发出一声模糊的怪叫。她肯定在恐慌中按下了换台键，因为屏幕上突然开始播放二战时期的黑白老电影，飞机在空中呼啸盘旋，每架机身上都印有纳粹的标记。弗吉尼亚在哭，没错。我一把抢走她手里的遥控器，房间又恢复死一般的寂静，只剩下窗外的车流声和她啜泣的声音。

"弗吉尼亚？你还好吗？"

她蹲在门边的角落，举起胳膊护住头，身体蜷缩成一团，精神几近崩溃，就像刚被人从河里打捞出来似的。我足足花了20分钟才让她冷静下来。

我不得不慢慢向她解释电视是什么、遥控器是什么，但看得出来，她完全听不懂。我去了趟卫生间，把她独自留在那儿，再出来时，我看到她一边凝视着笔记本电脑，一边用手摸索显示屏的背面。

"弗吉尼亚，你在找什么？"

"把纸拿出来的地方。"

"我告诉过你，没有纸。"必须让她转移注意力才行，"还是在网上搜一下有关你的信息吧。"

我在搜索框中输入"弗吉尼亚·伍尔夫"，然后把数字给她看——共有590万条检索结果。

"那就是说有将近600万条关于你的信息。看，还有照片呢。"我让她看了几张极其珍贵的图片。

她凝视着屏幕，眼神犀利又茫然。"这真是一本书吗？用键盘搜索目录？"

"在某种程度上是的。"我说，"看，它和书一样，也能合上。"我刚想合上电脑，她却阻止了我。

"伦纳德，"她说，"他在你的书里吗？你可以把'伦纳德·伍尔夫'输入到目录里吗？"

当然。"138万条结果。"我说，"接近于150万。看，他也有照片。"和之前一样，屏幕上又出现一排小幅图片。

"照片为何那么小?"她说:"我必须见到他!"

在六张照片中,有三张是他们夫妻的合照。我点开的第一张是发黄的婚礼照片,弗吉尼亚的容貌果然改变了许多!年轻时的她身材要丰满许多,面容清秀圆润,看起来相当性感,堪称女人味十足。她身穿做工精巧、带图饰的齐踝长裙,胸前缀有暗色荷叶边,宽沿女士帽上装饰着花卉。前额被遮住一半,暗淡的睫毛下是一双未经修饰的大眼睛,她凝望着别处,并没有看向伦纳德。新郎是个身材瘦削的年轻人,溜肩、双唇虽饱满却透着忧伤,和弗吉尼亚如出一辙。照片上的他看起来并不特别愉快。我虽叫他年轻人,但事实上,伦纳德可不显年轻。我从不知道他的头发曾是墨黑色的——在我看过的照片中,他永远头发花白、身上落满灰尘。弗吉尼亚比他块头大,体重也超过他!果然是沉重的负担……但大家都说他深爱着弗吉尼亚。还有她那性感的嘴唇——天真无邪之人绝不会有这样一张嘴。

之所以知道这一切不过是因为我读过她的传记,也算对她了如指掌。这本不该发生,除去父母、兄弟姐妹和子女,谁会将自己完完全全暴露在陌生人面前。我知道,他们的婚姻生活并不美满——妻子陷入疯癫,时常诉诸暴力以及频繁的抑郁发作,伦纳德只能独自扛下这一切。

(她也比任何人都清醒。读她的日记就能感受到,字里行间充满了冷静与睿智,纸页间满溢着幸福。)

弗吉尼亚"哦"了一声,眼底尽是渴望。她伸出手抚摸显示屏,眼前那对夫妇如此年轻,而她业已衰老。青年时代的伍尔夫夫妇出现在电脑这个"时间胶囊"里,于我而言,这再平常不过。

多么生动的画面,而照片上的人物却已毫无反应。这对去世多年的夫妇被困在发黄的照片中,也被困在了那个瞬间里。

她使劲按压屏幕,我把她拉回来。

"它会动吗?"弗吉尼亚问道:"能让我们动起来吗?"

"抱歉。"我说:"照片不是电影,它是静止的,无法改变。"

"我觉得……也许还有改变的机会。"

她指的不是照片。她心知肚明,这对夫妻将要面临怎样的未来。

"还想看看其他照片吗?"我尽可能温柔地说。

之后都是伦纳德的单人照,时间已经是 40 年后。那张瘦削的脸上布满皱纹,透着智慧,已然习惯了哀愁的双眸深深嵌在眼眶中,上方是浓重的灰色睫毛,嘴唇依旧丰满,那是年轻人的嘴唇——直觉告诉我他长了张外国脸,完全不像英国人。布卢姆斯伯里文化团体这样评价他:"弗吉尼亚嫁了个犹太人。"这既是玩笑,又不是玩笑。

"猫鼬。"她说道,声音低得几乎听不见。

这次,我没敢炫耀自己的博学。如果我回答"山魈",不知她会有何反应。这是伦纳德给弗吉尼亚取的外号,他最钟爱的山魈。

我知道的太多了,我们知道的太多了。那些藏有秘密的名字。

"够了。"她转过身背对着我。"也许你可以记录一下页码?"她郑重其事地说,背挺得笔直。

"伍尔夫夫人,我很乐意效劳。"她又把电脑当成书了,但这次我没纠正她。"你何时想看,我都愿意效劳。"

"那拜托了。"她嘴上说同意,身子却没转过来。

我继续搜索,最后选定了戈德斯坦。"戈德斯坦父子公司,绝版书交易商,在麦迪逊大街上。要不要走一趟?"

18

说走就走，我们立刻出了门。阳光下，两个不协调的身影匆匆走过商店装饰精巧的复活节橱窗。弗吉尼亚虽弯着腰，但仍比我高出许多。刚出门时，她还步履不稳，但没走多久就开始健步如飞，最后还超出我两步，简直令人惊讶。别看弗吉尼亚头发花白，憔悴的面色也让人不安，但真走起路来却毫不含糊，堪比体格健壮的运动达人。

我半走半跑才赶上她，她会时不时地停下来，打量着那些我从未留意过的东西——随处可见的广告——款式时髦、鞋跟高达15厘米，连防水台都有3厘米高的舞台鞋，我对这种炫富式的展示早就习以为常。事实上，我必须看好弗吉尼亚，以防她惹麻烦。比如刚才，两个女人手挽手迎面走来，一看打扮就知道是富家女：昂贵的齐腰箱型夹克、珍珠项链、硕大的太阳镜、精心打理过的头发一直垂到肩膀下面；下身是黑色紧身裤，腿部和臀部的曲线被完美地勾勒出来，脚蹬齐踝靴。刚看到她俩，弗吉尼亚就哈哈大笑起来，我急忙把她拉到一边。

"上街居然不穿裙子。"她兴奋地喊着："纽约的妓女真有趣！

伦纳德看到肯定会笑死。"

"她们不是妓女,弗吉尼亚,现在流行这么穿。我也觉得这打扮有点奇怪,但人家自己都没觉得有什么不妥,其他人也都视而不见。"

"但我看到了,"她死不松口,"只有妓女才这么穿衣服。"

"很多女人都这么穿。"

"没人笑话她们?也没人说三道四?"

"在纽约不会,弗吉尼亚。"

她又像匹赛马似的,飞快地朝前走,但我看到她双眉紧锁,显然是在思考问题。过了一会儿,她停下脚步,面带微笑地歪歪头,仿佛一只机敏的小鸟。"这不就是安徒生的童话吗?还是我最喜欢的那篇。"

我俩继续走着,途经一幢镶满镜子的建筑物,在多重镜面的映照下,马路上的车流被筛成了碎片,我俩的身影也颤抖着汇入其中。一只鸟从头顶轻巧地掠过,刺目的阳光晃得人睁不开眼。我和弗吉尼亚还算心有灵犀,稍加思索后,我就参透了其中奥秘:没错,是《皇帝的新衣》。

19

格尔达

我确实有很多话想对妈妈说。如果没机会,那我就写下来。

与复仇女神决一死战
第一部分

(这是具有史诗意义的一句话,我特意选了与此相匹配的特殊字体。只要看着这些字,我就感觉自己全身充满了力量。我需要力量,因为我只能靠自己。)

打架是不对的,我明白。但我也知道,人必须要勇敢。就像小说《猫眼》中所写的,"女孩们开始互相算计"。我原本很喜欢这本书,但它实在太长了。

我绝不会再让人欺负。这是妈妈教给我的,因为她也是校园欺凌的受害者。

我知道,我必须靠自己的力量站起来。再说,她们有何理由喊我"胖子"？爱伊莎就是个丑八怪，我从没说出来；琳达的粉色耳朵跟猴子的没什么两样，我也没笑话过她；辛迪的腿细得像麻秆，我见过她的早饭：只有一片脆玉米片。

刚被她们欺负时，我也会反击，但后来情况愈演愈烈，我被欺负得更惨了。我管瘦子辛迪叫"安娜"——我还告诉所有人是"得厌食症的安娜"[1]——我知道这样做不好，但谁让她的朋友拿我的名字打趣，叫我"格尔迪尔"[2]呢！她不像其他人那样愚蠢，我承认，她英文挺好的，但仍然比不过我，所以她才讨厌我。不仅如此，她还嫉妒我，因为我可以尽情享用美食——那些薯片和果冻，而她只能眼巴巴地看着。

不管怎么说，辛迪都是个娇气的名字，很适合公主。她也想当公主，而我只想当英雄。也许就目前来看，我还不够格。因此，这个辛迪——"厌食症安娜小姐"——觉得可以随意取笑我。但后来，她的态度突然间变得友好起来，竟然在图书馆主动找我说话（图书馆里那么多人，真正在看书的只有我们俩，真可悲）。

我在学校里属于毫不起眼的小人物，辛迪既然主动来找我，多半是真心的吧。我简直太好说话了，立刻就与她冰释前嫌，因为说真的，我想和她们做朋友。我不想打架。

我偶尔会和她们在一起，因为我没有多少朋

[1] Anna Rexia，发音同厌食症的英文"anorexia"。——编者注

[2] 英文为"Greedier"，意为贪吃。——编者注

友,真想念原来的学校,还有伦敦。还有妈妈。我明白她为何把我送到寄宿学校,因为她有工作要做——

我在哭,觉得自己委屈极了,但我绝不会被别人弄哭。有时,我会很想念自己的房间,以及伦敦的朋友们。

我不要紧的,因为我是格尔达。

妈妈需要工作——这是她的权利。她是作家,我很爱她,我不想像爸爸那样耽误她的事业。"你爸就是个混蛋",妈妈总这样骂他,虽然在家时,爸爸会买菜做饭,还给妈妈倒茶喝。无论如何,我都不希望妈妈叫他"混蛋"。如果我妨碍她写作,也许她就不再爱我了,即便她声称在这个世界上,我是她最爱的人。

正如我之前说过的,她需要挣钱养我,否则我永远也买不了最新款的iPad和自行车,我现在的手机都快难用死了——她答应给我买新的,但说完就撇到了脑后。

总有一天,我也会成为作家,任何人都不能阻止我。所以去寄宿学校也可以让人接受,但为什么是本德汉姆公学?这个所谓的顶尖名校和地狱没什么两样,到处都是"泼妇"。我本想说"傻瓜",歧视女人的家伙才用"泼妇"呢。我和妈妈一样,反对性别歧视。

我很累,想吃点软心糖豆。我最喜欢石榴味,特意存了好多。

未完待续:

与复仇女神决一死战
第二部分

20

安吉拉

  戈德斯坦父子公司,绝版书交易商。我们疾速前行,一路上经过了许多家银行以及占地广阔、却空空如也的大型跨国集团和拍卖行。路两旁是冰冷漆黑的阴沟以及陡峭如悬崖的巨型玻璃墙,中间夹着汹涌奔腾的车流,汽车的鸣笛声不绝于耳。车辆呼啸而过,仿佛完全看不到行人,一般这速度绝对能把人撞死。

  对我而言,这里的摩天高楼如撒旦般恐怖。与西区相比,这里的建筑物更宏大,颜色更昏暗,就连投下的阴影也更显冰冷浓重,仿佛春意永远不会降临此地。她冻得浑身颤抖,用那件寒酸的花呢外套紧紧裹住身体。先给她买几件衣服,再把那件发臭的外套送到干洗店——"尽可能洗干净吧,某人穿着这件衣服溺水了!"(没错,弗吉尼亚的打扮窘迫不堪,有时,我也会开个低俗的玩笑。)

  我在她的日记中读到过,她经常为买衣服发愁。

弗吉尼亚

  我本想和她一起去书店,但她坚持要我留在餐厅的角落里等她，好像她并不太信任我。（别人一定会误以为我们要卖的书是她的。）一到餐厅就感到饥饿感疯狂地袭来，在几十年后重新来到这个世界，我只吃了两片吐司。餐厅里有一股浓郁的炸土豆的味道。她在靠窗的地方给我找了个座位，让我答应她不要到处乱走。她的担心完全没有必要。有时，她会让我想起伦纳德，因为他们总是像看守一般同我说话。

我承认自己曾独自离开并闯了祸，而我也因此失去了别人的信任。

安吉拉

"弗吉尼亚，你想吃什么？"

弗吉尼亚

她认真又敏感，也因此缺乏幽默感。也许是程式化的生活和繁重的工作，再加上没有仆人帮忙，将她的幽默感都磨掉了。

我试图让氛围变得轻松一点（笑着说）："我要点汤、三文鱼和乳鸭……"

安吉拉

"菜单上没有这个。"

弗吉尼亚

我想看看她是否真的明白我的言下之意。

"那我点山鹑？"

安吉拉

她真爱自我炫耀。"弗吉尼亚,你必须按菜单点菜。"我说。

弗吉尼亚

"像玫瑰花蕾一样的孢子甘蓝?"

安吉拉(仍然没露出钦佩的表情)

我明白,这些是《一间自己的房间》里写到的食物。你在引用自己的话,或者在考我?这本书我读过六遍,写得相当棒!但眼下,我们还是实际一点。

"在这里,你只能点三明治、沙拉或汉堡。圆面包夹煎牛肉,再配点薯片,怎么样?"

弗吉尼亚(热情回应)

"听上去很不错。牛肉和土豆,没有什么比勃艮第红酒炖牛肉更好吃了……就点这个了。你去卖书吧。"

安吉拉

她真是被仆人伺候惯了!

"你自己待在这里没问题吧,弗吉尼亚?"

("她如何应对眼前的一切?她根本听不懂别人说的话!")

服务员

"要汉堡和薯条,女士?"

弗吉尼亚

"好吧,就这个吧。"

安吉拉

我还是决定把她安顿在这里。我对绝版书了解不多,需要先做点调研,我可不想让她把事情搞砸。

(悄悄地说)"弗吉尼亚,记住,千万别离开。因为你没钱买单,擅自离开会被警察逮捕。我去去就来。"

她沉浸在自己的世界里,兴奋地凝视着人行道上过往的人群。我离开时,她依稀还挥了挥手。

21

安吉拉

戈德斯坦的员工全都是彬彬有礼、颜值爆表的年轻男子，他们一律身穿浅色套装，小心陪着笑脸，服务热情更是没的说。店面太漂亮了，我甚至有些害羞。这里不同于英国的二手书店——角落里堆满脏兮兮的旧书，戈德斯坦的店面高大、宽敞、通风良好，正中间设有巨大的黑色展示台，供顾客挑选书籍，四周墙边也有各种展示柜。珍贵的孤本被用心排成了不对称的图形，就像安藤广重笔下被风吹拂的叶子。

我在右手边的玻璃柜里看到了什么？《到灯塔去》，封面正是凡妮莎·贝尔设计的。灯塔、四射的光线、弗吉尼亚名字的大写字母。（再看到它的感觉很不同，当然，我已经在书封上看到弗吉尼亚的名字不下数百遍，但感觉却从未像现在这般亲切——那个女人正在街角等我呢！）

我的心先是提到了嗓子眼，之后又沉了下去——看到同样的版本摆在这般珍贵的行列固然好，但人家已经有一本了，还会再买一本吗？

《到灯塔去》的旁边是玛丽·雪莱的《科学怪人》,另一边则是《奥兰多》!突然,一位面部轮廓分明、头发梳得油亮的年轻男子慢慢朝我走来。

"下午好,女士。请问需要帮忙吗?"

"我对弗吉尼亚·伍尔夫很感兴趣。"

"正如您看到的,我们的收藏很丰富。这边有本《一间自己的房间》,品相很好哦。"

我顺从地跟在他身后。这是另一本初版书,封面边缘微微泛黄,但纸张的颜色还算透亮,墨水蓝色的封面上画着一只钟表。也许意味着女人该去挣钱,该有自己的房间了。

想在纽约生活,弗吉尼亚需要钱,也需要自己的房间。我正在替她另找住处,我那间太小了,挤不下两个人。

(我自己住都嫌小。都怪机票订晚了,英国航空的商务舱那时已经涨到 4000 英镑!我还要供格尔达读书呢,哪来那么多钱。"去死吧,英国航空!"我突发奇想,决定在 lastminute.com 上预订机票和酒店套餐。不幸的是,酒店只能选沃丁顿。地理位置是不错,但设施已经数十年没更新过,房间内既没有迷你吧台,也没有写字桌。对我而言其实还好,毕竟大部分时间我都会待在图书馆。可弗吉尼亚就不这么想了,我从她的眼神中就能读出来——墙壁发黄,到处散发着化学品的味道,真是丑到不能再丑的破烂酒店。尽管如此,她还是喜欢长久地凝视窗外,仿佛自己身在天堂。与死亡相比,能活着就是天堂了吧?)

她的想法会影响我对自己的认识吗?

她会莫名地让我觉得自己是个失败者吗?

我不能这么想。我是畅销书作家,拿过两个学位——她连一个都没有，虽然她被称作"全英国最聪明的女人"。我还经常去健身房健身，相比之下，她做过的能称为运动的也就是把自己从树篱中拽出来吧。我发质很棒——没错，这条有些站不住脚。而且，我有女儿，她没有，伦纳德不让她有孩子，以防她因此再度陷入疯狂，虽然我知道女儿可以让我保持理智。

痛苦的爱：亲爱的格尔达。

我还没给她发邮件呢。

"……女士？"

"哦，抱歉，我在做白日梦。"

"《一间自己的房间》——让我算算，肉桂色纸壳，凡妮莎·贝尔设计的封面——你知道她是伍尔夫的姐姐吧？没错，这本书很贵，因为它是独一无二的——12800美元。"

"太好了！"我说，男子用奇怪的目光看着我，当然，我在推断弗吉尼亚的那本能卖多少钱。男子说"独一无二"时用的不是英语，不过这件事可以忽略不计。

"您很感兴趣？"

"《到灯塔去》多少钱？"

"初版带崭新的护封，价格28000美元。签名版再加400到800美元不等。我保证，您再也找不到更好的版本了。"

"可以看看货吗？"

男子的动作更轻快了，他走到展柜前，轻轻拿出书，接着把我领到巨大的黑色展台周围，挥手示意我坐下，最后毕恭毕敬地将书摆在我面前。

这本书和弗吉尼亚带来的那本一模一样，只是后者并未因时间久远而泛黄，颜色更纯正，纸张更洁白。男子翻到书皮后面一页，用纤细的指尖指了指她的签名。

我只在照片上见过她的签名,还未领略过真迹。她的字比我想象的要小,风格也偏于沉静。

"她应该用紫罗兰色的墨水吧?"

"是紫色没错——时间太长有点褪色。"

字体是——商务范儿,丝毫没有放荡不羁的感觉——倾斜、熟练、流畅、简洁。(当然,我可以提前让她签好名!怎么之前没想到呢?)

"您不想自己留一本吗?这可是百年不遇的机会。文学史的一部分。"我想,今天,我已经与文学史进行了亲密接触,够我享受一阵子的了,年轻人。

"所以,《到灯塔去》最高可以卖到28000美元?我的意思是,符合所有的条件——作者签名、初版、护封。"

"嗯——或者能找到私人版本,并非是像您所说的符合所有条件。"

我在专业上被人鄙视了。

"什么是私人版本?"

"我认为这不太可能。伍尔夫的大部分初版书都进入了市场,如果真有私人版本,也早该出现了。但倘若是伍尔夫为朋友签的名,并非以销售为目的——你知道她曾为自己的美国出版商签过名吗?——那就非常值钱了。在那个时代,签名书更加少见,特别是有意义的签名。最珍贵的是给名人签名——比如利顿·斯特雷奇,你知道他吗?薇塔·萨克维尔-韦斯特,还有伦纳德,这个最罕见。"

"我知道了。"如何才能一夜暴富,今天总算看出些端倪。我的期望值果然有些低了。"太好了！谢谢你的款待。"

"您不想看看里面？"男子大吃一惊，但他不可能知道我还要照顾这本书的作者，此时此刻，弗吉尼亚·伍尔夫正坐在街角，穿着散发出些许异味的衣服，吃着汉堡和薯条。她现在还不能在纽约街头随意闲逛，她必须先挣够钱，学会开源节流。

在社交方面，我始终心有疑虑。我出身工人阶级，虽然受过良好教育，发音够标准，经济条件也过得去，在汉普斯特德购有房产，女儿在公学上学，但我仍需谨言慎行，想尽办法融入上流社会。

在这一点上，弗吉尼亚完全帮不上忙。

我必须拿到戈德斯坦的联系方式。"我明天或后天再来。"我冲那位身材修长的年轻男子说道。他打开陈列柜，将书放回去，然后又咔嗒一声把门关上。看来，我有点惹到他了。

"额……先生？"我尽可能客气地说，"我有位朋友，您也许对她的书感兴趣。"

男子露出机械式的笑容，稍稍瞥了我一眼。"也许她可以给我发邮件，描述一下具体情况？这是我的名片。"

他把名片递给我。（当然，对他们而言，这种事屡见不鲜。客人亲自到访或致电，拐弯抹角地暗示说戈德斯坦会对他们的书"感兴趣"，但事实上，大部分都以失败告终。）

"她是个老太太。"我微笑着对男子说："不会用网络。我想她更愿意亲自跑一趟。"

"您随意。"他说，然后轻轻耸了耸肩。他的头发梳得真整齐，衬衫雪白，我很好奇他会如何看待弗吉尼亚。

还不得不面对那股浓浓的水草味。

弗吉尼亚乖乖坐在咖啡馆里，正在研究一个番茄形状的番茄酱罐子，其中的四分之一已经被她倒在了盘子上，如血般鲜红又黏稠的番茄酱堆得像个小山丘。"你之前见过这个吗？"她兴奋地说着。

看来，汉堡味道不错啊！她对我说，安吉莉卡一定也喜欢。

在接下来的一周里，弗吉尼亚共吃了六个汉堡。

22

格尔达

与复仇女神决一死战
第二部分

  这就是辛迪,对谁都很友好;她的两个朋友,琳达和爱伊莎,我也不讨厌。很明显,琳达和爱伊莎只是辛迪的陪衬。爱伊莎的大眼睛相当醒目,咯咯笑时总把牙齿露出来,像只兔子。辛迪只和她俩聊得来,因为其他人都不喜欢她那古怪的性格,而我恰好也是个怪人,所以并不介意和她一起玩。琳达和爱伊莎虽然招人烦,但大家结伴外出也算有点意思,再说人多一起也安全。

  除去外出,其他时候可一点也不安全。

  跟她们成为朋友大约一周后,我开始告诉她们我的秘密,当然不是那些顶私密的东西,例如父母吵架或我智商超群之类的,这样别人只会疏远我——为什么?因为我是天才啊。我们平时聊的都是再普通不过的话题,我告诉她们妈妈是作家,获得冰岛文学奖后，我们在汉普斯特德买了幢豪华别墅（在此之前，我家的房子也很普通，事实上，我们最开始住在联排公寓里）。我没有吹牛，只是陈述事实而已，这没什么可夸耀的。总有一天，我也会有夸耀自己的资本。

但有件事我确实做错了。她们三个经常嫌弃自己丑，嫌自己长了个又塌又宽、还满是雀斑的大鼻子，等等。总之，她们就是在比丑，还盼着我加入。我猜，她们以为我会说自己的头发就像姜一样黄；或者抱怨自己太胖，因为我的确不算苗条。但我没有这样做，我告诉了她们我的真实想法："我喜欢我的头发，因为这就是我。我必须吃很多，因为我总是饿，我才不在乎体重呢。"

"为什么不在乎？"辛迪问我。她看上去很生气，好像我骗了她似的，琳达和爱伊莎也怒气冲冲地瞪着我。"如果我像你这么胖，我早自杀了！"

她们先是开心地笑成一团，之后，态度又突然转变了，"哦，辛迪那么说太粗鲁了，我从没那样说过话。她让你伤心了吧？当然，你一点也不胖，真的，哦，格尔达，你身材不错，你还好吧？"

"我和你们不一样。我早晚会长到妈妈那样高，我会变成一个美女。"

琳达和爱伊莎惊得一言不发，只有辛迪说道："这你可说不准。"

我虽然有些后悔口出狂言，但也不想露怯："早晚的事，怎么着？"

这件事过去没多久，她们三个就开始商量要为我准备一件小礼物。那是一个周六，有的同学收到了父母寄来的包裹。事实上，很多同学都收到了包裹，竞争便由此拉开。她们的妈妈和我妈妈不一样，根本不用外出工作——懒惰！——所以才有时间给孩子准备包裹，里面尽是些巧克力棒、流行杂志和芭比波朗牌眼线液之类的东西。顺便说一句，学校不让我们画眼线，但收到眼线液的女孩们一个个兴奋得要死。噢，妈妈真贴心，大家快来看她给我寄来了什么！

我没有包裹，因为妈妈太忙，我早就习以为常。我不是崇尚物质，但我真的很喜欢那款新手机。

辛迪也没收到包裹，在她看来，我之所以不高兴，肯定是因为看不惯同学们炫耀自己的礼物。（我才没有不高兴呢，让这些女生和那帮游手好闲、愚蠢至极的全职妈妈们见鬼去吧！）

晚些时候，辛迪和琳达来找我，我正在预习功课。"我们想为你准备件礼物，因为我们喜欢你，具体是什么暂时保密。""我还没过生日呢。"我说，"没关系，我们只是想表达一点心意。"

在接下来的两周里，她们三个一直在窃窃私语，商量礼物的事，有时还会笑出声来。我问她们笑什么，她们却拒绝回答，因为说出来就不是惊喜了。"周六早晨给你礼物，因为那天很适合收到特别的东西。"

我开始恨她们了，因为我能看出来她们是在同情我。我不需要别人同情，我是个坚强的女孩，虽然我也有柔弱的一面，喜欢被人关注，期待被人珍视。她们总说我很"特殊"，所以要送个"特殊"的礼物给我。每个人都希望自己得到优待。

无论我何时出现，她们都会立刻停下手里的活，然后咯咯笑起来，那笑容真的很假。哦，格尔达，你好吗，真高兴看到你，特殊礼物马上就做好了。

我虽不愿承认，但心里确实充满期待。我终于成为一个受欢迎的人了。其实，这并不是我想要的。英雄不需要别人的认可。

在内心深处，我觉得自己更像咕噜——《指环王》里滑溜溜的咕噜。我希望所有人都喜欢我，但我的性格太怪了，这几乎不可能。

有段时间，上床睡觉前，我总会想到咕噜，因为只有想到美好的事物，我才睡得着。许多梦想似乎都已远去，那些在孩提时代就深刻于心中的伟大梦想。

（我坚信，它们总有一天会回来。）

周末到了，她们大费周章准备的特殊礼物也该揭晓谜底了。吃早饭的时间和往常一样，还是那么早——贵族学校周六上午也有课，简直气死人。（许多女孩家境殷实，学校需要她们的钱。）我不需要她们，我更喜欢在宿舍里看书。

我承认，我那天确实不怎么好看，起床太匆忙，头发来不及梳，眼睛里满是倦意。我面朝窗户坐在桌边，因为我爱春天，树叶开始发芽，点点绿意让人心生愉悦。也许就像这里的一样，家乡的嫩叶也在慢慢舒展身体吧。既然都是相同的景致，我便没有失去任何东西。阳光在桌面上铺成长条形，那抹金色的、来自家乡的阳光，就这样展现在我面前。

"今晚，梦想一定会成真。""还有爸爸，他也许会回来，把我从这地狱中拯救出去。"这想法让我兴奋不已，甚至还有点史诗的况味。他大步流星地走进教室，模样真是帅呆了。"我要把我的女儿带走。"他对数学老师说。我发现自己几乎要哭出声来——太感情用事了，爸爸不喜欢我这样，我要高兴一点。于是，我便瞪着树上的阳光。全英国的树都发芽了。苏格兰的树也发芽了，虽然我从没到过那儿，因为妈妈常说："哦，苏格兰，没劲透了，为何不去埃及呢？"幼芽亮绿亮绿的，就像绿玻璃上的星星点点，经阳光一照，便化成了一串项链。

"朋友们"来了，我很高兴，我喜欢听她们大喊："格尔达，格尔达，你今天好吗？"

（我知道自己并非真心喜欢她们，那是内心深处的"咕噜"在作祟，它喜欢得到别人的关注。"哦，格尔达是个受欢迎的女孩。"我承认那样很可悲，但我还年轻，事情总会向好的方向发展。）

我坐在那里，朝她们微笑——因为有树叶，有阳光；还因为我突然觉得，老妈选的这间地狱学校也没那么糟。

辛迪从背后拿出一样东西，还愚蠢地挥舞着，那样子就像个餐厅服务员。"总算完成了，这是我们的心意，希望你能喜欢！"她的表情很怪，既紧张又笑个不停，我几乎听不见她在说什么。

所谓的特殊礼物就是一个很厚的信封，上面用大写字母写着我的全名"格尔达·兰姆-凯"。我喜欢自己的名字，但上小学时，一个叫达伦的男孩取笑我，因为"兰姆-凯（Lamb-Kaye）"的发音和"肮脏（Manky）"或"猴子（Monkey）"很像。达伦很聪明，但不合群，谁见他都烦。两个喜欢我的男孩把达伦打到鼻子出血，从此，达伦再也不敢欺负我了！哈哈！不过，老师是绝对不会允许这类校园欺凌的事件发生的。

不管怎样，也有人送我特殊礼物了。

一想到这件事，我就脸颊发烫。我站起身来，拥抱了那个"婊子"（或者"傻瓜"，具体叫什么依情况而定）。我并不感到羞耻。

另外两个人始终在咯咯笑，她们很激动，大概是因为觉得自己做了件好事吧。有些人会因为感到幸福而笑，我开心时也会大笑不止，但自从来到这所学校，我就没怎么笑过。

我要再给妈妈写封邮件。

她怎么样了？为何不回信？她在纽约又没什么好忙的。她肯定早已经摆脱掉那个女人了。

也许，她在写另一部小说。**第二部分**完成得差不多了，我该去给她发邮件了。

23

安吉拉

弗吉尼亚对气味非常敏感,尤其是化学品的气味。她觉得室内很憋闷,我便带她去中央公园散步。她兴致高昂,而我却开始担心了。

弗吉尼亚

终于自由了。我们整整走了一个小时都没有到达这个城市的最北边,现在的地方有点像农村。(但事实上并不是农村:跑步的人不停地从我们身边经过,满身是汗,身上还挂着机器。)春天把整个公园装扮得如此美丽。我们从位于第五大道的入口处一进来就看见法国梧桐树上耀眼的阳光,每一个小小的枝芽都在迎风舞动。堵塞的交通让汽车排成一排,黄色的出租车按响了喇叭。被蒙着面的马匹晃动着彩色的鬃毛,甚至连马车上的假花都闪烁着鲜活的光芒,在风中微微颤动着。海风带走了城市里的尘埃,一切都干净透明。一溜黄绿色的水晶灯挂满了树枝,紫红色和白色的番红花在草地里星星点点地开放着,楼宇暗沉的边缘如镜子般反衬着银灰色的天空。

安吉拉

她对植物很有研究，比我强多了。"哦，看这棵枫树多美呀。"她边喊边指向一棵树皮粗糙且看起来有些发育不良的树。树冠上满是红黄色的花朵，它们就这样赫然绽放，活像一束束小巧的流苏。

弗吉尼亚

到处都是野蛮肆意的春意，一棵皱巴巴的黑皮老树还没发芽就开满了鲜红的花朵。"真是老树发新芽，枯木又逢春。"

安吉拉

许多事都能令她开怀大笑。她的牙齿不太美观，有点蓝灰色，还泛着黄，但那张脸依旧迷人，因为它凝结着欢乐与幸福，在这个纽约的清晨——

我怎么有点——格格不入的感觉呢？

也许，我正在和生活中的快乐——这个充满魔力的东西擦肩而过。格尔达拥有快乐，我没有。难道是因为我承担着责任，内心有所牵挂？我最牵挂的当然是格尔达，但现在是弗吉尼亚。

我为她担心，这家伙的情绪就像过山车，前一秒还悲伤不已，后一秒就兴奋得收不住。

接下来就要解决实际问题了。我们需要紫色的墨水和蘸水钢笔，弗吉尼亚无法理解为什么找到这样的墨水和钢笔会很难。

"这很好办，每个人都需要钢笔。"她就是这么固执己见。

"事实并非如此，弗吉尼亚。"

"孩子们总不能用那种带电的书写东西吧。"（她还是第一次如此称呼我的电脑，对她而言，电脑就是一本可以写字的书。）

"弗吉尼亚，他们就是用那个，那是笔记本电脑。我说过，笔记本电脑。"

"笔记本电脑(laptop)，"她重复道："是的，我喜欢那玩意儿，扁扁小小的，能开能关。听起来就像'田凫'(lapwing)，没错，'一只鸟落在腿上，正拍打着翅膀'，那就是笔记本电脑。"[1]

"很好，弗吉尼亚，很好。但对我们而言，它就是个——工具。"我有点气恼，弗吉尼亚居然用这种方法轻而易举地"成为"了一个诗人。这些我也能想到，但却被她抢了先。

我们去布鲁明戴尔百货公司买墨水，弗吉尼亚似乎总是心不在焉，21世纪的生活竟富庶至此，她因此而震惊不已。"所有物品的颜色都是那么浓厚且庄重，"她说，"还很透亮，人仿佛被这五彩斑斓的世界包裹着。"她兴奋地大喊，手不停地指着：孔雀蓝的镶纹缎子、成堆的猩红色天鹅绒靠垫、淡黄色的柠檬、赤土色的陶器……到处都是明快又鲜亮的颜色，而百货公司的地砖却是肃静的黑白色，两者的反差因此更加巨大。水晶、丝绸、皮革以及那些亮闪闪的瓷器、金器和银器……电灯的强光晃得她几乎睁不开眼。"他们是怎么把光弄那么亮的？"当然，弗吉尼亚的记忆还停留在

[1] 此句原文为"a bird on the lap, a flap of the wing"，用押韵的方式将一种鸟与笔记本电脑联系了起来，颇具诗意。
——编者注

二战时期，那段艰苦岁月只有棕和灰两种色调。她注视着价目牌，惊讶地瞪大了双眼。

"纽约人都是百万富翁吗？"她问。

"住在曼哈顿的大多是富人和他们的用人。"

（也许，这个世界不该有那么多钱？从某种程度上来说，出身工人家庭的我并不节俭。纽约——一个无所不有的城市。和弗吉尼亚在一起总有点让人不太舒服。）

还买得到蘸水钢笔和墨水吗？够呛。我们的世界好像不再需要被书写了——这个真实存在且繁盛富庶的世界。

我们接着去了波道夫·古德曼百货——能去的地方都去了。只要听到"钢笔"两个字，售货员就会露出彬彬有礼的惊讶表情。

"以前，人人家里都有钢笔，但这是很久之前的事了。"言外之意是：你过时了。弗吉尼亚过时了，这点毋庸置疑，但古老正是她的加分项。

难道我也在不知不觉间与时代脱节了？我伦敦的家里有钢笔，我用它来签名。威迪文牌的，黄金的笔杆非常漂亮，是爱德华送我的结婚礼物——上帝，我还没那么老吧。

我只有49岁，会经常使用脸书和推特！

和她在一起显得我也老了。从年岁来看，她看起来像我妈妈，但在某种程度上，她更像我的孩子——我正是她21世纪生命的"助产士"。

经过几个小时的搜寻，与此同时，我还要强忍着怒火——她怎么就不听我的话，乖乖待在我们每次分开的地方等我呢？我们终于在一个古怪至极的地方找到了钢笔，说起来还要感谢沃丁顿酒店的保安，他的剃须刀就是在那买的。这家名叫"剃须刀地带"

的小店坐落在第 57 大街上，以售卖古董钢笔为副业，一层的店面向上延伸出一段漆黑的楼梯。得知我们的需求后，那位叫摩西的老先生先是点头，之后又眉头紧锁。他边叹气边起身站到了一个椅子上，逐一打开抽屉，呼哧带喘地为我们找钢笔。他时而站直身体，嘴里咒骂几句，接着又弓身下去，看得人心惊胆战。最后，老人将几个抽屉并排摆放在玻璃柜台上，巨大的撞击声透出洋洋得意之色。

"存货就这些。"他哀叹道："以前的库存比这多十倍。随便挑吧，女士，都拿走才好呢。我这把老骨头可爬不了高喽。"

"我不介意用这种吸水钢笔。"弗吉尼亚说，她并未被老人打动。"我之前用过，但墨水洒得到处都是。"

"我只有这种钢笔。"老人说："想要电脑就去别处。这位女士问我有没有古董钢笔，当然，在这个时代，所有钢笔都称得上古董。"

我告诉他，我们需要蘸水钢笔，但心里着实没抱什么希望。突然，老人那双隐藏在旧镜片后的双眸亮了一下，他拿来一块墨迹斑斑的粉布包，里面装着几支旧蘸水钢笔。他得意地把笔放在我们面前，然后一瘸一拐地取来一大瓶黑墨水，一张旧到几乎发霉的吸墨纸和一个条格笔记本。"看见了吧，女士？"老人对满脸疑惑的弗吉尼亚说："我们有的是蘸水钢笔，一大堆呢。"

"挑一个，弗吉尼亚，试试哪支好用。"

她郁闷地选了两三支。看得出来，她很讨厌挑东西。我期盼她写点什么，但她只用第一支钢笔蘸蘸墨水，随便在纸上划了两道，然后皱起眉头，又连续蘸了几次，活像一只在墨水池边探头探脑的愤怒的小鸟。

"没墨水了。"弗吉尼亚生气地说。

"怎么可能!"老人反驳道:"你用的方法不对。"

他俩隔着柜台怒目相视。"她是职业作家。"我插了一句。

"不想要就别碰。"

"挑一两支吧,弗吉尼亚。"

"不让试怎么挑?"

"我们的确想买,"我告诉老人:"这些笔挺不错的。"

"你朋友不知道怎么用。"

"我当然知道!"

"你不知道。"

"她是非常有名的作家。"

"哦?那你叫什么?"

弗吉尼亚瞪着老人,一字一顿,慎重地说道:"弗吉尼亚·伍尔夫。"

"弗吉尼亚什么?没听说过。我只知道杰姬·柯林斯和斯蒂芬·金。"

"我不知道这两个人。"谢天谢地,弗吉尼亚终于笑了笑。

我只得付钱,以便让老人冷静下来——价格如此便宜,简直有悖常理。我们再次出发:下一站,卖彩色墨水的美术品商店。

"签名制作活动"一直持续到晚上11点。为在戈德斯坦蒙混过关,我特意往墨水里掺了些水。尝试的过程中经历了各种失败,连浴室的地板都被染紫了。弗吉尼亚根本帮不上忙,她只会看购物频道,一边抓着遥控器,一边抱怨。

"不像,完全不像。"弗吉尼亚瞄了一眼我勾兑的墨水。"我从不用这种缺乏活力的颜色。书的存放必须远离强光,所以字体的颜色应该更明亮才对,不是吗?"

她怎么不早说啊？肯定是沉浸在了购物的幻想中无法自拔。

最终，我们用了未经稀释的另一半亮紫色的墨水。

"最好先演练几遍。"我说："这么多年没动笔，你的手也许会抖。"我从旅馆便签上撕下一页纸递给她，然后就去清理浴室地板了，顺便再洗个澡。

接下来的事只能用"诡异"二字来形容。我神清气爽地走出浴室，发现她正皱着眉头坐在那里。"是钢笔的问题，出不来墨水。"她说。

"好吧，弗吉尼亚。"我只想赶快搞定这件事，好给格尔达发邮件。（真让人心神不宁啊：我总把格尔达忘了，多亏这孩子性格独立，不用我操心。）

"让我试试。"笔好写得很。我用花体签上自己的名字。"你还是不够使劲。"

最终，我俩只能一起完成任务。我紧挨着她坐在床上，打开的书放在床边的桌子上，我用手推她后背，以便增加力度——她的皮肤冰凉，骨架干瘦，一根根血管凸起着，就像坚硬的沙滩上留下的鲜明的水印——这招果然有效。熟悉的笔迹、硬朗的线条、明亮的色彩，我兴奋得心脏都快跳出来了。

在《奥兰多》上，她写道："给亲爱的薇塔，我始终与你同在——弗吉尼亚"。

《到灯塔去》的签名更是经典：

给伦纳德，永远的，唯一的伦纳德。

你的 V。

"干得好，弗吉尼亚，戈德斯坦的店员一定很兴奋。"

事实证明，我还是低估了这两本书的行情。

凌晨三点我就醒了，忧虑得无法入睡，弗吉尼亚倒睡得香，还打着鼾，我却满脑子都是格尔达。说到底，钱还是为她赚的，因为爱德华早就不再爱我（这也是我换手机号的原因之一，他有我的手机号，却从来不打；别告诉我北极没信号）。如今，只有我和格尔达相依为命。"为了格尔达。"没错，我做的一切都是为了她。

"最最亲爱的格尔达，我正在想你。现在是纽约时间凌晨三点，我太想你了，想得鼻窦炎都犯了。照顾弗吉尼亚是项苦差事，我们很快就要搬去别的酒店……"

我在脑海里打着草稿，尽量多说点深情的话，但没过多久，我又开始想弗吉尼亚的事。接下去怎么办呢？整个现代世界，她只认识我一个人——我怎能丢下她一人？

困意再次袭来，我又睡着了。

起床后的第一件事就是去前台给弗吉尼亚订一间她自己的房间。我必须预付两晚的费用，所以还有时间替她另找酒店。只要能找回原有的生活，做什么都值得。

我做得到吗？我的生活还能恢复如昨吗？

24

格尔达

  我把"与复仇女神决一死战"的第一部分和第二部分给妈妈发了过去,但那女人仍旧没反应,只告诉了我她的日程安排。我很担心,妈妈虽然健忘,但也不至于接连好几周对我不闻不问。她总说在照顾那位从古代来的怪胎(我承认,我一直这样看待弗吉尼亚很大程度上是因为我没读过她的作品),但我知道她不爱爸爸了,也许她有了外遇。自从和爸爸分开后,她开始狂买衣服,甚至还涂亮橘色的口红,根本和她那张大黄脸不搭嘛。

  其实,她的脸也没那么黄,我随口说说罢了,谁让我在生她的气呢。哈哈哈,算她自讨苦吃。

  学校生活还算不错,我决定暂不执行"大逃亡计划"。

  首先,妈妈在美国,我不想让她过分担心,虽然她知道我性格独立坚强(这还是爸爸给我的评价,那是他第一次看见我骑脚踏车不扶把手)。倘若我擅自逃学,某些傻瓜老师肯定会向妈妈告状,在电话里夸大其辞。她们经常这么干,遇到点小事就嚷个没完。那次,两个女生掉进了泳池,其中一个是不会游泳的琳达(我不知道她不会游泳）。她不仅把眼镜搞丢了（哈哈哈），还差点被救她的人勒死，琳达扯开嗓门拼命尖叫，许多人都跑去看热闹。当时，我正在图书馆读一本有关曼哈顿的书（看看中央公园是否有危险野兽出没，妈妈就住在那附近——她很可能外出散步时被咬伤了，这也许就是她一直不回我邮件的原因）。女舍监硬把我拉出图书馆，还在走廊里大吵大嚷。

"你为什么把她们推下泳池？格尔达，我不许你欺负同学。"

"那你为何容许她们欺负我？"

"别顶嘴！"

"那根本不是理由。"

我和妈妈解释过，"别顶嘴"算不上理由——大人们无话可说时才用这三个字搪塞我们。但很显然，卡农女士并不明白这点。

我承认，现在对她说这番话的确不合适，因为我很快就要去见校长了。

但我最好从头讲起，事实上，这段是中间部分，我愿意把我看到的事一字一句写下来，因为根本没有老师愿意听我解释，我还要写邮件告诉妈妈。长篇累牍的非把她看烦了不可，让她的收件箱再也装不下别的邮件。

格尔达与复仇女神
第三部分

我要睡觉了，明天早晨再写。

25

弗吉尼亚

安吉拉对一丁点儿小事都担心不已。去戈德斯坦将会是一次冒险！

我曾经尝试过角色扮演，当然是在年轻的时候——我粘了一层薄薄的假胡须并用木炭把肤色涂黑，扮演一位阿比西尼亚皇帝，还把整个"无畏号"战舰上的船员都骗了过去——去戈德斯坦就更是小菜一碟了。

你所需要的仅仅是充满自信，以及一种幽默感。

我希望她能像我一样更稳重、更冷静。我并不是在评判她，只是她有时候沉不住气，总是一副毛毛躁躁的样子，毕竟我们只是出去购物而已。

她给我单独订了一间房间，去戈德斯坦之前跟我解释了很长时间怎么用浴室里的淋浴装置，但我没听，结果还是把地板给淹了！

一定是她的洁癖在作祟，我们还没有买裙子和外套，她就坚持一定要先买新的内衣。奇奇怪怪的文胸款式让我想笑，而她却像个讨厌的家庭教师一样一直对我嘘声让我安静。

[1] 两者皆为美国最大内衣制造商汉佰公司（Hanesbrands）旗下品牌。——编者注

他们称文胸为"莉莉艾特"（Lilyette）和"巴厘"（Bali）[1]！生活在现代的女性居然要穿一些奇怪的装置来让自己的胸部坚挺！甚至还有人人为地用塑料把胸部充大，那是以前只有杂志里的女人才会做的蠢事儿！那些文胸什么也遮不住，因为它们就只是在带子上系点蕾丝而已。"我拒绝买这些东西。""那你就要每晚都洗内衣了。"她义正言辞地说。（为什么每天都要洗？现代人是对卫生着了魔吗？）我问她除了蕾丝款之外还有没有其他款式，比如我想要那种用粉色绸缎做成的法式衬裤。她一定是为了报复我所以才帮我买了大号，她可以穿大号，我可不行。

要不要买新的外套也是个问题，因为我身上的外套还可以穿好几年，根本没有必要再买。而且，在我赚到钱之前都是她来付账，所以我不想欠她太多。

我不想买，而她坚持要买，最后我们还是回到了布鲁明戴尔百货。

布鲁明戴尔百货似乎有种魔力，因为一到这我的心情就好起来了。某种来自光线中的颜色在召唤我，我想要再一次感受温暖，我已经在寒冷中度过了太长时间。尽管此时还是春天，我却无比期待夏天的到来。那种黄——介于橘色与粉色之间——是日光的颜色。那是一面意大利褚黄色墙壁的颜色、是一条长满了西班牙橘树大街的颜色、

是安吉莉卡在七月的某个下午的脸颊的颜色、是金粉交织的杏子的颜色。绸缎衣架上某件杏色的衣服吸引了我，金粉色的丝绸在白色灯光的照射下晕出金色的光芒——一件翻领长袖衬衫，看起来很低调却很时髦，我在最后挑中的一堆衣服里试了这件，在我准备脱掉它时，我把领子立了起来，看着镜中的自己——十分男孩子气——我仿佛看到了曾经的自己，促狭地睁大好奇的眼睛，调皮又年轻。我从帘子后把安吉拉喊过来。

"我想要这件衣服。"我一边笑着一边和她说。

"你怎么这么开心？"她看上去很是疑惑。"你是不是挑了最贵的那件？"

我不想指责她，况且她也有很多优点，但她总是透露出庸俗的一面。这么形容她也许不公平，但安吉拉实在太爱钱了。可能她写的书卖得很差吧，我曾这么问过她，但她听了后很生气还声称自己是个"畅销书作家"。我到50岁才开始赚钱，所以我不应该这么严格地要求她。

今天我就要拿到自己的钱了！人真的不能没有钱——我回头再试试吧。我们都需要钱和一间自己的房间——我提醒自己以后不能再说"人"这个字眼，因为我发现这种说法现在已经过时了，好像在这个时代没有人想要被称为单独的"人"，而要称为"人们、我们"——21世纪的公民们都是通过群体来感知事物的。

很遗憾，这件衬衫的价格被她说中了！"夫人，这件衣服400美元。""400美元？"安吉拉睁大了眼睛，然后把嘴抿上，抿得简直比她的钱包还要紧。

我并没有看见她付钱，她只是给了店员一张塑料卡片，我想上面一定写着她的地址。店员把她的塑料卡片放在一个很小的机器里,他们一定是把她的地址复印在里面留作记录。我要尽快学会这些技能,要想留下来生活就要不断地学习。

对我来说,那个价格除了只是无法想象的巨额数字以外毫无意义,但她好像以为我是故意这么做的。我觉得这很好笑,仿佛我是个故意跟护士对着干的叛逆的小女孩。我们终于离开了布鲁明戴尔,她一副垂头丧气的样子,而我则在她身后轻声哼唱。

这次购物十分成功。除了一件新衬衫式连衣裙,我还买到了另一条裙子,那是件衣摆及膝的橄榄绿羊毛裙,其貌不扬但十分实用,和那件杏黄色的衬衫很搭,就像是摆在一起的树叶和果实,或是温暖的夏末——

(如果我是和凡妮莎一起购物,那将会多么好玩啊——)

今天早上我又惹她生气了。临出门前我拿起了那件旧外套穿在外面,很显然穿上它就把昨天买的新衣服给毁了。不知道为什么,不穿旧衣服感觉就像没穿衣服一样,总觉得新衣服无法穿出门,会被人取笑。那件旧外套就像一个老朋友一样给我安全感。

在出租车上,她坐得离我远远的。我知道她是为我好,所以等红灯时我转向她——这里的交通灯很奇怪,亮黄色的灯从天上垂下来——对她说:"你应该知道,这件外套现在对我来说就是精神支柱,因为要卖掉我自己带过来的书,现在只剩下这件外套陪着我了。"

她脸上的冷漠瞬间就融化了,然后微笑着对我说:"我当然懂,只是那件衬衫花了 400 美元,我从来没买过 400 块的衬衫,我想你可能不明白那是多少钱,也许等你有了钱就会明白了。不过在你搞明白之前，可能早就花光了。"

她接下来说的话倒是更让我感兴趣："你不必担心失去你的书，你能在任何书店买到。现在的人仍然很喜欢读你的书，弗吉尼亚，人们都记得你，爱着你，我们今天就去买些你的书。"

美国并不像我曾想象的那样，我曾经写过想象中的美国：数十辆车走在马路上，川流不息地驶向各自的目的地。但事实上，马路上的车每隔十分钟就会被超车，然后僵持不前，互相摁喇叭，制造出我无法想象的噪音。我们那辆出租车的司机在大声咒骂，我建议下车去走路，但安吉拉说这很正常，"坐好，弗吉尼亚，等一会儿就好了。纽约每天都这样，我不想让你风尘仆仆地走过去。"

看样子我得沉住气，做个淑女。

安吉拉

我不想让她看起来像个怪人。让一位上个世纪的伟大作家学会用花洒洗澡并不容易，我也算成功一半了吧——第二天吃早饭时，她的秀发透着芳香，蓬松柔软，原先的怪味道已经不见了，这才是美人应该有的样子嘛——等等，她刚刚做了什么？怎么又是那件水草味的外套。

不过，我已经开始喜欢她了。

但我几乎没时间干别的，从早到晚都在忙她的事。那天，我发誓一定要给格尔达回邮件。我已经很久没看她的邮件了，但我没什么好担心的。她在学校很开心，不像其他女孩让父母牵肠挂肚。

"弗吉尼亚，关于我女儿——"

突然，出租车停了，暗黑色的双塔赫然矗立在眼前，目的地到了。

26

格尔达

格尔达与复仇女神
第三部分
贵公主格尔达步入了黑暗塔

（我借用了拜伦的诗，最棒的英文诗之一。）

现在，让我们回到那天早晨，辛迪和她的朋友们要送我一件"特殊礼物"。我有些茫然无措，她们想让我立刻打开来看看，所有人都盯着我看，场面甚为尴尬。但我并不想立刻打开，留到日后烦心时再拿出来看多好，还能让自己高兴高兴。

那个周六的早晨，我确实很高兴。妈妈消失在大西洋彼岸，爸爸在北极工作（这不是玩笑，他是非常有名的气候学家爱德华·凯），即便父母对我不闻不问，但世界上仍有人记挂着我，愿意为我费尽心思。

从信封上就能看到，她们把我的名字写得很漂亮，也许是辛迪写的，她挺有艺术细胞，可惜美术老师没发现。里面装的东西一定更好，我一向把最好的留到最后。所以，我起身说道："非常感谢，我上午上完课再打开来看吧。"她们自然很失望。

但事实上，我早就等不及了。英语课只有辛迪和我一个班，她整堂课都在看我，难道这家伙喜欢我？作为回应，我时不时冲她挥手、微笑（我是傻瓜。我是大傻瓜！把这句话写5000遍）。

但是，我不是傻瓜。她们才是。

吃完午饭回到宿舍，我已经等不到晚上睡觉，立刻就想打开信封。我还要告诉她们，我很喜欢这件礼物，让她们也开心开心。

我小心翼翼地撕开那个漂亮的信封，尽量不破坏上面写的名字。我要把它贴在我的软木板上，那上面的东西太少了。别人看到肯定会好奇，到时我就说"是朋友送给我的"，我要让所有人知道我也有好朋友。

但事实却大大出乎我的意料。

我先写到这吧，给妈妈留个**悬念**。

27

弗吉尼亚

　　走进明亮的戈德斯坦书店是我回到这个世界以来第一次有回家的感觉,书店幽静清凉,摆满了书。我扫了一眼里面的家具,熟悉的样式以及肃穆的深色调像极了我父母的家,不过我很快发现它们不过是柚木或桃木的现代仿制品。我觉得这里不像一家书店。他们自称是"展示厅",这里的书都像珠宝一般被展示出来,仿佛它们并非普通的日常用品。我说不上喜欢或者不喜欢。

　　在霍加斯出版社,我们也会把书做得很精致。一开始我们对做生意一窍不通,但我们知道自己想要的是什么。凡妮莎帮我设计了所有书的封面,亲自掌控每一个细节。我记得她对《邱园记事》[1]的封面终稿很不满意,我们几乎吵了起来,那是我们自童年玩闹吵架后的唯一一次冲突。我们冷战了一个小时后,她带着可怕的冷静理智地跟我继续讨论,但我觉得这比争

[1]《邱园记事》(Kew Gardens),1919年出版,是伍尔夫最早尝试在小说创作中融入女性诗化写作思想的作品之一。

吵更让人难受。

在那之后,我和伦纳德也比以前更在乎细节了。我们的书都不是精装本,因为我们对维多利亚式的装饰有一种本能的抗拒——金边的花饰和华丽的字体,我们想要做简单又好看的东西。

凡妮莎的画都很简洁,寥寥数笔,像是孩子的涂鸦——在我这个非专业人士眼里,但她的画都完美地呈现了我的书的内容。《雅各布的房间》[1]的封面上,空荡荡的舞台上只有一盆花,小说的结局也是空虚的——凡妮莎和我心灵相通。《岁月》简直像受了诅咒一般,写得太长,导致书太厚,仿佛一个过度膨胀的沙发(美国人很喜欢的那种款式);凡妮莎创作的封面表达了对时间逝去的惆怅,太阳一个又一个地不断出现,越变越小,包围着一支色深如血的玫瑰。《海浪》的封面,她画了贝壳形状的光和水流的图案,还有两个人物,一个奔向大海,另一个则向相反的方向面朝读者,他们正是小说中人物形象的代表。

所有的封面里,我最喜欢的是《到灯塔去》,一座明亮的塔,看上去雄伟有力,但它的形状又像一位高举双臂的女性。那是一个强大的母亲的形象,而非家庭主妇般柔弱的女性。她强壮、高大又勇敢——可能就是格蕾丝·达林或是弗洛伦斯·南丁格尔?是的,她是一位勇敢又闪烁着光芒的天使,是我穷尽一生都在寻找的人物形象。

[1]《雅各布的房间》(*Jacob's Room*),1922年出版,主要讲述一位年轻人雅各布·弗兰德斯的短暂一生,小说由一系列生活片断构成:求学剑桥,游历欧洲,最后死于战争。这部小说是伍尔夫小说创作中的一个转折点,是她尝试用意识流手法创作的开端。

能有这样的姐姐,我是多么幸运——而她有我这样的妹妹又是多么倒霉。

虽然朱利安离开时我就在她的身边,但我为她做的根本不够。

我也很爱我的侄子朱利安,哪怕是在我们发生争执时。如果我曾经有过做母亲的念头的话,那一定是和朱利安在一起的时候。

这时,一个年轻人对我说:"您需要帮忙吗,夫人?"他把正在做白日梦的我吓了一跳。我和安吉拉本来都商量好了,如果有人问起,我会告诉他我有一位曾经是作家的姨母留给我一些书。我原本已经把这些熟记于心,但一瞬间我全都忘了。

我太沉溺于过去而忘了接下来要扮演的角色。我想到自己还没见到最后一部小说《幕间》的出版,它太糟糕了。那时候我仿佛被复仇女神一把擒住,抛在了空中,只能看到失败和黑暗。我活着时它没有出版,就像我未曾来到世间的孩子。

我没有熬过那段岁月,等到它出版的时候,我已经死了。

伦纳德找凡妮莎设计封面了吗?

(是我。

我——

让她帮我设计封面的。我从那个世界逃走了,可他们还要继续生活。我无法想象在她设计这本书的封面时有多痛苦。)

"夫人,您还好吗?"

"我很好,谢谢。我想知道……你们有没有弗吉尼亚·伍尔夫的小说《幕间》?"

我以为他会认识我,然后认出我。但他用明亮又礼貌的眼神笑着对我说:"很高兴告诉您我们有这本书。"

安吉拉紧张地看着我,我用嘴型对她说:"一会就好。"然后跟着店员往前走。

我一眼就瞥到了自己的名字,被挂在墙上的玻璃框里。我看到了《到灯塔去》,安吉拉之前就告诉我他们有这本书——就像一艘从过去安然驶到21世纪的旧船停在那里,我的内心升腾出一种纯粹而又强烈的快乐。

店员从书架上取出薄薄的一本书,双手递给我,仿佛捧着一束宝贵的火光般小心翼翼,然后说:"这就是我们收藏的《幕间》。您可以坐下来仔细检查一番。"

检查?说得好像它有什么缺陷!终于等到这一刻,我突然有些害怕,一种虔诚的畏惧感——我还从没有如此虔诚过。

仿佛一个来自古代的水手,我的血液冰冷

如果我有足够的勇气去看那帘子后面的东西
  而那正是因为自己所犯下的错误而失去权利去看的东西——

"抱歉。"我一边说一边望向别处,试图让自己更加集中注意力。
"夫人,您还好吗?"
"没事,只是有点轻微的头疼。"

然后一瞬间,我终于看到它了,封面是如此完美,如此简洁,却表达出了所有的内容。一切难以言说的内容都被表现出来了。

只有凡妮莎……我的姐姐能做到。

乡村的露天演出落幕后，演员们都各自回家，回到了自己的生活中。小说的结尾写的就是演员们回到自己的生活中，在生活这个更大的舞台上扮演他们各自的角色。他们把爱付诸行动，然后创造出新的生命。

医生阻止了我创造新的生命
　　我无法像别的女人一样成为母亲
这是全世界都不知道的谜

凡妮莎画的是舞台和幕布——这是对小说里戏剧主题的优雅致敬。等到幕布合上，演员离场，观众也要回到各自的生活中。

此外，合上的幕布还有另一层含义：表演结束了，我也该从人生的舞台上退场了。

幕布周围有一圈玫瑰花环，那一簇簇乡间玫瑰是她为了哀悼我的离去而画，是凡妮莎献给不辞而别的妹妹的花环。

"对不起，"我深呼吸，"原谅我，妮莎。"

她设计的封面如此完美，让人心碎。这是她的告别，是她对我留给她的遗言迟到的回复。

一部分的我为她的画技深深折服，另一部分的我却痛苦不堪——作为妹妹的那部分的我，心已经痛苦得扭成一团。

我们从小一起长大

而她现在却不在了，消逝在时间的长河里
空虚　无助　在无声地刺痛着我
　　她死的时候没有我在旁安慰

　　她的骨灰安放在何处？她又是在哪里去世的？她比我大，我应该陪她走到最后的。因为我的选择，我已经失去了在仅此一生的时光里陪伴她的机会，而我们从小一起度过的那些时光，一幕幕、一遍遍地浮现在我的脑海里。

　　我离开以后，凡妮莎一定很孤独。邓肯肯定和男孩子们出去风流快活了，留下来陪她的会是可怜的克莱夫吗？

　　我无从得知她老了以后是什么样子。这想法就像一个钉在我前额的钉子刺痛着我。

　　为什么我以前想不通这些？为什么我没有想到他们会因为失去我而如此痛苦？

　　难道我真的像伦纳德愤怒时所说的那样，是个自私的人吗？虽然事后他说他讲的都是气话。

　　（我只是以别人无法想象的方式去关心他、爱他。他是如此完美，但他不是圣人，有时也需要我的帮助和关心。）

　　但是我必须要拯救自己，复仇女神一直在身后追赶着我。当她们盯上你时，你便无所遁形了。我知道只有死亡可以让她们停下作恶的脚步。在河水里拼命挣扎，随着天色渐黑而逐渐下沉，直到变成水面上的泡沫，最终，她们丧失了法力，我终于赶走了她们。

　　我可以能屈能伸，但我绝不是一个懦夫。

安吉拉

当然,弗吉尼亚和别人不同,我也没指望她入乡随俗,但她坐在那里凝视前方的样子也太奇怪了吧。一颗豆大的泪珠慢慢滑落她的脸颊,她摇摇头,泪珠被甩开,仿佛迷失于车窗上的雨滴,随着列车在往昔的黑暗森林中飞驰穿梭……

我们还有急事要办。

"你还好吧?"我抚摸着她的手,竟然是温暖的,但有些僵硬。突然,她换了个姿势,挺直身体,精神也振奋了许多。

"这里太热,我必须把外套脱了。"其实书店一点都不热,但我终于松了口气。弗吉尼亚把那件臭烘烘的外套叠了一下,然后扔到我的大腿上。这次,她倒是毫不客气。

"不妨说句'谢谢'。"一和她说话,我的口气就尖锐不起来,但我并不在意。脱掉外套后,她就成了另一个人——一身杏黄色丝绸套装,虽然上了年纪,但依然配得上"完美"二字,骨骼纤细,气质高雅,举手投足均显贵族风范,让她出面卖书再合适不过了。真希望她的外套没那么臭(受弗吉尼亚影响,我对虚拟语气上了瘾),我把它扔到了弗吉尼亚椅子旁的地板上。

"谢谢你给我拿这本书,小伙子,它让我回忆起了旧日时光。我也许会买吧,但我手里也有几本书,你可能感兴趣,是弗吉尼亚·伍尔夫的初版书。"

(我猛然想起一件事——不能当众叫她弗吉尼亚!但我们没准备假名字啊。)

又一位年轻人走了过来,温柔地说道:"哦,是的,女士,您前几天光临过本店。"他认出我了。我发现自己在冒汗,糟糕,这关闯不过去了。但书是货真价实的,又不是偷来抢来的,我到底在害怕什么?

应该是怕它突然消失吧——装在电脑包里的书就这样不见了,里面除了空气什么都没有。整个早晨,一想到麦迪逊大街上那些黑压压的摩天大楼,我就心生恐惧(我看出来弗吉尼亚也很害怕,出租车穿过那片街区时,她立刻关上了车窗)。我怕之前的努力毁于一旦,但弗吉尼亚比我有信心,她的手更温暖、更坚实。

我快速回过神来,坐回刚刚的位置。弗吉尼亚正在参观书店的另一侧,她的书都摆在那侧的展示柜里。店员警惕地跟在后面,时刻留意她的一举一动。

"把书拿过来,安吉拉。"她开始发号施令,而且已经习惯叫我安吉拉了。我自然照做——没错,我习惯听指挥。

我把电脑包递给她。千万要一本一本地拿,我暗自祈祷,让宝贝亮亮相吧。祈祷竟然灵验了,弗吉尼亚果真只拿出了一本。

事实上,她表现得相当出色。是《奥兰多》的初版,所有人都屏气凝神地注视着它——"我能看看吗,女士?"——鲜亮的橘黄色硬纸板上轮廓清晰的照片以及毫无损毁的透明护封。"这是上等玻璃纸。"一位店员对旁边的同事说。

"玻璃纸是什么?"我问道。

"哦,一个专业术语。"他面带微笑,毕恭毕敬地回答。对他们而言,这本书和圣物差不多。

"我这里还有一本。"弗吉尼亚修长、白皙的手再次探入电脑包,掏出了《到灯塔去》。"你们已经有这本书了,也许我该去别家问问?"她假装很犹豫的样子——真要把书收回去吗?这女人是个天生的演员!

"我们很感兴趣。"一位店员说。另一位赶忙补充道:"我这就去叫艾利克斯。"一位年纪更大、职位更高的工作人员被请了出来,他同样一身西装革履的打扮,一边走向我们,一边与同事耳语。我听到了"罕见"两个字。

"我可以问问您是从哪里得到这本书的吗?"那位年纪较大的工作人员说道。他紧紧攥住书,根本舍不得撒手。

"没错,是祖上的遗物。"弗吉尼亚一派贵族腔,故意放慢语速说道,"我家是斯蒂芬的远亲,有些人说我长得和弗吉尼亚很像。我的姨母西奥多西亚"——西奥多西亚!她肯定在编故事,但所有工作人员都在聚精会神地听着——"她不爱读书,所以这两本书一直被锁在柜子里,她把遗产都留给了我。当然,我第一眼看到它们就知道能卖个好价钱。"

弗吉尼亚开始用高招了。"哦,你们可以看看扉页,她还写了几句问候语。"

"是弗吉尼亚写的?"大家异口同声地问道。有那么一瞬间,我以为她会答应,那灵巧的双唇眼看就要张开,我毫不犹豫地立即插话:"没错,是作者写的。一本送给伦纳德,另一本送给薇塔。"店内的气氛突然变得热烈起来。很快,工作人员纷纷涌了过来,一个劲儿地朝我们微笑,就像中了乐透奖似的。他们注视着弗吉尼亚——是敬畏,还是怀疑呢?

"长得确实像,不愧是一家子,"某位年轻女士说道,"背后绝对有故事。"第一位过来招待我们的年轻男子说:"您介意媒体来拍照吗?就拍您和这两本书。您和作者如此相像,媒体会非常感兴趣的。"

"我们家族向来低调。"弗吉尼亚一副冷傲的样子。

"您没必要担心,女士。"岁数较大的男子尽量压抑着自己的

141

情绪,"年轻员工容易激动过头。给您二位倒杯茶吧？或者来点酒?"

我不知道弗吉尼亚是否喝酒。她的日记里肯定写着呢,但现在也来不及看了。我担心她酒后吐真言,把身家秘密告诉别人。"我朋友午饭前不喝酒。"我坚定地说。

"顺便提一句,您还没说价钱呢。"弗吉尼亚对那位职位更高的男子说,"您出价多少?"

我张大嘴巴看着她。弗吉尼亚·伍尔夫果真名不虚传！

"当然,您也知道,图书市场不景气。"男子混迹商场多年,讨价还价自然不在话下。"当然知道。"弗吉尼亚微笑着回应。她把桌上那本泛着光泽的《奥兰多》拿到身边,起身说道:"目前我还不太想卖。不着急,回伦敦也能卖掉。"

不着急,回伦敦也能卖掉！每次想起这句话,我就是睡着了也会笑醒。

28

弗吉尼亚

这是我这么多年以来最开心的经历（当然，我已经不经世事好多年了）。

我们拿了一大笔钱从那里离开了！

因为安吉拉跟他们解释过我们只要现金，他们给会计打电话获得许可后，才派人专门去银行取了钱。

她成功地拿下了最后的谈判，而我差点把谈判搞砸了。他们先报价两本书5万美元，而我听成了1.5万美元，还用震惊和不可思议的口吻问了一遍。对我来说，1.5万美元已经是一大笔钱了啊。安吉拉朝我使了个眼色，然后说："不是，你听错了，他们报价5万，1.5万是不可能卖给他们的，但我觉得你们应该再报高点。"

然后那位年长的店员给一位有可能买书的私人客户打电话询问。之后他面带微笑地跟我们说他可以报价8万美元，因为他已经找到了一位十分感兴趣的收藏家，并且收藏家保证他一定会好好收藏这两本书。

8万美元！我简直不敢相信。这笔钱比霍加斯出版社经营十年赚的都多，可能比我一生赚的钱还要多。出版社后来还算赚了点钱。

安吉拉却说："谢谢，我和我的朋友会考虑的。我相信你们已经给了一个很好的报价，但是为了公平起见——因为她对纽约物价不是很熟悉——我想我会带她去看看其他买家的报价。"

然后有店员送了茶过来，我们坐在那里假装皱眉，做出一副犹豫不定的样子，内心却不敢相信自己的好运气。他们在后面围成一圈讨论了几分钟后，一头银发的艾利克斯回来给了我们更高的报价："如果现在就能成交的话，我们愿意支付10万美元。"

我和安吉拉对视了一眼，点头同意了。

10万美元是很大一笔钱：成千上万的50美元、20美元和10美元的钞票叠了一堆。他们当着我们的面数了很长时间——把1000美元捆成一捆，50捆装一包，整整齐齐地码在塑料袋里，又严严实实地绑起来，两包各放在一个手提袋里，高兴地交给了我们，看上去十分满意。我们也很满意，所有人都满意了——而这些快乐和满足都是钱的功劳。我没有去碰那个袋子，但安吉拉试着提起来又放下，吃惊地说："真的很重。"我们的快乐与满足是如此轻盈，而那一大笔现金又是如此沉甸甸。

年轻店员帮我们把袋子提到出租车上，然后和我们握手告别，皆大欢喜。

坐在一辆塞满两袋子钱的出租车上多少有点不适应。我和安吉拉都有点兴奋过头，我的脖子涨得通红，开心得狂笑不止。我俩不停回想刚刚发生的一幕："我不敢相信真的成功了！""你真的跟他们说这书是无价的？是这样吗？"这时，让人沮丧的事情发生了——出租车窗外传来一阵阵的人声,声音越来越大,车也慢了下来。

"很抱歉,女士们。"出租车司机说,"好像是那些年轻人又出来了,不过不多,我们应该很快就能过去。"

下一个路口被堵上了,一群人聚在一起,还有四散的帐篷,亮粉色和亮黄色的哨子在响,一堆牌子立在那里就像一片片竖鳞。他们看上去并不生气,而是很欢乐。其中一些牌子上的标语让人看不懂写的是什么,但有一些可以清楚无误地看明白——"占领华尔街"被两个年轻女孩举着,她们一边嚼着口香糖一边大笑,脸上露出渴望的神情。另一个牌子——还有很多一样的牌子上写着"我们就是那百分之九十九的人"。

"我在英国看到过这个新闻,"安吉拉说,"他们是反资本主义者,弗吉尼亚。"

"人们总以为自己是那百分之一的少数派。"

如果他们知道我们的车上放了那么多钱会怎么样?

"是的,他们已经这么折腾好多年了,"出租车司机说,"这对有钱人根本不会产生任何影响,但对这些年轻人来说,可能会觉得心里平衡点。"

"他们都老大不小了,不是吗?"安吉拉说。其中很多人都是中年人或已近半百,他们的着装也很幼稚——有人穿着连体裤,有人穿着睡裤。出租车慢悠悠地开过人行道时,一个身材清瘦、眼冒凶光的老男人冲了过来,几乎要撞到我们的车上,他眼圈发红,下巴突出,手里举着的牌子上写着"把我们的钱还给我们"。

我们有种被人身攻击的感觉。"他们抗议的是银行,"安吉拉说,"看,他们身后的大楼。"

145

大楼就在我们眼前，像是一面黑色的玻璃悬崖。在黑色玻璃和五颜六色的抗议者之间站着一排穿着制服的警察，他们表情严肃，戴着头盔，手里还拿着枪。他们的对面挂着一条白色横幅——是床单吗？——上面的字歪歪扭扭："银行就要完蛋了！"美国人写字可真难看。"不用担心，女士们，警察会保护你们的。"司机转过头来笑着对我们说。

"他们的头盔看上去很像德国的。"我对司机说，但他只是笑着嘟囔了一句。

我们和游行的人群僵持了很久，他们应该可以发现我们车上的袋子，但是没有人感兴趣。

"贪婪会遭天谴的！"一个皮肤黝黑的女人盘腿坐在马路上，她的白发飘在空中，看起来就像美杜莎。如果我们目光相遇，会不会被她看出我们有那么多钱？为了避免麻烦，我移开了视线。我忽然有种被当场"捉到"的犯罪感，看来要适应自己有这么多钱也没那么容易。

看到外面群情激愤的人群，你会有一种需要和他们并肩作战的负罪感。他们三三两两坐在地上，手牌放在一边撑着看书，而那些帐篷就像是从这些死气沉沉的大街上长出来的，奇形怪状又闪亮耀眼。

"质疑你所知道的"，仿佛我书里的句子活了过来，来到了现实世界里。很快，他们的声音越来越大，聒噪不堪，刺耳的口哨声刮擦过我们的耳膜。

必须得尽快赶回酒店。

还好最终我们到了!"万岁!"安吉拉欢呼道。我们逐渐忘掉了街上的游行,准备去享受金钱带来的快乐。

29

弗吉尼亚

我第一次感到和这位生活在 21 世纪的作家休戚与共,相处融洽。她是在和生活中的伍尔夫朝夕相处,而不是书里那个已经死去的伍尔夫。

生活中的我和小说里的我并不一样,小说里不能有太多的娱乐性。

但生活中的我并不总是那么一脸严肃,因为人类的存在是荒谬的,人生也很荒诞。不管是我、凡妮莎,还是伦纳德的人生,以及所有我爱的人——利顿、奥托琳[1]、罗杰[2],还有总是充满活力的埃塞尔……

当然,日记里的我是最真实的,但那是我的秘密,从未被出版。那些日记现在已经被销毁,是我让伦纳德这么做的。他绝对不会把我的隐私展露在外人面前。

日记是我留下欢声笑语的地方,是我审视自己、

[1] 奥托琳·莫雷尔夫人(Lady Ottoline Morrell, 1873—1938),英国贵族、社交名流,她的资助在艺术与文化圈很有影响力。

[2] 罗杰·弗莱(Roger Fry, 1866—1934),英国画家和批评家,布卢姆斯伯里文化团体成员,伍尔夫撰写的唯一一部传记即是《弗莱传》(Roger Fry)。

反思自己的地方,也是我练习写作的地方。大多数时候我都会写作,除非那些恐惧袭来,即使在那种时候,我也试图去记录它,记录我和心魔抗争的过程。我在日记里写了太多太多。

可惜没有人读过,这是不是一种浪费呢?在日记里,我有自己的世界。时光的每一寸纹路和质地都被记录了下来:存在于昼与夜之间的闪亮的时光。

想到这里,悲伤将我淹没,因为那些记录都永久地丢失了。

如果可以,我会重读它们吗?

不,不可能了,我已经重生了。等我感觉不那么累的时候,我要试着写点新东西(我已经试过好几次,但我不想跟安吉拉抱怨——她从那家小商店里买的笔实在太难用了)。

"我们要换酒店了,"安吉拉宣布道,"不用再省钱了,我只是不凑巧才住了沃丁顿酒店。我建议我们换个地方,住沃兹史密斯酒店,尽管我在纽约的时间只剩下四天了。"她在纽约的时间只剩下四天!

如果她离开了,我该怎么办?她会带我走吗?她要去哪儿?那些钱怎么办?

不管她去哪儿,我都得跟着她。

30

格尔达

格尔达与复仇女神
第四部分

（上次说到拆开信封后，我收到了一份难以置信的神秘礼物。这些"朋友"着实把我惹怒了。）

我拆开了信封。

简直不敢相信眼前的一切。

信封里有两张正方形卡片，一张粉色，一张淡蓝色。上面都贴着我的小幅照片，肯定是从我的脸书主页上复制的，两张卡片看起来像会员卡。

的确如此。其中一张卡片上写着：

俱乐部名称：胖子农场

正式批准一个胖子加入本德汉姆公学减肥俱乐部
（辛迪很聪明，但不会拼写）
特征描述：长了张姜黄色脸的丑八怪
会员姓名：格尔达猪
入会年限：终生

另一张卡片上写着：

俱乐部名称：疯人院
正式批准一对疯母女入住伦敦汉普斯特德疯人院
特征描述：大脑袋、爱显摆、神经兮兮
会员姓名：格尔达·"自诩为天才"的兰姆和那位"叫我妈咪"的兰姆
入会期限：终生

我呆呆地站在那里，怒视着手里的卡片。然后，我抓起信封，用力将其撕成两半。卡片必须留好了，这是证据。事实证明，我的做法非常明智。即便将它们塞进抽屉最底层，我依然噩梦难消。它们就像两个时时刻刻都在讥讽我的怪物，一个粉色，一个浅蓝色。卡片上的内容我已经看了六遍，每次看都会热血沸腾，甚至想愤怒地大喊。但我并不悲伤，我要从长计议，早晚有一天，我非杀了她们三个不可。

我不想深究她们为何这样做，因为我心知肚明。直觉告诉我，所谓的友情都是装出来的，她们其实恨透了我。但我内心那只"咕噜"根本不听劝，它希望眼前的一切都是真的。（也许辛迪没那么恨我，但如果她真的恨我，她就什么都做得出来。)

她们不仅侮辱我，还侮辱我的妈妈(我真希望自己从未告诉过她们我还叫着"妈咪")。也许，我谈她谈得太多了，但我和她们不同，我是独生女，没有兄弟姐妹。这样也不错，不用和别人分享妈妈的爱(如果再多几个孩子，估计她永远也不会回我的邮件了)。

我要与复仇女神为伍，她们曾对我紧追不舍，带着善意和大笑。接下来又会发生什么，请看第五部分。

(我记得我告诉过你。)(我差点让她们淹死在泳池里。)

格尔达与复仇女神
大结局

说真的，你在看吗，妈咪？你真的关心我经历了什么吗？我是不是很勇敢？你会不会为我感到骄傲？

31

安吉拉

沃兹史密斯酒店的条件好多了。我给了弗吉尼亚足够多的钱,酒店保险箱里还存着几千美元,虽然很荒唐,但我也只能这么做了。她没有护照,也没有驾照,没法在银行开户,存在我户头上更麻烦。如果记者闻风而动,我就很难自证清白(难道钱是玫瑰味的吗[1])。

我确实帮了她不少忙。没有我,弗吉尼亚什么都做不了,不是吗?我的时间也很宝贵,我在工作坊讲课一天的收入是1000美元呢。

或许她该分给我一点钱?

5%或10%,9000美元最好,但还是要她主动开口,我总不能直接问呀。沃兹史密斯酒店的房费相当贵,要不是弗吉尼亚也许我还窝在沃丁顿那个破旧的房间里写论文呢。

土耳其人之所以愿意给我钱,也是因为仰慕

[1] 原文为"come out smelling of roses",意为"证明清白"。——编者注

弗吉尼亚的大名,但我笔下的弗吉尼亚·伍尔夫可比身边这个老实多了。第一个弗吉尼亚让我挣钱,而身边这个只会让我花钱。

弗吉尼亚

我在考虑那笔钱要如何分配,毕竟没有安吉拉我是不会拿到钱的。之前她给过我 500 美元,嘱咐我要保管好。

我觉得应该把钱一分为二,但她可能不会同意。

所以我打算先问一下她 500 英镑的实际价值和自己房间的住宿费,再提分钱的要求。

安吉拉

我们住进了"文学"层最大的房间(整个酒店以文学为主题,我俩的房间都是超级大床房,位置相邻,分别叫"海明威"和"斯科特·菲茨杰拉德")。我们告诉前台,有两袋非常珍贵的书要存入保险箱(这些书可是能生钱的)。

100 年后,我的书也能如此值钱吗?

这不重要,反正我现在是畅销书作家。当我把这件事告诉弗吉尼亚时,她满脸惊讶。她只写过一本畅销书——《岁月》,然而这部作品也许是她作品中最糟糕的一部。

我不确定这能证明什么。

有时,我也会反感她。过于担心她难免让我分神,连论文都写不下去——那篇《弗吉尼亚·伍尔夫:一道颀长的暗影》,更没时间去构思下一本小说。

这样下去,我也快要精神崩溃了。

爱德华在打击人上颇有天赋。每次被逼问急了,他都会说:"你是个好作家,但我更喜欢你之前的作品。"

"难道你不喜欢我现在的作品吗?"

短暂的沉默后,他才回答:"当然喜欢。"

离开伦敦前,我与海德斯通出版社的新编辑共进午餐。她身穿橘色夹克和紧身短裤,打扮得就像个15岁的少女,她声称是我的"粉丝"。

我试着告诉她我的这些感受。"但你很成功啊,"她惊讶地说,"我们都喜欢你的作品,读起来令人愉悦。"我不确定她是否读过我的书,也许是因为我的书畅销才夸我的吧。

"相信我,"她急切地说,"目前我们必须舍弃一些年龄偏大的作者,这很遗憾,但您不必担心,因为安吉拉·兰姆已经被打造成品牌了!"

原来在她眼中,我已经老了。

我之前试探过我的经纪人。当时,我们正在喝咖啡,她谈到了我的书的国际版权销售。"我想要激情,"我打断了她,"我想写真正感兴趣的东西。"她是个和蔼的女人,立刻回答我:"你应该这么做。"

正因为如此,我才不远万里奔赴纽约和伊斯坦布尔。我大可以坐在书房,轻轻松松地构思下一部小说,但我就是想写点新东西。我渴望过伍尔夫式的日常生活——所谓"灵感",就是"将她纳入你的呼吸",她坚信一切都能被写入作品。对她而言,生活本身就是个奇迹。

我现在确实离她更近了,尽管下一部小说还没有着落。

沃兹史密斯酒店里的所有设施都是崭新的。我耐心地向她解释什么是水龙头和保险箱,怎么开电视,如何播放CD和DVD,如何乘电梯，等等。我看她只是假装明白，因为没过多久，服务员就找到我说："你亲爱的妈妈……"——我立刻向他们解释："她不是我妈妈！"——她弄坏了电视，还把空调堵上了。幸亏她会用电话，这样就不用事事都求助于我了。

弗吉尼亚最喜欢浴缸、香皂、精油和忽上忽下的电梯，尤其是电梯，她坐了整整一上午，我甚至还听到她在走廊里大笑。

"弗吉尼亚，你刚才在干吗？去哪里了？你的脸怎么那么红。"

弗吉尼亚

"我坐电梯上到顶层的酒吧，然后回到"文学"那层，再下到阅读室后再上去，后来又去了大堂和那里的行李员聊天（他们都很可爱），再到顶层去看风景，只要花几秒钟的时间，你就可以到达任何地方，太有意思了！我要写一篇关于电梯的文章！"

安吉拉

晚些时候，我去敲她房间的门，提醒她吃晚饭，却发现她坐在书桌前，面前放着便签纸。我想瞅瞅她在写什么，但纸上一片空白，也许她翻页了吧。

大堂服务员似乎很喜欢弗吉尼亚，老太太浑身散发着英格兰的典雅气质。每次我们离开酒店，服务员都会对她点头鞠躬、笑脸相对。（虽然服务员态度很好，但弗吉尼亚太引人注目了。有时，我觉得自己几乎成了透明人。）

渐渐地，她可以照顾自己了。两天半后，我就要离开纽约，飞往伊斯坦布尔参加学术会议。我的论文还没写完，但要引用的文献已经搜集齐了。尽管那些批评家总是很刻薄，但其中一些观点倒是让人耳目一新。当然,我从没和弗吉尼亚讨论过这些。

事已至此,我真能留她一个人在纽约吗?

"弗吉尼亚,我们必须做个计划。"

32

格尔达

  我收到了妈妈的邮件,非常担心她。她有时跟其他家长通电话时会说她也担心我,但我知道她只是随口说说而已。别人的妈妈担心女儿吸毒、早恋,我妈妈也会随声附和,不过上述问题从未发生在我身上。
  我一定要想方设法,让她为我担心!

  你好,甜豌豆!(她总爱这么叫我,但我之前就告诉过她别这么叫)

  谢谢你编故事给我看,我很快就读完了——我会再读一遍,但目前实在抽不出时间。三部分我都看了,内容很有趣,你是怎么想出来的?
  我的女儿果然是天才。

  (但她并不是真心的,只是随口说说罢了。我就是天才,智商超群。之前学校的老师告诉过她，她肯定忘了。我明明标注所有故事都是真的，她太过分了，或者她又弄丢了眼镜，没看清邮件里写的。这次我可没法帮她找了。)

学校生活还好吗？我必须告诉你一件非常重要且相当特殊的事情。这个世界上只有你会相信我。请相信我吧，亲爱的，我唯有指望你了。

(她说得没错，但她却不相信我的故事！)

你知道弗吉尼亚·伍尔夫吧？也许你用谷歌搜过她的信息？她是上世纪最负盛名的女作家，是我永远的偶像。据说，弗吉尼亚是个势利眼，但她长相清秀，头脑聪明。只要讲到20世纪文学史，必会提到她的大名，等你到了大学选修这门课就知道了。她笔下的每个句子都像诗一样！我真不知该如何形容她。但最后，她发疯了，投河自尽。当然，以上只是简要介绍。

(这个弗吉尼亚·伍尔夫简直是个傻瓜。我最喜欢的作家是库尔特·冯内古特，因为他的书很有趣，也相当出色。他和弗吉尼亚一样，也死了，但他不是自杀。事实上他是从高处坠落，头部受伤，医治无效才死的，其实他并不想死。我觉得他比那个女作家好太多了。)

弗吉尼亚居然死而复生了！那天，我正在图书馆查她的资料,你知道我要去参加一场非常重要的国际学术会议,并在会上发言。她就这样出现在了图书馆。

(妈妈是第一次提这件事,也许她得了老年痴呆,自己都忘了。她之前从未告诉过我,否则我绝不会忘。我必须随时监督妈妈的一举一动。我总提醒她,必须让我随时知道她的情况,尤其是最近爸爸不在她身边,甚至连靠得住的男朋友都没有。她一向不擅长这件事,总是遇见渣男。)

(当然我希望她别交男朋友。)

弗吉尼亚就这样走进来了。她不是骗子,她是真实存在的。她迷失在了21世纪。她身无分文,绝望无助,只有我能照顾她。

(妈妈不会正在给她花本要留给我的钱吧?)

我马上要去伊斯坦布尔了,我实在不知道该拿她怎么办?

(或者公平地说,她应该在圣诞节那天告诉我这件事。想起圣诞节我就生气,因为她给我买错了礼物,所以即便当时她告诉我这件事,我可能也听不进去。再说,妈妈的话一向很无聊。)

我只是发言嘉宾之一。讽刺的是,这场会议就是研究她的——"21世纪的弗吉尼亚·伍尔夫：跨文化及转换性视角解读"，而我却不能把她带入现场！

（为什么不能？作者现身说法，恰好可以告诉那些专家学者们哪里研究错了，这不是很好吗？肯定对他们有好处。）

（我仍旧为妈妈感到骄傲。去纽约或哈佛，或别的什么地方参加国际会议，为专家学者们讲课，她在家绝对享受不了这种待遇……我记起来了，的确有开会这档子事，她当时收到通知时激动坏了。）

我一直在想，到底该把她安置在哪里。想象一下，她都去世好几十年了，对许多新生事物都不了解，就像个我刚刚领养的婴儿一样。

你是我最爱的女儿，我希望你能在学校交到好朋友。为什么不写信告诉我她们的事呢？

（我告诉过你，她们很讨厌。）

我不能经常给你写信了，接下来的两天我还要照顾弗吉尼亚，然后去土耳其开会。我特别想给你打电话，但学校三令五申头两个学期不许影响你们学习。估计学校认为你们都是娇气的小姑娘，会央求家长把你们领回家！但我知道，你很喜欢学校生活。

（闭嘴吧。）

妈妈给你一个大大的拥抱。

（最指望不上的就是你。）

PS. 别忘了刷牙。

（闭嘴，屁股脸。）

认真回信要花两个小时，但我还有个重要计划要实施，包括从学校逃走，所以我决定只问一个问题。

亲爱的屁股脸，

弗吉尼亚·伍尔夫为何不能参加她自己的会议？

最亲爱的，
格尔达·兰姆－凯，天才少女 >:-(

（你也许会诧异我为何对弗吉尼亚·伍尔夫死而复活的事如此淡定，因为这种事很常见。外婆经常半夜找我聊天。外婆和外公去世前一直在照顾我。有时，外婆还会爬上床把我搂入怀里。妈妈小时候患有哮喘，外婆也是这样搂着她。外婆还会穿着睡衣来到妈妈的卧室给她讲故事，直到妈妈睡着为止。只要我心情不佳难以入睡,外婆就会死而复生,爬到我床上,把我抱紧,然后再趁天亮前溜走。)

亲爱的格尔达,

我要赶时间。
我不喜欢屁股脸这个外号。
没错,我确实可以带弗吉尼亚去参加会议,但后顾之忧太多!她相当难搞。
你还没告诉我你朋友们的名字呢。我真的很关心,你知道,我是一位满怀爱意的妈妈。也许你想邀请她们来家里过夜?我查下日程表,看看何时能回家。

特别特别爱你的,
妈妈
PS. 你可以叫我屁股脸,我以此为荣。我提醒过你要按时刷牙吧? Xoxoxox

33

安吉拉

　　照顾弗吉尼亚:一日为仆,终生为仆!为给弗吉尼亚办本护照,我打了好几个小时电话。如果我不在她身边,有些材料必不可少,这些材料可以证明她的身份。她也许想回欧洲,所以长远来看,她还需要开个银行账户。我和英国边境管理局打过交道,看到他们要求填写的表格,我简直想笑——"1928年之前出生的人免于填写此表格"——如果能直接告诉他们弗吉尼亚的出生日期就好啦!在"到访美国的目的"一栏中,我填了"旅行"——她是来旅行的,只不过是穿越时空之旅。

　　我说,她的护照丢了(这是事实),但边境管理局的官员可不好糊弄,这帮家伙固执得很,什么都不信,只信证据。要想证明弗吉尼亚这个人确实存在就必须提供文字证明。

　　我本打算公事公办,哪知弗吉尼亚另有高招。她扬扬眉毛,眼珠一转,便计上心来:"我可以和酒店大堂里的朋友谈谈,也许有个人能帮上忙。我们打算花多少钱?"

　　(她最近习惯坐在酒店大堂里发号施令,那模样就像个主持庭审的法官，难道他们就一点都不烦她吗？我可是烦透了。）

两天后，我听到弗吉尼亚在走廊上大笑。我打开房门，看见她手中挥舞着一本英国护照。"看看这个，是不是很棒！我们明天就能前往撒马尔罕了！"

我打开护照一瞧，果然不错，弗吉尼亚的照片居然还是彩色的，表面的薄膜没有一丝褶皱。"照片是从网上弄的。"她说。

"太好了，弗吉尼亚，一切妥当了！但护照原来的主人怎么办？你朋友是怎么办到的？"

"很显然，他是偷来的，然后做点细微改动。后悔肯定是有的，但看看我们得到了什么。一个人如果犹豫不定，就只能裹足不前。"

身份证件算是搞定了。我开始列清单，思考在纽约的最后几天还有哪些事情要做。

（我建议她也列份清单，想想还有什么想做的，但她光顾着和大堂里的服务员聊天，什么都没写。）

"她可真有意思。"我在大堂等弗吉尼亚回房间拿包时，年纪最大的行李员对我说。

没错，她是个很风趣的人。

以下是我为她制定的计划：

1. 去美术馆寻找布卢姆斯伯里文化团体中画家的作品。
2. 去书店购买弗吉尼亚的作品。
3. 再去一次中央公园散步？
4. 去阿尔冈昆酒店喝咖啡（多萝西·帕克和朋友们曾在那里见面）。

5. 去看自由女神像。

我没把第 6 条写下来。

6. 想一想如何安置弗吉尼亚。我走后,谁可以照顾她呢?

弗吉尼亚最近开始独自外出了,这个问题也变得更加迫切。她刚从布鲁明戴尔百货公司回来,买了许多衣服。我猜这些衣服应该都很贵,比如那件黄色羊绒外套。她喜欢坐在酒店大堂里,衣服换了一套又一套——珊瑚色的丝绸,青绿色的山东绸,今早还戴了一顶大得出奇的海军蓝圆草帽。

弗吉尼亚

我买了一顶帽子,它美得就像一首诗。深蓝色的帽沿就像海面上的漩涡绕着帽顶打转,帽前的波点面纱仿佛一群可爱的蜜蜂盘旋而过。我太喜欢这顶帽子了。

安吉拉

上午十点,酒店大堂。今天要先完成清单上的前两项活动。

弗吉尼亚的帽子依旧那么夸张,从远处看,就像头顶上落了一只蓝金色相间的鸟。我扬了扬眉毛,她肯定看到了。我本不想这样,但就是看不惯。她立刻摆出防卫的架势,看上去突然衰老了许多,鹰钩鼻向前凸着,既尴尬,又不安。

"弗吉尼亚!"我尽量不用责备的语气,"上午我们不是要去美术馆和书店吗?"

"希望是如此。"

"你这身打扮像是要去参加婚礼。"

"帽子不合适吗?"

"你这身很漂亮——但现在不是20世纪30年代,许多事情都变了。"

"去美术馆就应该打扮得时髦点,我俩都应该打扮得很时髦,"她更正自己,"但好像我穿得太夸张了?"弗吉尼亚立马泄了气,弯下了腰,帽子也变得滑稽起来,双手搅在一起,紧盯着地面。

我并不想打击她。"和你一起逛街,我很自豪。"(我是认真的。)"所有书店的老板都会记住你的,但之后我们可能还要去中央公园散步,那里可以风大著称……"

"那里没风……"大堂里有人打断我的话,肯定是弗吉尼亚的某位朋友,幸亏她没听到,"她只是嫉妒你的帽子,吉尼……"

"所以我建议,逛完公园后回酒店取帽子,然后再去阿尔冈昆酒店,这样就完美了。"

"没错,阿尔冈昆酒店是个高雅的地方。"她在大堂的朋友补充道。

就这样决定了,我们立刻出发。弗吉尼亚并未摘下帽子,她和我并肩站在狭窄的人行道上等出租车。虽然看不到她的脸,但她的美是毋庸置疑的:海蓝色帽子在阳光下熠熠生辉,活像一块巴甫洛娃蛋糕立在一个瓷碟上。

"弗吉尼亚,我们将会度过愉快的一天。"

34

格尔达

妈妈的临时回信几乎成了压倒我的最后一根稻草。她自己倒玩得开心，根本不知道学校发生了什么！还让我邀请那几个魔鬼来家里住，亏她想得出来！！！

"倘若无法摆脱她们，我只有自杀了。妈妈不听我诉苦，没有人关心我。"但我转念又想，不，我宁愿杀了她们。

那天在学校，我们读了西尔维娅·普拉斯的诗。我不认为她有多出色，但老师却郑重其事地说："她是位伟大的诗人，死于自杀。"好像这两件事有天然的联系似的。

课后，所有同学都在网上搜她的照片，居然有数千张！某张照片上，她留着一头金发长发，身着一件装饰着荷叶边和蕾丝的雪白连衣裙。"她真漂亮！"辛迪都看呆了。我绝不会穿着这样的衣服去死，若让妈妈听到这句话，肯定会批评我"用词不当"。另一张照片上，西尔维娅穿着小巧的内衣式抹胸和短裙，安娜感叹道："她可真瘦啊！"然后，大家又开始讨论她的腰围，我都快听吐了，便说道："她是斗鸡眼。"我知道他们肯定会攻击我，说我是在嫉妒西尔维娅。

她就是个疯子,打扮过时老土,整张脸浮肿得就像一条斜眼金鱼。自杀有什么意义?如果活着,她还能多写几首诗。所以,即便我有自杀的念头,我也不会真的那么做,因为我想活着。

自杀简直太可怕了。

妈妈总说"有些事等你长大后就明白了",但事实上,我现在就明白。也许以后,我会越来越不了解这个世界。我会人云亦云,会闭目塞听,会随波逐流,就像所有人都认为西尔维娅是个伟大的诗人一样。到那时,我就和其他人一样老去了。

外公曾说"别哭,格尔达,你不必听别人的话,也不必和别人一样",我会永远铭记他的话。

我慢慢离开围在电脑旁的人群,她们就像振翅挣扎的柔弱飞蛾,永远无法逃离那泛着剧毒的光——这些光正是从西尔维娅的裙子、脸蛋和细腰上发出来的。

我要去找妈妈。就现在!我不能坐以待毙。

第二天一大早,"魔鬼们"还在熟睡,透着死亡味道的呼吸声搅扰了整个清晨,我偷溜下床,背上前一晚收拾好的背包。我走在石子路上,每迈一步都要仔细聆听周围的动静——万一有老师出现怎么办?晨光下的教学楼如血般鲜红,我第一次发现这里到处都是眼睛,每扇窗户都闪着凶光,而我们只是被它吞噬的猎物。他们会把我抓回去吗?

(我想起刚入学时的自己还满怀期待——真是悲哀,我竟幻想在这里可以交到朋友!真是异想天开!我一直跑到大门拐角处,但背包太沉了,我不得不停下来。)

我揉了揉脸，尽量让自己不再回想往事。穿过蜿蜒的私家车道，路两旁是令人讨厌的紫杉和智利南洋杉，前方就是公路了。一辆公共汽车恰好驶来，我随即上了车，车随后驶到了一个镇子上。我的心狂跳不止。我用仅剩的现金买了一张去伦敦的车票，中午之前就能到家了。

35

安吉拉

　　纽约跟伦敦非常不同：道路笔直明亮，路面坚硬——第五大道又开始堵车了。

弗吉尼亚

　　路两旁的商店在阳光下闪闪发光，仿佛两列排列整齐的巨人面无表情地盯着一群群小如蝼蚁的人们齐刷刷涌进去，再一个个拎着大包小裹出来，这些人的行动如此一致，仿佛得到命令一般。（我买东西时也这样吗？不，我会认真挑选，而且我是即兴而来。购物对我来说意味着自由，不是吗？）

安吉拉

　　弗吉尼亚摘掉了帽子。"就算只是放在大腿上也很好看，我爱死这顶帽子了！"

　　之后，她谈到了钱。

　　"1930 年的年薪 500 英镑相当于今天的多少美元？"

"我脑子里没装计算器。"我说。

"计算器是什么?"她问。

"替我们算数的工具,"我告诉她,"现代人不擅长数学。"

"你那个笔记本电脑书里有计算器吗?"

她的确在学习,但想完全融入现代社会还需要一些时间。"我手机里就有。"

但倘若一次获取太多信息,她便会直接全部忽略。她只能按自己的节奏来。

弗吉尼亚

"关于钱的问题,如果我在这里待一年——如果我能够在这里待一年,我想我能够靠写作谋生,但是写部小说还是需要花点时间的。"

安吉拉

她的话让我很震惊。是啊,她只是个作家,除了写作还能做什么呢?我从未替她考虑过以后的事,因为属于弗吉尼亚·伍尔夫的文学时代已经终结了——她已经成为历史,她的每一部作品的重要版本都被收藏在大学图书馆里。她已经进入文学圣殿,还怎么重新开始?难道再来个弗吉尼亚·伍尔夫二号?改名也不可能,她的名字代表了一切。再出版的新书可以算她的晚期作品吗?"死后写出"听起来太怪异。她会写部关于纽约的小说吗?出版商非抢疯了不可。

突然,我感受到一股强烈的地域情结:书写当今世界是我的工作。当然,她的视角肯定也很有趣。

弗吉尼亚

"我需要一些保障。"

安吉拉

纽约,窗外的一切看着都那么昂贵。我拿出手机,用谷歌搜索"自 1930 年以来的通货膨胀率",计算方式有两种:零售价格或收入。

第一条结果就足以令我震惊,若以零售价格的方式计算,1930 年的年薪 500 英镑相当于今天的年薪 30000 英镑,远远高于英国国民的年均收入。美元则更多,大约相当于 40000 美元。如果按照弗吉尼亚的想法,她在现今社会一年就需要 40000 美元!我突然觉得她为作家制定的收入标准真够高的。

然后我又输入"收入"作为指数查询,本以为通货膨胀率会低点,哪知结果更让人大跌眼镜:1930 年的年薪 500 英镑相当于今天的 76000 英镑,也就是大约 123000 美元!

我突然开始疑惑她为何要问我这个问题,肯定是想到了保险箱里的钱。我们可没有 12 万美元!

还是用零售价格作为计算标准吧。

"弗吉尼亚,你肯定无法相信,1930 年的 500 英镑相当于今天的 40000 美元!"

她微微张了张嘴:"不可能!竟然有那么多?"

"就是那么多。"我呼出一口气。

"我希望——我是说我打算从之前卖书的钱里取走我一年的收入,但我不能拿 4 万这么多,毕竟卖书是你的主意。"

我感到有些羞愧,弗吉尼亚只有这么一点小小的要求。

（但她之前刚买了件400美元的衬衫，还有那顶帽子肯定也特别贵。）

弗吉尼亚

"我真的很喜欢这顶深蓝色的帽子。"

安吉拉

不，我不能因此嫉恨她。她日记里貌似写过，伦纳德说她"奢侈成性"，难道她既不谙世事，又花钱如流水？

"弗吉尼亚，如果你想——我可以替你看管这笔钱，不能一直把它们存在酒店。我可以开个新银行账户，我一分也不要，真的，所有钱都是你的，我只是帮你存着。"

事情就这样敲定了，心里舒服多了，虽然日后我很可能会后悔。

我的储蓄账户（也是跟爱德华的夫妻联合账户）里的钱有些小变动，自从上次在巴黎遭遇骗子，惹上一身麻烦后，我就没再在国外用过这张卡。几天前，我发现账户里少了几百英镑，我怀疑是爱德华取走的。他把从极地考察中赚的钱都存入了这个账户，开户前他曾告诉我，这就是他的"小金库"——他有时确实会往里存钱，但总共也没存进去多少。

不，我不能拿弗吉尼亚的钱，我必须尽全力帮助她。在她面前，我希望自己就像她的女儿一般可靠，而非一个充满嫉妒心的姐妹。

尽管我抱着这种想法，但跟她相处依然是件劳心劳力的苦差事，就像被一只鸸鹋生吞了似的，那条长脖子无时无刻不在你眼前晃悠。

"所有历史都在你的电脑里吗？货币、人类、战争、衣服和食物？这不可能！"

当然，对一个从未听说过互联网的人而言，这简直是天方夜谭。

"你可以把它想象成一张网，一张捕鱼的网，网里有各种鱼类、贝类、珊瑚，还有无数的垃圾和塑料袋。当然，它也会遗漏某些东西。总之，它几乎无所不有。"

"但一本书的内容都是经过筛选的。"

"问题就在这。面对互联网，进行选择的是读者。"

"你都不知道那里有什么，要如何选择呢？"

"进入搜索网站——类似鱼钩的东西，它可以为你提供大量信息，至于选哪条是你自己说了算。"

"购者自慎（caveat emptor）？"她边说边点头，大大的眼睛一眨一眨的，看来她对这个问题很感兴趣。"我的意思是读者自慎（caveat lector）？"

"弗吉尼亚，我不懂拉丁文。"

"你不是上过大学吗？我从未上过大学，但我们全家都会说拉丁文。我的拉丁文不算好，哥哥们从幼儿园起就开始学拉丁文了，女孩子不去学校——"

"我实际上还是名牌大学毕业的。"

"那你怎么会不懂拉丁文？你自己也写书——你是作家吧？你肯定多少懂点拉丁文。"

"时代不同了。"我绝望地说。

我讨厌不断重复这句话。她知识渊博，读过那么多书，那些作家我连听都没听过。我熟知希腊文和拉丁文？几乎少得可怜，因为那个时代早已不复存在。飞驰的光阴贪婪地吞噬着往昔岁月，他们的名字和脸庞渐渐被人遗忘，过去的一切已经被新生事物取代，早已踪迹难觅。

与《到灯塔去》成书的那个年代相比，这个世界变化的速度已经提升了数倍之多。《到灯塔去》的其中一章名为"时光飞逝"，渐遭侵蚀的外表是岁月匆匆而过的见证。远方，第一次世界大战硝烟正盛，变化正在缓慢地发生。

而如今，时间造成的是裂变，万物崩塌又瞬间重生，世界仿佛一个万花筒。

我想起我的家和家人，在这片废墟模糊中，他们的脸在哪里呢？

但我总觉得哪里不对头，难道就没有21世纪版本的"时光飞逝"？

没想到我们这么快就到惠特尼山了。

36

格尔达

家。

空荡荡的大房子,连说话都能听到回音。这里真的——好冷,但也还好。我的计划尚未完成,现在可以用妈妈的钱了,我不能一直待在这里。

用她储蓄卡里的钱买张机票去纽约会不会太过分?当然不会,她的卡就放在老地方。妈妈在国外刷信用卡,据说比较安全,但很显然,她从没想过把钱放家里是否安全,这是她的错,是她"自找麻烦"。更不可思议的是,妈妈居然还把紧急用款藏在什么地方也告诉我了。太棒了!25张面值20英镑的纸币全都夹在薇塔·萨克维尔-韦斯特的《耗尽的激情》这本平装书里。

"格尔达,你能听我说句话吗?格尔达,立刻放下书,听我说!这全是为你好。"她大声嚷嚷着。那是六月的一个下午,天热得要命,我刚从学校回来。见我摆出洗耳恭听的样子,她才停止喊叫,用意味深长的声音说:"这钱放在这里,万一我和你爸爸出了什么事……"

果然出事了。她和爸爸分居,然后把我送到了寄宿学校,他俩根本就不关心我,我只能自己照顾自己。

她说过,这都是"为我好",她希望我这样做。

我把钱拿走了。

37

安吉拉

第一站:美术馆。寻找弗吉尼亚的昔日旧友。

他们是她的朋友、姐妹……直面过去并不容易,整整一天,她都心不在焉的。

有可能找到相关藏品的美术馆我们都去了,先从可能性最大的惠特尼山美术馆开始。

凡妮莎·贝尔的画,一幅,但并未展出。

邓肯·格兰特的画,两幅,只展出了一幅。

画中是一个小花瓶。在我看来,这画很普通,但弗吉尼亚却逗留了十分钟。她聚精会神地凝视着花瓶,完全没有离开的意思,最后还是我轻轻把她拉走了。"伦敦的泰特美术馆有很多他的画作。"我说,但她几乎没听见。

那一定是罗杰·弗莱的作品。这个男人曾在伦敦举办了两场后印象派作品展,将现代艺术引入了这座大都市。他还是弗吉尼亚少女时代的恋慕对象,让这位女文豪撰写传记,罗杰·弗莱是唯一一个享此殊荣的人。他曾是纽约新贵,也是大都会博物馆的首席文物买家。

但这位艺术家却消失在了历史的长河中,大都会博物馆的工作人员居然没听说过他。我把他的名字重复了好几遍,对方都是一脸茫然。

我们在博物馆的自助餐厅吃了午餐,这里仿佛一个暖黄色的洞穴,虚幻的游客身影在其间穿梭,手里端着玻璃水杯面无表情地走过。餐厅似乎年久失修,也许因为经费有限,地板咯吱作响,墙上还有霉点。弗吉尼亚几乎没吃饭,她只是安静地坐在那,摆弄着眼前油腻的食物,面色苍白如纸。

"接下来就到忘川了。"她小声嘟囔着。

应该是纽约的某个地方,肯定是刚刚参观时有人告诉她的。"我不知道你说的是哪里。"我说。

"忘川。"她一字一顿地说着,晶莹的眸子泛着玻璃的光泽,里面尽是惆怅,深邃不可捉摸。"我在回忆他们的脸。年轻的罗杰——马鬃似的头发,闪闪发亮的眼睛……你肯定知道忘川,每个死去的人都要跨过那条冥河。也或许你从未听说过,学校已经不教这些老掉牙的东西了。"

我立刻反驳。她居然认为我没听说过冥河,真让人气愤。这些博物馆,还有她的悲伤压得我喘不过气来。我不禁想到:这种事也会发生在我身上,发生在任何人身上。人一死就好像从未活过似的,哪怕布卢姆斯伯里文化团体曾经那么有名,也逃不过这样的结局。

如鬼魅般的游客幻影手持托盘在我们眼前幽幽飘过,她突然问我:"你们现代人理解死亡吗?在纽约,每个人都想让自己变得年轻,女人上街竟衣不蔽体,还记得马路上那些仿佛被毁了容的家伙吗？我还盯着看了半天，你告诉我她们刚做过整容手术还没恢复好……美国人难道以为自己能永生吗？天天梦想着自己会一夜暴富？"

我用事实回避了她的问题。"也许他们曾经确实这样想，但绝非现在。纽约经历过一场浩劫，就在本世纪初，一天之内死了3000人。它改变了美国人看待自身的方式。"

"3000人？在这里？为什么？"

我要如何解释？太难了。"有宗教，也有政治的原因，这两样东西最让人迷惑。贫穷的国家记恨富裕的国家，因为它们为富不仁。还有无处不在的资源战，正如你看到的，财富无处不在。"

我沉默了一阵，想继续说点什么，但我无法向她解释整个现代史，因为我自己也不甚明了。这段历史既复杂又愚蠢，就像《凡尔赛条约》，弗吉尼亚昨晚还谈到这个话题。历史就是个无休无止的死循环：战争、仇恨、欲壑难填的人类。

"死亡突然降临，就在这座城市的中心。"

她摇了摇头，看上去很累。"伦纳德一定知道这件事。"她把白糖倒在餐桌上，白糖化作时间之沙从她纤弱的手指间缓缓流过。"我关心的并非政治，而是……我到底想知道什么？"在暖色灯光的照耀下，餐厅内一片昏黄，弗吉尼亚看起来就像患了黄疸病。一根细长的蜘蛛网丝从灯罩上垂下来。

"我们该走了，"我说，"下面去书店。"

弗吉尼亚

"我想知道的是……"

安吉拉

她的声音极其微弱，几乎听不到。

弗吉尼亚

关于遗忘

被遗忘

就像是滑过地平线的鱼鳍

一块石头上　是什么轻漫飞舞过

又从视线的边缘溜走

安吉拉

不知道她在看什么——原来是餐桌上的蚂蚁，它们正要把糖粒搬回家。

蚂蚁盲目地爬行着，缄默的背后是对目标的执着。搬东西是它们的天职，一个接一个，永无止境。

弗吉尼亚静静起身，步履蹒跚地走回阳光下。

38

格尔达

睁开双眼,我试图让自己高兴起来。家。我就在家里。

在沙发上和衣而卧怎么能算在家呢,床上连被褥都没有。

妈妈没留下任何食物。没有牛奶,也没有麦片。在家连早饭都吃不上,真是糟糕。妈妈应该能猜出我会逃走,这又不是我第一次逃学。

(不能责怪爸爸,毕竟他在北极。不过,爸爸们若心怀愧疚,一定会在金钱上做出弥补。)

选择分居的父母不知道的是,他们与孩子的感情也会逐渐淡漠。那种麻木感始终在我的脑海中徘徊,挥之不去,让人只想逃回到过去。也许,你总会回忆起一年、两年或三年前,全家其乐融融的时光(只要想起"全家"两个字,我就恨不得大哭一场,因为那个家庭曾给予我温暖,我的父母让我感到骄傲)——这次,我要力挽狂澜,没错,我之前确实帮了不少倒忙。

没有争吵、离别,家人团结一心,这才是你要回的家。你想在家待多久就待多久，没人逼你离开，除非你自己想走。

当然，我总会离开家的。

所有孩子都会，但父母不会，总有那么一个人是你回家的理由。

可惜，我现在连家也没有了。这里是我的家，但家人却不在。

我的家。那个曾经完整的家。

我想回头寻找，但它却越来越小，终于消失在了迷雾中。我久久凝望着远方，但怎么也看不到他们的脸。

现实真是一团糟。

爸爸远在北极，他也许在喊着我的名字，但我听不到。

妈妈在美国纽约，和弗吉尼亚在一起，这两位名声在外的女作家应该从未想到过我吧。

我这就来找你，等着吧。

39

安吉拉

　　我原本打算步行穿过中央公园,这样就能提前完成第三个计划,大概需要半小时,但看到弗吉尼亚的状态,我就知道这是行不通的——

　　舒爽的春日里,万里无云。沐浴在阳光下,心情轻松了许多,散步应该对她有好处吧?

　　整个上午她都心事重重,大概博物馆里的东西触及到了她的过往。

　　我都不知道自己在那些博物馆里到底看了些什么。

　　弗吉尼亚浑身冰冷,神采尽失。她站在大都会博物馆门前的台阶上,犹犹豫豫,裹足不前。我握住她的手,依然是那种浸入水中的感觉,同第一次见面时一样冰冷。

弗吉尼亚

　　那是来自地底的,深深的颤栗

　　是的,他们在召唤我去与他们会合

　　　　亲爱的凡妮莎　　罗杰　　邓肯
　　向我伸出手　　　　不，我还没有做好加入他们的准备

　　那个遥远又没有阳光的寒冷之地
　　　　　　　　　　被放开了手，我感觉自己静止了，渐渐在消失

　　但一只手　　是她伸出来的手　　　　　　抓住了我

安吉拉

　　她神情漠然，面色发灰，整个人愈发轻飘飘了。

　　我放开了她的手，因为我有些害怕，但我依然一边对她微笑，一边急切地说："弗吉尼亚，我们坐出租车去书店吧。"

　　她没回答，而是突然弯下腰，用厚实的大衣紧紧裹住身体，仿佛要把所有热量拥入怀中，锁骨的曲线在阳光下清晰可见。

　　"真冷，"弗吉尼亚轻声低语，"就像冬天，没想到纽约居然这么冷。"

　　人行道旁停着一排黄色出租车，几个体型肥胖的司机正乐呵呵地等着接活。车一开,钱就进口袋了。我拉着弗吉尼亚走到路边。

　　上车后，我"嘭"地关上车门。浓烈的阳光透过窗玻璃，在车厢狭小的空间里聚集。弗吉尼亚很快就睡着了，这倒让我大吃一惊。

　　熟睡中的她终于能放松下来，她的脸颊出现了一抹红晕。

　　下一个目的地是巴诺书店，林肯中心的一到五层都是它的地盘。我要给弗吉尼亚一个惊喜。我了解这家实力雄厚的书店，地下一层都是与古典乐相关的书籍，五层还有观景咖啡屋。一开始

我还满心斗志，必须让她领教领教 21 世纪的魅力：各色书籍琳琅满目，挑都挑不过来！新书上市的时间大为缩短，质量更是没得说。精美的精装书、满是彩色图片的外版艺术书（在弗吉尼亚那个时代，这完全是可望而不可及的）……以及各语种、各学科——从心理学到哲学，再到政治、经济，包罗万象，应有尽有。但显然博物馆之旅已经让她黯然神伤，所以这次我只想让她看看她自己的作品。

她的书应该在文学区——肯定不会错，之前还在那里买过她的书。一会儿，我决定带她去喝个下午茶。第 72 大街上有家略偏欧式的烘焙店 Le Pain Quotidien，里面装潢素雅，有纯木的桌子和口感诱人的面包。到时，弗吉尼亚大概就能重新恢复活力了。她可以静静坐下来，边喝茶边赏玩一下她的书的封面设计，顺便再毒舌品评一番！（如果有我的书，她也能发表点意见。那些文学批评家一向对我很友好，至少对封面很满意。）

要是真有这样的机会就好了。

巴诺书店居然停业搬迁，大门上贴着告示，一个星期前就卖光了所有库存。不久，新的服装店就会在此开业。整整五层的书说清空就清空，转眼成了一栋黑漆漆的空楼。天呐！原来那栋漂亮建筑就这样不见了！

我透过玻璃向内窥视，刚开始什么都看不见，过了一会才发现，里面简直是一片狼藉——东倒西歪的空书架、废纸堆、立在墙边的特价牌。

"抱歉，弗吉尼亚，书店停业了，我也不知道为什么。"

"但你说过这是最好的书店？"

"我说过吗？不，纽约还有其他书店。"

我不想让她遭受同样的打击。我俩都是作家，作家需要书店，那是通往待开采矿石的隧道,但现在什么都没了。我后退了一步,然后转身离开了。

林肯中心周围空旷得很,风很大,一块光溜溜的石头杵在那里倒映着蓝天,上面半个字也没有,看起来蠢极了。也许某一天,这个世界不再需要文字,只有图片和影像就够了。

"我万万没想到,一切都——不见了。"

突然,弗吉尼亚开始安慰我。"一家书店而已,"她说,"不要紧,在我们那个时代,书店也会倒闭。做生意嘛,亲爱的,书店哪里都有。也许,你的笔记本电脑书里也有呢?*我们也会有其他生命,我想,我希望……*我好像在哪儿写过这句话?没错,是《幕间》。"

"但你也绝望过呀。"我说。我发现自己正倚在她身上,那单薄的身躯突然变得高大起来,她稳稳地站在那里,替我遮挡着阳光。

"确实,我曾绝望过。"她干脆地说道,声音中带着些许悲伤。"但和书店没关系,我是害怕自己再次发疯,我觉得自己的作品是败笔——"

"对不起。不必再说了,弗吉尼亚,和你的悲伤比起来,我的根本不值一提。"

"悲伤就是悲伤,我们都经历过绝望。但现在,必须再找一家书店。"

"鲍德斯书店也不错。"

我刚说完,弗吉尼亚立刻走到路边,伸出她那修长的手臂招徕出租车,果真有车朝这边拐过来,弗吉尼亚转向我,为自己的成功兴奋不已。一路上,她眉飞色舞地讲着上个世纪二三十年代的图书市场、霍加斯出版社如何面临风险、自己如何印刷小册子——"一台印刷机还不到20英镑!"以及他们卖出了134份小册子时有多兴奋:"无论如何,我们的确挣钱了。当然,我们还出版了汤姆·艾略特的作品!"

鲍德斯书店外的人行道上挤满了人,但我总感觉哪里不对劲。书店里人头攒动,俗气的红黄色广告牌粗鲁地横在玻璃窗上,恐怕只有政府大楼外的公共花坛才会用这么丑的颜色。"一折出售!五折出售!"店员们喊着。顾客如潮水般涌入店门,我和弗吉尼亚也被裹挟其中。几乎看不到任何书,连分类牌也没有,房梁上悬挂的只有各色打折标语。

"应该是新年特卖会,"我说,"大促销最赚钱了。"

也不对啊,新年早就过去了,怎么还在一折出售?所有商品都是一到五折,商家不得赔死?

我的眼睛胀痛,刺目的大号字体不断在跳动:五折!一折!五折!一折!

这时,一位身材丰满、身着套头衫的年轻女子从书堆间匆匆穿过。她太胖了,那件套头衫简直是绷在她身上。"什么情况?现在貌似不是搞促销的季节。"我拦住她问道。

胖女人面无表情地看着我,她忙得满头大汗,好像马上就要体力透支了。"就是促销。"她固执地重复道。

"难道是……"我不忍心戳破真相。

"停业促销。"她倒实诚。

"为什么停业?"胖女人没回答。"到底为什么停业?"我又问了一次,声音也不自觉高了几个分贝。我不能这样对她,书店倒闭又不是她的错,她看起来只比格尔达年长几岁而已。

"有文学区吗?"我问。

胖女人貌似没听懂我的话,也许是口音的缘故。大约三秒钟后,她突然反应过来:"哦,文学,和文学批评差不多,在学术区,但我不确定还有没有货。"

我们对视了几秒,谁也没搞懂对方的意图。有必要再解释一下吗?可惜胖女人已经转身走了。我和弗吉尼亚呆呆地站在原地,一副惊慌失措的表情。

"真不该带你来这里,"我说,"我们立刻去一家货真价实的书店。"

"有规模小点的吗?"弗吉尼亚问,"我还没见过这么——可怕的鬼地方。"

"这种书店也许就不该存在,它们早就该像恐龙一样灭绝了。"

食品、咖啡、明信片、各类活动、书籍、签售会、唱片……真是无所不包,来者不拒。选书的品味越来越差,几乎每两本中就有一本名人回忆录,剩下的全是明星大厨的破烂故事。早晚有一天顾客会意识到,他们买回家的都是垃圾。

商家真是拿我们当猴耍。放在以前,我绝不会让弗吉尼亚知道这些。

但这次,我实在忍不住了:"我们被商家耍了。"

弗吉尼亚疑惑地看着我,半天没出声,忽然,她开始大笑不止,肩膀不停地晃动着,刺眼的灯光打在她身上。她头上的海军蓝帽子正在旋转,止不住的大笑声惹得旁人纷纷侧目。受她影响,我也大笑起来。接着,她的帽子掉了,笑声戛然而止。

我必须找到一个正经卖书的书店。于是,凭着本能,我向一对纤瘦的老夫妇打探消息,老先生满头银发,鼻梁上架着眼镜,一副充满智慧的样子,他正坐在鲍德斯书店外的咖啡馆里看书。

老先生显然很喜欢弗吉尼亚的帽子,脸上露出了赞赏的微笑。开口询问时我才发现,他正在看会计学的书,但依旧热心地回答我的问题:"百老汇大道1133号,里佐利书店。说真的,那可是好地方,你们保准会喜欢。"

事实的确如此。走近书店,首先映入眼帘的是一座玻璃与石头搭建的拱门。店内没有促销标识,只有整架整架的书,里面正在播放莫扎特的音乐,相当轻柔,维多利亚式的长廊美轮美奂。

我来到一楼收银台,向面带微笑的年轻服务员打听伍尔夫的著作。"弗吉尼亚·伍尔夫。"小伙子热情地点点头,那一头长发有点像西班牙猎犬。按照他的说明,我们去了三楼。

三楼主要是"欧洲文学"。一个中年妇女正坐在收银台旁聚精会神地看书。"打扰一下,有弗吉尼亚·伍尔夫的书吗?"我疑惑地问道,"楼下的服务员说这里有。"

"啊,是的,伍尔夫,"女人平静地说道,眼睛还没离开书本,"没错,我们有她的西班牙语译本、法语译本,还有,我看看,没错,意大利语译本。"女人边用电脑搜索库存边回答。

弗吉尼亚一下子就来了精神,双眼变得炯炯有神。之前她还害怕这里没她的书呢。

它们就在这——弗吉尼亚终于安全到家了。"快看,弗吉尼亚,《一间自己的房间》被译成了三种语言,有那么多版本。"

"《*Una Habitación Propia*》,这西班牙语译名听着就像'快去打扫房间,小姐!'。"弗吉尼亚大声说道,顺便抽出另一本意大利语译本,看得出来她很兴奋。

"相比之下,我更喜欢意大利语的译名,一股浓浓的利己主义色彩,听着就让人愉悦——《*Una Stanza tutta per sé*》。哦,《*La*

Signorina Dalloway》,这本《达洛维夫人》[1]也不错,听起来很有质感,原来读者喜欢这几本。"她沉思着。"但你之前说《幕间》才是最好的?"

"有些批评家这么认为,还有一些作家,比如我。"我害羞地说,那种直接着实打动人。"但最畅销的还是《到灯塔去》。"

弗吉尼亚蹲在书架前,认真欣赏着各个版本的译本,那姿势就像一只笨拙的大鸟,而我则下楼寻找英文版。她也许想重新读一读自己的作品。也许,我去了伊斯坦布尔后,某人可以举办几场读书会——由一位"和伍尔夫长得很像"的朗读者主持!伍尔夫就可以扮演她自己了。

我回到一楼,再次找到那位彬彬有礼的收银员小伙子。"找到您需要的书了吗?"他问。

"谢谢,找到了,但都是翻译版,我想要原版书。"

他有点搞不清状况,小伙子的皮肤挺好。

"就是英文版。"

他敲了几下电脑。"通常情况下是有的,"他说,"也许刚刚被人买走了吧。"

我想把话题再深入一下:"你读过她的书吗?"

"哦,读过。"他轻声回答,嗓音很有魅力,一看就受过良好教育,我对他的好感陡然而增。

"大学里有关于她的课程?"

"没错。"小伙子真真对我胃口。唯一的遗憾

[1] 《达洛维夫人》(Mrs. Dalloway),1925年出版,该小说的情节是女主人公克拉丽莎生活中的一天。她在这一天中的主要活动是准备将在家中举行的晚宴,但在读者面前展现的远不止这一天的行为,而是她的一生、她的性格以及她和家人、朋友的关系。伍尔夫用精湛的意识流写作手法通过对每个人物的回忆、联想、思索,超越了时空限制,进出于人物的内心世界。

是没找到英文原版，但这家书店主打意大利文书，因此也情有可原。

弗吉尼亚下来了，我听到了她的脚步声，爱穿金属头皮鞋的大脚老太太，估计她那个时代流行这样打扮。

"读她的诗让我想起了西尔维娅·普拉斯。"小伙子满脸自信。

"西尔维娅·普拉斯？"我困惑地说。"她的诗？"

"是啊，她们的诗都带着些许忧郁。伍尔夫的诗很忧郁，你不觉得吗？"

还忧郁，直接说你没读过不就完了吗，我心想。但表面上，我还得对他点头微笑。脚步声越来越近了，她就这样出现在我们身边，弗吉尼亚·伍尔夫，如此真实，面带笑容，手里拿着她自己的作品。真正的作者死而复生了：她从被我们遗忘的迷雾中回来，名字和面庞都已变得模糊，精心酝酿过的语言也化为毫无光泽的灰色水草。她的到来不仅唤起了我们的记忆，还将我们置于巨大的无知中，在那里，普拉斯和伍尔夫，这两个自杀而死的女人居然可以被混为一谈，里佐利也许早晚会和鲍德斯书店一样消失于无形。

"有安吉拉·兰姆的书吗？"我突然问道。没错，我已经牺牲得够多了，心心念念的只有弗吉尼亚，但自我意识还是在最后一刻苏醒了。

又是疑惑不解的表情，这是我最害怕的。"英语小说家、当代作家、冰岛文学奖获得者……"我含混不清地说，"她在美国不是很出名。"（弗吉尼亚也听到了。）

"L-A-M-B，兰姆？"小伙子假装在查电脑。"恐怕卖光了。"他微笑地看着我，眼中流露出一丝遗憾。腆着脸问书店店员是否卖自己的作品，如此天真的作家世间能有几个？

我知道弗吉尼亚在看我。她为我感到遗憾，这是肯定的，但与此同时，那转瞬即逝的目光里也透出一种胜利的喜悦，猛然弯起的嘴角，不易察觉的浅笑，她不善于隐藏。我甚至连恨都恨不起来。我们就像被捣碎的葡萄，同时参与酿制，但真正能把名字留在酒瓶上的能有几个。

我实在无力承受她的目光。"走吧，弗吉尼亚。"

我俩刚迈出大门，小伙子就用美式英语喊道："女士？我找到一本，马上会到货，《丢失的孩子》平装版，作者安吉拉·兰姆，貌似就是你说的那个人……她还得过尼路咖啡奖（美国人好像对那个奖不太熟悉），这本书已经被改编成电影了，由知名演员瑞安·雷诺兹和布莱克·莱弗利主演。我们预订了五本，如果您喜欢，我给您留一本。"

我冲他笑了笑。没错，瑞安和布莱克，男女主角！格尔达激动得都快疯了，她貌似更喜欢布莱克。事实上，只有我和其他几个人知道那部电影并不成功，前四场的改编剧本简直就是垃圾，但我还是不要打破他的幻想。

"不用了，我很快就要离开这里去土耳其，"我告诉他，"但说真的，你帮了我大忙。"

我俩姿态优雅地走过马路，准备去阿尔冈昆酒店喝咖啡。两个饱受命运摧残，却咬牙挺过难关的女人！

"祝贺你，弗吉尼亚。"

（之前心情不好时，我还想告诉她，书店店员把她和一位美国诗人搞混了。）

"也祝贺你，安吉拉。"

40

格尔达

她还和那个女人在一起吗？（我眼中的弗吉尼亚就是个疯子，我还没去妈妈的书架借她的书，应该带到飞机上好好读读，这样就能找到更多讨厌她的理由。）

她俩也许早就酩酊大醉啦！

我决定一辈子滴酒不沾。妈妈喝了酒就犯糊涂，什么都往外说。（和爸爸在一起时除外，他们只会吵架。好吧，公平点说，他们只是偶尔吵架。有时，他们会卿卿我我，妈妈也有有趣的一面。）

我有妈妈在纽约的地址，她在邮件里说自己带着弗吉尼亚搬到了别的酒店，我央求她告诉我地址，以防我有事找她，她回信说："别傻了，格尔达，你是个自立自强的姑娘！酒店名叫沃兹史密斯，你一定会喜欢这个名字。"

妈妈还要去开会。她日记上写着开完会一周内就会回来，但显然我等不了那么久。

"自强"这词听上去还不错，有点像"勇敢"，我喜欢。人就应该自立自强，我在这方面表现得还不错。但是，仅是做到这点还远远不够。比如安徒生童话里的格尔达，为寻找凯伊走遍了全世界，途中得到了很多人的帮助（凯伊虽然是个女孩名，但在童话里的凯伊是个男孩。女孩拯救男孩，听着就很酷。但格尔达也需要他人的帮助，帮了最大忙的是那个强盗小女孩，她把自己的驯鹿借给格尔达，还送给她浆果（虽然也偷了格尔达的皮手筒），她还有一把刀。太酷了！她是我最喜欢的角色。

我可以自己去纽约——自己订机票、收拾行李、从网上打印一份地图。纽约的道路标识很清楚，且横平竖直！七岁时，我跟爸爸去过一次纽约，还把这段经历写进了日记里，如今读起来仍觉得很不错，尽管在当时我觉得很憋屈。事实上，那段记忆相当模糊，爸爸多年不回家，对我而言，"父亲"两个字只是个模糊的概念。妈妈肯定记得这件事，她对此非常生气，对爸爸大发雷霆："女儿小的时候，你一天都没陪过她。"但之后不久，他俩又和好如初，爸爸从丹麦或别的什么地方回来，与我们生活在一起，我以为这样的日子可以永远持续下去……

我最喜欢和爸爸待在一起，因为听不到妈妈的唠叨。那次去美国是我俩第一回单独外出，我还时常在脑海中重温这段记忆。

爸爸给我买了条牛仔短裤和一双很贵的直排轮滑鞋，妈妈知道后和他大吵了一架，她认为学轮滑"太危险"。（我爱爸爸，因为他总做"危险"的事。事实证明，我的轮滑技术的确高超，妈妈也就放手不管了。后来，她自己也买了一双，但次次都摔跤。"你岁数大了，学不会了。"爸爸说。妈妈羞得满脸通红，一句话都说不出来。从此，她只能装作对轮滑很感兴趣的样子。）

和爸爸在一起最棒，就我们俩，没有妈妈，我可以得到想要的一切，还有爸爸陪在身边。但我知道，我们总要回家的，因为还有妈妈在,她会先给我俩一个大大的拥抱,然后催促我们去洗澡,可口的饭菜早已摆在桌上。不论出去玩得多疯,一家三口总会团圆,家就是家。但那是很久以前的事了。

41

弗吉尼亚

阿尔冈昆太棒了，简直是繁华都市里的世外桃源！

但这里却勾起了我的伤心往事。

安吉拉

刚走进去我就爱上了这里，仿佛回到了 20 世纪 30 年代。高高的天花板、造型优雅的灯饰、色泽鲜艳的缎面条纹沙发椅、地毯上的玫瑰图式，室内清凉，环境清幽。

弗吉尼亚

这里的装饰有点像以前的声色场所，但对作家来说倒挺合适。

如果我们那时候同意了那个有钱人的建议来趟纽约，我和伦纳德一定会光顾这里。曾经有个有钱的美国女人来找过我们，说要带我们去美国看看，但她的提议听起来就像是要把我们当猴子一样带去美国展览。她很有钱，也很大方，所以我们听了一下她的说辞："你只要去了那里随便说点什么，然后回答几个问题就好。"

她的坦白让我钦佩,她的动机也很明显:赚钱。

现在我有点后悔那时没有接受她的提议。

她很特别,甚至让我产生一种既优越又自卑的不真实感,或许因为我们属于完全不同的世界。(但现在的我已经不同那时,我想要去了解她口中的那个世界。)

我们拒绝了她,之后就无缘美国了,虽然每次有新书出版我都会坐在那里花几小时给特别版签名,然后送到美国。我嫌这太麻烦,但伦纳德坚持要这么做:"美国是一个很重要的市场。"伦纳德总是那么聪明又理智,如果他现在在我身边,他一定知道要怎么做,我就不需要依赖安吉拉了……虽然她已经尽力做到了最好。

阿尔冈昆里人们交谈的声音很小,是一种礼貌性的低语,里面放的音乐也十分舒缓低沉,所以要花几分钟才能从外面吵闹的环境中适应这里的安静。我俩坐在后面的一张桌子,几乎要隐匿在昏暗的灯光里。

当我们适应了这里昏暗的光线后,能看到角落的花瓶里奶油色的百合花就像一张张小巧的脸庞在绽放。这里曾是作家们会面的地方,连身在英国的我们都知道这么个地方。我们对多萝西·帕克的名字耳熟能详,她是我的实力竞争者,我总能听到她的名字,但她是个记者并不是真正的作家,越多的人劝我读她的东西,我就越抗拒。她太年轻了!这些抖机灵的年轻人……她有过为爱痛苦的经历吗?"多萝西·帕克什么时候去世的?我问安吉拉。

"很久之前,我还没出生呢。"

"她有小孩吗?"

"我想没有。"

这个回答让我心里涌起一种满足感。"她很有趣,但她并不幸福?"

"我怎么会知道？但她是真的很风趣，弗吉尼亚。我很吃惊你居然没读过她的作品，她是那个圈子里唯一留下名字的，她的光芒超过了所有人。"

哦，看来安吉拉很崇拜她，但我为什么感到嫉妒？一个念头忽然抓住我："那她——她有没有自杀？"

安吉拉

弗吉尼亚竟隐约露出了渴望之情，她并不想做唯一一个自杀而死的人。我告诉了她真相："她死于心脏病，但其实你们差不多，她自杀过四次。"

弗吉尼亚

我开始有点同情她，要面对那样的恐惧，多次尝试又多次逃离。但我也嫉妒她，因为她终究成功逃离了复仇女神。

在我知道她去世后，开始有点后悔没读过她的书，我不再对她有种莫名的嫉妒。这种感觉似曾相识，我对凯瑟琳·曼斯菲尔德也曾这样，她的去世让我很悲痛。我想把这样的感受写下来，就像很久以前我对凯瑟琳去世的感受。用孱弱的文字剖析自己的哀伤，在同情中拥抱自己，那渴望叙述的冲动让全身的肌肉为之紧绷……

但在我付诸行动之前，恐惧再一次袭击了我，异常的无助感紧抓着我。为了避免更糟的情形出现，我甚至不再尝试——无力的双手，无望的笔——我需要重新振作起来。

我不敢这般审视自己。

难道我就要这么泯灭于众生之中吗？

每次我尝试去写，脑袋就一片空白，仿佛所有的文字都被纸张吞噬了。它盯着我：永远都是一片空白。

恐惧在挤眉弄眼地嘲笑我。我必须要写。不要想它们，不要去想，不要。

（难道是因为这数十年的沉默？难道我的表达欲和写作能力都被抽空了？）

安吉拉

"多萝西·帕克很像你，弗吉尼亚。整个圆桌俱乐部就她名气最大。在英国，大概没人知道马克·康奈利和罗伯特·舍伍德是谁，但所有人都听说过多萝西·帕克。"

弗吉尼亚

"也许并不是她有多好，只是同行的衬托？"我需要一个合适的理由去相信她说的话。

是的，邓肯和罗杰也曾那么优秀。我在大都会博物馆感受到的那种空虚，死去的人终会被历史掩埋……

他们没法再画画了。没有机会了。

安吉拉

"艾丽斯·杜尔·米勒也曾是圆桌俱乐部成员，一位颇有天分的诗人，但如今几乎没人知道她。事实就是如此，弗吉尼亚，历史会让一切简化。有的人可以一直光芒耀眼，比如多萝西·帕克和你，剩下的就只能归于沉寂。"

弗吉尼亚

"光芒耀眼。我喜欢这个词。"

是的,我曾经是。曾经的我无所畏惧,不是吗?阿尔冈昆咖啡馆的百合花在角落开放,每一朵都仿佛一张小小的白色脸庞,凝视着我们,它们也渴望光芒耀眼,像我们一样能够拥有在太阳下谈笑、创作的幸运。

是的,我已经拥有这份幸运,因为我又活了过来,我再次拥有了一切。我就活在此时此刻……

但如果我没法……当然我可以写,因为我是作家,作家一定能写出东西。

我脑袋里似乎有什么东西被强行拆除了。我看向安吉拉,有点厌烦她,但我不能。我要放松自己……

"我饿了,也渴了,能请他们给我们拿点吃的吗?就像你刚刚说的'零嘴儿?'"(她是这么说的,很土气的一个词。)

安吉拉

"给我们拿点吃的,服务员。要喝茶吗,弗吉尼亚?或者来点酒?"

弗吉尼亚

"谢谢,我需要一杯酒。"

安吉拉

"香槟?还是上等红酒?"

弗吉尼亚

"香槟就好。"

安吉拉吃惊地看着我，睁大了她那双化着浓妆的眼睛。

安吉拉

她半个多世纪没喝酒了，今天竟会突然兴致大发？

我们互相碰杯，酒杯刚挨到一起——弗吉尼亚把手往回缩了缩，好像觉得自己很突兀。音乐再次响起了。

弗吉尼亚

是20世纪30年代的爵士乐，听起来仿佛一股悲伤的风吹拂过沙漠，或是一阵寒冷的海雾。歌声让房间变得越来越小……

安吉拉

她睁大着双眼，一副失魂落魄的样子，我好像越来越看不清楚她了。弗吉尼亚放下酒杯，用一只手抓住另一只，使劲地拧着。

"弗吉尼亚？"她凝视着地板。"弗吉尼亚，你还好吧？"

她拿起酒杯，灌了一大口。

弗吉尼亚

"我没事。不，我不太确定。"

安吉拉

她已经喝掉了大半。

弗吉尼亚

有那么一刻我几乎冷得要死,但当我喝了酒,那些气泡开始膨胀,血液在我的血管里重新活了起来,我对安吉拉也有了种说不出的亲近感。我想找人说点什么:"你知道,我之前试着写过东西……"

安吉拉

"试着写作?哦,我看见过,那天晚上在沃兹史密斯酒店你的房间里。你每天都写吗?"这个时刻终于到了,作家与作家的对话!真的可以吗?她漂亮的嘴角抽动了一下。

弗吉尼亚

"但总是……哪里不太对。事情总是出错。"

安吉拉

"你的意思是,写作不顺利?"

弗吉尼亚

她的眼里闪过一丝渴望的光芒,就像是饥饿的动物嗅到了食物的味道。

"我不是那个意思。"但酒精在驱使我继续说:"这个话题对我来说太难了,我说不出口。"

安吉拉

"弗吉尼亚,我洗耳恭听。"

弗吉尼亚

朦胧中,她的脸上长出了无数只耳朵,肥大、刺眼又不堪入目。她的胸口上有什么东西在发芽,手上和胳膊上也长出了粉色的菌类。洗耳恭听——她是在嘲笑我吗?

安吉拉

"倘若有谁能理解你,那个人就是我。"

弗吉尼亚没回答,她靠着椅背,静静地坐着。

香槟很快喝完了。也许我应该稍安勿躁,但怎么忍得住呢?我们终于可以谈谈写作了。这是我一直以来的梦想,上帝果真显灵了,特意把她送到我身边——

"再加两杯香槟。"我尽量拖延时间。

"好的,女士。"

我试图寻找合适的词汇。没错,我很激动。香槟送来了,我拿起杯子,弗吉尼亚看向别处,我决定主动出击。

"写作不顺实属正常。对你而言,这是个完全陌生的世界。我最近也文路不畅,去年刚出了一本书,评价很好,也算畅销,但那又如何呢?"(弗吉尼亚的身体轻轻抽动了一下,希望她能与我心意相通。)"我与爱德华之间的关系也出了问题……最近咱俩太忙了。"(我其实想说:"我忙着照顾你。")"下一部作品的主题还没想好,但素材总会有的,看到某样东西,去到某个地方……在文学领域,你已经是殿堂级的人物了。你还没读过我的书,弗吉尼亚,没关系。名望也会带来压力,你没发现吗?你也会感受到压力吗?"

弗吉尼亚呆呆地凝望着远方,眼神冰冷,恰似一潭深不见底的湖水。"当然,对现在的你而言,写作更是难上加难,从某种程度上来看,这将是你的回归之作!"

弗吉尼亚紧紧抓住杯颈,眼皮低垂着。她究竟在想什么?谈话还能继续吗?

不管了,必须说个痛快。我吞下一口香槟:"这也是我来纽约的原因,我想写你,我想知道为何你的作品如此——震撼人心?我们能做什么?我们做的这一切又有何意义?"

我居然脸红了。我看起来是不是很傻?

弗吉尼亚

真是不可理喻。难道她认为我们是同一类人,她能和我有共鸣?她以为她了解我到骨子里了,她觉得我们应该拥有同一种"自信"。她以为我像写作新手那样遇到了瓶颈!我想她很快就要给我提建议了!我闭上眼睛把自己隐藏在黑暗中,想说的话被留在了心底。

安吉拉

难道她睡着了?

弗吉尼亚

渐渐地,我的怒气消失了,是我太傻才向她吐露心声,让别人有机可乘进入我的内心。我只是把心海之门打开了一条小小的裂缝就被破门而入,现在被孤零零地丢在这里。

我不敢相信她是个这么残忍的女人。

不是残忍,事实上是愚蠢。我从没读过她写的一个字,而且我发誓永远都不会读。

"那些钢笔，"我抱怨道，"那些愚蠢的钢笔。"我本来不打算抱怨的，但这些话却自顾自地冒了出来。"那个老男人卖给我们的是坏的钢笔。"

"钢笔吗？"她吃惊地说。"我用的那支没有问题啊。那你先用我这支圆珠笔吧。"

我拿着她递过来的那支笔，它看上去廉价又劣质。我紧紧握住它，看都不想看一眼。

我的怒气又一次升腾而起。我把圆珠笔放进包里，深呼吸，努力控制自己说："谢谢。"然后试着让怒气随着音乐渐渐从心底排出。

是我的错，把自己的伤疤揭给别人看。

那种糟糕的赤裸裸的感觉，让我想起小时候，幼小又无助。还有第一次把小说送到出版社时那种可怕的被曝光的羞耻感。这就是为什么我们要开办霍加斯出版社，只有这样我才不会再有那种如婴儿般赤裸着被人评判、被人挑剔、被议论后弃如敝履的羞耻感。

我喝完了最后一滴酒，已经与爵士乐融为一体。

安吉拉坐在旁边，看起来很担心的样子，她傻傻地皱着眉头，嘴巴紧紧抿着，仿佛她明白这一切似的。

她的紧张是对的，因为她崇拜我，这个处境尴尬又总是闷闷不乐的女人。

但她也是我唯一的朋友。

安吉拉

"他们肯定忘记把吃的拿来了。我真是醉得不轻，你还好吧？"

弗吉尼亚

　　萨克斯、钢琴的声音就像阵阵萦绕在耳边，这是属于过去的音乐。"在伦敦城的一个雾天……"

安吉拉

　　"弗吉尼亚，你想回家吗？是不是音乐的关系？你看起来情绪很低落。"

弗吉尼亚

　　"是有点伤心……但同时也很快乐，这音乐让我想起伦纳德。"也许我可以和她分享我的心事——作为一个女人的心事，但永远都不会再分享我的写作了。

安吉拉

　　"希望刚才没冒犯到你，你知道，关于写作的事情。"自己竟会软弱至此。写作是聊不成了，看她表情就知道。她不愿意跟我聊，我也只能接受。

弗吉尼亚

　　"我都忘了，刚刚都没听清你在说什么。"

安吉拉

　　她为何非要羞辱我？不行，不能因为这种事生气。也许她只是不高兴吧。我告诉她我去年出了一本书，但她已经好几十年没写过东西了，难道——弗吉尼亚嫉妒我？

没错。她就是嫉妒我。这样想就舒服多了,我应该大度些。"再来些香槟?"她没应声。"两杯香槟,谢谢。"这是酗酒的节奏啊,我笑了起来。谢天谢地,终于上来吃的了。没过多久,我俩就恢复如初了。

弗吉尼亚

"有件事我一直想问你——关于伦纳德。"

我曾经好几次想要问她,但我的舌头不听话,总是说不出口。此刻在这里,仿佛那些百合花也在鼓励我:"我希望伦纳德在我死后不会太孤单,仅此而已。我希望他没有孤独终老,你能告诉我吗?"

安吉拉

我很害怕她问这个问题,但内心又有所期待。

我要如何告诉她?伦纳德和特里基·帕森斯同居了许多年。"认识特里基并与她相爱是我一生中最幸福的事。"虽然这是别人的私生活,但伦纳德的话真让人心凉,亏得弗吉尼亚还一直牵挂着他。"他很好。"我咕哝道。

弗吉尼亚

"难道在你的那个笔记本电脑里没有吗?你说过那里什么都有。"

安吉拉

她声音尖利,眼神中尽是疑惑。我不想对她撒谎。"你还是自己搜吧,有好几百万字,但有时候一条有用的信息都没有。"

弗吉尼亚

我又不是小孩子,她完全没必要对我隐瞒,一定有其他的女人。但伦纳德爱过我,我是他的山魈,我知道他能欣赏我的美。是的,我被爱过,这是我从未怀疑过的事实。

每个人都会经历失落和悲伤。凡妮莎爱邓肯要比邓肯爱她多得多,而在我生前,伦纳德爱我我也爱他,我们的爱是对等的。我们曾真真切切地爱过彼此,在仅有的一生中为彼此而活。

人们以为我生性冷漠,但他们对我和我爱的人之间又了解多少?想起曾经的无数个夏夜,我们躺在一起……哪怕最终我让他那么失望,他都是我的挚爱。我们曾相拥而眠。就因为我更有智慧,所以旁人便幸灾乐祸我不是一个好女人。

连我没有生孩子这件事都被他们津津乐道

那些总是否定我、指责我的老男人

伦纳德年轻的脸　不屑地模仿着他们的表情说:

"弗吉尼亚,我们不能总是忍气吞声,这样不对,况且你身体本来就不好。"

我本可以成为一个母亲

　　像凡妮莎一样得到孩子的爱

但他们都说不行　"山羊[1]疯了"

[1] 伍尔夫儿时的昵称。——编者注

　　　　　"人人都知道山羊疯了"

不，我不能再想这些了
　　　可是我喝得越多，这些往事就越清晰地浮现出来

　　　鱼鳍如同黑色的刀锋闪烁着
　　　　　　　路边还有脏兮兮的污水

扒开野草露出贫瘠的石头
　　　　　　（笔尖断了，我的手指开始流血）

路口拐弯处有奇形怪状的东西

　　　　　　　　　　召唤我向他们倾诉

绕颈的绳子
　　　　阻止我去写　去看

"你不能写了吗，弗吉尼亚？"

　　　"哦，看到你的痛苦真让人难受。"

"我们或许可以谈一谈。"

　　　　他们自顾自地说着话、高声谈笑着

逃走，快跑，趁他们还远的时候
　　　　但他们只是一个个虚伪的敌人，软弱又渺小
　　　　于是我蹲在路边等待

"告诉他们把音乐声调大一点！"我听到自己的声音，很大声，带着莫名的自信。安吉拉照着我的吩咐去做了。

跟着音乐的节奏跳舞　　把这些思绪都赶走
　　　　是的，我能控制好自己的情绪

　　　　在伦敦城的一个雾天……

他们炸掉了巴黎的咖啡馆　　没人有资格说自己不快乐……
我们会打败他们的　　　　　英格兰万岁

我不会被打败　　　　　　　我还会再写作的

安吉拉

"弗吉尼亚，你的香槟还没喝呢，最后一杯是你点的，别浪费——哦，做得好！"

她突然举杯一饮而尽。

"谈点实际的——参观自由女神像。"（喝酒喝得舌头都大了。）"想去的话只能明天了，我在纽约的最后一天。"

她看着我，面无表情地重复我的话。

弗吉尼亚

"我的最后一天。"

(而我的最后一天　　我不能再去回想我的最后一天了)

安吉拉

喝过酒,人也没那么拘谨了。"弗吉尼亚,亲爱的,你还好吧?明天想看自由女神像吗?"

弗吉尼亚

我喜欢"明天"这个词,听上去轻盈又美好,虽然我曾经害怕面对明天。

因为复仇女神总是躲在某处。

但现在不了,我已经把她们留在了地狱。

安吉拉

"我们几点出发?是早上吗?弗吉尼亚?弗吉尼亚?"

她正慢慢晃动着一柄勺子。

弗吉尼亚

"只有明天了。"

我仿佛跟着音乐飘起来了。"我在这座城市里只是个陌生人……我有种想要屈服的感觉……"一种幸福感莫名升起。随着音乐进入高潮,我仿佛和伦纳德一起走在伦敦的街头,两只喜鹊在我们的头顶盘旋。我喝完了杯子里剩下的酒,它们在我的血液里变成了舞蹈着的气泡。

安吉拉

"那就明天出发？别戴帽子，弗吉尼亚，那里风很大。穿那件你自己买的黄色外套吧。如果你不介意的话，我想穿自己那件蓝色的。我们一定要打扮得漂漂亮亮的！"我竟然咯咯笑起来，简直蠢到家了。（我必须赶紧回去喝杯浓咖啡醒醒酒。）她也许会宿醉，但那又怎样？"让游客给咱俩拍照，我要把这一幕记录下来。"她现在的状态这么差，明天能否成行还是个未知数。

弗吉尼亚

"我有点害怕坐船。"

我自己都觉得这句话荒谬，我都淹死过一次了。但现在，我仍然有些怕船，小时候父亲带我们坐船外出时那种害怕仿佛一直跟着我。

安吉拉

"该结账了，弗吉尼亚——"

弗吉尼亚

"我想在这里多坐一会。"

安吉拉

"那你自己怎么回去？"

她没理我，依旧陷在沉思中，但说话声音却很冷静。

弗吉尼亚

"我想在这里坐一会,和伦纳德一起。"我相信他此刻就坐在我身边。

我希望安吉拉赶紧走。"我怎么回家?当然是打车,我知道在纽约如何打车。"

安吉拉

通常情况下,我不该丢下她,但我无权替她做决定。

"弗吉尼亚,明天上午十点,一楼大堂见。"

42

安吉拉沐浴着阳光,脚步轻快地朝坐落于炮台公园附近的售票厅走去。她们要登岛去看自由女神像了。弗吉尼亚缓慢地拖着步子跟在后面。

弗吉尼亚

"是的,我承认你说得对,我不该喝那么多的。"

安吉拉

"是我不好,不该把你独自留在那。"

弗吉尼亚

"但我很开心。"(停了一下。)"我是个成年人了。"

安吉拉

"一位警察看见你坐在消防栓上,幸好他把你带回来了。"(她竟然走快了。)

弗吉尼亚

"我并没有坐在上面。"

安吉拉

"那你在干什么?"

弗吉尼亚

"我想试试能不能跳过去,所以我现在跟不上你。"

安吉拉(大笑起来,放慢了脚步)

"好吧,弗吉尼亚。希望我们能赶上那班正午的船……不过,也许时间并没那么重要。"

弗吉尼亚

"不,时间很重要,别犯傻了。"

当你沉浸于一件事情时总会忘了时间,而意识到快结束的时候才会紧张起来……

(忽然加快了脚步)"是的,我们必须赶上这趟渡轮,你说得对,我不想错过任何事情。万一……我又被带回去了呢。"

(停了一下)

"我喜欢生活在阳光里。"

安吉拉（用手环住弗吉尼亚，之前她从未这样做过）

"我希望你昨晚过得愉快？"

弗吉尼亚

"昨天晚上的店里有文学语录小册子，我撕下来了一张，上面有多萝西·帕克的诗。"

安吉拉

"你把书给撕了？"

她一脸羞愧。

弗吉尼亚

"好吧，我承认我本来想试着抄下来的，但那该死的圆珠笔根本不出水，就是你给我的那支，根本不出水。"

安吉拉

她突然恼怒起来，双颊涨得通红。

"抱歉，给了你一支不好用的圆珠笔，"我说，"我们可以再买一支。"

她立刻眉开眼笑。"没错。新笔肯定好用，不是吗？"

"当然。"

弗吉尼亚把撕下来的书页交给我。天啊，我差点摔倒，居然是那首《简历》！

"我喜欢这首诗！"

弗吉尼亚（又开心了起来）

"我们读诗吧，大声读出来。"

安吉拉

我们一起拿着纸，大声朗读起来，我承认读得很烂。到码头时，我们笑得都快喘不过气来了——

"刀割肉痛，
跳河湿透"

我们决定自己也编一首，权当娱乐！我俩把各自编的句子写在了一起。

割脉太疼，
跳河太脏，
服毒毁五脏，
跳楼血泼溅，
开枪声太响，
上吊勒脖子，
煤气太难闻——
女孩，你还是活着好！

你可不是每天都有机会和弗吉尼亚·伍尔夫或多萝西·帕克一起作诗的。

43

安吉拉

我们还是错过了渡轮，这没什么要紧。

"伦纳德时刻盯着我，不让我过度饮酒，"她说，"他不希望我太过激动。其实，偶尔发泄一下没什么不好。我才不管那么多呢，我就是不在乎。因为他不在我身边，我必须自己照顾自己。我必须安全到家。"弗吉尼亚眉头紧皱，宿醉引发的头痛来势汹汹。但奇怪的是，她看上去竟年轻了许多：双颊粉红，下巴也更显紧致。

还有那无穷无尽的好奇心几乎让她年轻了 20 岁。无论去到哪里，她都要竭尽所能地用眼睛捕捉周围的一切，如同刚迁徙而归的候鸟，誓要将整个北方大地看得清清楚楚。弗吉尼亚在船上买了两包圆珠笔，她怎么这么兴奋。

我喜欢和她在一起。

我喜欢弗吉尼亚。

即便顶着骄阳，冒着海风，排队等候了 45 分钟也心甘情愿。游客都无精打采，他们身穿短裤，两条腿像灌了铅，抬都抬不起来。不，他们也许就是美国人。我怎么觉得美国人的打扮和游客差不多呢？

也许是他们穿得太少的缘故。春寒尚未褪去，热气还很微弱，冰冷的风拂过海面，激起细碎的白色浪花。这帮家伙肯定是吹空调吹傻了，不知道纽约的天气，对季节毫无概念。

那天的热闹程度几乎赶上了假期。所有人都排着队等船，整个世界都沉浸在欢乐的氛围中。年纪轻轻、满头脏辫的黑人正随着耳机中的节奏扭来扭去。几个穆斯林小伙身穿白袍，凑在一起有说有笑，他们时不时打量四周，黑色的胡须直愣愣地朝前挺着。上渡轮时，他们遭到了十分严格的搜身检查。三位年岁较大、体格健壮的英国妇女正唱着歌，其中两位头戴航海帽，身穿运动夹克，口音听起来和弗吉尼亚如出一辙。当然，哪里都少不了小孩。和大人比起来，他们则兴奋得多，一会儿玩倒立，一会儿翻筋斗，很快就跑没影儿了。还有几个太胖跑不动的小家伙们直挺挺地站着，膝盖并拢，小脸上的肉一动一动的，可能是在嚼口香糖。

突然，我看到了格尔达：一个是她五六岁时的样子，一头火红的头发，在阳光下一蹦一跳的，仿佛舞动的小精灵；另一个是现在的格尔达，肥嘟嘟的，性格也沉稳了不少。女儿肯定喜欢这里，她最爱旅游和探险，这点像她父亲（只不过爱德华做事不懂分寸，完全不计后果）。

我最亲爱的女儿。忙完弗吉尼亚的事，我会立刻给她回邮件，有时是写着写着睡着了。草稿箱里装满了我对她的爱与祝福。

不全是弗吉尼亚的错。我承认我是个工作狂，但我也不必自责，总要有人为生计奔波。格尔达刚出生那几年，她父亲什么都没做过，现如今，他在外面逍遥快活，从不为我俩担心。他根本不知愧疚感为何物！

也许，对于家庭的破碎，每个人都应该自责。父母曾帮我照看过格尔达，年迈的他们早已去世。作为职业女性要忙事业，孩子永远无法得到足够的照顾——即便是最尽职的父母也难以两者兼顾。打从一开始，我就下定决心，要做个合格的妈妈。

幸运的弗吉尼亚。可怜的弗吉尼亚。她不会有这种罪恶感，但也无法体会到养育儿女的甜蜜。

登船后，我们爬上观景甲板。"我女儿喜欢坐船，格尔达肯定会享受这次旅行。"

海风呼啸，盖过了我的声音，她不认识格尔达，说了也白说。渡轮离开码头，弗吉尼亚凝望着远方，辽阔的水域逐渐铺开，金灿灿的水面亮得耀眼，摩天大楼慢慢消逝于地平线后。远远望去，对岸那座浅灰绿色的女神像暗淡无光，不是因为距离太远看不真切，就是它被太阳晒褪了色。一只胳膊擎着火炬。从远处看，她是如此渺小，如此与世无争。

变大、变大、变大，自由女神像每分钟都在变大，虽然此时此刻仍旧离我们很远。

十年前，我的书得以在美国出版。第一次来纽约我就爱上了自由女神像，仿佛那火炬是为我而举的，还有另一只手上的石头碑碣，都让我很有亲切感。她在欢迎我光临美国。

而今天，她在等待我和弗吉尼亚。

自由女神包容、开放、美丽，因为她欢迎所有远道而来的人，包括曾经的难民，哪怕那些排队等候坐船的人里有很多动不动就拿爆米花撒气的熊孩子。

（我知道格尔达胖了，尤其是头一个学期。难道这是我的错？）

弗吉尼亚把整条船都跑遍了，早上刚出门时她还心存顾虑、行为拘谨，此刻就像换了个人似的。周围都是按下照相机快门的咔嚓声。我不错眼珠地盯着那件黄色外套，唯恐弗吉尼亚走丢了。随着渡轮距离自由女神像越来越近，人们开始朝船边挤，都想抢占绝佳拍摄点，弗吉尼亚却岿然不动，死死护住自己的位置。

也许因为她看起来有些古怪，所以没人搭理她，但我早就习惯了。随着渡轮转弯进港，我亲眼看着弗吉尼亚从船的这边滑向了那边，"喔！真够惊险的！"她的发髻有些散乱，几根长发逃出了发卡的束缚，正在狂乱地飘着。她开心极了，迎着风大笑不止。突然，半空中传来一声喇叭似的巨响，是汽笛声——

高耸入云的自由女神像已近在咫尺。

游客争先恐后地跳上舷梯，我焦急地注视着弗吉尼亚，那个清瘦的黄色身影，随风狂摆的灰色长发在人群中上下飘动。船停稳了，她居然知道跟着人群慢慢向前走，深一脚浅一脚地，像在跳舞。此时此刻，她已经走在了队伍最前方——

闸门开了。

弗吉尼亚二话不说，直接迈了出去！她已经来到草地上，领先了一大截。

我跟在后面，累得气喘吁吁。

弗吉尼亚

一下了船，就有人不断从后面涌上来，我不顾一切地往人群前面跑。自由女神像模糊地出现在我眼前，矗立在石头砌成的碑座上，但她太大无法看到全景。我小跑着走在最前面，并且开始喘气，但因为总仰着头，所以无法跑太快，只能偶尔认真地看上一眼：她看起来就像一幅温德姆·路易斯的画，她的身躯、硕大的脚和手臂以及纹丝不动的发髻，和我的凌乱截然不同。

然后我绕过一个拐角走出来，来到了一片绿色草地，她终于完整地呈现在我的眼前，可以面对面地看她了。

我仔细盯着女神像看了几秒，然后哭了。在我眼前的是一位女战士，高大又温柔，擎着那根火炬，这也是凡妮莎给《到灯塔去》画的封面人物的形象。她那强壮的手臂、坚韧的目光，还有牢牢守望着海面的神情，仿佛在守护着那些需要她帮助的人和在风雨中飘摇的船只。

（不像我那可怜的母亲总是忙于家务：修补破袜子、清理灶台、看望病患和照顾那些穷人家的小孩——她的行为仿佛是对我们的无声指责——从没有闲下来的时候，直到她的双颊日渐深陷，脸庞更加消瘦，双眼如炬陷在深深的眼窝里。她就像一根被插在烛台上瘦小的白蜡烛，从里到外燃烧着自己直至熄灭。那是一种困于室内忙于家务的奉献，我们被排除在她的世界之外，不理解她，面对她时只有畏惧和胆怯。她却越来越虚弱，直到去世。之后，我们只能孤零零地长大，再也得不到她的爱和关心。）

现在，自由女神就在眼前，没有人可以打扰到她。她的身体由巨大的石灰岩雕砌而成，皇冠由绿色的金属铸就，坚实如同武器。她一点也不忧虑、焦躁，她面朝着未来。我站在她的影子之下，靠近那双巨大的脚。我把人群甩在了后面，独自面对着她。她的脸在数百米的高处，巨大的眼睛看向地平线，注视着那些需要帮助的人们。

空气有点冷，风倒是小了。我忽然觉得很累，仿佛自己是一本从远方图书馆运过来的书,从我被拖出时间之外来到这个世界时疲倦就无处不在。此刻,困意涌了上来,就算席地而睡也没关系,因为我要回家了……

安吉拉

"弗吉尼亚?弗吉尼亚?"

我看不见她,但我知道她就在附近。一大群游客将自由女神像团团围住,现代人就是会玩:拍照、听音乐、野餐、男孩们打电子游戏、三名日本女生在学霹雳舞……一位满脸粉刺的中国老师带着一群孩子来郊游,他满头是汗,这会儿正冲着小家伙们大喊大叫;还有一对金发碧眼的姐妹——难道来自北欧?——正在雕像前做双人瑜伽。我在人群中匆匆走过,弗吉尼亚到底去哪了?

草地正中央,游客们弓着腰站成一圈,好像正围着什么看。

有那么一瞬间,我仿佛觉得她——已经消失了。我刚走近,人群就开始耸动,大家纷纷起身,她果然在——四仰八叉地躺在地上。没错,她还在动。听到我叫她的名字,弗吉尼亚才慢慢起身。她像个小学生似的,眼神中尽是恐慌。呼啦啦冒出这么多人,把她团团围住,连天空都看不见,弗吉尼亚肯定烦透了。

"让她呼吸点新鲜空气好吗?"我也顾不上什么礼节了。"只要呼吸顺畅就行,没什么大碍。"几位游客本打算帮忙,但遭到了我的拒绝,他们只好悻悻离开。

乘船离岛时,弗吉尼亚靠在我身上。她的脸上满是皱纹,面色土灰,憔悴到不行。"出什么事了?"我问,但她没吱声。我让她坐在我旁边,头倚着我的肩。

这是我俩挨得最近的一次。隔着厚实的外套,我依然能感受到她身上的热量，她的头滚烫，好像整个脑袋都在燃烧。我不敢动，也不敢打扰她，虽然我渴望抚摸她那头灰色的长发——她的头发又细又软，我真想亲自替她打理一番。（我想起了格尔达的头发：浓密的亮栗色，瞧着就很可爱。虽然她小时候经常被同学欺负，说她顶着一头"生姜"，但现在绝对没人敢惹她了！）

　　汽笛声不时响起，仿佛在警告我们渡轮仍处于航行中。弗吉尼亚突然坐起身来。

　　"是我，弗吉尼亚。你还好吧？"

　　"别大惊小怪的，我当然没事。"

　　可是她不停地发抖，几乎没怎么说过话，渡轮转了个弯，开始横渡港口，汽笛声响成一片。

　　"要喝点茶吗？"

　　弗吉尼亚没理我。不过等她几杯热汤下肚后，整个人总算精神了。

弗吉尼亚

　　"谢谢你，谢谢你照顾我。"

　　我想她一定以为我晕倒了，在自由女神像脚下。我知道，和她在一起我是安全的，就像睡着一样安稳踏实。刚刚或许是陷入了比睡眠更深沉的状态，但当我醒来，看到周围黑压压的人群，感觉自己几乎要被21世纪的人吞噬了——那么多人围着我，还有他们身上的汗臭和其他气味混合而成的奇怪味道包裹着我——在我生活的年代，人们不会闻上去像汽油味。他们闻起来就像一片被污染了的海。

然后安吉拉出现了，她带我离开人群。我不记得她是怎么把我带上渡轮的，但当我喝到她给我的热茶时，生的气息又回来了。

安吉拉

"快看，在这里依然能看到自由女神像。"

弗吉尼亚

我回头看了一眼灰绿色的自由女神。随着距离越来越远，她的线条已经模糊。逆着光，她慢慢变成了一条竖线，但如果聚精会神地看，那手臂的曲线举着火炬朝向天空，她笔直又强壮地立于阳光下、虽渺小却勇敢地漂在海面上。

我依然能感觉到自由女神给予我的那种震撼。

但在某处，失望也在滋生。

终于实现了自由，我们从不敢想象的自由。它是美好的，也是丑陋的。在《幕间》的创作过程中，我对它还没有理解透彻。大众的自由并不代表着美。

每个人都是自由的——"但自由意味着什么？又怎么使用这种美国式的自由？"我没意识到自己已经脱口而出了。

安吉拉

"那不是重点。每个人都该享有自由，每个人，这才是重点。"

弗吉尼亚

是的，每个人都是自由的——船上那些身着T恤短裤、戴着廉价项链在我身边走来走去的女人，用刺耳的声音朝着丈夫们大喊大叫；还有随处可见的非洲人，嘴里嚼着口香糖，把包装纸随手扔在地上，笑得比谁都大声，他们已不再是被锁上的奴隶而是自由出行的游客。不管曾经是主人还是仆人，现在已没有任何区别；不管是歌剧演唱家还是没读过书的工人，也不再有任何区别。更多的人沉迷于各种机器，其中一些小小的白白的从耳朵里吊下来，另一些则是装在他们口袋里的彩色盒子。

这就是自由：我们渴望已久的自由。

我亲眼目睹了这些已经实现的自由。

我以前曾对它无限遐想，但现在我累了，厌倦了这个新世界所拥有的和失去的，长江后浪推前浪，无数的人从身后涌来将我们践踏于脚下——我们已经被踩在脚下了，因为他们都离世了——德斯蒙德·麦卡锡、利顿、乔治·摩尔、梅纳德·凯恩斯、伦纳德和那么多聪明又有趣的朋友们。他们知识渊博且精通多种语言、文笔优美又能言善辩——这些智慧的头脑都被时代所抛弃了，他们的名字已无人知晓，他们曾经为真理而争论不休的画面也不复存在。连书店都关了门，书也早晚会消失。这些围在自由女神像周围的芸芸众生们几乎都不会写作——那么我又是在为谁而写呢？

也许过去的人永远也无法书写现在。

一缕灰发被吹进了我的嘴里，我的后背开始生疼，双脚也肿了……我感觉自己很可能会因过度疲劳而死。

确实，我有自己的思想，但那都是几十年前——上辈子的事了，在那个属于我的时代。

安吉拉才是了解这个世纪的人,但我并不会嫉妒她所拥有的。

不过,她不能把我丢在这里,她是我唯一的希望。"安吉拉,我想和你一起走。"

安吉拉

"当然,我们现在就回酒店。"

弗吉尼亚

"不,是你明天必须带我一起走。"

安吉拉

"明天?"

弗吉尼亚

"去土耳其。"

安吉拉

"我不能,弗吉尼亚,你肯定在开玩笑。"

弗吉尼亚

"我发誓,我没有开玩笑。"

安吉拉

"弗吉尼亚,你知道,计划是早就安排好了的。酒店大堂里都是你的朋友,你可以安心住在沃兹史密斯,他们会好好照顾你的。"

（我讨厌这么说话，用另外的好处来说服对方，这完全是哄小孩的把戏。）"下面一个月你可以好好放松一下，我必须回家看看格尔达，学期末是她的生日。假期一结束，我就争取回来找你。到时你应该已经决定好要去哪里，我会亲自送你到目的地，我保证。"

我感到——恐慌。我必须逃开她。

但我心里并不好受。弗吉尼亚的情绪一向不稳定！（对躁郁症患者来说，这很正常，但她的行为确实难以预测。）比如昨晚，她冲消防栓发脾气，多亏警察不跟她计较。

弗吉尼亚

"我曾经去过土耳其，你知道吧……"

安吉拉

"告诉我你都去过哪里？"我故意拖延时间，因为我的大脑正在飞速运转。

我能带她一起走吗？

弗吉尼亚可以坐飞机吗？

据我所知，她从没坐过飞机。

如果她出席，会议会开成什么样？我突然想起了格尔达的话。"弗吉尼亚·伍尔夫为何不能参加她自己的会议？"格尔达总能把话说到点子上。

弗吉尼亚

"我们坐船去了君士坦丁堡，当然，土耳其人后来把它改名为伊斯坦布尔，那里热得要命。我哥哥提前回去了，而我们什么都不懂。还去了希腊，那才是我们的目的地，一大早靠的岸……"

我那时候还太年轻，不太记得了，但那感觉很棒。我跟妮莎坐在一起，那是属于我们的记忆，通向永远，仿佛再也不会有人变老或死亡。那是无懈可击的青春岁月，对一切满怀希望。我永远都挚爱着君士坦丁堡。

"……每一扇窗户和屋顶都在闪闪发光。"

安吉拉

没错，她的日记里记录了这段故事。她最最亲爱的哥哥死了。几年后，在隔海相望的土耳其西北部城市布尔萨，凡妮莎小产了。

"你也许不想旧地重游，弗吉尼亚。"

"我想念欧洲。"看得出她说的是实情。"我喜欢曼哈顿，但这里完全是另一个世界。我想待在离我的家乡近一点的地方……"

"我的家乡"这几个字把我攫住了。没有我，她会更加孤独。伊斯坦布尔靠近她的家乡。古老的欧洲，古老的亚洲，而不是全新的纽约。

"你必须坐飞机过去，要飞很高，速度也很快。"

"看得到地面吗？"她问。

"有时看得到，透过云层的间隙，就像俯瞰世界地图。"

她拍起手来，兴奋得要命。

弗吉尼亚

"我喜欢坐飞机，当然喜欢。而且别忘了，安吉拉，我有一本护照。"

安吉拉

短短的谈话就把原定计划都改了。事情开始变得疯狂。在酒店前台的帮助下,给她订了土耳其航空的机票,明天的航班还有空位。

"你知道,我们不一定会坐一起。"

"我可以照顾自己。"弗吉尼亚说。

我们先去曼哈顿市区买了廉价行李箱,然后匆匆赶回酒店房间打包行李。

"到伊斯坦布尔的金角湾酒店。"我负责在行李签上写地址,她只管在一旁开心地笑。

44

格尔达

  格尔达正准备读《到灯塔去》,心里却在冷嘲热讽。

  她靠向椅背,闭上眼睛。这是去纽约的航班,手里是妈妈的书,只有傻瓜才读这种东西⋯⋯

  真该为自己庆贺一下:

  1. 成功逃离学校,未被老师抓住。

  2. 用妈妈的口吻给校长回信。发觉格尔达逃跑后,校长立刻给妈妈发了语音留言。为防止事情败露,格尔达以妈妈的名义给校长写了封邮件,内容如下:

  格尔达已经安全回到父母身边。我们之所以把她接走,就是因为您对校园欺凌事件不闻不问。您知道,格尔达是个挺有天分的孩子⋯⋯

  她特意多写了两段才罢手,最后署名是"您真诚的,安吉拉·兰姆教授",没人猜得出邮件是格尔达写的!(妈妈很少用"教授"

两个字，但这种场合应该正式点。)

3. 她终于开始读弗吉尼亚的书了，很快她就会知道这个人写的都是些什么乱七八糟的，而且她要让妈妈知道她的想法。边读书边享用飞机餐果然惬意，相比之下，学校食堂的饭菜简直难以入口。她每天只能靠干麦片活着(太忙了，没时间去商店)。

《到灯塔去》。格尔达解开安全带，边看封面边思考——这名字似乎有点蠢，她居然想去看灯塔——我看还不如改成《到精神病院去》[1]。

格尔达记得维基百科上说弗吉尼亚·伍尔夫曾发过疯，之前同学欺负她时也给她送过精神病院的门票。格尔达突然有点愧疚。

也许，她该仔细读读这本书。毕竟过不了多久，她就能回到妈妈身边，一切都会好起来。她想象着妈妈把自己紧紧拥入怀中。

去找妈妈。妈咪，妈咪。去纽约找妈妈。她脱掉了鞋子，微笑地看着窗外的云层，又冲着书页冷笑了几声。

才不过十几分钟，格尔达就被深深地吸引了。

[1]《到灯塔去》的英文书名为：To the Lighthouse，而《到精神病院去》的英文为：To the Nuthouse，此处为作者的戏谑。——编者注

伦 敦

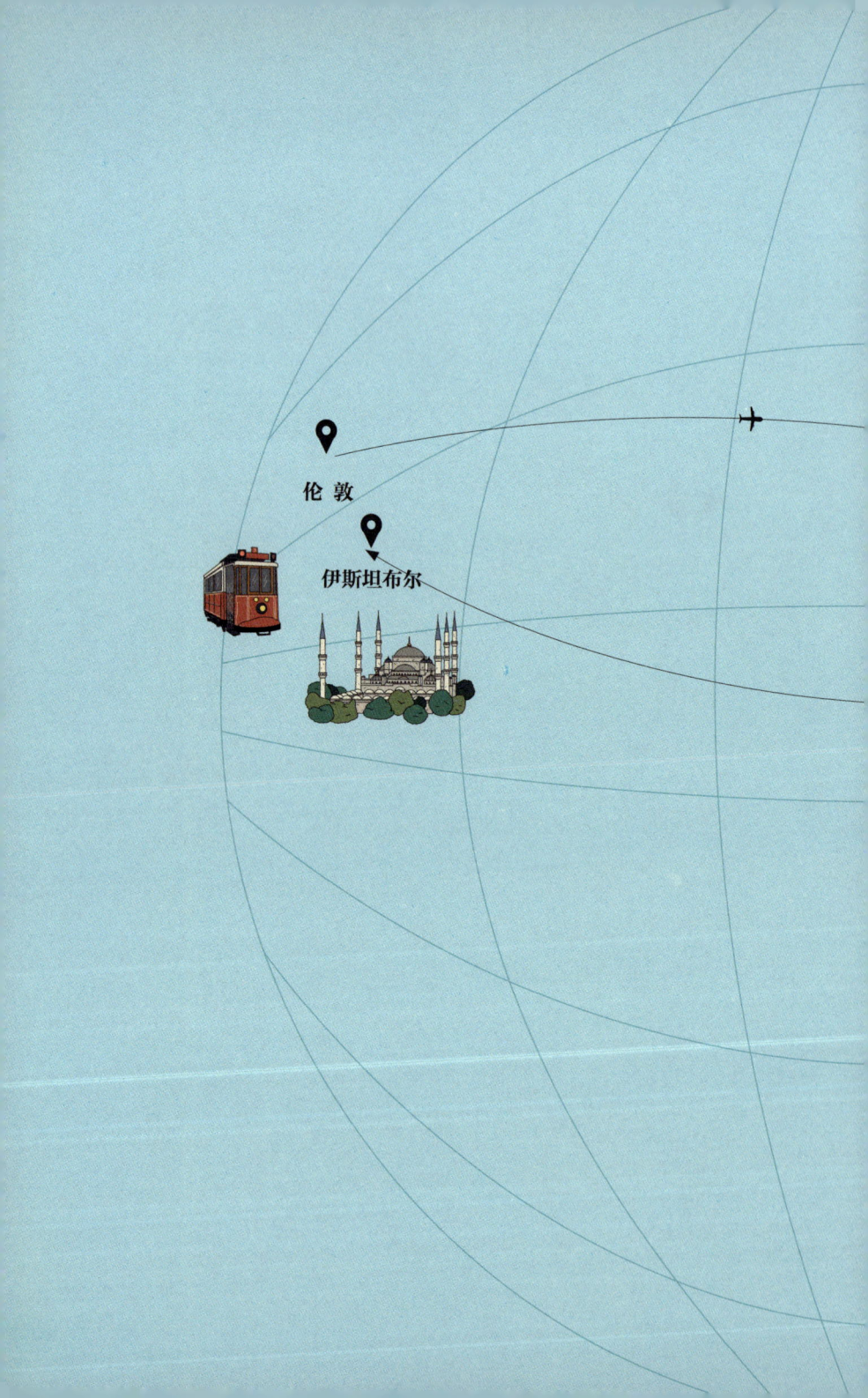

伊斯坦布尔

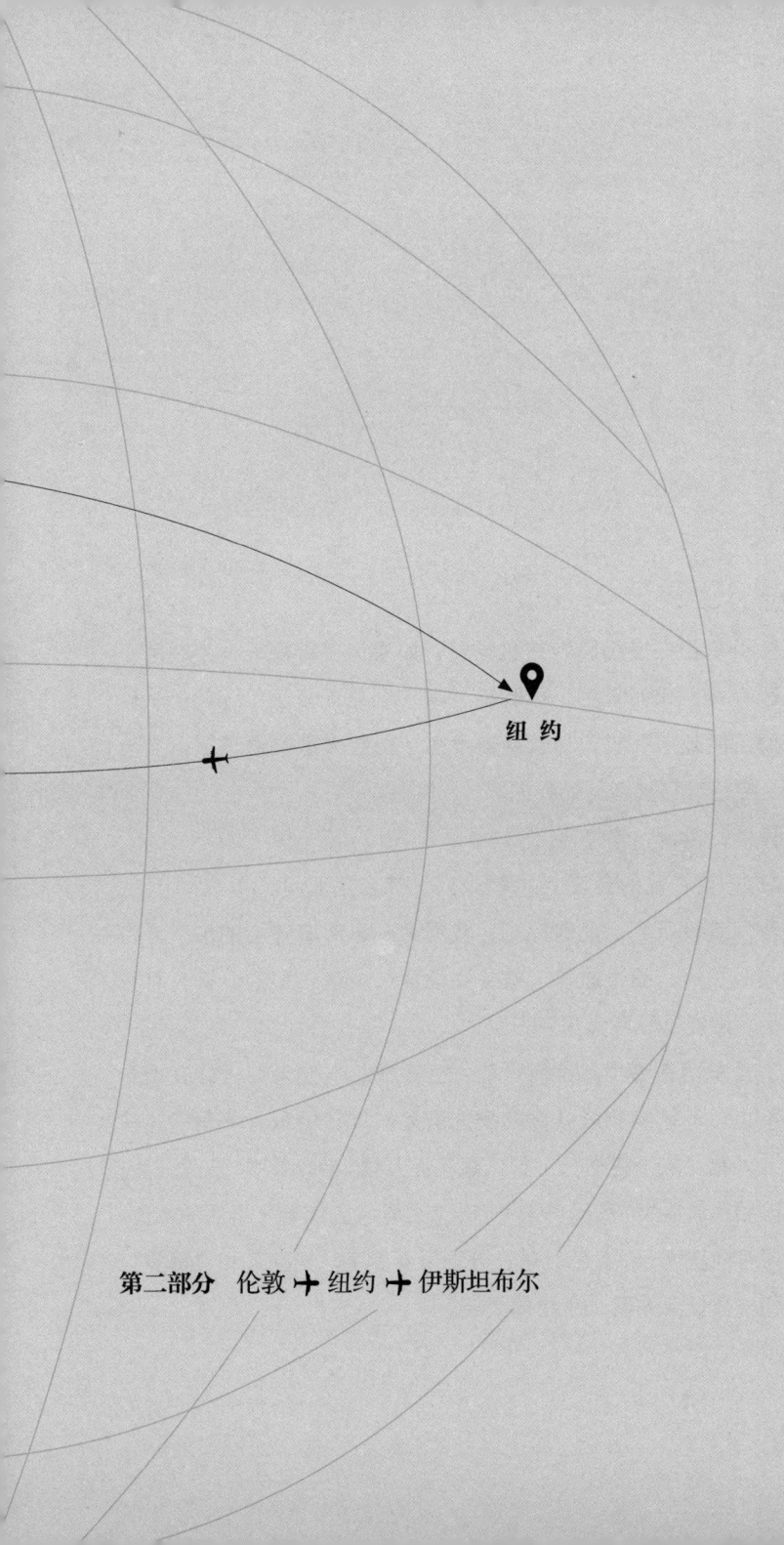

纽约

第二部分 伦敦 ✈ 纽约 ✈ 伊斯坦布尔

1

安吉拉

  出租车正在慢腾腾地往机场爬,如果运气够好——弗吉尼亚当然运气好,死而复生,你听说过第二个死而复生的人吗——也许我们还能赶上飞机,尽管接连发生了两起大型交通事故。曼哈顿的主要路口都被堵得死死的。

  停停,走走,停停停。

  "你们要在我的会议上讨论什么?"弗吉尼亚问。

  我假装没听到。此时此刻,我哪有心思琢磨开会的事。弗吉尼亚的假护照、错过航班、被警察逮捕……这一切的一切皆有可能发生,怎能不让我焦虑。

  不管车堵在哪里,都有可能发生事故。一位老妇人站在墙边呕吐不止,一排购物袋就像喝醉的酒鬼般堆在墙根。墙角的几块牌子上写着"末日将临",一群人聚集在那里,半眯着眼,一脸茫然。他们前后挥动手臂,嘴巴一张一合,怎么看怎么像半死不活的金鱼。旁边还有两块牌子,黄色背景上分别写着黑字"天堂"和"赞美"。信徒们一律低头站着,手指向天空。

"那是宗教仪式吗?"弗吉尼亚问。

"哦,他们是基督徒。"

"牧师吗?"

"是街头抗议。"

"我从没见过这样抗议的。"

"他们是在反对等级制度。"我实在没心情解释。

"什么意思?"她问。我别过头,看向窗外。"安吉拉,我必须搞明白。"

她知道如何做能让我感到内疚。我叹了口气,接着为她讲述这个疯狂的现代世界。

"人们想要改革宗教,回归最原始的状态。这些人都是狂热分子,有基督徒,还有佛教徒也跟着凑热闹。他们要反抗——"

"理性?"弗吉尼亚突然说道。"我希望你再理性点。"

她会用自己的方式抨击我这个现代人。"但我们的时代似乎在往相反的方向发展。"

出租车一步都没动,所有车道都堵得严严实实,再有一个半小时登机门就关闭了。

"抱歉,"她说,"我不该打断你。"

"弗吉尼亚,我待会儿再跟你解释。"

交通完全瘫痪了。空气中弥漫着难闻的烟雾。我关上车窗,热气开始蒸腾,我俩仿佛成了被封闭在玻璃罐中的苍蝇。曼哈顿毕竟不是个多么安全的地方,太开放,太透明,大街小巷都暴露在光天化日之下。我突然感到庆幸,因为格尔达不在这。她小时候,爱德华带她来过这里,他俩坚称在纽约过得很愉快,但这里真的不适合孩子——就像个堵塞的下水道。

我们必须赶快离开这里,但却无能为力。交通瘫痪,噪音喧天。我的忍耐已经到了极限。纽约就是个大陷阱,我在这里什么都得不到:名声、财富、出版商。

我开始渴望伊斯坦布尔,那里从不缺少出路。

弗吉尼亚又开始碎碎念。我也回过神来。

"你们要在我的会议上讨论什么?"依然是老问题。

"到时你就知道了。"弗吉尼亚看起来很心急。我扭过头去,不想看她。(一定会有不好的事情发生。她会如何看待巴赫金?还有德里达?)"也许,你不该说'我的会议',弗吉尼亚。虽然从某种程度上而言,我们是要讨论你的作品,但主办方并不懂……说实话,我现在根本无法思考,我只希望不会错过飞机。"我怎么怒气冲冲的?她已经够害怕了,从未坐过飞机。"你还好吧,弗吉尼亚?"

弗吉尼亚

我很好,不像她总是脾气暴躁,紧张兮兮,急起来就像热锅上的蚂蚁团团转。

一整天,我的同伴都是一副无精打采又喜怒不定的样子,出租车迟到两分钟她都要跟我抓狂,我反驳的时候她还不屑地说:"你当然无所谓了。"她总是那个表情,然后又是叹气。或许旅行对她来说压力很大吧。

离开酒店时我把手提包忘在了前台,但他们很快就帮我找到了,当然我要给他们小费,出于礼貌我们还交换了联系方式,但安吉拉却一副紧张兮兮的样子,她突然大喊了一声:"出租车在外面要他妈等得不耐烦了!"这让行程开了个很糟糕的头,虽然她很快就跟我道歉了。这是我第三次听到她骂脏话,也是她第一次对我大吼。现在,出租车司机正在慢悠悠地绕路,她倒是没意见了。"他为什么不开快点?要我们提醒他吗?"

安吉拉

"什么叫'提醒他'?纽约的出租车司机不喜欢被提醒。"

弗吉尼亚生气了,她板着脸,活像一个老顽童。我尽量把语调放温柔些,就像在哄孩子。"我们还是耐心等待吧,该发生的总会发生的。"

傍晚,华灯初上。建筑物的轮廓慢慢隐入黑暗中,拥堵的车流开始逐渐松动,城市终于恢复运转了,所有的一切都在瞬间被激活——我们可以准时登机啦,纽约依然是个美丽的地方。

车辆驶过郊区,那里的房屋要矮得多,整体面积也小。我俩谁都没说话,还沉浸在离纽约渐行渐远的迷梦中。机场到了,周围尽是叫喊声,冰凉的雨滴敲打着车顶,嗒嗒响个不停。我稍微定了定神,便催促她赶快下车。

头顶上方,一架飞机即将着陆。它飞得多平稳啊,就像一只体态优雅的飞蛾。我可以想象得出,年轻人纷纷把脸贴在飞机窗户上,纽约的灯光肯定令他们兴奋不已,而我俩只想快点离开。

值机时费了半天口舌。我佯称弗吉尼亚是我的亲戚,之前从未坐过飞机,必须坐在我身边。她本该好好配合我,可偏偏斜着身子站在一旁,怎么看怎么惹人怀疑。我冲值机人员解释了半天才搞定。

接下来是过海关。我紧张得快死了,弗吉尼亚却满脸兴奋。她玩性大发,装模作样,递护照的姿势就像出牌,最后大声说了句:"晚上好。"我在心里默念"哦，低调点，别让自己太显眼"。事情出奇的顺利，几分钟后，弗吉尼亚就大摇大摆地出关了。那位男性工作人员盯着她看了好一会儿，然后摇了摇头，也许是觉得弗吉尼亚很奇葩。给我盖出境章时，他的眉头皱得更紧了，老长时间都没舒展开。

最终，我俩肩并肩坐到了飞机的中间位置。都是因为她，否则我肯定可以坐在最前排，那里更宽敞，伸得开腿。我为她牺牲了那么多，但她知道感恩吗？

不，她甚至都没注意到。"别指望他人会感激你。"我告诫自己。弗吉尼亚正在翻阅机上杂志，动作缓慢，表情虔诚得就像中世纪的僧人。

突然，她抬起头来，脸上的笑容灿烂无比。"我太激动了，"她说，"谢谢你，谢谢你为我做的一切。"

飞机起飞时，雨已经停了，外面漆黑一片。弗吉尼亚的兴奋劲儿还没过去，她系着安全带，身子挺得直直的。头上的阅读灯发出金色的光芒，仿佛一只眼睛在昏暗的机舱中闪烁。

2

安吉拉

飞机升空后,机舱又亮堂起来。我终于解开了心中的疑惑——

弗吉尼亚

"犹太佬。完全出乎我的意料!整个飞机里都坐满了犹太佬。"

安吉拉

我告诫她不要那样讲话,虽然她说得完全正确。机舱里全是哈西德派犹太人。土耳其航空的飞机里居然坐满了犹太人,谁能想得到?男人们一袭黑衣,留着打卷的连鬓胡;女人们则包着头巾。我向一位牢骚满腹的男空乘打听情况,他说飞机上有32名犹太人!纽约的犹太节假期告一段落,所有飞往以色列的航班全部满员,这些人只好先到伊斯坦布尔转机,再飞以色列。

弗吉尼亚

这画面仿佛回到了古代——一种置身中世纪的感觉——他们

手里拿着《圣经》，站在过道面朝东方祷告——这在那些信仰伊斯兰教的空乘人员眼里一定很碍眼。（我猜飞机上的空乘应该都是伊斯兰教徒，大多数土耳其人应该都是伊斯兰教徒吧？）他们拿出薄薄的皮带，卷起袖子，然后把它绑在左手臂上。还有那些看上去很年轻的犹太女人把头发包裹在灰色的头巾里，脸上未施脂粉（我也几乎不化妆，但我又不是现代人）——一边给怀里正在幸福吮吸的孩子喂奶，一边崇拜地仰望着她们满头羊毛般蓬乱的棕色卷发的丈夫。男人们不是在祷告或抬头仰望着某处，就是阅读，而女人永远都在照顾孩子。坐在我旁边的女人就带着孩子，口中一直念念有词。

如果伦纳德看到这一幕会说什么？他一定不喜欢这个场景。他喜欢低调，不喜欢过重的形式感。

安吉拉以为我会害怕坐飞机，但事实上，我更担心的是这些犹太佬。

安吉拉

这趟飞行一定很恐怖。

弗吉尼亚

我不是个势利眼，只是对周围的一切很好奇。坐在我旁边的女孩明显就是个乡巴佬——看起来像是在哪个农场里长大的，戴着灰色头巾，正用她健硕的胸部喂奶，一想到那两个分泌乳汁的乳房就让人脸红——最小的孩子一睡着，她就会在笔记本上记下什么东西。我问她在写什么，她微微一笑，看起来似乎也没那么笨拙了。她的一双眼睛非常蓝，而她丈夫的眼睛则是棕色的。

"我是一个剧作家,夫人。我写剧本,但大多数都是给学校的孩子们写的。"她带点美国口音,但又混合着一些其他口音。

我问她写什么样的剧本?她愉快地向上翘着嘴巴,眼神里充满了热情:"遵循着先人的方式去写。不,我想我表达得不准确。""这是我们的信仰。"她补充道。

如果是这样的话,那么我们似乎没什么共同语言。我的生活建立在重塑过去之上,所以我在一个深夜逃离了海德公园门的家的禁锢,也逃脱了父亲的痛苦呻吟……

"你的先人,"我学着她说出这个词,"如果他们错了呢?"

"我们的民族已经历经千百年,他们是不可能出错的。"她带着不认同却毫无敌意的语气说道,但口气中也透出些微的遗憾——她是为我感到遗憾,因为我不属于他们,我没有被选中,也不会被救赎——如此虔诚的信仰传承了世世代代。这不禁让我想起所经历的那段战争前的岁月。

1938年,我、伦纳德和米茨,一路开车走过德国。一开始我们担心会因为英国人的身份而遇到麻烦,但遇到的所有德国人都很喜欢米茨,甚至慕尼黑的一位胖乎乎的先生还免费送给我们两杯啤酒,他一再地称我们是"骨肉兄弟"——这个德语单词听起来让人感到害怕且带点强迫的意味。

他们也在追寻着自己的祖先,在历史的废墟中寻找救世主。当他们谈起未来,脸上也会闪耀着同样的光芒,和纽约街头的基督徒没有什么不同。哪里有他们,战争也会随之而至。

但也许我错了。她看上去平凡又幸福,微笑地看着自己的孩子,温柔地宠爱着自己身旁的丈夫。

天色已经很晚了,机舱里的照明灯也已熄灭。只有空乘人员走来走去，时而弯下腰和乘客交谈，时而微笑。有那么一刻，她让我想起了我的母亲。

我总会刻意回避关心别人，那是因为我从小跟着一个品德高尚的女人长大，我知道她的美德带给她的是什么结果：我那可怜的母亲，永远在忙着缝缝补补、照顾他人、整理家务……直到她的关节都红肿了，法令纹越来越深，瘦到皮包骨头……这是我终其一生想要避免的悲剧。

在我的身旁，甚至四周，几个年轻的女人在给孩子喂奶，她们已经困得睁不开眼。我突然对坐在我旁边的女孩生出一股同情来，她比安吉莉卡大不了几岁，但她绯红的脸颊上已疲态尽显，在孩子不吵闹的间隙努力眯着眼睛去读祈祷书；她写作的动力出于一种责任感。我们应该能找到一种适合彼此的交流方式。

安吉拉

从某种程度上来说，犹太人和阿拉伯人看起来没两样。头上都戴着东西，强调男女有别。弗吉尼亚边听我说边打哈欠。"当然，他们都是闪米特人。"那口气真是赤裸裸的种族歧视。我可不能忍气吞声。"现代社会已经不用这个带有反犹倾向的词了。"

弗吉尼亚

"我们从来不反犹，也永远不会那么做，最多讨厌一下自己的犹太亲戚而已。"

安吉拉

"伊斯坦布尔有许多著名的犹太教堂，你知道的。"

弗吉尼亚

"但犹太佬却很少。"

(停了一下)

安吉拉

"你怎么知道?"

弗吉尼亚

"因为我也一直在用那个东西,就是那个……东西。"

安吉拉

"什么东西?不,谢谢。"(空乘开始供应咖啡,我从不在下午三点以后喝咖啡。)

弗吉尼亚

"好的,谢谢。麻烦浓一点。就是那个东西,你们现代社会的那个东西,那个……电脑。我一直在上网,用酒店大堂的电脑。整个土耳其只有17000名犹太佬,总人口有8000万,也就占百分之零点几。"

安吉拉

"我说,弗吉尼亚,你功课做得很细嘛。但数据并不能说明一切。几百年来,有成千上万名,嗯,犹太人和穆斯林联姻——或者偷偷这么干。(我故意放低声音)顺便提一句,你可以不说'犹太佬'这个词吗?"

(我意思是,明摆着我们周围坐满了犹太人。)

弗吉尼亚(茫然地)

"不叫犹太佬叫什么?"

安吉拉

"也许你觉得这么做很傻,但我们更喜欢说'犹太人'。"
这的确很傻。

弗吉尼亚(哈哈大笑起来)

"这究竟是为什么?"

安吉拉(气急败坏)

"哦,你不会明白的,因为要——尊重不同的文化。"
我知道,这个理由毫无说服力。只要弗吉尼亚用响亮的声音说出这些带有冒犯性的词语,我就会胸口一紧,顿觉尴尬无比。

(另一个词是"非洲佬"。我花了半小时向她解释这件事,但弗吉尼亚就是无法理解。"非洲不是一个大陆吗?叫他们非洲佬怎么成了侮辱呢?他们为何以非洲为耻?""你理解错了,弗吉尼亚,他们不以非洲为耻。但我们必须尊重对方的意愿,人家不喜欢'非洲佬'这个词。""真是愚蠢,毫无逻辑可言。桌子就没有选择权,不能让人叫它椅子。""桌子没有感情,弗吉尼亚。")

弗吉尼亚以心思敏感著称,但她好像只在意自己的想法。至于别人,她根本不在乎,比如我。她是否把我当作同类看待?

她让我的信念也动摇了。"你就不累吗,弗吉尼亚?我不想再说了。要不看场电影吧,遥控器就在你胳膊下面的扶手上。"

弗吉尼亚

"谢谢,不了,看电影我会太兴奋。飞机上的场景比电影精彩,况且我们也正参与其中。"

现代人都沉迷于影像。不管是在家还是饭桌上,哪怕是在纽约街头,人们都盯着一块小小的机器——现在在飞机上,他们也是不看不行。据乘务员讲,我们正在万米的高空急速飞行,难道他们对这一点都不感到兴奋?确实,他们的眼睛已经粘在电影上了。

现代人看起来也比我们那时更显孤独,每个人似乎都迷失在了自己选择的故事中。就连孩子都戴着耳机,沉浸在自己的世界里。哪怕我们正在某个壮丽的大洋上飞行——应该是大西洋,不过也有可能是太平洋——他们也无动于衷。

(但那些犹太小孩除外,他们看上去更鲜活,因为他们在聊天、玩闹或正被父母抱在怀里。)

回到上个世纪二三十年代的时候,人们更扎根于现实之中,也可以说是忠于现实。不过,我和伦纳德也会在吃饭的时候阅读。也许,我们也在以自己的方式沉溺于自己的世界里?但是,大多数人不会这样,他们就是做饭的时候做饭,吃饭的时候吃饭,一心一意地生活。

这个新世纪就不一样了,几乎所有的人都沉溺于幻想之中。

安吉拉戴上了耳机,让她的脑袋看起来像只猴子。"如果你不介意的话,弗吉尼亚——"

隔着两个座位，一个满脸兴奋的小男孩正激烈地玩着射击游戏。战争的背景音乐从他的屏幕里溢了出来，虽然我有点好奇是什么让他那么兴奋，但我能想象那大概就像电视一样，只会让我昏昏欲睡、疲惫不堪。我还是活在当下的好。

前排的一个美国人在说话，他发表了很多关于土耳其人的看法。"他们有很双重的道德标准。他们爱他们的真主，我不是说这是假的，但是他们也可以当着你的面把你骗得团团转……"

我现在的处境——简直是活在夹缝之中——因为一边的安吉拉确实很壮，她把胳膊压在了我身上；另一边是喂奶的犹太女人在我面前摇晃着胳膊肘。而在这九霄之上，在犹太人正在进行他们最古老的仪式的同时，我们每个人都成了这幕喜剧的一部分。

第一次，我对现代社会有了一丝共鸣！

当我久久地观察左边那对犹太夫妻时，我开始有点喜欢他们了，因为我能感受到他们之间满满的爱意，他们向对方传达彼此的温柔和关心。周围其他的犹太人也一样，他们时不时彬彬有礼地互相交谈，看上去就像和睦的一家人。或许宗教真的可以让人们更和睦，就像纽约那些在上帝的祝福中点头微笑的基督徒一样。也许，有信仰的人更容易得到幸福。

基督徒和犹太教徒，犹太教徒和伊斯兰教徒，伊斯兰教徒和印度教徒……

这旋律有节奏地循环着，仿佛在哄着我入睡。

我把头倚入深夜的胸膛，沉沉地睡去了。

安吉拉

直到午夜，弗吉尼亚才把头顶的阅读灯熄灭。

此时的格尔达也在空中翱翔,只是方向完全相反,她正飞往纽约。她边吃着第二份巧克力慕斯(求了半天,邻座才答应把自己那份慕斯给她)边小心翼翼地扶着书。书放在悬空的小桌子上,摇摇晃晃的,随时可能掉下来。格尔达很高兴。她的手腕上戴着妈妈的金镯子,上面刻着动物图腾,有鹿、鸽子和一只可爱的狗。"这镯子真漂亮。"邻座的女人说,她的女儿与格尔达年纪相仿。

格尔达头都没抬。"我正在看书。"她回答。这是事实,并非不懂礼貌。她沉浸在那个遥远的世界:啼鸣的公鸡、烛光、汹涌的波涛泛着点点浅绿。

这时,卡迈克尔先生放下手中维吉尔的作品,吹灭蜡烛。已是午夜时分。

但是,一个夜晚究竟算得了什么?[1]

妈妈叮嘱她要注意礼节,格尔达叹了口气,暂时放下《到灯塔去》(她已经读到了"时光飞逝"那章),对邻座说了句:"抱歉,非常谢谢您的慕斯。"

[1] 译文采用人民文学出版社于2013年出版的版本,译者马爱农。后引文同。
——编者注

3

　　……一个夜晚究竟算得了什么？它不过是一个短暂的间歇。而且黑暗很快就消散，很快就听见鸟儿歌唱、公鸡啼鸣，看见汹涌的波涛很快显出浅绿的颜色，像一片转绿的树叶。

　　然而，夜晚一个接一个地紧跟着来。

安吉拉

　　只有等弗吉尼亚睡着了——我怕她通过表情看出我心底的秘密——我才能做想做的事。

　　能在飞机上看到这部电影，真让我意外。

　　《冰雪宫殿》，这部电影我实在太熟悉了，尽管是三年前看的。它是一部旨在呼吁人们重视全球变暖的纪录片，内容不算吸引人，主角是一对乘雪橇横穿北极的父女。

　　太久之前了，或至少给人的感觉是很久以前。三年究竟意味着什么？也许那时我们还是一个完整的家？真是过去太久了，久到令人心痛。

三年前,格尔达才——嗯——九或者十岁。爱德华肯定有40岁了吧?那是爱德华的主意,他们一起拍了这部电影。

但背后的问题谁来解决?学校可不认为去北极旅游有什么教育意义。格尔达穿什么更保暖?还要列出她需要的所有物品——好吧,清单是格尔达自己列的,但负责准备东西的可是我!谁负责督促她在旅行中完成那些自以为是的小学老师留下的一堆作业?"她可能很聪明,但也需要努力学习。绝不能让孩子自我感觉太良好。"这些老师嘴上是这么说,但我知道格尔达是个聪明的姑娘,学校老师也清楚这一点,所以才同意她去。

(我是说,他们去了,并没我什么事。从头到尾就没人邀请过我参与他们的探险。)

在希思罗机场的国际出发大厅,又是谁哭着目送他们?我一直看着他们,一直爱着他们。即便受伤至此,我也依然爱他吗?两个背影渐渐消失在远方,一个高,一个矮,在蓝色鸭绒雪服的包裹下,他们的背影简直大得出奇,这衣服太厚,根本塞不进行李箱。他们就要离我远去,爱德华的手搭在格尔达的肩上,格尔达像往常一样抬起圆圆的小脸望着爸爸。我只能隐隐约约看到她的脸颊和双眸,她的笑容灿烂无比,简直开心极了。

我对自己的父亲就没有如此深厚的感情,但爱德华就是格尔达的榜样。她更想成为像她父亲那样的人——一想到这我就浑身不自在。

(此时此刻,我不禁在想:到底是谁离开了谁?我是否也经常因写作而忽视了家庭?是我离开了他们吗?真相到底是什么?在万米之上的云间穿行,离地面如此遥远,我们的家早已分崩离析,我在这个家中的角色也越来越模糊不清。)

《冰雪宫殿》就是他们一起拍的那部电影。说句公道话,我知道爱德华为了吸引赞助商的眼球投入了多少制作费。他既要维持预算,又要讨好电视频道的编辑们——这帮家伙一会儿一个主意,每个人都想在这部电影里灌注自己的想法。他必须满怀信心,这也是他鼓励格尔达的一种方式:坚信能成功就一定会成功。他一直比我乐观。(那是自然,他把烦恼都留给我了。)

我也付出了。父母过世后,管教格尔达的重任就落在了我身上:检查家庭作业、督促她按时睡觉、每天早晨叫她起床——没错,全是些无聊的破事,我心里满是怨言。

从北极回来,格尔达胖了一圈,身体更强健,脸色也红润了,浑身上下洋溢着——没错,喜悦之情。跟着爸爸周游世界,她怎能不开心?而且,她整整五个星期没去学校。"妈妈,妈妈!"格尔达径直扑进我怀里。"我从来没这么开心过!"

我为她高兴,也为爱德华高兴,为他们父女俩高兴,但我的孤独又有谁知道?原来,幸福也是有度的,并非所有的幸福都能分享。倘若别人的幸福太多,你也只好当个旁观者了——

我看着他们容光焕发地出现在门口,阳光从格尔达身后照进来,映衬着爱德华那高大的身躯,他的头发长了,胡须也长了——

我的眼里只有家务活,干不完的家务活。而他们大笑着进屋,连鞋都不擦,包里堆满了待洗的脏衣服。

"太棒了,格尔达,给我讲讲你都去了哪些地方?但首先,瞧瞧——你需要洗个澡。她之前自己洗过头吗?"我转向爱德华,他站在格尔达身后的门廊处。

"这算哪门子欢迎仪式?"他问。

"我开玩笑呢!看到你们我很高兴。"

但他们走了太长时间……

不能再想那天的事了,否则情绪越来越差,非叫出来不可。

心里的怒气在剧增。

按下按钮,电影开始了——一望无际的冰原:这是航拍镜头,爱德华在一架小飞机上装了一个手持摄影机。我看着屏幕,悲伤渐渐褪去,和广袤、美丽的冰原相比,我们人类是多么渺小!我不禁潸然泪下。我爱他们——除了爱,别无他物。

突然,爱德华把镜头转向机舱,三年前的格尔达正坐在那里。我的孩子,她永远是我的一部分。但总有一天,她必须忘记我,唯有如此,她才能拥有属于自己的闪耀人生。

人生短暂,三年的时间足以让一切物是人非。一切都会变。从孩童到女人,一个总爱发脾气的年轻女人,把十几岁的女儿送往寄宿学校。

我为格尔达选择了最好的路,对她是最好的——对我也是。

我按下暂停键,做了个深呼吸。

(另一边,格尔达也正飞过茫茫大海,她还在读《到灯塔去》,远在另一处天边的安吉拉并不知道。离飞机着陆还有两小时,还有两小时就到灯塔了,现在,谁也别想打扰她。)

安吉拉、弗吉尼亚和飞机上的所有乘客都进入了梦乡,庞大的机舱被调成半夜间状态。引擎不能停,电也不能断。空乘人员在做统计工作:消耗了多少份素食?雅丝曼可能还没清走垃圾,埃米尔休息得太早了。没关系,那位带着四个孩子的母亲牙痛得厉害,必须把阿司匹林给她。

机长已做好一切准备：这位英勇的舵手将飞机切换到自动驾驶模式，电脑永远是最可靠的。脚下就是大西洋，万米以上的高空远离冰凌和汹涌的气流，座位旁是空乘早已准备好的咖啡；机长直挺挺地坐着，目光如老鹰般锐利，大脑正在高速运转。他也许想起了在代尼兹利的家里的花园，百合的长势可好？他钟爱的赞巴卡拉花是否经得起狂风的摧残？那只苍鹭是否已经享用了自己的猎物？机长是整个航班的大脑中枢，而空乘，幸亏大部分是女人——就该是女人，虽然有时会招惹大麻烦（女人更会照顾人，连女权分子也无法否认这点）——空乘负责照顾乘客以及维护整个机舱的运行。

安吉拉在可怕的焦虑中惊醒。她梦到了送格尔达去寄宿学校的第二天（那孩子非常勇敢，一声没哭，也许她根本不介意离开家？），安吉拉也相当冷静，她在夜里醒来，跌跌撞撞地去了卫生间。格尔达房间的灯还亮着，安吉拉走进去，想都没想就把灯关了，然后伸手去摸女儿那温热的小脸蛋。

然而，格尔达昨天就离开了，安吉拉摸了又摸，没有摸到任何人。安吉拉紧紧抓住羽绒被：她的臂弯里空空的，什么也没有。

4

安吉拉

　　五周的时间究竟有多久？——我在想这个问题。久到足以拍摄一部电影。虽然这段分开的日子并不长,但我是一天一天熬过去的,他们俩却整天逍遥快活。对婚姻来说,五周只是弹指一挥间罢了——我们之后又一起生活了几年。但隔阂已经出现,我们的冲突也越积越多,这段婚姻终于走向破裂。

　　如今,我们三人天各一方,没人知道我乘坐哪个航班。那种亲切又老套的每日问候、那种满是约束感又充满温情的羁绊早已消失殆尽。我甚至不知道这一切是何时消失的,也忘了去懊悔和心痛。一切已经太晚了,往事不可追。

　　至少我知道格尔达此时安全地待在汉普郡,那里有人照顾她。这就是寄宿学校的优点——只要有人付钱。

　　(本德汉姆公学,汉普郡,校长正在读格尔达的邮件,她气得面色铁青。"这些可怕的父母当真傲慢无礼!她的母亲根本就不接电话,一点礼节都不懂……她貌似是位作家——你读过她的作品吗？——竟然连"真诚的"这个词都写错。好吧，那就这样吧。我本来还对那孩子抱有期望。六年后，我们会将她培养成才。但现在，她跟着她的妈妈，非被宠坏不可。"

5000公里之外，那孩子正独自奔向纽约。）

安吉拉

爱德华已经离开三个多月了，在北极也待了两个月。我记得当他告诉我要去北极时，我立刻抛下一句话：走了就别再回来⋯⋯

不，我不想回忆那糟糕的一幕。

和五周比起来，三个月简直像一生那样漫长。（格尔达的学校一学期也是三个月，我还向她保证过三个月一眨眼就过去了⋯⋯）

我的心猛然刺痛起来，希望格尔达一切都好，没有我们在身边，她虽然不感觉孤独，但内心也会痛苦吧？但我又立刻否定了这个念头。她如果有烦恼，肯定会告诉我的。她一定会吃惊于时间竟能过得如此飞快。年轻人就是年轻人，他们从不多愁善感。我为她找了个好学校。

所有人都沉沉地睡着，周围一片寂静。在这半明半暗的机舱里，乘客们的睡姿大同小异：左伸一条胳膊，右伸一条腿，翻来覆去，怎么躺都别扭；下巴耷拉着，嘴张得老大。商务精英们暂时放松下来，孩子似地瘫在椅子上。他们的手蜷曲着，偶尔晃动两下——卸下伪装，毫无戒备。弗吉尼亚——我几乎不敢看她——

她躺在那儿，如大理石般冰冷，表情肃穆，仿佛脸上罩了一张面具，熟睡中的她平静安详、无欲无求，就像我最初看到她时的模样，让人充满敬畏与感动。

没有任何东西能搅乱这画面,这透着苍白与庄严的宁静。时间一分一秒过去,过往的一切,林林总总,统统聚集在这个沉睡中的机舱。我挪开视线,心里满是恐惧。还是继续看电影吧。(与身旁这个伟大的存在相比,我真的曾活过吗?)

弗吉尼亚曾写道:"什么是渺小,什么是伟大?"

电影刚看到一半,前排的某个男人发了噩梦,突然大吼一声,打破了机舱的宁静。一位空乘匆匆赶来,先揉了揉男人的眼睛,又松开他的衣领,直到对方再次睡着才放心离开。很快,静谧再次降临。凌晨三点,我依然沉浸在电影里的极地世界,父女俩裹得严严实实,头顶的天空呈现出冰蓝色,狭长的日光照耀着辽阔无垠的冰原。屏幕上,爱德华正在给格尔达穿鞋,隔着好几层袜子,想必不太容易;父女俩咯咯笑着,我也笑了起来。画面突然一转,格尔达凭自己的力量点燃了篝火,兴奋地大喊大叫,两人的影子衬着火光,在雪地上来回摇曳;不久,耀眼的晨光升上天空:新的旅程即将开始……

可惜电影放到结尾时,我睡着了。

一道半月形的白色光线穿过机舱。

5

短促的婴儿啼哭声,一声接着一声,妈妈们伸了伸懒腰,把孩子抱入怀中。空乘面带微笑,妆容整齐地出现在乘客面前,手里推着饮品车——"先生?女士?喝茶还是咖啡?"——大家纷纷推开窗户上的遮光板,机舱两侧突然多了一排浅蓝色的"眼睛"。

清晨的阳光就像一张亮白色的床单,"小动物们"静静地苏醒过来,昨晚可把他们累坏了:祈祷,读《圣经》,给孩子穿衣服又脱衣服,爸爸抱完妈妈抱。在这万米高空之上,空乘们(说土耳其语的穆斯林和说亚美尼亚语的基督徒)推着早餐车来回走动,一如既往的笑容满面,举止优雅。

安吉拉

前排的美国男士正和妻子聊天,这位发型蓬松的女士还是第一次来伊斯坦布尔。一个留着浅焦糖色长发的学生坐在这对夫妻旁边,真是太不幸了。她结婚了吗?他必须弄清这点。为什么不结婚?事实上,她正在哥伦比亚大学学习伊斯兰艺术。"我认为,土耳其根本就不允许艺术存在!"男人大喊着,根本不听女学生解释,"所以你的毕业论文应该不会太长,是吧?""男人不了解我们女人,亲爱的。所以还是穿保守点吧,尤其是金发碧眼的美女,否则,男人肯定会像苍蝇似的在你周围乱飞。"

"真的?"女学生带着明显的美国口音,但语气中却充满质疑。弗吉尼亚刚跟我说过"早上好",连一秒钟都没到,就把话题转移到犹太人身上去了。

弗吉尼亚

"犹太人是不是不喜欢被叫作'犹太佬',而是更喜欢被称为'犹太人'?"

安吉拉

"事实上,我也不清楚。我不认为是这个原因。倘若没别人在场,他们也会说'犹太佬'……"
真希望我们从未谈过这个话题。

弗吉尼亚

"但是他们周围全都是自己人啊,安吉拉,看,至少有二十几个。"

安吉拉

"别用手指人家,弗吉尼亚。民族问题很复杂,记住我的话就行。我更了解这个时代。等着下飞机吧。"(我怎么也拐弯抹角起来,净说些模棱两可的话。)"我们可以不谈论'犹太佬'——我是说'犹太人'吗?他们和伊斯坦布尔没关系。我们参观的是清真寺和

261

其他教堂。比如，圣索菲亚大教堂和蓝色清真寺。"

弗吉尼亚

"阿亚·索菲亚大教堂……是……圣索菲亚大教堂吧？我曾经去过那里，和凡妮莎一起，人们总盯着我们看。那是世纪初的时候了。"

安吉拉

"你说的世纪初好像是 1906 年吧，我记得，你写过这件事。当时你还很年轻，大家当然会盯着你俩看，你和凡妮莎长得那么美。"

弗吉尼亚

"我那时 24 岁。我还想再去一次。"

那时候，一切都美好如初。

安吉拉

"比我女儿大十岁。不知你是否愿意见见她。"

弗吉尼亚

"我们是夜里到那里的。当时只是好奇，什么都不怕……"

灯光次第亮了起来——那时还是蜡烛。我们几个女人爬了很长一段坡阶，你能听到远处有如鸟雀般叽叽喳喳的孩子的笑闹声。如果向下看，那里……很昏暗：混沌不清的低语声、琥珀色的光影，人们排成长队跪下又站起来，仿佛海浪般起起伏伏，尘世在他们身边漠然地运转着。那一幕是如此神秘、如此古怪，让我印象深刻。

"我曾想：基督徒和穆斯林是永远不会和解的，他们是如此不同——就跟我和你一样那么不同。"

安吉拉（很伤心）

"我们果真如此不同吗？"

弗吉尼亚（大笑着，然后停下来，一副吃惊的样子）

"你那么……整洁，又那么……现代；而我太老了，就是块化石。我没生过孩子，而你是个母亲；我是个老去的妻子，而你离婚了——"

安吉拉

"没有！"

弗吉尼亚

"我们当然是不一样的。"

安吉拉

"我没离婚。"

弗吉尼亚

"分居？"

安吉拉

"胡说！"

弗吉尼亚

"你自己说的——"

安吉拉

"没那回事。爱德华出国了,在北极。没错,我们的确吵架了,但我觉得他依然爱我,这两件事没有任何关联,我们没有正式分居。"

弗吉尼亚

"不好意思。(顿了一下)那你很幸运。我只能永远去思念……永远。"

安吉拉(全神贯注地注视着弗吉尼亚,一脸温柔)

"你和伦纳德也吵过架。日记里写了。"

该死。我又多嘴多舌。

弗吉尼亚

"他在他的日记里这么说的吗?他把日记出版了?"

安吉拉

"也许我记错了。"

我不能告诉她我读过她的日记,所有即将参加这次会议的人应该都读过——也许我该提前警告她一下——弗吉尼亚曾明令禁止出版她的日记。

弗吉尼亚

"所有夫妻都会吵架,毕竟婚姻是两个不同世界的碰撞。两个人如此不同,就像……我也不知道有什么合适的词来形容。"

安吉拉

"就像纽约和伊斯坦布尔?"

弗吉尼亚

"但是,我和伦纳德都是典型的英国人。他和我的哥哥是在剑桥大学的朋友,所以我们能有交集是必然的。是的,他是犹太人,但是——"

安吉拉

"犹太人。没错,这是很大一点差异。爱德华和我不是一个阶级。他虽然取了个英式名字,但他是丹麦人,剑桥大学毕业,属于中产阶级——"

(停顿。)

弗吉尼亚

"那你的家庭呢?"

安吉拉

她的语气虽然和蔼,听上去有种振奋人心的力量,但我仍旧嗅到了一丝恶意。

弗吉尼亚

"也许他们是底层阶级的人?"

安吉拉

"我们不这样说话。"

弗吉尼亚

"我是不是冒犯到你了?"

安吉拉

"这不是你的错,但就像你说的,你已经——过时很久了。现在,我打算读会儿书,一本现代小说家写的小说。你貌似对这些不感兴趣,要不读一读报纸?《泰晤士报》,我在机场买的,虽然是两天前的,但不影响你看——拿着,弗吉尼亚。好好了解下现代社会,肯定能让你大开眼界。"

弗吉尼亚知道我生气了,她接过报纸,但两分钟后就睡着了。报纸的催眠效果还真不赖,堪称睡前读物。不久,我们开始横跨时区

她终究来自上世纪

穿越时空

真的可行吗?

（安吉拉的视线渐渐模糊了。）

　　（格尔达即将降落纽约。曾给过她巧克力慕斯的邻座靠窗的女人指着下方说，这里就是曼哈顿。数不清的水晶似的高楼大厦看起来就像充满生机的生命，它们的身影无处不在：碧水旁、城市中，还有绿色的草地上。"看那是中央公园。""我知道。"格尔达说。沐浴在晨光中的纽约美丽极了。"景色很美吧？"女人说，"你妈妈见到你一定很高兴。"

　　"没错。"格尔达的声音有点怪，后面的话她没说"尽管她并不知道我会来"。）

6

弗吉尼亚

我睡得很踏实，等我醒来的时候，飞机上的人又热闹了起来。

"我们到哪儿了？"

"在巴尔干半岛上空。"安吉拉说。

"巴尔干半岛？还在打仗吗？"

"嗯，不久之前……还在打仗——如果十几年前可以称为不久之前的话。很多人认为，在经历过你们那个年代的战争以后，欧洲不会再发生大规模战争了。"

"一战的时候人们也那么说，还被称为'最后的战役'，根本就是弥天大谎。幸好伦纳德因为视力原因不能参战。那么，现在欧洲没有战争了？"

"在伊拉克还有，"安吉拉说，"还有阿富汗、叙利亚和巴勒斯坦。这些就够大家忙活了。"

这些国家在哪里？我不太了解。伦纳德一定对这些地理知识一清二楚。我只知道大概在中东，靠近底格里斯河和幼发拉底河的两河流域，那也是人类文明的摇篮。人类的语言是多么美。

亚述人冲了下来如狼入羊栏……

人类为什么总在自相残杀？

侍女——不，他们怎么称呼这些人？在我的年代，她们被称为仆人——从拥挤的过道一路走来，"不好意思，先生。""借过，女士。"她把手推车推得就像一辆慢速前进的战车，一边弯下腰试着递给我一个塑料盘，上面盛着一些包装好的食物；一边把车靠在另一侧，眼角的余光扫过那个被她从过道挤过来却仍在固执地祈祷着的男人。

我旁边那位双颊绯红的年轻女人又开始喂奶了，我能听到她衣服下面的婴儿正快乐地吮吸着乳头的声音。她把《圣经》放在另一只空着的胳膊里，眼睛盯着上面的文字，嘴唇在轻轻地跟着动。空乘的目光并没有特意去看谁，但是可以明显感觉到她反感一切阻止她完成送餐工作的宗教活动，她没有其他目的，无非是想为乘客提供应尽的服务，让这些在她服务范围内的乘客开心。她小心地避免任何会挑起怒火的动作，她知道这些狂热的宗教信仰曾让战争四起，自然也会堵住她前行的过道，但她唯一做的就是给我们分配东西。她嘴唇上唇膏的曲线用力地弯成一个笑容，再一次直起身子机械地回答："谢谢。""没问题，女士，请您先把座椅靠背调直。"

空乘的工作是否充满了漫长的痛苦和忍受？在机舱的某个角落，她们会不会偷闲一两个小时睡懒觉或是聊八卦，但这些足以支撑她继续忍受这份工作所带来的折磨吗？她们怎么看待自己的工作，尤其在面对乘客一次又一次的重复要求时？

空乘送来食物，乘客吃完、推开，还没有发完餐盘就要开始收回。她们的工作就是不断地提供新鲜的食物，又要在之后收拾被毁掉的残局；与此相反，作家的工作却是为了留存。（我曾经做得还不错，感觉到小小的欣慰。）

正如我和凡妮莎所期望的，曾存在于我们所生活的那个世界的仆人阶级已经永远的终结了，这是一件很不容易的事。我俩曾经立誓不要仆人，如今，他们已经从自己的苦难中获得了解放！谁还需要在昏暗的地下室里居住的仆人呢？我们到20世纪30年代才有了自来水，在那之前只能用各种壶和桶，我和凡妮莎都做不来这些力气活。没有仆人的服侍，我和凡妮莎就无法专注于自己的工作，也不会有后来的作品。

他们总是低着头站在那里，一脸疲倦，而他们的痛苦和对工作的埋怨也是我们的烦恼，他们发誓永远都跟随着我们，但我们只是想让他们干完活就走人。

到底该怎么做？没有答案。但是，现代社会也没有做得更好。我们在纽约住的沃兹史密斯酒店——文学主题房里住着书卷气的客人，里面打扫房间的还是同样的仆人，做着差不多的工作。他们小声地抱怨着，趴在地上清理床下的脏东西，不然光靠祈祷能把房间打扫干净？除了肤色不同和嘴里哼着的奇怪电子乐外，其他一切跟过去又有什么不同？一样的清洁厕所、漂白马桶、清理地毯、放好新毛巾……

谁又敢说给我们打扫卫生的那个非洲女人不会成为一个伟大的诗人，如果她有机会的话？也许她已经屈服于生活的艰辛？也许把她的任何一个同龄人当作主人公来看，我们会知道关于他们的故事——会不会是和我们的故事一样的史诗巨著？谁能断定他们生来就要做这个，甚至没有上学识字的机会？

这正是令我们羞耻和尴尬的地方。因为所有人都心知肚明，我们只是比他们走运而已。

在枯燥的工作中跟着音乐哼唱也许只是一种自我安慰罢了。也许，这个新的世纪给过他们希望，让他们得以拥有以前的仆人想都不敢想的自由，虽然我并不关心他们会如何利用这份自由——我还记得自由女神像前那些游客到处喧哗吵闹不休！——他们可以怀抱希望，即他们的子女有一天也会出人头地，我想没人会否认这是件好事。

"我是谁？"她可能会自问，或者："我的生活是什么？是什么把我从非洲带到了这个奇怪的地方？"他们有质问的权利，而不是只能独自回到地下室的劳力。在品尝我那杯早茶并憧憬着下一杯咖啡的时候，我这样告诉自己：人与人之间的差别已经不再是不可逾越的了。

但那个空乘依然在重复着自己的工作。

7

弗吉尼亚

"你看那些排队上厕所的人,我都想加入他们。现代社会到处都那么国际化。那个身披纱丽的女人,还有那几个非洲人……你之前说爱德华是个探险家,他去过哪些国家?"

安吉拉

"不是你们那个年代所谓的探险,他做的是生态学方面的研究……"

弗吉尼亚

"那是在哪里?"

安吉拉

"很多地方。"

弗吉尼亚

"男人和女人会共用洗手间吗？"

安吉拉

"你指哪个国家？"

弗吉尼亚

"当然是飞机上，我以为这在伊斯兰教教义中是被禁止的。没关系，你不用回答我，我自己去看看是不是真的。"

安吉拉

为调查清楚这件事，弗吉尼亚站起身，匆匆穿过走廊，朝卫生间走去。她搅扰了别人的早餐，还踩到其他乘客的脚。我不放心，赶紧扔下书跟着她。

事实上，我一时想不起来爱德华究竟去过哪些国家。我一直忙于写作，不太关注爱德华的动向，倒是格尔达，她有个小地球仪，父亲每去一个地方，她就用蓝丁胶做个标记。

很早前，弗吉尼亚就问过我好多关于爱德华的事。她怎么什么都想知道，问题一个接一个。(也不是，她就从未问过我写作方面的事，她对现代作家不怎么关心。她只关心她自己的写作，这么说是否有失公允？)

我告诉过弗吉尼亚，最初的爱德华有多浪漫，对我、对旅行和大自然都充满了无限柔情。但我没提爱德华之前结过婚，对我们的婚礼细节也是一语带过。我描述得太简单，措辞空洞乏味，她那敏感的神经肯定注意到了。

我们刚坠入爱河那会儿,也就是在我怀孕之前,爱德华对我无话不说,他热爱野外生活,喜欢在户外过夜。我们一起逃离城市,去欧洲探寻那些尚未被人为破坏的海滩。可是,我受不了那些白蛉的叮咬,还经常被风沙迷了眼睛。渐渐地,我开始厌恶这种生活,爱德华非常失望。他喜欢思考深邃的问题——比如全人类的命运,这是他的原话——而我只关心自己舒服与否。

"你是个梦想家,爱德华,而我是个现实主义者。我需要一个脚踏实地的丈夫和一个得体的家。"

也许,我们注定要分手,但当我发现自己怀孕时,我决定把女儿生下来。即使分开,我们依然会共同抚养格尔达。在之后六七年的时间里,他和前妻离婚,努力挣钱,然后把我娶回家。如今,爱德华的生态研究项目有了资金支持,刚刚结束一份研究教授的聘任工作,还在电视上秀了把颜值。随着《冰雪宫殿》这部纪录片越来越火,其同名著作也挤进了畅销榜。事实上,他和我一样,都是畅销书作者,但格尔达非常不喜欢自己在书上的照片,厚实的衣服裹着一张冻红的圆脸,简直丑爆了。"放这张照片根本就没有征求我的意见,死老爸!"

(事实上,爱德华当时在亚马逊任职,所有出版工作都是在他的远程指挥下完成的。他非说照片是我和格尔达一起挑的……我完全不记得有这回事。)不管怎么说,书相当受欢迎,真不知格尔达有什么好抱怨的。反正都是爱德华的错,谁让他把所有钱都用在这个疯狂的极地考察上了呢。归根结底,每个人的路都是自己选的。

观看《冰雪宫殿》唤起了我埋藏于心底的记忆。夜幕逐渐降临,两个小小的身影费力搭着帐篷;父女俩围坐在篝火旁,边用马克杯喝茶，边哈哈大笑。这一帧帧画面无不拉扯着我的心。有时，爱德华会把麦克风给格尔达，她用稚嫩、清澈的声音描述极地的星星或狼群——没想到她的声音如此动听，作为母亲的我也被打动了。

当然，父母分居给格尔达造成了很深的伤害。她爱父亲，却选择跟我生活，可见格尔达还是有正义感的。爱德华一走就是三个月，中途只打过一通电话，甚至连女儿的生日都不记得。生日卡片三周后才寄到，把我俩气个半死。"男人都不记得生日。"我告诉格尔达。从此，她就成了坚定的女权主义者。

哦，不。弗吉尼亚正艰难地从人群中挤过来，她用嘹亮的声音喊道："排泄物会不会掉到人的脑袋上？"

"弗吉尼亚，快坐下。"我闭上眼，尽量不看她。

弗吉尼亚

我发现她闭上了眼睛，但我必须要问问她关于巴尔干半岛的事情，还有其他仍有战争的地方，顺便了解一下她对战争的看法，因为女人一般都是和平爱好者（哪怕她本人是个很善斗的人！）。我想知道那本几乎把我折磨死的小书《三枚金币》[1]是否也产生了一些影响。五六年的挣扎和努力才最终写完，但没有一个人喜欢——

（甚至连我最爱的伦纳德都不喜欢——）

[1]《三枚金币》(Three Guineas)，1938年出版，伍尔夫在该作品中相当激愤地抨击父权社会所造成的法西斯政权，以及造成战争、造成女性从私领域到公领域皆被压迫这一源头。

她是不是真的睡着了?我本来不想再打扰她,但还是没忍住问出了口:"安吉拉,你有没有读过我的《三枚金币》?"

听到我的问题她把咖啡都洒了,但那不能怪我。

安吉拉(对旁边的男士说)

"抱歉,非常抱歉。哦,不,弄湿了您的《圣经》还是《旧约》或什么的……"

我无助地用纸巾蘸着他的书。

弗吉尼亚

"让空乘去拿一块布来,他看起来没事。我只是想知道你有没有读过?

我停下来等她用纸巾把洒掉的咖啡擦干净,才继续刚才的问题。

"《三枚金币》里有我关于战争的想法,我希望它能对世人有……一些影响。"

安吉拉

"现在别问我问题。"

弗吉尼亚(慷慨地)

"如果你没读过也没关系。"

安吉拉

"看,都是你的错,害我把咖啡弄洒了。"

弗吉尼亚

　　她就是这样才会偶尔让人觉得没教养,有教养的人从不会抱怨这种事。我看着她继续拿纸巾拍来拍去,然后继续我的问题。"我希望《三枚金币》能有……一些影响。"

安吉拉

　　"你认为它会影响到谁?"(气急败坏地自言自语)"该死。该死。该死。该死。"

弗吉尼亚

　　"它当时的确引起了一定的轰动。朗达·塞西尔,一个那么保守的人都说被它感动,并感到兴奋。"

前额有几绺头发的男人(口音相当重)

　　"这本书彻底毁了。没救了!"

安吉拉

　　"我可以赔偿。抱歉,我只带了美元……"

　　《圣经》光滑的封面上染了一块污渍,还在顺着凹缝渐渐渗开。男人怒视着我,眼睛几乎喷出火来,我也气得要命,大战一触即发。所幸和爱德华相处久了,我早已学会如何与愤怒和平相处——暂停、思考、观察,我在心里默念 并练习如何平息紧张的气氛——但弗吉尼亚总在一旁扯东扯西,我根本没法静下心来!

前额有几绺头发的男人

"你们美国人就知道钱,不是什么事都能用钱解决的。"

安吉拉

"好吧,您请便。"

我将美元塞回钱包。

前额有几绺头发的男人

"但我们也不是富人。你们美国人觉得所有人都不缺钱。"

安吉拉

"天呐,我不是美国人!你到底要不要我的钱?"

弗吉尼亚

"朗达夫人认为《三枚金币》会产生很深远的影响。安吉拉,亲爱的,你在吼,你知道吗?"

前额有几绺头发的男人

"如果这么做能让你好受点,你可以把钱给我。"

(安吉拉冷酷地把钱交给男人。见对方没有收手的意思,她只好又拿出一张钞票。)

弗吉尼亚

"这是我最引以为傲的书之一。写《帕格特一家》的时候十分痛苦，我想着能不能把它作为一部将现实和虚构融合在一起的作品。但最后我还是把它分成了两部分，虚构的部分我写成了《岁月》，里面写了一个家庭历经几代人的故事，还有战争和流逝的岁月……

你应该知道，这本书在美国十分畅销。另外关于理性论证的那部分就成了《三枚金币》。"

安吉拉

"我知道！"

弗吉尼亚

"在《三枚金币》里，我用了一种全新的视角进行创作。战争和女性的权利总是混为一谈，让人理不清其中的逻辑。因为受过教育的女性对战争的看法总是太克制和低调了——"

安吉拉（气急败坏的）

"你能闭嘴吗，让我安静一秒钟，我只想把我这件高档珊瑚色衬衣上的咖啡擦干净……

"哦，该死，我没想说'闭嘴'两个字，抱歉！我保证会好好理理思路，回忆在这个地球上发生过的每一场战争，但现在，请让我安静一会儿。"

8

弗吉尼亚

　　毫无疑问，漫长的旅途让安吉拉的状态变得很糟。我没有告诉她，当时我们坐船和骑马游土耳其要比现在艰苦多了。我给了她十分钟冷静一下，然后才问道："我们快到了吗？"

安吉拉

　　"嗯，我们已经飞了很长时间，途经的国家有葡萄牙、西班牙、巴尔干半岛诸国——这里有张小地图，你可以看看。"

弗吉尼亚

　　"现在还是算了，我讨厌盯着屏幕看。西班牙——现在还是纳粹国家吗？"

安吉拉

　　上帝，她简直太过时了！当然，我必须对她有耐心。"不是，纳粹早被推翻了，佛朗哥1975年下台了。"

当时，弗吉尼亚已经去世了三十多年。没人能想到死后的世界会是个什么样，不是吗？"纳粹的命数还挺长，这场浩劫竟然又持续了三十多年。"

我又能活到几时呢？这种事——真会发生吗？生命会以我无法理解的方式继续存在？格尔达——一想到她我就心痛。我去世时，她可能是30或者40岁。我还能陪伴她多久？没有我的关心和帮助，她将多么孤独。

我们怎会分隔两地？我为何要把自己的女儿送到寄宿学校？

弗吉尼亚

"你知道，我的侄子就是在西班牙去世的。"

他永远留在了过去，永远年轻，成了战争的牺牲品，我们却慢慢变老。他那永不消逝的青春变成了我们的痛苦。

他成了阳光下的一片片断章——朱利安大笑着，大声解释着，他的手臂在空中挥舞，抗议着为什么我们都错了——渐渐地，他紧握双手，上面满是伤痕。

我不知道凡妮莎后来是否从他的死讯中恢复了过来，我想她永远也不可能恢复如初了。

他去世的那一年，连空气都难闻到让人无法忍受，我几乎没有离开过姐姐的身边，日日夜夜、春去冬来。宇宙空无一物，不过是混沌的一片，没有节奏，没有生机，也没有目标。

第二年春天，花园里已经野草丛生，隐约夹杂着紫罗兰和水仙花。我最爱的水仙花，带着浓烈的香味和甜甜的气息，只因我无心欣赏，它们也只是空洞洞地立在那里。我无法像往日那般弯下腰去细细端详那些花花草草,整个花园也变得丑陋无神。那一年,自然气候也异常恶劣。我们的生活因为青春的离去而失去了未来和方向。

(他曾是凡妮莎的希望　　　　　　　　是我们的未来)

9

在另一个空间里,格尔达顺利着陆了。飞机触地的一刹那,她觉得自己幸运无比。轻微的颠簸后,飞机呼啸着滑过跑道,慢慢减速直至停稳。她终于到美国啦!关于美国之行,未登机前,格尔达只希望自己一路顺风。至于落地后怎么办,她只能边过廊桥边思考了——

各种指示牌:到达、转机、提取行李、出入境——上次和爸爸一起来,她只需要抓牢爸爸的手,其他一律不用管——

没错,当时她还小,走不动了有爸爸背着。她还在中央公园试穿轮滑鞋——那时她只有七岁,爸爸妈妈刚结婚,那时的生活真幸福,她是父母的掌上明珠——

那个幸福的孩子被遗忘到哪里去了?

格尔达担心——13岁的少女有了烦心事,但她希望到14岁时,自己可以无忧无虑——她会一天比一天失去光泽。相框中那个昔日的小婴儿——粉嘟嘟红扑扑的脸蛋、塌鼻梁、健壮的身体和一头在阳光下闪闪发亮的橘红色头发——距今天的自己愈发遥远。据说,还不到两岁时,父母从澡盆里把她捞出来,小家伙声音嘹亮地向世界宣布:"我是个人。"

难道她已经被"异化"了,人性中的所有棱角都被成长二字磨平了?

当然没有。格尔达站上扶梯,她步伐很快地向前走着,逐渐超过了同班机的乘客,装出一副匆忙前行的样子。爸爸说过什么来着?"拿行李箱不要乘扶梯。"但还好,格尔达只有一个双肩背。

和爸爸的纽约之旅是最精彩的一次旅行,不过只要有爸爸陪着,去哪里都好。他还在机场给格尔达买了把瑞士军刀(如今,这类东西都成了违禁品)。搭扣是亮闪闪的红色,上面还有个瑞士小盾牌。"那枚盾牌可以保你一生平安,格尔达。"爸爸向她解释各个零件的用途——开瓶器、螺丝锥和锉刀。格尔达最喜欢那个能挑出碎石子的小工具,因为好像只有在探险时才用得到(格尔达只想和爸爸一起住,妈妈可以住在附近,只要她那里有洗衣机、能热披萨就行了)。带着这个愉快的想法,格尔达背着双肩背走下了扶梯。

爸爸的军刀被安安稳稳地放在箱子里,此时此刻,她的箱子正奔往行李提取处。想到这里,格尔达开心不已,尽管箱子几乎是空的:1)因为一般来说,除了书、几双袜子和现金,格尔达不需要太多东西;2)况且她已经想过,来纽约并不是个好主意……

今天早晨，格尔达即将出发，出租车在门外等候——妈妈当然愿意替她付车费——她突然想起手机还放在厨房充电，只好气喘吁吁爬上楼去取，搞得满身大汗。看到水槽里还没洗的刀叉，格尔达立刻想起自己的瑞士军刀——爸爸的刀！——她赶忙把刀塞进背包，哦，她差点忘了，带刀具上飞机是违法的！

"它会保你一生平安，格尔达。"

她几乎要放弃这把刀了，但心中突然一阵焦虑，不把刀带在身边没准会有不好的事发生。这刀也许能救自己一命，即便知道是迷信，格尔达仍然把军刀装进了妈妈的普拉达牌手提箱，贝壳粉色，上面还镶着亮闪闪的金，款式优雅。妈妈知道一定气死了，但此时此刻只有这个箱子能用。格尔达拖着它快步下楼，冲向大门，出租车还在等着，离家前别忘锁门，干得漂亮，格尔达——

——可惜，她还是忘了一样东西，格尔达刚走下扶梯时才意识到。不　不，不是真的　　她的脖子和后背直冒冷汗

她竟会忘了它　　　　　　　　不可能

不，不　　　　　　　　是的，没错

她一时走神，忘了拿手机？？？！！！

难道手机还放在厨房充电？？？！！！

格尔达站在行李提取处，一次次拍打着口袋，希望越来越渺茫。

她没法给妈妈打电话，告诉她自己已经到美国了。

格尔达突然觉得爸爸妈妈离自己好遥远。她独自一人畏畏缩缩地站在机场，不知所措。

行李提取处空间巨大，到处都是陌生人。到机场就该有人接——格尔达越想越气愤。行李在哪个传送带上？她四处打量，试图寻找坐同一班飞机的乘客。没有，一个都看不到。突然，格尔达找到一块牌子，上面写着：伦敦。其他人肯定已经离开了。

无人认领的行李箱还在悲伤地旋转着，跟另一些早早找到主人的"幸运儿们"相比，这些行李箱真是丑得要命，它们仿佛在说："看，主人把我们忘了。"格尔达望着慢慢滑过的行李箱，心中愈发焦躁（那可是妈妈数月前刚买的，我被寄宿学校录取，她非常兴奋，决定好好血拼一番）。终于，传送带上出现了一个亮闪闪的粉色东西——至少，她没把妈妈的宝贝箱子弄丢；至少，爸爸的军刀还在里面。格尔达一把抓住箱子，把它搬到地上，轻如空气，但她马上觉得踏实多了。

忘带手机的人有的是。没关系，反正我知道妈妈住哪里。格尔达拽住拉杆，金属杆光滑得就如昂贵的丝绸，咔嗒一声固定住了。她把行李箱拖在身后，怎么看怎么像只粉毛狮子狗，要么就是个哗哗作响的粉色坚果壳。有爸爸的军刀，还有妈妈的住址，格尔达也不算孤苦伶仃——虽然不是以她希望的方式。

格尔达在谷歌上搜索乘车路线。从理论上说,她知道该往哪走,机场线如何接驳纽约地铁,但到出口时她却犹豫了。写着到达和出租车的指示牌赫然可见,硕大的黄色出租车可以把她载到目的地,只不过花的是妈妈的钱。

很快,格尔达就坐上一辆黄色出租车。午后的阳光灿烂无比。(她之前看过这样的风景吗?和爸爸一起?这些道路看起来不太像美国的风格。)

"你要去曼哈顿的沃兹史密斯酒店?"

"54 街。"格尔达说,她很自信,街道都有编号,她知道酒店的确切位置。

"第五大道 54 街。"司机确认了目的地。

没过多久,格尔达就被摩天大楼包围了,这才是真正的美国。一群宗教狂热分子挥动着牌子,上面写着"赞美上帝"和"耶稣已复活"。格尔达突然感到一股热血涌上心头。她很激动,但也恐惧;不,格尔达不能恐惧。

妈妈要是出去吃饭了怎么办?

"我们快到了吗?"她问司机。

"马上就到。"格尔达使劲咽了下口水。万一妈妈见到她不高兴怎么办?

10

土耳其航空，窄小的空乘休息室里，所有人都处于高度亢奋状态：绷紧的神经马上就要得到解放。他们狼吞虎咽地咀嚼着头等舱客人剩下的早餐和巧克力。飞机已经飞行了十个小时，十分钟后他们就要为降落做准备了。以色列乘客们表现不错，除去在走廊上发生了点小摩擦，基本没出乱子：至少几个小孩子没惹什么麻烦。"比英国佬强多了，"乘务长说，"倘若换成32个英国人，孩子又哭又闹，家长连喊带叫，还要不得不对他们撒谎说飞机上的酒吧不营业了。日后再跟英国开战，他们肯定会输得惨不忍睹。""怎么可能？"苏莱曼抗议着。他有个表姐住在恩菲尔德市。如果能解决签证问题，苏莱曼就去英国与她团聚。"我们绝不会再与英国开战了。"他又拿起一个牛角面包，味道不算好，但他的血糖正在下降，浪费粮食有点可惜。"不管怎样，"乘务长说，"感谢国父，我们最终打败了英国佬，获得了独立。"他对两位年轻的女空乘说，这两位小姐对历史一无所知，她们不了解总理埃尔多安的手下全是白痴，也不明白所谓的奥斯曼复兴运动只能让土耳其回到最黑暗的时代。"别再让我看到你戴头巾，"乘务长告诉阿玛拉，

"阿塔图尔克牺牲了自己,才为你们妇女换来自由。""你少烦她,"玛哈为朋友出头,"在她面前颐指气使的男人够多了,你也是其中之一。""他没说实话,"苏莱曼说,"阿塔图尔克死于癌症,不是吗?""他让我们失去了自己的语言。"阿玛拉说。这件事是真是假她也不清楚,只是听别人说过。

这下,乘务长真被惹怒了。年轻同事可以偶尔放肆一下,诋毁国父却万万不行。"你什么意思?"他问阿玛拉,"你根本不明白。你的言论和埃尔多安手下的暴徒如出一辙。阿塔图尔克改革的是书面语,所以土耳其才能步入现代社会,才可以和其他国家顺畅交流,否则我们只是窝在山里的穷苦农民,没人理,没人管。""我们不是农民。"苏莱曼说。"谁为我们营建机场?"乘务长逼问道,"阿塔图尔克。谁为我们制定宪法? 阿塔图尔克。谁为我们修建高速公路? 阿塔图尔克。没有阿塔图尔克,你连工作都找不到,11岁就得出嫁,如果有人想娶你的话。现在回机舱去收餐盘。"

"抱歉,先生。"阿玛拉后悔地说。她喜欢乘务长,这个男人对他很好,比她继父强多了。继父曾阻止她继续上学,多亏有祖母撑腰,她才能完成学业。"我并非有意诋毁国父。当然不会,我们永远爱戴他。"然而,国父只活在历史中。阿玛拉很难想象20世纪30年代的土耳其是什么样子,她祖母那时还只是个少女呢。阿玛拉无法理解遥远的过去。对她而言,11个小时的飞行就有一辈子那么长。

所有人都闭口不言,一秒钟后,机身倾斜转弯,如钻石般闪烁的白色光芒射入机舱,伟大的国父好像正与他们同在,他那和蔼可亲的面孔和炯炯有神的双眸,仿佛在向他们保证土耳其的未来是光辉的:他们不用惧怕伊玛目、叙利亚或者美国。

"苏莱曼,你再这么吃下去会变胖的。"阿玛拉说。她从来不会难过很长时间。"过来帮忙。几个美国人把食物洒在地板上了。"

空乘们快步走了过去,一左一右,谁也不甘落后。阿玛拉喜欢和苏莱曼搭档,他总会告诉她必要的知识,但阿玛拉并不怕他。她觉得苏莱曼不是普通人,不过他对自己没有那种爱慕之情。他是大学生,懂的知识多。

收拾垃圾箱时,阿玛拉低声问他,尽量不让别人听到:"有人说埃尔多安一上台,土耳其人就没好日子过了,你觉得这种说法正确吗?把那么多人关进监狱,这么做恰当吗?"

苏莱曼打了个手势,让阿玛拉少说两句。他的脸上挂着微笑,好像在安慰阿玛拉,让她"别担心"。"也许将来会变好吧,"他说,"生活就是活下去,至少物质世界还是很美好的。"

阿玛拉盖上垃圾箱,微笑着对苏莱曼说:"生活很简单。"

11

弗吉尼亚

　　活下去是动物的本能,这种本能可以让一个人挨过很多绝望的时刻。父亲去世的时候,我简直难以接受,那个总是在我身后如同巨人一般庇护着我的父亲消失了。他很欣赏我写的东西,并且总是对我信赖有加,也是他为我打开了书籍的世界。他离开之后,我的人生陷入了孤独与凄凉,直到这伤口慢慢愈合,每一秒、每一分、每一天,失去至亲的痛苦才渐渐被时间抚平。他的背影离我越来越远,直到我再也看不到他。

　　我不知道我死之后伦纳德是否也是这么熬过来的。

　　如果父亲一直活着,我也不会开始写作。他给我的压力会让我喘不过气来。

安吉拉

　　"弗吉尼亚,有垃圾要扔吗?他们来收垃圾了。"

　　她才不管空乘干什么呢,她又陷入了沉思,连头都没抬一下。

弗吉尼亚（递过一张纸巾）

"我知道你还没有搞定仆人的麻烦。"

安吉拉

"弗吉尼亚，请别这样说话。空乘不是仆人。"

弗吉尼亚

"他们当然是仆人，这很明显，你舒服地坐着，而他们在服侍你。"

安吉拉

"弗吉尼亚！我们不用'仆人'这个词。"

弗吉尼亚（笑着）

"那又有什么不同。他们还是仆人，我们是主人——"

安吉拉（表示抗议）

"嘘。"

弗吉尼亚

"哦，是不是和'犹太佬'一样？我们不能这么称呼他们？"

安吉拉

"我们不谈这个话题。"

弗吉尼亚

"我现在觉得我们以前要比你们自由得多……我们可以高谈阔论，说'仆人'还是'犹太佬'都无须顾忌，甚至连鸡奸和精液都可以自由谈论。"

（旁边的年轻犹太女人先是被她的话惊呆了，然后又忍不住笑了。）

安吉拉

"实话实说，弗吉尼亚，这样做一点都不明智。是你求我带你去土耳其，到了伊斯坦布尔你绝不能再这样胡乱说话。你不明白，那里是穆斯林国家。"

弗吉尼亚

她急得面红耳赤，可能她正处在更年期？很显然她对土耳其一无所知，那是一个特别自由的国度。男人甚至在街上随地小便，还可以买到尺度很大的禁书。我们那时在一个市场上选购银饰，我找到一个小巧且制作精美的春宫雕刻饰品，轻轻一碰，那些小人还会动。当时我还想也许以后我会用到它呢，所以花15里拉买下了那个小东西。

人的命运是何时被安排好的呢？我本来可以像凡妮莎一样生儿育女的……

安吉拉

"弗吉尼亚，系上安全带。空中侍女在和你说话呢——抱歉，是空乘人员。"

弗吉尼亚

（是的，他们总是对各种事物的名字这么执着。）

那个银制的小东西不知道被我扔在了哪里，它的样子还历历在目——

安吉拉

"快看！又一架飞机——"

弗吉尼亚

窗外的飞机如同一枚闪闪发光的银针——一个疾驰的信使或是一个飞逝而过的念头——看起来小如线头，快似飞鱼，从我们身下飞过，穿梭进蓝天和云层后消失不见了。

之后，我的人生也被改变了。我本可以得到的幸福，却被强行带走了。婚后的屡次崩溃总让伦纳德担心不已，他给我独处的空间，但一部分的我总是对他充满歉疚。我本来可以做一个更合格的妻子和母亲的。

日出日落，白云苍狗，当我真正明白过来的时候，我已经老了。

阿玛拉

"女士，请系上您的安全带。"

安吉拉

"十分钟后就降落在土耳其了，弗吉尼亚。你不激动吗？一个崭新的国家……你第一次来是什么时候，1906年？第二次是1910年？"旁边的哈西德派教徒用怪异的眼神瞅着我。和他相比，弗吉尼亚还正常点。总体来说,他们俩都是另一个时空的遗留物。

弗吉尼亚

"我第二次来土耳其是完全不同的经历。"

第一次土耳其之行结束后,我们意想不到地失去了我的哥哥,我的知己。我嫉妒索比,但我更爱他。去土耳其途经希腊,我们骑马走过了那座蓝色的"神山",去指认诸神以及诸神的化身;哥哥给我们读希腊文,我们喝了很烈的酒,我因为喝得太多而头疼。我们在日升月落下幻想着未来的美好生活,听着蟋蟀在草丛里的鸣叫,直到天上的群星随着太阳的升起而慢慢消失不见。那天晚上的我还以为我们会一直这么快乐下去。

但是,我成了唯一拥有未来的人。他仿佛是上帝索要回去的祭品。我仍然记得他走在我前面时,我能看见他结实的背,但那时病毒一定已经在他体内秘密繁衍了。复仇女神得到了病毒的召唤,像是嗅到了喜欢的食物,向他伸出了毒手。他的脸颊上出现了两片红色的斑点,连医生都束手无策。

我们兄妹中最英俊、最勇敢的那个就这样离开了我们。他总被人叫作"哥特人",但他却死得并不体面。他后来已经言语混乱、全身失禁,仿佛把自己所有的智慧都抵押了出去,最终却失去了自己强壮又无辜的血肉之躯。他死后不久,凡妮莎决定嫁给索比最好的朋友克莱夫,这让我在失去哥哥的同时又失去了姐姐,之后她开启了自己作为母亲的全新人生。

(无论做什么她总是抢先一步:成为女人,然后成为母亲。当我和伦纳德试图要孩子的时候,她一针见血的刺探让我羞愧得无地自容。她把手放在唇上——不,吉妮,这对你太难了:我同意伦纳德，你不可以生小孩。)

现在回头看，她真的是个好姐姐吗？她已经无法回答我。我们曾那么亲近，我不能用那般狭隘的心去想她。

噢，凡妮莎。　　噢，我的妮莎。

安吉拉

"弗吉尼亚？你说什么？"

弗吉尼亚

"感觉飞机并不像在降落啊。"

安吉拉

"机长说我们在等待航线，所有飞机必须排队降落，中途可能会因为气流而颠簸……"

突然，飞机来了个可怕的急转弯——一侧机翼直冲向地面。

弗吉尼亚（把头伸过邻座）

"我只能看到大海。"

安吉拉（看向另一侧）

"另一边是大块大块的乌云。"

飞机又恢复到平飞状态，开始再次爬升。

空乘在检查头顶的行李箱是否都锁好了，他们走来走去，把紧急出口附近的东西挪开。我们盘旋了20分钟；飞机开始下降，但每次转弯结束,都会再次爬升。

弗吉尼亚

我察觉到安吉拉变得很紧张。和我相比,她可是经常坐飞机啊。我忽然想:"或许我能做点什么让她安下心来?"

以前我想帮助凡妮莎的时候,她总会笑我,她只有在需要我的时候才会那般亲密。

安吉拉

我需要转移注意力。"弗吉尼亚,可以把那份《泰晤士报》给我吗?降落之前,我想做填字游戏……'关于经典结局的一句诗,以家畜开头'……有 11 个字母,以 c 开头。该死的笔,你说得没错,这笔根本用不了。"是气压的缘故吗?报纸都让我戳破了。看来动作得轻柔些,我转了转笔,又晃了两下。

弗吉尼亚

"填字游戏,对我们来说是一种全民为之狂热的游戏。"(但是她正在做的这个答案已经十分明显了……)

1910 年,也就是在一个世纪之前。凡妮莎在布尔萨流产的消息传来,我必须从君士坦丁堡坐船去找她。

她需要我。这件事是罗杰写信告诉我的,之后我拿出全部的勇气只身前往,那趟旅途异常艰难,我不再害怕炙热的太阳,不再害怕毒蛇或面对陌生人。我用了不到四天的时间,坐船、坐车、又骑马,最终穿过欧洲大陆来到了凡妮莎身边。她躺在一间昏暗的屋子里。我仿佛变身成为一个前来拯救她的男子——就像那个童话故事里勇敢的格尔达，父亲在我 11 岁时送给我一本金绿色封面的《安徒生童话故事》。那个勇敢的女孩格尔达拯救了男孩凯伊——安吉拉给她的女儿起了个好名字。

之后我在《奥兰多》里重现了那次旅程，我变成了奥兰多，一个雌雄同体的人。

这时传来机长的声音："机舱工作人员请注意，飞机将在十分钟后着陆。"

安吉拉

那个美国男人又开始碎碎念了，我的思路再次被打断。"不是他们的错，坦白说，他们还处在人类文明的初级阶段。但他们本性不坏，都是热心肠，人也很单纯。"

"我要买银首饰。"他的妻子抱怨说，声音尖得就像个小姑娘。"你必须带我去大巴扎，霍伊。有你在，他们绝不敢猖狂。你可以跟我们同行，小姐——我还不知道你的名字呢。"

"不用了，谢谢。"那位大学生说。

美国男人继续喋喋不休，完全不顾别人的感受。"如果你能得到他们的尊重，你就会成为他们永远的朋友……"

"你在土耳其有朋友吗？"大学生问。

如此犀利的反问着实让我们所有人都倒吸一口气。

弗吉尼亚

"Catastrophe（灾难）。"我对安吉拉说。

"什么？"她一脸焦虑。

"你的填字游戏的答案。"

安吉拉

  飞机正在下降，四周的光照得人睁不开眼睛，机身如同一块石头，从由乌云做成的阁楼中一路往下坠，颠簸地穿越一层又一层破旧的楼板，机舱内的灯从左至右不停地闪烁着。

弗吉尼亚

  "安吉拉，你还好吗？"

安吉拉（下意识地把手放在弗吉尼亚的腿上，弗吉尼亚紧紧地抓住她）
  "有点颠簸，是吧？"

弗吉尼亚
  "坐船的话要比这个颠簸得还厉害。"

安吉拉

  我不想松开她的手。此时此刻，她就像母亲一样给予我安慰。
  十分钟的恐怖之旅太过漫长。她开口说话了，我高兴得忘乎所以，直到听见她说——

弗吉尼亚

  "那在我的会议上将会发生什么？我的意思是那个关于我的会议，不是我的会议。"

（随着飞机剧烈地颠簸俯冲，机舱内的人集体发出了惊叫声。）

飞行员

"机舱所有工作人员各归各位，准备降落。"

安吉拉（把手缩回去）

"弗吉尼亚，我只想平安落地。"

弗吉尼亚

现在，我们仿佛跳入了另一个时空，一个属于贪玩的恶魔的时空。是的，我准备好了，并且感到很兴奋——

黑暗开始侵袭，哪怕一片羽毛撞向飞机都能让我们坠入无底深渊。一片羽毛和断裂的机身将我们扔进了最深的深渊——烧焦的残骸，人们也许会发现我的遗骨，他们会以为我是谁呢？

我看到飞机的残骸在城市中四处散开，一片绿色园林中躺着一架如甲虫般残破、烧焦的钢铁躯壳。野餐的人会来这里躲风避雨、情人们会在夜晚来到过道的残骸处躺下、流浪汉偷偷溜进来躲避严寒。之后，飞机顶会塌陷，所有的座位、洗手间和窗户都会被野蔷薇和铁杉覆盖。野草和绿植将会在风尘和泥土里扎根，黑莓会恣意生长并开花结果。直到有一天，有人在公园里迷了路，只能靠插在黑莓丛里的一个机翼辨别方向，而这架飞机曾经装满了人，数百名乘客曾在这架飞机里飞行，他们带着各自的希望和计划……还有父母和孩子、手牵手的爱人，以及那个为孩子们创作剧本的年轻母亲正"遵循着先人的方式去写"……

但是，有股力量一直在支撑着这架飞机飞行，安吉拉晃动着手里的笔：故事仍在继续。

安吉拉

"哦上帝,哦上帝,哦上帝救了我们——"

(颠簸,撞击地面,颠簸,颠簸－颠簸,终于停下来了。)

上帝。感谢上帝。

我并不笃信宗教,但危机当头,任谁都会祈求神灵保佑。精神顿时放松下来,我立刻感到了疲倦。我解开安全带,瘫坐在座位上,直到飞机滑入停机坪。

我们真有可能一命呜呼的!多亏上帝眷佑,让我们死里逃生。

我想格尔达,也想爱德华。

倘若我死于空难,他们将作何感想?爱德华一定会痛苦,也会后悔。

乘务长

"请各位乘客在座位上坐好,直到安全带指示灯熄灭为止。"

安吉拉

不,他不会再婚的。他可能会把我们的家改造成一座博物馆……没错,安吉拉·兰姆博物馆……学校还会组织学生去参观……璀璨夏日,草坪刚被修剪过,玫瑰花争相盛放。穿着乘务长制服的爱德华正推着手推车,兜售茶、咖啡和我的免税版著作……他对数字一点都不敏感。

乘客们纷纷涌入走廊,狭小的空间顿时拥挤不堪,场面一度失控。拎着大包小包的乘客先后从我的脚面上踏过去,空乘拍拍我的肩膀说——

阿玛拉

"打扰一下,女士,您可能睡着了。该下飞机了。我让我的同事来帮你们,两位女士。"

安吉拉(被颠簸醒了)

"我没睡着。"

(半个飞机的人都走光了。)

"弗吉尼亚,你怎么不叫醒我?我肯定妨碍到大家了。"

弗吉尼亚

"犹太佬不会觉得被妨碍,他们挤一挤就过去了。我趁机看了一下你的地图,我们的酒店就在老城的中心。"

苏莱曼(跳过安吉拉,对弗吉尼亚说)

"女士,请让我替您拿行李。"

安吉拉(气愤地对阿玛拉说)

"事实上,她一半的东西都在我的手提行李箱里,所以箱子很重。能帮个忙吗?"

一分钟后,她们才起身离开。这两个被宠坏的女人——肯定是美国佬,不是吗?——几乎成了压垮空乘们的最后一根稻草,飞行 11 个小时,任谁都低血糖了。祈祷的祈祷、换尿片的换尿片、准备符合犹太教教规的食物、多余的手提行李……这些懒娘儿们为什么不能自己下飞机。

空乘露出最后一个微笑:"祝您假期愉快,女士。"

"我到这是为了工作。"安吉拉没好气地回答。

乘客全部离开,偌大的机舱只剩下机组人员。塑料袋、纸袋、毛毯、报纸、纸巾……空乘们相视而笑,接着深吸一口气。

"我无法容忍美国佬。"阿玛拉说。

"我受不了犹太佬。"苏莱曼说。

空荡荡、杂乱无章的机舱沐浴在日光下,仿佛暴风雨到来前的最后一抹金色。苏莱曼摸摸阿玛拉的胳膊,说道:"你知道我并不真的是那个意思。"

阿玛拉点了点头:"我也不讨厌那位老妇人,她笑起来很可爱。"

"哪个老妇人?"苏莱曼问,他对女人向来脸盲,也可能是安吉拉看上去太疲惫了。

"无论如何,我们都要照顾他们。"阿玛拉说。

"全程照顾。"苏莱曼说。明天的航班飞纽约,他又要上岗了。回家歇歇,远离人群,撸猫减减压。

土耳其人喜欢猫,但美国人是"狗奴"。

303

12

弗吉尼亚

我站在机舱门口,被楼梯口透过来的阳光刺得头晕眼花,即将开始的新旅程让人忐忑不安。穿过出口,一个美好的世界开始向我低语,她是如此轻声细语,以至于我根本听不清她在说什么。不过,就像伦敦和纽约一样,这里也有鸟叫声,虽然我不清楚这些鸟的名字,只看到它们的翼尖就像黑色的字母散落在乌云密布的天空中——我们刚刚经历的乌云还未散去,暴风雨即将来临。不知道这些鸟儿的名字又有什么关系呢?只要知道它们就意味着生命,意味着美好和安详就足够了。新鲜的空气迎面扑来,鲜活的空气。

安吉拉还在我身后某个地方磨磨蹭蹭。

安吉拉

飞机降落的那一刻,我突然有些动摇。在纽约,我多多少少还算得上游刃有余,但在土耳其,我可是个十足的新手。没错,我之前的确来过几次,但我没有多余的能力照顾她。要不是她求我,我是绝不会带她来的。

我迈着沉重的脚步,在漫长的排队中等待过海关。雷电已经轰隆隆地滚过屋顶,就像是某个巨人的肚子在咕咕直叫。我现在一点也不担心,因为我们已经安全落地了。

弗吉尼亚的大眼睛忽闪忽闪的,一会儿瞅瞅这儿,一会儿瞧瞧那儿。我嫉妒她的活力——怪不得她能起死回生呢。等候过海关的队伍比平时长好多。弗吉尼亚试图和海关的工作人员搭讪,对方耐心地微笑着,但一言不发。她对那些无关紧要的事很感兴趣——比如行李传送带和相貌英俊的警察。

终于到了出租车停靠处,我立刻爬进车厢,瘫倒在座位上。虽然我的发音很标准,但司机仍然不明白我要去哪里,为迁就他,我只好把地址写在字条上,随后倒头便睡。

弗吉尼亚

"所以现代社会的出租车都是黄色的吗?"它们和纽约的出租车看上去一模一样。"安吉拉,你听到我在说话吗?"

这女人又在睡觉!我希望司机没有注意到她睡着了,不然他可能会趁机带着我们绕路。土耳其人很会做生意,我还清楚地记得那次在市集上被卖东西的人"抢劫"的经历——虽然那已经是上个世纪的事了。土耳其的袜子、衬衫和窗帘的材质都要比我们的好很多,价钱也比英国的便宜一半,但我们还是想以更便宜的价格买到……

他们的衬衫确实做工都很好,也许根本不是他们"抢劫"我们,是我们管不住自己花钱的手。

我坐在车里看旅游指南,外面是反常的暴风雨前的景致,整个城市在我眼前缓缓展开。形状奇怪的红色德式塔楼就像是弗里兹·朗的电影《大都会》里会出现的场景。我和伦纳德一起看的这部电影，是在1927年吗？那时候，《旁观者》周刊对我的新书评价很高，我们在昏暗的电影院里手牵着手看了那部电影，既快乐又兴奋。弗里兹·朗对未来的想象是对的，又或许是土耳其的建筑师们看了他的电影——对未来的想象真有这么大的魔力可以穿越时间？现在的女性还会读《一间自己的房间》吗？

从右侧无趣的建筑的间隙间隐约能看见闪着光芒的马尔马拉海。我年轻时曾在晨光中坐船穿过马尔马拉海，那是太久之前了，黎明笼罩着君士坦丁堡。而现在的我坐在车里凝视她的美，树根状的闪电划过幽暗深蓝的天空。安吉拉还在睡觉，我并不打算叫醒她。

我最亲爱的凡妮莎，如果我有机会，我可以叫醒她吗？没有人比我俩更亲近——我们本可以手牵着手再次来到这里。我从笔记本电脑上得知她在我死后经历了漫长又艰难的岁月，邓肯年老后沉迷于男色。她已年老色衰，而我们整个家族的悲剧更是让她雪上加霜。

我不应该叫醒她，还是让疲惫不堪的她永远安眠于地下吧。

海浪在温柔地拍打海岸（也许安吉拉在睡梦中能听到）；一道金色的闪电带着末日般的美划过日落前的天空，最后落在安吉拉在睡梦中的眼睑上。

我试图想明白，"为什么似乎每个人都在睡觉？"我一边想着一边合上旅游指南，意识开始蔓延。

即使暴风雨都无法惊扰她们的睡眠,司机沿着海边开,岸边有很多人正举着鱼竿钓鱼。突然响起一阵汽车的鸣笛声,她们的眼睛终于睁开了。

同时睁开的四只西方的眼睛开始寻找东方之美。

我们终于到了,安吉拉想,在自己的座位上坐直了身子,异常清醒。

伍尔夫想:终于到君士坦丁堡了,但她立刻又想到:现在已经叫伊斯坦布尔了。她开始意识到名字的重要性。

ISTANBUL

伊斯坦布尔

第三部分　伍尔夫在伊斯坦布尔

1

从纽约到伊斯坦布尔,到处都是隆隆雷声。伊斯坦布尔还有铺在鹅卵石上的有轨电车,但纽约只有地铁。白花花的闪电猛然在空中裂开,让人防不胜防,就像随时可能发作的偏头痛。

土耳其经济处于停滞状态,正遭受美国的贸易制裁,里拉兑美元持续贬值。土耳其曾盼望加入欧盟,但其财政状况(虽然欧盟成员国也深陷债务危机)和人权问题(土耳其政府不承认这一点,却发现自己连反驳的权利都没有)始终难合对方心意。对某些欧洲人而言,土耳其太大了,文化背景也与欧洲"太不同"——他们的意思应该是"太穆斯林"吧?如今,埃尔多安与普京打得火热,自己也不确定是否真想加入欧盟。况且,土耳其的贸易伙伴众多,包括俄国、海湾国家、中国……

然而,一到节假日,欧洲人和美国人便不远万里来这里度假,涌入充斥着"异国情调"的老城或"酷炫"的独立大道。他们冒着酷暑排队参观壮丽的圣索菲亚大教堂,以及有着贝壳般的穹顶和高高的宣礼塔的蓝色清真寺。每逢日落,看着城市的天际线,游客无不赞叹连连,没准儿还会跟着祷告两声;但几天后,你会开始讨厌这座城市，午夜时分或天刚放亮，宣礼塔便会准时播放祈祷乐，没法不惹人清梦。不过时间一长，你也就见怪不怪了。千百年来，不同民族汇聚于此，祈祷乐只是无数元素中的一个而已。自从穆罕默德二世攻占君士坦丁堡，祈祷乐就已经在这片土地上回响。

历史的长河远不止于此。土耳其人之前有神圣罗马皇帝，有野蛮的基督教专政，再往前还有异教徒，异教徒之前还有——谁来着？

伴着羊铃的响声，一种叫作"人类"的动物正蹲在两大洋和三大河域的交汇处捡柴生火。而那时的纽约曼哈顿还只有熊、猛犸象和一望无际的森林，中央公园只是片原野，无处不在下雨。那时，既没有国界，也没有国名。

纽约，第53街——书店老板艾弗里一到下雨就头疼（他刚在电话里和一名记者大吵了一架，"当然有人买纸质书，这有什么好问的？"），他坐在店里，盯着来来往往的出租车，心里在默默计数，黄色车身就像串起来的小金珠，一颗颗从眼前滑过。艾弗里没看到一个满头红发的女孩正向店内窥视——伊斯坦布尔的迪旺街，游客们可不想被淋成落汤鸡——黄色出租车里挤满了人：无论是在纽约的土耳其人，还是在土耳其的美国人，所有人都在劫难逃。天色越来越暗，大雨顷刻将至。

（纽约，格尔达满心沮丧。她留了一半巧克力棒没吃，以防发生紧急情况，因为爸爸说过"出门在外，必须预存一半食物"，但只要想到书包里还有巧克力没吃，格尔达就饿得要命。突然，一家书店出现在眼前,她立刻要求司机停车,"我想给妈妈买件礼物"。格尔达不想马上到酒店,以防——以防妈妈不在……

"这里不能停车,"司机说,"你可以从这走过去,只有半个街区。"司机边说边指向前方,一副很自信的样子。格尔达故意放慢动作,小心翼翼付了钱。)

两座城市同时大雨倾盆,可怜的行人抓住最后的机会拼命奔跑,只为找一个能遮风挡雨的地方。因为奔跑速度过快,大家难免撞作一团;哈德逊河与纽瓦克湾水位迅猛上涨,博斯普鲁斯海峡和马尔马拉河也厄运难逃——雨水嘶嘶漫过石板路,排水泵水压过大造成地下水井喷,所有街道都成了乌黑一片,鞋子、外套、水沟、手提包、树叶、灰尘、石子——无一幸免。

(很快,53 街就成了河,格尔达决定冲进书店。)

加拉塔大桥上还有上百条银色沙丁鱼,留给它们的时间已然不多了。自从被搭在蓝色铁栏杆上的渔网捕获,小家伙们就只能在盒子里勇敢地遨游了。塑料杯里摆着炸熟的鲱鱼,根根直立,仿佛一束束鲜花;它们低垂着脑袋,脖颈上还带着一丝丝血。

雨点砸在加拉塔大桥上,刚刚还在钓鱼的人们拼命奔跑。阿里在收拾摊位,时不时有东西掉到地上,盒子都被踢翻了,一条鱼逃出箱子,东蹦西蹦地穿过轨道,它要奔向大海——总算有活路啦!

"这里的鱼真不错,弗吉尼亚,"安吉拉揉揉眼睛说,"你必须尝尝。"

弗吉尼亚的眼睛亮了。"我喜欢吃鱼。"

（纽约，雨水敲打着玻璃窗，坐在收银台的黑发男人看上去情绪很低落。格尔达勉为其难地挑了张大贺卡——图案漂亮的有许多，并非都那么难看。格尔达选的那张贺卡上画着两个女人，其中一个看上去更像老太太，下面还有一行银色的字："我的生活不能没有你，是你给了我生命。妈妈，我爱你。"真肉麻！格尔达更喜欢其他的，但最后还是买了这张，只因这句话说出了她的心声。

接着，格尔达走进了童书区。如果妈妈在的话，她绝不会走过来，但格尔达突然想当回孩子。《到灯塔去》读完了，格尔达的脑子都是僵的。她坐在画蜡笔画的桌前，给妈妈写了封饱含爱意的信。最后，格尔达心满意足地离开了书店。两个包都很轻，格尔达一并挎在左肩上，大雨也停了，太阳倒映在水洼里。一切都会顺顺利利的。开局相当完美。伴着纽约大街上那飞溅的水花，格尔达匆匆忙忙朝酒店走去。妈妈就在那儿，妈妈，妈妈，妈咪。）

2

安吉拉把旅馆选在了伊斯坦布尔的老城——苏丹艾哈迈德区，离蓝色清真寺、大学、圣索菲亚大教堂和大巴扎都很近，但远离主干道，环境还算清幽，至少听不到有轨电车的铃声和小贩的沿街叫卖，这些人的主攻对象就是来自发达国家的游客——"你好！会说英语吗？"所售商品无所不包，既有廉价的冰淇淋和烤玉米，也有高达上万美元的地毯（也许只值1000美元）。

"时间真是个奇怪的东西，"弗吉尼亚边爬出出租车边说，"一切都没变，变的只有我们。想当初，我们是坐船来的，特意赶在清晨去甲板上看日出，阳光把教堂的穹顶和窗户都染成了金色。如今，姐姐不在了，我们都不在了，但教堂依然耸立在那里，好像在等着我回来似的。"

"先别和我说话，弗吉尼亚，我要付车费，"安吉拉说，"除非你已经把钱给了？不可能。好吧，还是我来吧。"

有那么一刻，安吉拉非常希望和自己来土耳其的是格尔达。是那个小孩子，而不是这个大的。还是别提过去啦，此时此刻，她只期待未来。没错，安吉拉需要一个人静静。

3

弗吉尼亚（一边瞄着安吉拉给她写了电话号码的那张纸,一边小心翼翼地给安吉拉的房间打电话）

"喂?"

安吉拉

我刚进来,还什么都没干,行李也没打开,她的电话就打来了,肯定跟平时一样要这要那。

酒店的无线网络密码失效了。酒店永远这样,太正常了。我要回一下爆满的邮箱里的邮件。突然,电话铃响了。

"安吉拉!是你吗?"

"当然。"

"你看,我会打电话啦!我慢慢掌握了 21 世纪的生活。我爱我的房间!这里比沃兹史密斯酒店差远了,但好在足够宽敞。你如果收拾好了,就陪我出去逛逛。"

"弗吉尼亚,给我一分钟。你确定房间没问题?"

"房间好极了。窗户对着街道。"

"赶快关上,不安全。"

弗吉尼亚

她的话倒是提醒了我窗外的景色。一只鸟儿在歌唱,路上的行人匆匆走过,女人们在笑着互相打招呼。外面是小小的人间,这场景如此熟悉。空气凉爽,透着一股雨后的清新。窗帘随风摆动,就像微风中的海浪。

安吉拉

"你窗户关了吗?"

弗吉尼亚

"呃,但我需要点新鲜空气。我记得曾和凡妮莎走在日落下的街头,从佩拉的方向能看到博斯普鲁斯海……"

安吉拉

"我知道,我知道,但我还有些事要做。"

我并非故意不耐烦,没错,我知道这件事,日记里写着呢。许多人都是借助日记这条秘密通道了解她的一生,而且不必事先征求她的同意,甚至不用让她知道。

写作,写作,写作……要不是伦纳德坚持,哪会有这些日记!看看她对圣索菲亚大教堂的描述……一想到她的作品,我就火气全消了。

(我有机会告诉她,她的作品对世界文坛有何意义吗,以及她是如何改变了我们看待事物的方式?我经常对她说自己特别喜欢她的作品,但弗吉尼亚总是目光冷漠地望着我,好像我犯了什么错似的,然后我就胆怯了,窘得一个字都说不出来。难道在她眼里,我只是个更高级的女仆吗?

当然,她写了很多和仆人有关的作品,同时代的作家无人出其右。但有时,弗吉尼亚也会用文字表达自己对仆人——她知道,自己离不开他们——的厌恶和轻视。但是,那些杰作……她值得被永远铭记。

弗吉尼亚千万不要鄙视我。)

"晚饭时见吧,七点怎么样?"

"离七点还有两个小时呢,我想出门舒展一下筋骨。"

"弗吉尼亚,你不能自己出去!"

弗吉尼亚

谁说我不能,我当然可以自己出门。我穿上了那件显年轻的黄色外套,带着在机场换好的土耳其里拉,这钱看上去就像玩具一样,又硬又奇怪。或许我可以用它们买点礼物,是的,我一直都很喜欢买礼物。

(但转念一想,买礼物给谁呢?顿时觉得无比失落。算了,别想那么多,活在当下即可。)

我把窗户开着,好让屋子里的空气更清新一点。我觉得总是把外国人当贼防真是一种低级的狭隘想法。风轻轻吹进来和窗帘嬉戏,我看到窗外有一个戴面纱的女人拿着一大捆脏衣服从我们住的酒店里走出来,也许她在这里工作——她弯下腰和街边的猫玩耍起来。那是只金黄色的猫咪,有三角形的脑袋,背脊呈完美的弓形。她的手抬起又放下,像是在跳芭蕾。然后,又有一个女人从街对面走过来,她原来在等她,两人一见面就拥抱了一下——这时,一片落叶被吹了进来,落在了窗台上,边缘有一排耀眼的水珠,忽然间我变得无比快乐。

只有自己,活生生的自己,就在土耳其。我开心地笑了起来,走了出去。

4

位于世界这端的格尔达已经踏入了她的梦想之地——中央公园,她曾在这里开心地试穿自己的新轮滑鞋,自由自在地朝着爸爸飞奔,兴奋地喊大叫,当然,也有怕得要命的时候。格尔达吃了一个汉堡(味道好极了!),抹着橙子与核桃味的枫糖浆(简直难以下咽!),还有一份超大份薯条。

再过一条马路就到酒店啦。

可是,格尔达听到了极不友好的声音,尖利且嘹亮,那个声音正在诉说着真相。*别去了!傻瓜!快停止!* 格尔达必须调动起心里所有的爱才能对抗这股攫住自己的恨意。她并不是害怕,一点也不,因为她根本不敢去直面那种恐惧。

妈妈不在这儿

爸爸不在这儿

沃兹史密斯酒店的员工态度很和蔼。没错,他们认识安吉拉·兰姆和伍尔夫夫人,这两位女士几天前"刚刚"离开。

"不可能。"格尔达斩钉截铁地说。(她们居然走了!走了!怎么可能?)

年纪较轻的男人看了看格尔达。"是的,她们已经离开了。两位英国女士一起离开的。"

年岁较大的那位表达了自己对弗吉尼亚的崇敬,"一位了不起的女士。"

"请问她们搬到哪家酒店了?"格尔达尽量让自己的声音听上去正常点,但事实上,她的声音尖利得很,像只蛮横的老鼠。

"她们没说,只提到了'伊斯坦布尔'。"

(伊斯坦布尔!不可能!愚蠢的工作人员肯定搞错了!)"不,她确实准备去参加一场会议,我妈妈是作家,那是一场国际会议。"格尔达本想用"国际"二字给他们留下深刻印象,但话刚出口,格尔达就开始焦虑了,她浑身颤抖,内心已经被可怕的恐惧占满。自飞机着陆以来,格尔达的恐惧就没消退过,因为她遇到的这个麻烦实在太大了——

"你妈妈的确说过她有一个女儿。"

"好像是另外那位女士提起过你。"那位更年轻、身材较瘦的男人插嘴道。

妈妈竟然没提到过自己,格尔达难掩心中的悲伤,但与此同时,她又很骄傲,连弗吉尼亚·伍尔夫这位能写出《到灯塔去》这么酷的作品的大文豪都知道自己的存在。但她们已经走了!离开了!格尔达不许自己哭。

年纪较大的男人仔细打量着格尔达,他架着副金丝边眼镜,面带微笑,眉头稍稍皱起。"我们可以联系你妈妈,你先待在这别走。我们应该有她的手机号。"

"不用啦，没关系。"格尔达顿感口干舌燥，"我会给她打个电话的。"妈妈要是知道格尔达现在在纽约，非犯心脏病不可！

"没事的，"格尔达含混不清地嘟囔着，"我已经18岁了，我有妈妈的信用卡，她让我随身带着，她知道我要来纽约。"（听起来太不靠谱了，完全不可信。）"也许我该在这住一宿。"

"不管怎样，我们都要联系她。"年纪较轻的男人一边死死盯住格尔达，一边拿起她的外套——上面还有刚刚吃汉堡掉上去的残渣。她头发也没梳，行李箱也不像是她这个年纪的人该有的。

"请坐，小姐，别客气。"年纪较大的男人和蔼地说（安吉拉这人冷若冰霜，这孩子也够可怜的），但格尔达根本没理会，她把粉色行李箱往肩上一扛，丝毫没有吃力的感觉，然后边跑向门口边说道："别打扰我妈妈，我马上坐最早一班飞机回家。""等等，先别走！"年纪较大的男人喊着。

格尔达穿过一群刚刚到达的日本书迷，和日本人比，她看上去更强壮，也更成熟。

"那孩子多大？"

"她说18岁。"

"我记得弗吉尼亚说过这孩子13岁……她口音那么重，有可能听错了。我还是给她妈妈打个电话吧，必须让她知道，或者你来打？"

恰在此时，那些日本书迷纷纷挤到前台办理入住手续，给安吉拉·兰姆打电话的事瞬间被抛到脑后。

321

5

弗吉尼亚

这座城市和我记忆当中的样子相差无几。木质门面的酒店身处光线幽暗的街道之中，街道地势很陡。狭窄的人行道由粗糙的鹅卵石铺就，一直往下延伸到大海。很多东西都似曾相识。

变化最大的就是宽敞的马路——弯弯曲曲一直延伸至高速公路的中心，而以前这里只能看到马车、驴子和导游。当地人的相貌也和我记忆中的相差无几，两边的人行道上熙熙攘攘，有皮肤白皙的欧洲人（也可能是切尔克斯人，我以前在土耳其女作家马利克-哈努姆的自传中读到，苏丹喜欢切尔克斯女人的白肤红唇，所以会娶她们为妻），还有长着高颧骨、八字眼的蒙古人，那一双双奇怪但看上去充满智慧的眼睛（我之前在安吉拉面前用这种方法对人进行简单分类时，她非常反对。但说实在的，如果一个人无法进行归纳分类的话，那么他要如何认识这个世界呢？这正是识别特例的其中一步，否则只会毫无头绪。但我的这些想法在21世纪似乎是不被允许的）。那些身材强壮、留着短胡须的男人很可能是土耳其人、希腊人或意大利人，他们大声谈笑着结伴走过。还有几个留着长胡须低头走路的男子，因为看到我的黄色外套而时不时抬起头来看一眼。女人们把浓密的墨黑色头发垂在背上，看上去就像是乌鸦的羽翼；另一些女人则戴着各式各样的面纱，有的因为太厚而凸出来，看起来就像一个形状古怪的饲料袋；或是一身色调幽暗的长袍，腰间系着一根细绳，脚上则穿着跟很高的高跟鞋以及脸上浓重的眼妆——后来我才发现这群结伴而过的女孩子几乎穿着一模一样的衣服，我猜她们都是教徒，但为什么要画那么浓的眼妆呢？也有一些女孩子戴着很薄的头巾，有的头发染成了金黄色，但能看见黑色的发根。来自阿拉伯国家的女人从头到脚一身黑，只露出来一对眼睛，和她们藏在面纱深处的眼睛对视时，她们的眼神里会透出一种奇怪的内疚感，仿佛她们隐秘生活的一角被曝光了。一只苍白的手从裹得很紧的衣服里突然伸出来拍了拍一个小男孩的脑袋——男孩穿着时髦的短裤和T恤，我靠近了才发现上面写着"蜘蛛侠"几个字；他手里拿着一支红色的塑料枪，正和他戴着面纱的妹妹打闹玩耍。这里也有和我在纽约大街上看到的一模一样的男人，一身正装，公文包塞得鼓鼓的，心不在焉地看着路过的女人们。还有的男人穿着齐及小腿的束腰外衣，下身是睡裤，头戴小圆帽，我看着他们的脸、肤色和体型时会不由自主地想到："这个国家将会再次崛起，也许会有一个新的奥斯曼帝国，毕竟它位于两个大陆的交接处，连接着东方的亚洲和西方的欧洲。这种东西方之间的差异与矛盾也会带来无限的能量，足以主宰整个世界。看看街头攒动的人流是多么精力充沛，他们工作了一整天却完全不见疲态。"等不到吃晚餐我就已经迫不及待想把这些告诉安吉拉了！

这里比曼哈顿的富人区更有活力。我在纽约只看到瘦弱的年轻男人在遛他们的细腰贵宾犬,时髦的女人们穿着短到几乎没有的短裤走在大街上——如果你走近看的话,她们的脸要比那两条纤细紧致的大长腿和精心保养的金发至少老出30岁。她们看上去如此虚弱,缺乏活力。我想到曼哈顿街道上拥堵的路口、乱作一团的地下通道和交通堵塞的大桥,是不是有一天纽约会悄然沉没,而土耳其却重新崛起?

然后,我想到了中央公园。新鲜的绿叶,充满活力的慢跑者,有着斯巴达勇士般魅力的人们优雅、光鲜,还有那些看起来无所不能的大企业和遮天蔽日的摩天大楼……也许,美国和土耳其会齐头并进,不相上下。

我沿着街道往下走,走入黄昏。我的黄色外套倒映在商店的玻璃橱窗上。真是奇怪!我看见一个站在理发店外的年轻人,理发店的门口放着和我在伦敦见过的一模一样的蓝白色相间的条纹柱子——年轻人突然伸出手臂说:"你好啊,女士,今天过得怎么样?"他有一头浓密的黑发,眼睛有点内斜,腰间微胖,但我能看到他红色T恤下的肌肉,还有微笑时露出的一排洁白的牙齿。我躲开了他的手臂,径直快速走了过去——我把他甩在了后面,但他还在朝我喊吗?我不觉地加快了脚步,急冲冲往前跑,阳光很刺眼,路过了好几家名字充满诗意的奇怪的酒店——圆形剧场酒店、玫瑰芬芳酒店——装修看上去很不专业:不对称的树上挂着橘色的灯笼,木制门脸的酒店却装饰着巴洛克风格的西班牙式窗户,树干上绕着一串圣诞小彩灯。在这个急陡陡的海风扑面的大街上,似乎一切皆有可能,但是在纽约,没有犯错的机会,每一条大路都径直驶向平整的地平线——

——但这些都无关紧要,重要的是我此刻就站在这片土地上——

——粉色泛黄的晚霞照亮了整个城市的上空,照得鹅卵石走道闪闪发光,路边散落着残破的石头,还有一把塑料椅;一条棕色的猎狗偷偷叼着一个鱼头溜走了;清真寺开始召唤人们去做祷告;鸟儿在楼宇间的天空中向着路延伸的方向盘旋着,而这条路直通向了大海——这些画面一直都在我的记忆里,我也一直活在其中,直到永远——不远处转个弯就能看到我期待已久的大海了——马尔马拉海——它将会无比的蓝。此时,暴风雨已经过去,太阳出来了,我会看到垂钓者们弯曲的后背和紧绷的手臂——

但我看了眼手表,已经六点过半,我该回去找安吉拉了。我仿佛看到了皱着眉头的伦纳德在对我说:"弗吉尼亚,你太兴奋了。"往回走是上坡路,要比来时更加费力,我的黄色外套浸上了汗水。我想起刚刚遇到的那位理发师,很可能再次遇到他,我感到一种无以名状的奇怪的感觉。门口的柱子还安然地立在那里,四下无人,只有两只毛发直立的黑猫像拳击手一样绕着对方走——

礼物,我想起来了,于是立马冲进一间橱窗里摆着插有土耳其国旗的船队模型的商店——但是一切都那么现代——闪闪发光的手机壳、荧光色的打火机。商店的玻璃窗上反着光,一排排白绿相间的圆眼睛镶在钴蓝色的玻璃上,看上去好眼熟——我想起来了,那是土耳其的"恶魔之眼"护身符。凡妮莎拉着我的手穿过熙熙攘攘的大巴扎,跳进了钟乳石与珠宝饰品的海洋——

（我一瞬间的幻想　　　　　　　已经结束）

然后，我在角落的一堆帽子里发现了一顶喜欢的，看上去很休闲又显年轻，和那顶不得不留在纽约的海军蓝圆草帽完全不同，这是一顶充满夏日与欢乐气息的奶油色草帽。我立刻戴上，在昏暗角落一面脏兮兮的镜子里，我仿佛看到了24岁的自己！"这顶帽子我要了。"我带着难以抑制的快乐，"再要两个护身符。"（它们能带来好运，我需要写作的好运。）一个胖乎乎的老太太收下我的钱，布满皱纹的棕色脸庞上挂满了微笑。

有太多话想要和安吉拉说！还有很多东西要看！我都能猜到她下午在做什么。一定是现代人总在干的那些事，打开手里的机器，然后对着它们发牢骚。如果机器运转得不好，她一定会生气，她在纽约帝国大厦的餐馆里就为此跟我发了脾气。"这个该死的，该死的机器。"她大声喊道，看到我被她的样子逗笑了反倒更生气了。"弗吉尼亚，你叫人尴尬。"我尴尬！她才尴尬吧！

此刻我正呼吸着夜晚的空气，而安吉拉一定在和她伦敦的朋友联络，或者是担心她的编辑——她有好多个编辑，首先是版权代理人，然后是出版人，再然后是她的美国编辑——现代的作家们都不会自己编辑吗？她就像一只被捆住了手脚的猴子，日复一日地重复着那些琐事。

她一直随身携带那个什么叫笔记本的东西，总是把它放在膝头，就像是她的另一个孩子，而她真正的孩子格尔达早就被她忘了。也许电脑才是她真正的孩子。格尔达会感到孤单吗？

6

　　格尔达正经过广场大酒店，书中那个埃洛伊斯就住在这里。格尔达凝视着眼前的建筑物，心里燃起渴望的光芒：她也可以生活在这里，住在中央公园旁边，慢慢长大成人——去冰场滑冰、喝咖啡和焦糖奶昔，还可以爬山。爸爸就是在这里教会她滑轮滑的（没错，正是七年前）。
　　现在刚过正午。我很好，我没事，格尔达自我安慰着。妈妈不在纽约，这的确是晴天霹雳，那家伙竟然跑到土耳其去了。她离开的消息连酒店前台都知道，我这个亲生女儿竟毫无头绪……
　　格尔达的大脑正在飞速运转：妈妈提过土耳其？为什么格尔达会以为会议在纽约举行呢？从纽约怎么去伊斯坦布尔？她是否应该放弃计划，直接回家呢？格尔达花了这么多钱——妈妈的钱——来纽约，妈妈会不会生气？
　　格尔达再次被疑虑包围了，人行道下方，一条体型庞大的鲨鱼正朝她游来，这畜生张开血盆大口，准备咬掉格尔达那蠢蠢欲动的脚趾。
　　妈妈的确说过，但那是很久之前了。收到会议邀请函时，妈妈兴奋了好一阵。

没错,那场国际会议在土耳其举行。我竟然忘了!白痴!笨蛋!傻瓜!同性恋!(性别歧视者才用"同性恋"这个词。)

格尔达依旧步伐很快地走过广场大酒店后侧的喷泉。她始终面带微笑,努力朝积极的方面看,这样才能不哭出来。安徒生童话里与她同名的那个小女孩格尔达也是独自一人走遍世界,在路上漂泊了很多年。她自己坐船、坐马车,还坐过驯鹿雪橇,所以她——格尔达不怕再来一次。她有妈妈的银行卡,可以飞去土耳其——但土耳其在哪?怎么去呢?

格尔达的勇气在一点点消失。但看啊,这里是中央公园,不远处停着一辆饰有羽毛的马车,车夫边拍拍马边向格尔达眨眼。

这个一头红色卷发的女孩果然漂亮,但车夫直起身子后才发现她在哭,年龄看起来也比他想象的小很多,她还是个小姑娘,远不到被调情的年纪。事实上,板着脸的车夫已经有些父爱泛滥了。

很快,太阳就将落山。

(格尔达之所以哭起来,是因为她既没有电话也没有电脑,她根本订不了机票。妈妈在哪?她为何离开纽约?我为何永远找不到她?爸爸妈妈为何总是丢下我?)

格尔达停止了哭泣,她拿出汉堡店的棕色餐巾纸,痛痛快快地擤了擤鼻涕——多亏这张纸巾。她告诉自己一切都很顺利。她必须要在中央公园待一会儿,因为这里有让她幸福的回忆。先简单散散步,再找间旅馆投宿。事后回忆起来,独闯美利坚也算是一次了不起的冒险了。即便独自在大街上游荡,也比烂在学校里强(她突然想起了历史老师拉尔曼小姐,除去历史,她还教拉丁文。她是个博学的人,虽然不太受欢迎,但格尔达喜欢这位聪明的女老师。如今,她已经离开学校了,格尔达很想她。其实,格尔达——谁都不想。

因为根本没人关心她。

也没人会想起她。

没关系,我也不会想起他们。)

格尔达走进草坪看孩子们嬉戏打闹,她想沾染点儿喜气,让自己开心起来。小家伙们在草地上蹦蹦跳跳,扯开嗓门大喊大叫,他们不是有妈妈陪着就是有爸爸陪着,攀爬架和跷跷板是最热门的去处。但一秒钟后,格尔达就扭头朝树林走去了,她是个大人,融不进孩子的世界。

格尔达把自己当成大人,不肯去游乐场,但在别人——其他孤独的人眼中——她只是个小小的、顶着一头红发的孤单身影,手里提着个傻里傻气的粉色行李箱。

7

弗吉尼亚站在伊斯坦布尔的人行道上,她正在沉思。一辆黄色出租车从她身旁经过,车内的中年游客对弗吉尼亚很感兴趣:这肯定是个有身份的女人,身材高挑、气质优雅、嘴唇饱满,还戴着一顶奶油色草帽。孤孤单单地站着,她应该在等什么人。事实上,她在思考人类的无知和盲目。

弗吉尼亚

安吉拉意识不到自己对机器的沉迷。

那么,我们那一代呢?我们不自觉地沉迷的是什么?我们的后代又是如何评价我们的?

就在这时候,我差点被一个从坡道上冲下来的人撞倒,他身后拖着一坨不知道为何物的东西,完全挡住了我的去路。黑暗中我什么也看不清,等他摇摇晃晃地站稳后,我看到他脸上满是愤怒,他在用土耳其语对着我吼,我只能看到他的眼睛里写满了愤恨,我举起手臂保护自己,然后发现那一坨东西是一堆垃圾。我走到一边,把道让开,一边说着:"对不起,(法语)对不起。"虽然我不知道为什么觉得法语会有用，但我又用法语说了一遍，他的脸色缓和了下来，然后就跑开了。紧接着，我又听到后面有人在对我大喊，一辆大卡车差点撞到了我。它急刹车时发出一阵急促刺耳的声响，我捂住眼睛，退回到人行道上。在一股肾上腺素的刺激下我跑了起来，我知道不能跑，但就像在做梦一样，我朝前方飞奔，双腿轻快又有力，丝毫没有大喘气。我看到路灯排成一条彩色的链条从我身旁跳着经过，路人也纷纷给我让路，我兴奋地笑了出来。

我在离酒店一条街的地方停了下来。血液在我身体里沸腾，如同一条奔腾的河流，我的双颊和嘴唇都在发热。我抱了抱自己，拍了拍手臂，脑袋里冒出了一句简短又清晰的话来："我喜欢我的身体。"长大后，我就再也没有过这种感觉。

为什么直到此时我才有这种感觉？一只猫头鹰在叫，太阳终于沉下了屋顶，然后我找到了答案：你刚受到了一个拾荒者的威胁，又差点被卡车撞死——你救了你自己！你很强壮，又一路跑了很远。

我想把这些告诉安吉拉，但我猜她只会指责我太不小心。

然后，另一个念头清晰地出现在我的脑海：我不想把这些写下来，我只想待在这里，活在此刻。

活着是最重要的事情。

群鸟正对着落日啼叫，盘旋在繁忙城市上空的云层间，在褐色的屋顶寻找栖息之处。他们把我从无尽的黑暗中放出来，不就是让我再重新活一次吗？

有一天，我也许会见到安吉拉口中的格尔达，她被当成男孩一样送往了寄宿学校。安吉拉总会不时地提起她，经常抱怨她不得不为格尔达做的事：回她邮件、给她花钱、陪她过假期。她有一头红发，热爱阅读。

据她妈妈说，格尔达也写东西。这个孩子听起来很有趣，她需要我们的帮助。等会儿吃晚饭的时候，我会跟安吉拉聊聊格尔达。

我安全回来了，就快到了，我看了看手表，加快了脚步。

8

每个角落都有爸爸的身影。行李箱虽然轻,但拖着也是个累赘。尤其在公园里,滚轮和坚硬的地面摩擦,自顾自地发出咯咯声,时断时续的(爸爸的军刀还在里面,他说过,有刀傍身可以保平安。格尔达的手腕上还挂着妈妈的金镯子,夕阳一照金灿灿的)。

爸爸就在那里,她看见他了——前方 50 米处,夕阳下,一个身材瘦高的男人,前额的白发活像一缕羽毛,爸爸此时的样子好像一只白鹭。祈祷果真灵验。这是真的,一个声音在她耳边轻语,这种事的确可能发生——

小路转弯处,他伏在自行车上——没错,红夹克,大靴子——但格尔达刚要跑过去他就消失了。格尔达又看了看,爸爸确实不见了,他遁入黑暗,踪迹全无。

空气沁凉无比,快要落山的太阳依旧威力不减,树林那边,阳光照在草坪间的花岗岩石上。格尔达仍然满怀希望,那里记录着她的欢乐,那里有爸爸的红夹克,那里……

格尔达开始奔跑,差点被一个滚到脚下的灰色足球绊倒,但她绝不能失去爸爸。格尔达继续跑着。

9

弗吉尼亚

太沉迷于脑子里的想法又走得太着急,我的护身符在口袋里叮当作响。我集中全力回想着来时的路线,但我在土耳其找不到一点方向感——

安吉拉

"哦,不!你要去哪里,弗吉尼亚!"

我明白我晚了一步。人行道上突然出现一个半米深的土坑,弗吉尼亚没注意看脚下,当场就摔了进去,连帽子都掉了。她面朝酒店双膝跪地,跟穆斯林祈祷似的。中年的弗吉尼亚一身黄色,头发被落日的余晖染成棕色,看起来比之前年轻了许多。

弗吉尼亚

"你——好!土耳其语怎么说'对不起'?"

安吉拉

"哦,弗吉尼亚,我正找你呢。我早该知道你出去散步了。你还好吗?确定?你膝盖流血了。走路必须小心!土耳其的人行道不值得信任!

"事实上,'sorry'(抱歉)和'pardon'(法语'原谅')的意思差不多,你不需要用土耳其语说抱歉。"

弗吉尼亚

"聪明如我,那我之前说的是对的。"

只是一点小刮伤,但她一直碎碎念,并且坚持在我们出去前要先清理伤口,她就像我的母亲一样把我带回房间。当我打开门,走进房间的时候——

安吉拉

"啊啊啊啊!那是什么?"

弗吉尼亚

"别喊,你会吓到它们的!"

此时,我的床上有两只懒洋洋的金黄色小猫正满足地打着哈欠。它们在——它们在干吗呢?——在吃东西,慢吞吞地嚼着什么,两只围成一个圈——安吉拉跑向它们,一边朝它们挥手一边大喊——

安吉拉

"啊,好恶心,是条鱼。它们是怎么进来的?哦,你怎么没关窗户——"

弗吉尼亚

她恶心的应该是我才对!

虽然我同意她把猫赶出去,因为它们身上可能有跳蚤,但它们在我的床上一起吃东西的画面看上去好甜蜜。

"它们不会伤人的。"我替它们鸣不平,但安吉拉只是用力地关上窗户,还上了锁。我觉得那是两只母猫,它们看起来就像是——恋人。

安吉拉

"弗吉尼亚,你太天真了,它们是野猫。我叮嘱过你要关窗户。"

弗吉尼亚

"可能是我出去得太匆忙了。一会儿告诉你我看见了什么有趣的事……你拿着那条鱼干吗?"我看见安吉拉把它放在地毯上,那鱼有一半被吃掉了,还流着血,"你得再打开窗户。"

"为什么我的工作就是帮你清理死鱼?"她一边叫着一边厌恶地用两根手指夹住那条鱼,从地板上把它拎起来,打开窗户,扔了出去。

"你忘了鱼尾巴了。"我跟她说。那条小小的淡紫色尾巴在我的枕头上闪着光。她回过头来,满脸通红,双眼睁得很大。一定是坐飞机留下的后遗症,她之前提醒过我会有"时差综合征"。

"那你别费劲了,我来弄吧。"我以为捡起来很容易,但事实上又滑又恶心。

但猫咪们很开心——在我的床上躺得那么亲密。

然后她帮我清理了我腿上的伤口,给我贴了一个叫"创可贴"的小东西。虽然她不承认,但我知道她还在生我的气。她总是不乐意回答我的问题("你什么时候弄到的创可贴?为什么它比绷带管用?还是你根本就没有绷带?"),对我新买的帽子也不欣赏。

我想和她分享我的快乐。"安吉拉,我给你买了一个礼物。"我把护身符递给她,"这个会保佑你远离恶魔——和所有的批评!"但她一副很敷衍的样子。"很好看,谢谢你。"她回道,一转眼就把东西塞进口袋里了,那上面蓝色的眼睛就那么突然消失不见了。

"总有一天你会为此感谢我的,亲爱的。"我试图哄她,冲着她微笑,因为我确实挺喜欢她,不想惹她不开心。这样做通常都有点用,但那晚却没什么效果。

"十分钟后在大堂见,不要迟到。"她一边说一边走回自己的房间拿手机——比她的笔记本电脑更小但更让她沉迷的东西,时不时地叮叮作响,让她一阵忙乱。等她关上门,我便打电话给前台让他们帮我换个新的枕套。

但是,那两只猫咪的美好画面一直在我的脑海里挥之不去,它们看起来十分幸福,金色的身体舒展开来,又瘦又长,甜蜜地共享一条鱼。

10

事后,格尔达再也记不起自己哪来的勇气逃学到美国。也许是内心深处的某个东西,那是独属于格尔达的。她是个人——一个活生生的人,这一点从未变过。

格尔达跑过树林,她有点气喘吁吁,转身搁行李箱时,胳膊肘被树干蹭破了。

爸爸不在那里。

他不在那里　　　　他从未在那里

("你从来就没有陪过她!"妈妈抱怨说,但那不是真的,爸爸带我去过美国。)

然后,她就看到了他们,那帮人也正盯着她。格尔达立刻被那个高个子、身材健壮的女孩吸引了:一头乌黑如马鬃的头发,大波浪卷,乱蓬蓬缠成一团,随便用一根红布条扎到脑后,正直直地盯着她。肌肉发达的棕色胳膊、灰色短裤,还有文身,站在她身边的都是——都是些什么人啊?

格尔达想起了在书上看到的词语——流氓、恶棍。脑袋剃得锃亮;腿上的肌肉就像马腿一般坚硬、健硕;双眸如黑色的鹅卵石,有种令人看不透的深邃之感。其中有几个明显是混血,也许都是?或者是——那个词怎么说来着——吉普赛人?晒得黝黑的吉普赛人。难道他们只是——纽约人?她对纽约人一点都不了解。

短裤不是灰的,是脏成那样的,格尔达突然发现。

"嗨,"高个儿女孩说,"过来,我觉得你挺不错。"其他人推推搡搡的,脸上尽是嘲笑,但那个一头黑卷发的女孩笑得最灿烂。也许是因为见到她真的高兴,她是在等自己吧。至少女孩看起来很和善,不是吗?

树林外面的摩天大楼好像要弯下腰来,倾听这里发生了什么。格尔达一头雾水,但至少这里有个人看见她很高兴。太阳依旧炙热,格尔达突然想到妈妈的金镯子一定正在阳光下闪闪发亮。她拉下袖子罩住那镯子,一举一动都被那女孩看在眼里。

格尔达的动作冒犯到这个女孩了吗?她们互相看着彼此。

女孩轻轻推了推蹲在脚下的男生,对方没反应。他在向格尔达——抛媚眼。这家伙少了颗牙,胡子蓬松凌乱,活像个穆斯林——也许他就是穆斯林,虽然他脖子上的文身和伊斯兰教一点关系都没有——男孩眉头紧皱。

"你叫什么名字?"黑发女孩微笑着问。

格尔达不确定是否要告诉她。"你是美国人?"格尔达问道。"告诉我你到底叫什么?"女孩将双臂抱在胸前,直挺挺地站在一块岩石旁,她的身影顿时高大了许多。格尔达急切地想加入他们,成为这个群体的一员、这个公园的一部分,但与此同时,她又惧怕他们。对方是一个集体,她只有一个人,只有 13 岁。

"真烦人。"女孩说道,口气倒挺和气,"那我先说。我叫莉莉·罗伯塔,人们都叫我'强盗莉莉'[1],我也不知道为什么!"周围人一通大笑,脸上挂着嘲弄的神色。"你叫我莉莉吧。"女孩声音甜美,她突然踢出一脚,用力抓住那个有胡子的男孩的肩膀,大喊一声:"滚蛋!全给我滚!我想和我的朋友聊两句。"

[1] 莉莉·罗伯塔的英文为"Lily Roberta","强盗莉莉"为其英文名的缩写"Lil Robber",其中的"Robber"一词有"强盗"之意。
——编者注

安静了一秒后,男孩们纷纷走开了,他们边走边打量格尔达。那个胡子男孩嘟囔着走过格尔达身边,他的脑袋剃得锃亮,嘴角带着唾沫星子。因为离得很近,有那么一秒钟,格尔达以为他肯定会朝她吐口水。然而事实并非如此,男孩们穿过树林,如一缕烟一般瞬间消失了。他们是真的离开了,还是准备着伺机而动?

格尔达看着脚下。妈妈那个滑稽的行李箱粉嫩粉嫩的,少女气十足,一看就是奢侈品,跟自己根本就不搭。格尔达转过头不看它。公园这侧的高楼只有楼顶还晒得到阳光,另一侧已经完全暗了下来。

岩石的表面看着依旧温暖,闪闪发亮。女孩从岩石顶上走下来,伸手去拉格尔达。她的脸很圆,红扑扑的,一双胡棕色的眸子里尽是笑意。"上面暖和。"她大笑着说,"我怎么觉得你好像无处可去呢?我猜对了,是吧?"

"也许吧。"格尔达说。她决定拽住那只伸向自己的手,跟着爬上岩石,金灿灿的手镯又露了出来。女孩赤裸着双脚,皮肤是坚果般的棕色,脚趾上涂着指甲油,像红草莓一样亮眼夺目,让人无法忘却。

我进入了一个完全不同的世界,格尔达想。

11

弗吉尼亚

我在大堂里看到了一群男人,他们中的大多数人似乎都在朝我微笑,仿佛走进了一个人口密集的陌生世界。在这里,陌生人也会受到欢迎。从整齐划一的笑容和熟稔的礼貌性动作来看,他们应该是酒店的工作人员,每个人看上去都聪明能干,穿着笔挺的白衬衫、黑色领带和黑色裤子,闪闪发亮的皮鞋在满是尘土的路面上格外引人瞩目。虽然这家酒店只有纽约沃兹史密斯酒店的一半大小,但工作人员却是那里的三倍。

我发现其中一个男人正好奇地盯着我看。他个子不高,体型看起来却很结实,走起路来像在跳舞一般优雅,肩膀仿佛杂技演员一般往后绷着。我看着他不费吹灰之力地举起一个很重的行李箱。大堂里的电话响了,他去接了电话。现在,他绝对是在往我这边看。我正坐在一大株仙人掌旁边,电话里的很可能是安吉拉。

"是我的同伴吗,来电话的人?"我问他,但他好像听不懂,然后走到离我很近的地方站着。

"请说慢点,我只会一点英语。"

"电话?打给我的?"我指指电话。

"你想打电话?"

"不是。"他正在热情地朝我微笑,堆满笑意的脸就像一个裂开的面包,微微泛着光,身上还有股柠檬的味道。我发现他的牙有点黑,我的牙也不好,所以对他充满同情。"想来点土耳其茶吗?"我还没来得及回答他,他就说:"我请你喝。"

"呃——"

"免费的。"

"谢谢,我只是坐在这里等我朋友。"

"我是阿赫迈特。"他一边说一边微微地鞠了个躬。

"我是伍尔夫夫人,你可以叫我弗吉尼亚。"我说。

这时候,安吉拉来了。她没说一句话就径直把我带到了外面,我的手还停在半空中准备和阿赫迈特道别。

"我正在和别人聊天。"我说。

她根本不理会我。"你猜我们接下来要去哪里?"她说,"我要带你去赛马场,但我不希望你再摔着了。"

我们一路走过去都没有看到赛马场的标志,只有数不清的干洗店和礼品店,但安吉拉一副不容置疑的神情。我突然想到了格尔达,我希望她足够坚强。我开始同情安吉拉的女儿。

男人们坐在店铺外的塑料椅子上,吸着红嘴香烟。他们一边和朋友聊天一边懒洋洋地四处张望,很多人手里都握着一个装有金色液体的玻璃杯。

"他们在喝什么?"我没忍住问了她。"茶,"安吉拉说,"土耳其茶。这里所有人都喝土耳其茶。"

"我以为你不喜欢对人简单概括呢!"

我的话让她看起来很不高兴。"别管了,反正我说的是事实。"我有为了怕麻烦而这么不耐烦地回答她问题吗?

算了,反正我现在心情很好。一想到大家都喝茶,而土耳其茶能让所有人都喜欢,我就感到高兴。在纽约,我都要被咖啡店里太多的品种搞疯了,那些年轻的服务员总是用很快的语速报出他们的产品名字和各种特点:"大杯脱脂无咖啡因拿铁,加三块糖。"等到送上来我才发现不对劲:"我要多加奶。"这么多选择,他们自己都要被搞疯了,更别说我了——好像买不到合心意的咖啡就多打击自尊心似的。

这里的节奏更慢,更有一种集体感。人和猫和谐相处,但我还是没找到那两只小黄猫。商店都很小,还在营业,现在已经接近晚上八点。街上到处都是各种袋子和纸盒——一点都不整洁,但是很生活化。商店的售货员会和顾客聊天。

"这里就是赛马场。"安吉拉说道。我们正爬上一个长方形的空旷之地,右手边能看到一座庞大的清真寺。头顶是一片蓝紫色的天空,有东西不时飞过,可能是猫头鹰或者蝙蝠?角落里还坐着几个人。

"这里是罗马人曾经进行战车竞技的地方,"安吉拉说,"那边就是蓝色清真寺,白天人很多。我们可以一起去。"

我想或许我会一个人去。

"下面就是圣索菲亚大教堂,"她模糊地指着某个地方,"那儿便是托普卡帕宫。等有时间我们坐下来好好定个计划,这里有太多东西应该去看看,弗吉尼亚。但离会议也没几天时间了,我必须先完成论文。"

在赛马场的尽头,人群开始聚集起来。伴随着低沉的铃声和金属摩擦声，一艘如同邮轮般大小的电车从大海的方向驶进了主街道，车厢内瞬间就挤满了人。"你的论文，或许我可以帮上忙。"我说。

"不一定，"她说，"那是很……专业的东西。"然后又补充道，"但是可以考虑，或许你可以的，能帮我过一遍就很有帮助了。"

"如果论文是关于我的，那我就是专家。"我一边说一边为自己的风趣而得意，但她不动声色。

"你要明白，"她说，"——哎，我很难和你解释。"

"什么？"

"就是关于这次会议，关于学术方面的东西。在这方面你可不是什么专家。"

"你可以给我讲讲，关于现代学术。"

她一脸的无奈和愠怒。人群在大街上涌动着，我们几乎找不到可以落脚的地方，更不用说好好说话了。"我知道这听起来很奇怪，但你对自己作品的看法可能并不会让他们信服。"

"就因为——我死了吗？"很显然就是这个原因。"因为他们不敢相信我就是伍尔夫？"

"不是，事情没那么简单，弗吉尼亚。"

当电车经过时，人群纷纷涌向人行道，到处都是胳膊肘、肩膀和脚在我们身边推搡，我被土耳其人包围、裹挟，人与人之间完全没有了界限，我也和土耳其人不分彼此。

"是因为——很多现代专家都认为作者其实对自己的作品一无所知。"她一边喘气一边回过头来跟我说。

"这没道理啊，那些作品可都是我自己写的。"

"和道理没关系，也没道理可讲。所谓'道理'都是些无聊的、过时的想法，我说的是一种概念，一种批评的概念。"她说，"你不可能理解的，弗吉尼亚，所以先别急着反驳。"

"但这听起来荒谬至极。"

"看吧，我就知道你会嗤之以鼻。这是《作者之死》这本书里的观点，是一本——呃，一本法语书。"

"但我就是活生生的例子啊，我是死掉的作者。"我边说边笑了起来，因为真的有点好笑。

"你对自己的作品并不是无所不知的，这就是所谓的'意图谬误'，"她说，"是一种文学批评概念。"

"你是说我们作家对自己写的什么并不清楚？"

她点点头。"这并不是我的想法，"她补充道，"我只是讲述给你听。"

"我们有意识的意图不管用？我知道这观点一定是受了弗洛伊德的影响。"

她的眼神里露出了防备之色，变得有点紧张。

"那批评家又对自己的意图清楚吗？他们可能只是下意识地想要弄死作者，然后他们就掌握了主动权。"

"不是的，弗吉尼亚，你这是——抬杠。我希望你不要在大会上说这些。"她说着走到了我前面，一脸不耐烦。她的双脚在人群中快速地穿梭，对落在后面的我一点儿都不在乎。

真奇怪，这些现代人，他们总是对过去的看法如此排斥，对自己又那么自信！

"我们坐电车吗？"我试着转换话题，她假装没听到。我更大声地说了一遍，小跑着试图跟上她。

"今晚不行，弗吉尼亚。"

"为什么?"

"不行。"

对我说"不"可能就是她的口头禅吧。

很快,她带着我走进一条路两边都是饭店的小街道。一身黑白制服的服务员鱼贯而入,看起来就像一群喜鹊。很多用餐者都在说英语。她坐进一张椅子里,示意我坐在她旁边。"这里会不会暖和点?"她问道,"看,这里有个户外取暖的东西,虽然不环保,但很管用。如果爱德华看见了会气疯的!但首先,我需要一桶酒。"她忽然又随和了,微笑着看着我,"我带了笔记本,我们可以做个计划。"

我们两个女人居然在这里做计划!她面带微笑,或许今天晚上我们会玩得很开心。我希望她的热情能持久一点。两个女人坐下来喝酒,这种自由在这个时代是不是十分稀松平常?是不是全世界的女人都拥有了这样的自由?虽然我也注意到我们周围的大多数人都是说英语的外国人。"谢谢。我也要喝酒,安吉拉。"

12

莉莉和格尔达正一起喝着可乐。通常情况下,格尔达不碰碳酸饮料,父母也不让她碰。所以,莉莉将可乐罐递给格尔达时,她摇了摇头。莉莉既震惊又气愤。"所有人都喜欢可乐,"她说,"你也不会例外。试试看。"为表示友好,格尔达尝了一小口。竟然那么好喝,她完全没想到。莉莉和格尔达你一口我一口,分享了一整罐。格尔达注意到莉莉有洁白的牙齿和鲜红的嘴唇(妈妈说可乐会腐蚀牙齿。格尔达拿过罐子一饮而尽。这是一个新世界,以前的规矩不适用)。

格尔达从她们坐的地方可以清楚地看到树林另一边的石岛上闪着许多人影,但随着夜幕渐渐降临,寒气笼罩过来,树林那边的人影也消失了。此时此刻,公园里只剩下她们两个人。格尔达知道,她唯有依靠莉莉。

莉莉说自己是丹麦人。(我爸爸有一半丹麦血统,格尔达激动地说。)莉莉的英语发音很怪,用词没什么问题,口音却混杂了各地特色,但格尔达很快就适应了。莉莉告诉格尔达,不在地铁上工作时,她就住在中央公园。

格尔达想:"她肯定不是检票员。"她知道这家伙是干什么的,不用问就知道。她竟然认识了一个小偷,格尔达觉得很刺激,但也开始担心起手腕上的金镯子。

"这块岩石是我们的,""强盗莉莉"说,"还有上面的鸟和鸟粪(一大堆鸟粪上盖着块蓝得要死的油布),这里的一切都是我们的。没有人会来打扰。你就跟我一起睡,把那个东西(莉莉满脸嘲讽,她指的是那个粉色的行李箱,格尔达一直装看不见)塞在油布下面。"

"你考虑得真周到,谢谢你。"格尔达以一种很正式的语气说道,怎么看怎么傻。格尔达可不想被当作笨蛋,所以她不假思索地凑到莉莉跟前,打算亲一下对方的嘴唇。莉莉向后躲,格尔达向前进,她们就像两个角斗士,一方志在必得,一方反抗到底。争斗结束后,莉莉不禁大笑起来。

"你够开放的。"她说,"我喜欢。来吧,我带你参观公园。"

"我妈的行李箱被偷了怎么办?"格尔达问,"又没人看着。"

"首先,我的人就在附近,"莉莉边说边指指树林,"其次,没人会去掀那个油布。"

"为什么?"格尔达问。

"因为太臭。"

"旁边的箱子里是什么?"

"鸟。"

"为何把它们装在柳条箱里?"

"它们是鸽子——赛鸽,从一辆卡车里掉出来的。"

"你应该放了它们。"

"谁说的?"莉莉朝格尔达噘噘下巴,格尔达心里一紧,接着

349

说道："当然是万能的神格尔达。""去你的吧。"莉莉咯咯地笑了起来。

天色渐暗，两个女孩开始沿着湖边散步。摩天大楼里闪烁着点点灯光，宽广的湖面却是黑漆漆一团，树林中传来奇怪的噼啪声，树叶沙沙响个不停，可能是老鼠在钻来钻去。莉莉夸格尔达是个美女，格尔达很高兴终于有人注意到了她的美貌。

"我们可以去湖里游泳，"格尔达对莉莉说，"我是游泳健将，还赢过奖牌呢！"

"今晚不行。"莉莉说，之后便是长久的沉默。晦暗的湖水，沉沉的脚步声在空气中回荡；一只水鸟噌地掠过湖面，溅起零星的水花。莉莉突然害羞起来："如果和我待在一起，你愿意教我游泳吗？"

"你不会游泳？"格尔达吃惊地问。

"我会的很多事情你还不会呢！"莉莉顿时火冒三丈，毫不示弱地回道。

"我愿意教你。"格尔达说，虽然她知道自己不会在纽约待很长时间。这里真是个奇特的场所，而莉莉就是这里的女神。格尔达正在完成一场自己梦想中的冒险，虽然知道自己早晚要回到外面那个世界。在那里，她还有愿望，不像莉莉一无所有。

13

安吉拉

"有那么多事情要做,时间太紧了!我们只在伊斯坦布尔待两天。服务员在哪儿?"

弗吉尼亚

只剩两天时间了,她的话让我很担心。我担心我们的故事即将走向终点,然后我的生命也就结束了——但是我不想就这么结束,我想留下来继续看生活在我眼前展开,直到时间的尽头。

周围的人们都在谈笑风生。女人们的头发在灯光下摇曳生姿,她们有些将孩子放在膝头。一个男人正到处兜售上了发条的玩具狗——我忽然全身颤抖,满心恐慌地意识到了一件事。

不,我从没想要那样。

我没想要自杀。我熟知的那个自己,我拥有的那个自己,热爱着照在身体上的每一寸阳光,也爱着伦纳德、凡妮莎和薇塔。

我当然不想死。我只是病了,无尽的黑暗包裹着我。

"服务员呢?"她不耐烦地喊道。

"我很高兴，"我说，"很高兴来到这里。"我想让她知道我的感受。可能我欠她太多了吧，如果没有她，我就不会在这里——可能还在无尽的黑暗中——虽然并不是每个人都爱他的救世主。

"我也很高兴。"她说道，气色看起来缓和了很多，"但对我来说，还是觉得压力很大。"

"土耳其人都很好相处，"我回道，"我们酒店的服务员也挺热情。"

"弗吉尼亚，这里不是纽约。我知道你之前在酒店大堂交到了朋友，但在这里这样可行不通。"

"为什么这里不行？"

"他们会向你推销东西。"

"在纽约他们也叫我去买东西，他们总是建议我多出门购物，有的东西买不到他们还能帮我预订。"（事实上，我们也聊了他们的家庭、这个时代的年轻人、如何写作等话题。我甚至还和他们聊了安吉拉和格尔达的事。但千真万确，他们确实想卖我东西。）

"他们会把你的钱都赚走，"她说，"这里和纽约还是不一样。"

我正在看菜单。"这里的东西要便宜得多，所以他们要骗我也能打个折。"

她又把嘴巴抿得紧紧的，招呼服务员过来。"我要一瓶白葡萄酒。"

服务员看上去年纪也不小了，接近中年，精心打理的头发遮挡着前面的秃顶。"女士们，"他脸上挂着职业式的笑容对着我俩说，"两位漂亮的女士，还需要点什么？"

"能帮我挂下衣服吗？"我问道，"旁边的取暖器很热。"他温柔地把衣服从领子处脱下肩膀，我把两只胳膊从衣袖里慢慢抽出来，他的动作轻柔舒适："好美的衣服，好美的女士。"

安吉拉一脸被冒犯的表情："能把我的也脱了吗？"她很挑衅地说道，"请把它挂在我能看得见的地方。"他把她的外套也脱了下来，但动作稍微粗鲁一点。

"你看，"他刚刚离开，安吉拉就喷声一片，"他们甚至连老女人也调戏，真是不知羞耻。"

安吉拉

话刚说出口我就后悔了。"当然，你没那么老。我的意思是，咱俩都不算年轻。"

幸好服务员及时回来，为我们拿来了酒，弗吉尼亚还算大度，没被我惹怒。我迅速瞥了一眼身后的落地窗——我果然老了，比弗吉尼亚年轻不了多少。

我只是太累了，带着她出行可谓劳心费神。

"您从哪里来？"服务员问弗吉尼亚，因为她一直微笑地看对方为自己斟酒，"一定是巴黎。"服务员装作很确定的样子。

"我们准备点菜。"我插话道。

弗吉尼亚还没想好吃什么，我才不管她呢。我抓起菜单，要了两人份的'今日推荐'和鱼汤，"再送点水过来，马上。"

弗吉尼亚

我能看出来她如同小恶魔般的坏情绪又来了。"我喜欢和人说话，安吉拉。"

安吉拉

"那么说来,土耳其服务员还算不上真正的人。"

弗吉尼亚

之前说我势利!还说我刻板!"你这又是刻板印象。"我说。

安吉拉

"弗吉尼亚,别那么固执。你是精力充沛,我都快累趴下了,后面还有很多事情等着我做。"

弗吉尼亚

说话的同时,她把手机从口袋里拿出来放在桌子上,用手指敲着屏幕仿佛自己的灵魂被锁在了里面,然后喝了很大一口酒。

看来她不准备理我了,所以我也开始喝了起来,甜甜的金色液体流入我的身体。"对不起。"我说。她抬头看着我。"如果冒犯到你我很抱歉。不要上网了,安吉拉。我们可以在汤上来之前做个计划。"

安吉拉

只要一喝酒,弗吉尼亚就没那么尖锐了。

弗吉尼亚(举起酒杯)

"谢谢你让我和你一起来。"

安吉拉

你会有种如沐春风的感觉——谁也不如她有魅力。

另一桌,美国学生们在炫耀自己的旅途见闻。"你没去过泰姬陵?清晨六点的泰姬陵真是太酷啦,日出时分是观赏泰姬陵的最佳时机。当然,正式开门还要再晚一点。"

"里面是什么样的?"

"我没时间乱逛。"

"马丘比丘,我去过的最伟大的地方。"

弗吉尼亚漫不经心地听着。"这些孩子肯定很有钱。"她悄声说。

我留心观察了一下。他们大多身穿牛仔裤和T恤,看不出什么来,运动鞋却露了馅儿——耐克基本款。"不是有钱人,"我说,"旅游很普遍,尤其对年轻人来说,他们只是学生。"

"学生哪有钱旅游?"

"贷款呗。旅游很便宜,出行标准也不同。这帮人'主游'南美洲。环球旅行早不算什么了。"

"在我们那个时代,很少有人旅游,所以我觉得现代人都是有钱人。"

"伟大还得说中国的长城,"一个女生说,"它非常……长,还弯弯曲曲起伏不平。"

"你在那里待了多久?"

"半天。"

"你必须严格遵守旅行计划。"

弗吉尼亚

在我们离开餐厅前,计划终于做好了,安吉拉的心情看起来还不错。(安吉拉特别依赖计划。她还年轻,而我——比她老了一世纪。以前,做计划的人是伦纳德。当然,最后计划总是赶不上变化。)

我们将会去佩拉区,从老城区过了桥就是,我曾经去过那里。"已经变了很多了,"她提醒我,"但是大海依然如故,依然那么美。"我们会去参观托普卡帕宫的后宫、圣索菲亚大教堂。为了弗洛伦斯·南丁格尔,还会去斯库塔里。到第三天就是我的会议了——是我要参加的那个会议,我更正自己。

"太棒了,一切都已安排就绪,"她说,"当然,我还需要一些独处的时间来练习。""练习?""是的,练习准备在会议上演讲的论文。""我们要做这么多的事,两天真的够吗?"

安吉拉

我能听出她的悲伤,好像这趟旅程很快就要结束了似的。也许吧,散伙是早晚的事,我们能相聚的日子确实不多了,所以我还能对她保持耐心。

14

格尔达

　　父母是无法选择的。对孩子而言，这是最悲惨的事——尤其是不能选择谁当自己的妈妈。自出生的那一刻起，你就永远与她相连，日复一日，年复一年。你必须乖乖听话，让她爱上你，因为你的一切都是她给的。

　　父母双全的好处就是一方可以弥补另一方的缺点。之前，爸爸还在家的时候做得相当不错。

　　莉莉给我的感觉有点像爸爸。我真的喜欢她，虽然和她在一起让我相当困扰。她突然成了我仅有的依靠，就连睡觉我也紧紧挨着她。

　　我承认，关于妈妈的事我撒了个小谎。也许算不上谎话，但肯定不全是事实："我从那个像监狱一样的学校逃了出来。妈妈对我毫不关心，所以我偷了她的钱，独自去冒险。"

　　"真酷，偷妈妈的钱环游世界。如果我有妈妈，我也这么干。""强盗莉莉"说。

　　但问题是，他们这群孩子都没有妈妈。他们身上混合了各种奇怪的味道，时而甜腻，时而刺鼻，大都臭气烘烘的，还经常大半夜不睡觉呼哧带喘地拳打脚踢。有的孩子常常从噩梦中惊醒，大声喊叫着，也许梦到了自己曾经的恶行或遭受过的苦难。但"强盗莉莉"和他们不同，她身上都是氯气和水草味，因为她"经常"在湖里洗澡。但她从来不洗衣服，脏了就偷件新的，她幻想（我也幻想）自己可以裸着身子在湖里洗澡，"但有时会有人看我，我会觉得自己很傻，只好像个白痴一样爬上来，岸上又总是滑得要命，很容易摔倒。"所以，莉莉会一头扎进水里，"就像一条鱼，你明白我的意思"，游到深水区避开人们的视线，直到人群散了再出来。"你不能一次就完全学会游泳。"我小心翼翼地说，尽量不影响到她睡觉。她不仅身体僵硬，说话声还超大。"你说你赢过奖牌，应该擅长教人游泳。""我也希望如此，但可能你根本学不会。"一阵沉默后，"强盗莉莉"大笑起来，她死命用胳膊搂住我，开始冲着我的脖子打鼾。

　　刚开始，那个留胡子的男孩假装对我很热情。他总是盯着我看，好像正在酝酿什么可怕的念头，但一切只是试探。他从口袋里掏出口香糖给我吃，我都看到他的口袋有多脏。"不要。"我立马拒绝了，我本想说"恶心死了，我宁愿挨饿也不吃那东西"，但还是忍住了。

　　（顺便说一句，我确实很饿。）

　　第二天早晨，胡子男孩主动要求为我文身。我们刚睡醒，他就提出这件事。"不。"我想都没想就脱口而出。"为什么不，你害怕？"他讥笑道，"你是个胆小鬼？"我真的害怕，胆子也没他大，但在众目睽睽之下，而且莉莉也在，我绝不能丢脸。"是你的手会抖。因为你经常手淫，我一眼就能看出来。"莉莉听后大笑起来。我心里好受多了，但胡子男孩死死地盯着我，那眼神好像要杀了我似的。

现在只剩下我和莉莉两个人了。我很依赖她，就像依赖妈妈那样。

是我选择了她，她也选择了我。但我知道，我只能靠自己，因为我必须让父母回到我身边——我觉得我可以，我必须相信自己——但他们终有逝去的一天。眼前这些孩子大多是孤儿，他们的父母已经不在了。

我知道我和他们不一样，但从某种意义上来说，我们终究会殊途同归。我们还年轻，拥有无限未来，而父母终将成为过去。

15

　　伊斯坦布尔之旅，第一天
　　1. 托普卡帕宫后宫
　　2. 圣索菲亚大教堂

安吉拉

　　没错，我们属于不同的时代——弗吉尼亚都能当我的曾祖母了！但有时，和她在一起还是挺开心的。

弗吉尼亚

　　我们在酒店的屋顶吃了早餐，那是一个阳光明媚的伊斯坦布尔的早晨。屋顶的天台仿佛成了阳光嬉戏玩耍之地，一座宣礼塔就矗立在我们身旁，细长的脖子就像一只正在抬头仰望的鹭。近处是成片的红色屋顶，再远处是一片一望无际的蓝色。

　　"我们眼前的是什么，安吉拉？"

　　听到我的疑问，旁边一位客人放下手中的茶杯向我解释——她是英国人，应该来自北部："那便是马尔马拉海，再远处是金角湾。"

这些名字仿佛来自远方的诗篇,尽管从她口中说出来的时候带着很重的口音。从屋顶望向远处与粉色朝霞相映的蓝色马尔马拉海,和我之前曾看到的景色几乎一样:海面被珍珠白的日光涂上了一层油彩,与此同时,宽阔的海面已经变成了一条康庄大道,海上的船只如同鸟儿一般在岛屿间的海浪上摇曳。几艘有着黑色金属外壳的巨型船只平稳地行驶在海面上,仿佛一串摩斯电码暗示着:一切都已准备就绪。远处能看见我以前喜欢的那些岛屿,虽然我们只是路过,从未登陆上去,但它们还是抓住了我的心。灰蓝色的岛屿漂浮在遥远的海雾中,如戴着面纱般神秘,仿佛所有我爱过的人的脸庞都会从中浮现出来,凝望着我,继而穿过海面……我摇了摇头让自己停止这一念想。"我们还是继续吃早餐吧。"

但是,安吉拉指着不远处的屋顶叫我看,这处风景就不那么梦幻了。"看见了吗?这里存在明显的贫富差距。"她说。生锈的铁栏杆、烧焦的木头、海鸥寄居在残破不堪的屋脊、一堆废弃的白色塑料椅和破旧管道被丢放在一个荒凉的天台上,而距它们仅一步之遥便是一幢幢新建的酒店,在天台上吃早餐的游客们沐浴在阳光下,凝望着这座城市。比如像安吉拉这样的游客,不正是流动的金钱!如今这个时代,那么多人外出旅游,但是他们的钱流到了哪里?那些穷苦的阶级可曾分到过一杯羹?

(但还好我会给大堂里的服务员小费,至少他们的服务让我很开心。)

我们在自助餐区拿了好多加了香料的香肠。"我们的飞机就从那片海上飞过。"我跟安吉拉说,"我几乎一路没睡,太兴奋了。

我们还路过了一座很漂亮的塔——"

"哦，对——我之前在船上看到过它，导游叫它——里安德塔，或少女塔。你一定知道希洛和里安德的故事。但土耳其人有他们自己的叫法，好像是科德还是肯——"

"克兹塔。"还是刚刚那个女人回答道，她就坐在我们旁边那桌，"特别有名，这里卖的茶巾、冰箱贴上印的都是这座塔。"

"你是约克郡的吗？"我问道，"我好久没有听到这种口音了——很久很久。"（事实上，我已经一个世纪没听到了。）

"很多人说话都是我这种口音，但我想说的是，我很久没有听过像你这样的口音了。"她一边说一边大步流星地走去了自助餐区。听了她的话，我不由自主地笑了起来。

"弗吉尼亚，别再那么失礼了！"但安吉拉也在笑。"三天，"我说，"我只有三天了，耶稣死后也是用了三天复活，但我已经把复活那部分完成了。"

"弗吉尼亚，我们身边可能坐了很多基督徒。"

"我想再去看看那座塔。艾德里安[1]曾叫它里安德罗斯塔，就是你说的少女塔。我第一次见到它的时候还是个少女，在那个早晨，我的心是如此轻盈。"

[1] 艾德里安·斯蒂芬（Adrian Stephen, 1883—1948），伍尔夫的弟弟。

（那天，我看到鳞次栉比的金色泡沫从深绿色的山丘上升起。天空是如此轻盈透亮，就像玻璃。我从甲板的这头跑到那头，凡妮莎说我有点激动过头了。一位水手拉着我的胳膊，指着远方说："于斯屈达尔。"在东边的海岸上，四座看起来像营房一样的高塔逆着光背对着太阳。"是的，"我说，"谢谢你。"但他还是拉着我们不让走，想告诉我们更多关于那里的故事。"弗洛伦斯，那位女士，很有名的英国女士。"他又重复了一遍。凡妮莎猜测出他想说什么。"他一定是指斯库塔里，弗吉尼亚，就是弗洛伦斯·南丁格尔辛苦工作的地方。"最近处的一座塔仿佛漂在水面上，离海岸只有不到 300 米。那是座灯塔吗，还是一艘船？因为它看起来似乎正随着海浪在动，眼前的美景让人头晕目眩，还是因为我睡眠不足而眼花了？"那里真美啊！是不是有王子住在里面？"艾德里安之前做过功课："那里曾是关哨，已经有上千年的历史了。""艾德里安，不要言过其实。"——我们从不相信艾德里安说的话。他是家里最小的，所以总会被欺负。"我没有言过其实，那座塔非常有名。里安德塔，希洛就住在那里。希洛的恋人里安德游过达达尼尔海峡去向她示爱，你们女孩一定听说过这个爱情故事。有一晚，海上的风浪很大，但她叫他过去，她的灯被海风吹灭了，她的爱人找不到方向就在大海中溺死了。""真的是达达尼尔海峡吗？"凡妮莎说，"我肯定你一定记混了，艾德里安。""我没有记混。"他的脸涨得通红，可怜的艾德里安总是这样。）

"我很喜欢希洛和里安德的故事，"安吉拉一边搅着咖啡一边说，"但为什么总是男人游泳去看情人？"

"我们不论男女，都曾经在圣艾夫斯海里游过泳，"我说，"索比理所应当游得最好，但最后也没把自己给救了。"

"我总是在想，"安吉拉说着望向远处漂浮在雾霭中的蓝色小岛，"希洛有没有可能是故意把灯熄灭的？我是说，那晚海上有暴风雨，她不应该让他穿过海峡来找她的。但如果往更坏了想呢？如果是她把他溺死的呢？如果是因为她厌倦了那么辛苦和费力地去爱一个男人，然后故意不给油灯换油呢？等油灯燃尽，她就去睡觉了呢？"

"你的想法很可怕。"我嘴上这么说，但内心却有点——兴奋。女人既能做天使，也能做巫婆。

我们正吃着西瓜，又红又多汁，汁水滴个不停。"我想再来一块。"这么想着，我发现安吉拉正在看我。

"那么，我们可以改变一下计划吗？"我问，"假设我们去斯库塔里和克……叫什么来着？"

"克兹塔。"又是那个约克郡女人回答了我的问题。她正在将肉卷堆满自己的盘子，已经是第三盘了。"我是个老师，所以记性还不错。"

她面带微笑，我有机会跟她和解了。我从来不想伤害任何人，虽然我伤害过艾德里安，伤害过伦纳德以及我有时候会在不应该笑的时候笑。"你人真好，谢谢。"我说。

我等会儿吃完早餐和安吉拉在前台碰面。

16

弗吉尼亚

我戴上那顶新帽子,对着镜子照了许久,看上去自己变得年轻又活泼了。我把它拿下来,但想到我们马上就要出门,又戴上才下楼。安吉拉还没到。我并不着急,我的朋友阿赫迈特和昨天一样站在那里,他和另外两个人都西装笔挺,看起来机灵干练。他们正说着话,但他看到我似乎很开心。

"真好看。"他爽朗地说道,同时满脸笑意地看着我。他旁边那两个人侧过脸看着他。

"哪里好看?"我问,他看起来没太听懂。"你是问什么好看?"我鼓励地看着他。他旁边的人在用土耳其语对他耳语着什么,他脸上露出不满的表情。"无礼,无礼!"

"噢,是帽子好看。"阿赫迈特终于说道,"你的帽子跟你很搭。"

"这顶帽子吗?我在伊斯坦布尔买的。"我说道。但我总觉得他可能不只是在说帽子。我开始想——他会不会喜欢我,对一个女人的那种喜欢?虽然我老了,但有这个可能吗?这个想法在我的脑袋里蔓延开来,就像是花园里的藤蔓四处伸展。

他的同事好像对他的做法并不认同。也许是我理解错了，就像安吉拉说的，他只是把我当作一个外国游客来交流。也许是他盯着我看的时间太久了，让他的同事心生不满。"克兹……你知道那座有名的塔叫什么吗？"

"克兹塔。"他轻快地回答，"我可以安排你去那里玩。"他边说边拍了拍自己的脑门儿，仿佛是在炫耀自己的本事。

"坐出租车能过去吗？"

"如果坐车的话，时间会很久。"

"先坐出租车，然后坐船？"

"不必，我可以带你去。"

我满脸怀疑，他会开车吗？然后，他朝我咧嘴笑了笑。"明天，还是后天？"这时，安吉拉跑了过来。

安吉拉（大声说）

"他把我的一天都毁了。"

弗吉尼亚

是我和阿赫迈特的谈话惹恼她了吗？

安吉拉

"有他掺和准没好事，连打电话都触我霉头。快点，弗吉尼亚，我们要出发了。"

弗吉尼亚

"哦——我知道了——一定是你丈夫。"

安吉拉（快步走向迪旺街的无轨电车站，弗吉尼亚努力跟在后面）

"你可能不明白，弗吉尼亚。一旦有了孩子，许多事都会变。我之前跟你说过，对吧？他在北极探险，常年不见人影——他们的经费用完了，没人再给他们拨款，他还以为我应该——凭什么是我？"

弗吉尼亚

"你应该什么？"但她根本没在听。"你还好吗？"很显然，她不是很好，她的眼睛都红了，一定哭了很久。她想说点什么，但嗓子也哑了。"格尔达——格尔达——"

"是你女儿出事了？"

安吉拉

"格尔达一定会怪我的。孩子总会怪罪父母。"我本来待在洒满阳光的酒店房间里很开心，然后电话响了，对方不是弗吉尼亚——我盯着手机，脑中浮现出爱德华的样子——他遥远的声音透着心焦，在冰雪的衬托下，他的身影小得可怜，全身裹在裘皮里，面色苍白，整个人都变了样。我知道，格尔达又会怪我。女儿总是对爸爸有种盲目的爱，而对妈妈却很苛刻。

我才不在乎，我也很生气。一只令人作呕的黑蜘蛛突然从地板上爬过。

"不！不可能！你个混蛋！你从来不回家！还有脸来要求我！你已经把共用账户里的钱用光了！我知道是你用的，不要狡辩。"我说不出那句一直想说的"我从来都不想让你走"。我挂掉电话，猛地一脚踩住了蜘蛛，一下，两下，三下，这臭家伙可算老实了，躺在地上一动不动。

弗吉尼亚

  我们已经穿过赛马场来到了一个市集,而她就这样抱怨了一路。作为女人的不幸从安吉拉的嘴里穿过时空塞满了我的耳朵……但是,美好的一天正在我的眼前展开——顶着红白相间的车篷的马车上,一些人在卖带着棕色穗子的烤玉米;还有一些人在卖烤栗子,爆了皮的栗子露出里面闪闪发光的果肉;另一些卖冰淇淋的人正表演着把戏:用各种姿势把冰淇淋球调来换去,惹得排队购买的女孩子尖叫不止,那些女孩子头上都戴着手工玫瑰花环,这些花环是从路边那个男人手里买来的——对我来说,眼前的景象就像是在过节一般,但我身边的安吉拉却对这一切熟视无睹,还在喋喋不休地抱怨。从头顶掠过的海鸥如此洁白,比人类要自由,完全没有这些烦恼。

  "他以为我会借钱给他们,好像我是个百万富翁一样。"

  "给他们钱?"

  "帮他们付账,这样他们就有钱完成这次探险。"

  "我也以为你是百万富翁,"我插话道,"你不是说你是畅销书作家吗?"

  "这不是重点,好吗?如今谁还不是个百万富翁——"

  "真的吗?"

  "不是,但你知道,找朋友凑总能凑到。总之,他说他需要钱来修理通行工具、喂养爱斯基摩犬,还要继续搞什么研究——"

  "他研究什么?"

  "还是老一套,他一直在研究全球变暖问题,极地冰川在融化,但鬼知道是不是真的。弗吉尼亚，你先让我说完，重点是，爱德华永远都不着家，他从来没在我和格尔达需要的时候出现过。这一次，他已经走了三个月。他根本就没必要去——"

"为什么没必要？"

她顿了一下，看上去自己也不是很确定，但她对自己丈夫的抱怨根本就停不下来。"因为那不重要，不重要啊。我们有足够的钱了，他根本不需要工作。我是说，我赚了足够多的钱……而这个混蛋打电话来只知道跟我要钱，还要很多。这次他想动我俩共用账户里的钱，而他之前承诺过永远不会动那笔钱的。我别无选择，只能拒绝他。我不得不拒绝，要是换作其他女人早就忍无可忍了。"

说到最后的时候，她似乎在将自己合理化，但她知道自己的抱怨逻辑混乱不堪吗？

"你说你没钱帮他？那是个共用账户？"

"你为什么这样看着我，弗吉尼亚？你是存心要我难堪吗？你肯定觉得无所谓，因为你从来没有经历过这些，我敢肯定伦纳德从未跟你要过钱，你们也没有共用账户。我们说好的设一个共用账户，算是给我的一个保障，以防他在探险中遭遇不测，而且我确实需要这些钱。"她哭得很伤心。我们正在等电车，旁边的人好奇地盯着我们看，看这个正在哭泣的女人。从她说的话里可以听出，她一点也不了解我。

"我们会记账。"我告诉她，虽然我并不太想和她聊关于钱的话题。"我像管家一样负责记账，把花费在墨水、邮票和笔记本上的钱都记下来。我们的出版社经营得还算成功，也能赚点钱。《到灯塔去》出版以后，我赚得比他多了。我觉得这样很不错。以前我父亲总是责怪凡妮莎和斯特拉[1]太过大手大脚，但事实上，我们会把一份羊排留下来吃三天。女人必须有自己的钱，但我和伦纳德已经有足够用的钱了，我从不奢求更多。但也不是像你说的'我觉得无所谓'，如果伦纳德在某个早上打电话要我帮忙，我愿意给他需要的一切。"

[1] 伍尔夫同母异父的姐姐。——编者注

安吉拉

有时，她会让我想起格尔达。那番话真的戳到了我的痛处。"爱德华找我要 40000 英镑。"

弗吉尼亚

"我想他的探险一定要花不少钱吧？"

安吉拉

40000 英镑！去年，那棵智利南美杉倒了砸坏屋顶，整修暖气就花了这么多。这不是一笔小钱，说什么也不能给他。我相信就算没有这笔钱，他们也能完成探险。而且，他们真的需要那么多只爱斯基摩犬吗？

也许，我只是想让爱德华回家。也许，我不想再过没有他的日子。

（整整两个月音讯全无，一来电话就是要钱。我的心早已被伤透了。）

我无法跟她说通，两个人都陷入了沉默。

弗吉尼亚

我在托普卡帕宫门口的排队入口处徘徊着。排队的人群看起来又热又烦躁,宫殿里的花园却在春的气息中绿意盎然。安吉拉永远一副心急火燎的样子,叫我过去和她一起排队,但我只是站在草地上,望着眼前的景象做深呼吸。

路边的郁金香开得正盛,我想到了邱园:美丽的夏日、飞舞的蝴蝶以及门口岗亭里总有两个哨兵,他们在壮丽的花园的衬托下显得很矮小。宫殿的入口处也有两个哨兵,我走近看发现他们手里都端着来复枪,像是在抱着一个很不自在的婴儿,和他们靠太近有种不真实的感觉。他们到底在防范什么?无边的草地上盛放着深紫色的紫罗兰,一家人坐在草地上谈天说地,孩子们愉快地玩耍。围墙之外,是湛蓝的海,还有海面上徘徊的船只和海鸥。

"相比以前,这里倒是挂了更多的旗子。"安吉拉说,和我望向同一个方向。"他们为什么要拿着来复枪?可能是为了防范恐怖分子吧。"

"让我想起在纽约的时候,我们坐船去看自由女神遇到的情形。后来在机场也遇到了类似的情况。现在真的有很多恐怖分子吗?"周围的氛围是如此平和、宜人。"在我们的时代,情形完全不一样,我们那时只有暗杀分子和无政府主义者……康拉德的小说《秘密间谍》里倒是写过恐怖主义。"

安吉拉

我不想和她解释,自己还有一堆麻烦事没解决呢。我原以为弗吉尼亚只是过去闲逛一下,哪知她和几个导游聊得正欢。这帮家伙在马路上走来走去,兜售自己的解说技巧。没错,她越来越自信了。

弗吉尼亚

事实证明，选择他是对的：他英语好、人有趣，也很自信。很快我们就进入了宫殿。他告诉我他叫马克斯。

安吉拉

弗吉尼亚相信了他，是因为她缺乏文化意识。我问他真名叫什么？

弗吉尼亚

"你说过别人喜欢我们叫他们什么我们就叫什么的。"

安吉拉

事实证明，他的真名叫穆赫辛。

弗吉尼亚

他虽然不年轻了，但看着还是挺帅气，可能是俄罗斯人或是鞑靼人。高颧骨，肤色金黄，牙齿白得让人怀疑是假的——似乎大多数现代人的牙齿都特别白。他笑着跟我说他是蒙古人。

安吉拉

弗吉尼亚迷上他了。我承认他的确是个称职的导游。

弗吉尼亚

安吉拉似乎爱上他了!

酸橙树的花絮飘荡在空中,蜜蜂也从土壤里复活了,乌鸦在屋顶上望着我们——马克斯还在解说,他将那些历史一件件抖落出来,就像这酸橙树上散播下来的花粉。"伊斯坦布尔的七座山峰是按照古罗马的七座山峰命名的……在拜占庭帝国之前,这里都是异教徒,然后是康斯坦丁大帝……基督教……在西方的罗马帝国衰落很久后……穆罕默德二世……1457年间开始建造这个宫殿……所以你眼前的建筑物只有几百年的历史。"

("只有几百年的历史!"他的话让我觉得自己很年轻。虽然不像安吉拉那般一直在傻笑或者用手撩头发,但我得承认他长得很帅气。我试着集中注意力,客观地去听他的讲述,但我总是被阳光明媚的花园景色所吸引。我到底多少岁了呢?时间又意味着什么?)

安吉拉

"弗吉尼亚,你在听吗?"

弗吉尼亚

他说托普卡帕宫最值得看的就是后宫,但我们要看的话得再付50里拉。

"我们当然要看后宫。"我说。

安吉拉很不情愿地付了钱。她离成为淑女还差十万八千里。

安吉拉

　　这是女人居住的宫殿，所以应该请位女导游。我这么跟弗吉尼亚说了，她却说根本就没有女导游。她真的是个女权主义者吗？

弗吉尼亚

　　他的眼睛在金丝边眼镜后闪烁着，牙齿白得刺眼，看起来他很享受这份工作。我以为后宫是一个活色生香的闺房，还期待着听到一些闺中秘事，但马克斯只是跟我们讲历史和政治。所以，我只能从那几张宽大的床、精心装饰的浴室和由白色大理石包围着的前厅里幻想一些场景。是的，我仿佛看到了三三两两的女人，半裸着身子，慢悠悠地走过去……有机会我愿意偷偷溜进这个场景——

安吉拉

　　穆赫辛的讲解都围绕着后宫的权力展开。首先，从奴隶市场挑选女人，是为了避免皇室与土耳其家族产生冲突——切尔克斯人、俄罗斯人、乌克兰人、希腊人——少女们必须与父母长期分离，长相过关的到黑人宦官手下接受训练。之后由苏丹的母亲亲自挑选"品质最佳"的女子，最先诞下后代的才有资格做苏丹的妻子。少女一旦出落成人，权力的游戏就开始了。她们只关心自己儿子的未来，有人会继承王位，剩下的只有死路一条。

弗吉尼亚

　　但从长远来看，这些女人就是被关在囚笼之中。装饰精美的居住之所只是外面宽广世界的一个虚假替代品。"看守人"非常清楚她们的渴望，从墙上的画和金制家具上的雕刻就可以看出来，皆是野花、果树、大海上的帆船和日落的景致，而这一切反而加重了她们对外面世界的渴望。地上的石板被她们脚上的拖鞋磨得锃亮，无数次的凭栏而望，眼睛里充满了对头顶天空的渴望，而她们的生命却没有留下任何痕迹。每一个夏天都是同样的酷热，她们却无法登上山巅享受自由的风。一周过去又是一周，每一个从日出到日落的日子里，太阳沿着同样的轨迹在墙上留下影子，直到她们垂垂老矣。

那些被留在这里的女人的鬼魂，是否正看着我们并暗自低语呢？

当她们看到我们——两个来自现代社会的自由女性雇用一个男性为我们解说时，是会高兴还是嫉妒？

"被允许进入这里的男人只有苏丹和那些黑人宦官，他们完全掌控着这些女人的命运……"

马克斯很喜欢这段历史。我想，那些女人们应该也有不足为外人道的属于她们自己的快乐。

安吉拉

弗吉尼亚突然插了一句："也许她们之间也会发生点什么。"

幸好穆赫辛没听到。"弗吉尼亚！"我大吃一惊，赶紧责备她，虽然我也很想笑。与此同时，穆赫辛也完成了讲解。弗吉尼亚给了他一大笔小费。

我讨厌替他俩拍照。主动提议的是穆赫辛，因为他突然想起自己读过弗吉尼亚的书。幸好他一提现代文学就迷糊，也记不清具体的写作年份！"什么夫人来着，我忘了，"穆赫辛激情澎湃地说，

"我们在伊斯坦布尔大学读过您的书,是一个关于聚会的故事。真的是您写的吗?我很想跟您合张影。"

弗吉尼亚在整理妆容。"《达洛维夫人》。"我插嘴道,根据他的描述,我确定就是这本。我想打断穆赫辛的狂热。"她不喜欢照相。"我说,哪知弗吉尼亚竟不配合,她笑得相当灿烂,让我觉得自己就是个傻瓜。

"没错,就是《达洛维夫人》。一部很著名的作品!作者同样很有名。用我的相机拍。"穆赫辛冲我说,态度相当蛮横。

"我也写小说,"我说,"已经出版了八部作品,有的作品还被翻译成了土耳其语。让旁边的中国游客给我们伫拍一张吧,他们可是拍照'专家'。"但根本没人听我说话,他俩去找更适合拍照的地方了。诚然,弗吉尼亚装出不情愿的样子,特意压低帽沿盖住眼睛,大声直呼"看在上帝的份上,快点结束吧",但她受不住穆赫辛的请求,只好摘下帽子,因为这样更接近于"他印象中的弗吉尼亚"。

我的近视肯定更严重了,因为我一连拍了好几张,尽量让阳光照在弗吉尼亚的头发上——光从背后照过来让她更显年轻,和穆赫辛的一头白发相比,弗吉尼亚的头发是金棕色的——我发誓,我已经尽力了,但当穆赫辛检查照片时却看不到弗吉尼亚的影像。我拿来一看,果真如此,照片上只有他、后侧的走廊和一团漆黑。弗吉尼亚说什么也不愿重新摆姿势。

弗吉尼亚

她是故意毁了我和马克斯的照片。和我想的一样,她爱上他了。说实话,我也觉得他很有魅力,想要取悦他……所以,我可以勉为其难和他拍张照,但她却用这种方式报复我。难道我们在争一个男人?不过,这却让我觉得——很有趣,又年轻了不少。我喜欢现在这个新的我,这就是一次探险。

安吉拉

我们同他道了别,他说很荣幸为我们服务。我想,他对我俩的印象应该都不错。

弗吉尼亚

去圣索菲亚大教堂途中的大树让我觉得似曾相识——它们温柔的姿态、高大又优雅的线条、树干上复杂变幻的颜色在日光下显现出灰蓝夹杂着青绿——让我回忆起——是的,是我逃离地狱来到纽约公共图书馆时看到的树,我在那里获得了新生。还有乌鸦,它们在草地上跳来跳去,笨拙地对我叫着:"呱,弗吉尼亚。"

(国与国之间的区别真的存在吗?城市呢?那这鸟、这树怎么和我在纽约看到的一模一样?)

树叶在我们的头上轻轻晃动,连郁金香也低着头。紫罗兰在草丛里被风吹起,一阵浓烈的色彩和一撮白色的种子在风中飞舞。两只黄毛狗正在草丛中睡觉。夏天就要到了——那时我还活着吗?

"是时候去圣索菲亚大教堂了。"安吉拉说。

但我还是对这后宫依依不舍。

在托普卡帕宫某个温暖的石柱廊下,曾和大海遥遥相望的那些被囚禁的女人们,她们的灵魂是否变成了鸟儿,正在蓝色的海面上翱翔?她们受过的煎熬是否为她们换取了千年的自由?

(我能从我的过往里逃脱吗?我能重新找回属于我自己的欲望

吗——我那被偷走的多姿多彩的欲望？）

安吉拉

"有人可以对苏丹说'不'吗？"

（我觉得当苏丹也挺好。但这样一来，我就要做到大公无私，至少大部分时候要这样，我可以吗？爱德华总说在家都是他照顾我。谁让他习惯早起呢！沏杯茶又不是什么麻烦事。）

一群乌鸦落在草地上。硕大的脑袋、有力的身躯，一只只排成排，黑色的喙就像锤子，上下凿动。

弗吉尼亚

"我想——有的，但只能是他爱的人才可以。如果你想得到某个人的爱，你就不能强迫他。我就可以跟伦纳德说'不'。"

可怜的伦纳德，开始的几年我们同睡一张床，我感觉自己冰冷得就像块石头，而他只能面对这块石头默默承受。接吻，是有的；爱意，我也会表达，但只是蜻蜓点水，然后我退却了。

安吉拉

"我也可以对爱德华说'不'。"

我也许说得太勤了。我是个年轻妈妈，照顾孩子累得够呛。同时，我还是作家……现代女性都不轻松。

弗吉尼亚

"我有两个哥哥——很糟糕的同母异父的哥哥。我不能对他们说'不'，这是一项女孩子很小的时候就要学会的技巧。"

安吉拉

"它们是普通的乌鸦吗,弗吉尼亚?我是说,它们和英国的乌鸦是一个品种吗?"

弗吉尼亚

"我们去看看。我很喜欢乌鸦,之前在苏塞克斯总是能看到乌鸦。"

我总觉得——乌鸦是我的旧相识。当我们靠近的时候,它们打破了队形,张开翅膀跑跳到路边,我能清楚地看到它们羽毛下灰黑色的身体(和英国的乌鸦有所不同)。它们笨拙地抖着身子,漫不经心地叫着。这时,两个穿着一模一样蓝色运动服的小男孩跑到了我们前头,跑向了鸟儿,他们戴面纱的母亲跟在后面喊着。很快,所有的乌鸦都扑棱棱地拍着翅膀飞走了,飞出了托普卡帕宫的宫墙。

17

"他的眼神让我害怕,"格尔达告诉莉莉,"就是留胡子的那个。"

"叫他滚蛋。"莉莉毫不在意地说,"我经常叫他滚蛋。"

第一天早晨,等格尔达睡醒后,她们便出去散步了,还跟着一只巨型灰色猎犬。莉莉宣称猎犬是她的:"我叫它狼狼。"幸好格尔达不怕狗。她把在出租车上吃剩下的一半巧克力给了狼狼,小家伙立刻吞了下去,还舔了舔她的手。与狼狼在一起,格尔达有种回家的感觉。她靠勇敢获得了莉莉的好感,面对如此大型的猎犬,格尔达居然敢举起胳膊抚摸它脖子上的卷毛。这家伙不是一般的高,还有硕大的脑袋,后腿又长又壮,跑起来速度飞快。"别人都怕狼狼,就你不怕。"

事实并非如此,格尔达心想。其他人也许并不害怕或没那么害怕,我还是有些怕的,但绝不能表现出来,她要让莉莉对自己刮目相看。

我必须顾及她的感受。和那些家伙混在一起,莉莉肯定很孤独。她需要玩伴,跟我是谁没什么关系。

(但我是喜欢她的,所以跟我是谁也有点关系?)

"他不是你男朋友，对吧？"格尔达问。她突然觉得这个问题很重要。

"男朋友？他？我没男朋友。为什么要有男朋友？"听莉莉说话的语气好像要把"男朋友"这个词用镊子夹起来，然后像处理有毒废物似的将其扔掉。

"那天在岩石上站着很多男孩。"

"那是另一个世界。"莉莉毫无预兆地突然抓住格尔达的手腕，力道相当大，弄得人生疼，接着又与格尔达十指相扣。她们走在狼狼的两侧，用胳膊搭出一座桥。格尔达既尴尬又高兴和骄傲。莉莉是这里所有人的女王，但格尔达与她却是平等的。

终于有人看出我非平庸之辈了，格尔达心想，在这个世界的另一端。"如果只有女生，世界会不会变得更好？"格尔达小心翼翼地问。

"当然，"莉莉说，"但男生还是有用的，可以为我们做很多事。"

格尔达突然记起了什么。"我上的就是女校，一点都不好，简直糟糕透顶。"

"那是学校，学校都很糟糕，和监狱差不多，没错吧。"

"但学习还是必要的。"格尔达说。

"对无辜者而言，学校就是监狱。"（格尔达想起自己之前说过的这句话。）"我真同情你被关在里面。"莉莉说道，她的表情很复杂，不仅仅是愤愤不平。

"有位老师还不错。"格尔达说。莉莉一向很有主见，格尔达也要坚持自己的立场。

"那就像在说'我认识一位很好的狱监'。"

"这——只是你的一面之词，"格尔达反驳道，"只是你的主观臆断，并非事实。"她能感觉到莉莉心底的怒火，这个"强盗女孩"被驳得哑口无言。

狼狼在湖边大摇大摆地走着，身型映照在蓝黑色的水面上。它已经离开她俩，跑了很远。

一群乌鸦落到水面上，水花顿时四溅开来，它们拼命啄食着有亮光的地方，唧唧叫个不停。狼狼突然跳入水中。

莉莉开始责骂格尔达，她怒目圆睁，双手叉腰，脸颊涨得通红。"你去把它领回来。这是事实。"

18

安吉拉

  我边瞧着地上的影子,边和弗吉尼亚朝大门走去。我们的影子看起来虚弱、苍老了吗?因为长时间伏案写作,所以俩人都有些驼背?我将肩膀向后拉,然后扭头看看旁边的弗吉尼亚。我们同情苏丹的妃嫔们,但此时此刻,我突然意识到,那些女人根本不想成为我们。不,她们甚至会同情弗吉尼亚,因为她没有孩子。

弗吉尼亚

  "你在看什么?"

安吉拉

  "没什么。我在想苏丹后宫的女人会怎么想你,弗吉尼亚。"

弗吉尼亚

  "她们理解不了我,但她们会怎么看你呢?"

  (她们可能会问她有没有结婚,当她给出肯定的回答后,她们又会问:"你丈夫在哪里?孩子多大了?为什么不和你在一起?"她的回答可能并不会令她们满意。)

安吉拉

"你是不是累坏了,弗吉尼亚?"

"当然没有!"她伸手摸摸头上的拱门,比任何时候都精力充沛。

弗吉尼亚

我们来到了庄严的大门入口处,雄伟的金属门槛正是被无数在它面前显得如此渺小的人类走过后磨得光滑锃亮,数以千计的生命和魂灵在这里来来往往。我们不过是一团棉絮,是风中摇曳的蒲公英。

远处的圣索菲亚大教堂在阳光下熠熠生辉,最中心的穹顶看上去就像是一个巨大的金头乳房生长在一具粉白色相间的建筑之躯上。

我不禁想到,纽约仿佛是个男子,冷峻、直接又自信。

而伊斯坦布尔是个中年女人,她温柔如水、灵动,有着无处不在的潮汐和港湾。

安吉拉

"当然,妃嫔们会互相倾轧、算计。这是政治,男政客们都这么干——天哪,圣索菲亚大教堂门口排了那么多人。"

弗吉尼亚

参观圣索菲亚大教堂的队伍一直延伸到苏丹艾哈迈德广场的

花坛和喷泉处,队伍看起来躁动不安,时而长时而短,时而弯时而直,伸向远处的蓝色清真寺。

安吉拉

这里的人真多,多如牛毛。我何必缠着爱德华不放?再找别的男人就行喽。

"又不是姐妹情深,对吧?"

弗吉尼亚

"女人之间没有友谊。"

安吉拉

我们前面站着一位年轻的中国小伙,为打发时间,他竟耍起了功夫。箭步一个接一个,嘴里"哈哈"地喊个不停,闹得人心烦。"我没有姐妹。如果有的话,感情应该会很好。你果真嫉妒你姐姐?你是否恨过她?"

弗吉尼亚

"我不敢去讨厌她。母亲去世后,凡妮莎几乎就成了我的母亲。即使在这之前,我也总会跑到她跟前撒娇。对我来说,凡妮莎就是一个甜甜的吻。但我们都是艺术家,我自然嫉妒她,艺术家总会同行相轻。"

安吉拉(极其认真地说)

"你可千万别认为我嫉妒你。那不是嫉妒,我保证。我崇拜你,弗吉尼亚。说实话,你就像我的妈妈。你也是所有现代作家的楷模,简直就是我们的先祖。"

　　弗吉尼亚哈哈大笑起来,看到她如此反应,我觉得很受伤。满头大汗的中国小伙停下踢到半空的腿,用锐利的眼神看着她,但弗吉尼亚全然不知。

弗吉尼亚

　　"你说得好像我是一个没进化过来的猿猴,还先祖!当然不是,太荒唐了,我连母亲都不是,我没有照顾人的天赋,你可不要在我身上寻找母爱。"

　　(更温柔地)"我永远都学不会怎么照看孩子。"

安吉拉

　　"你不希望有追随者?(精神振奋)如果你不想让我们当你的继承人,我们就懒懒散散地跟在你后面,不让你发现。"

(她跟随弗吉尼亚来到售票亭,排了很长时间终于排到了。她们各取了一份导览册,弗吉尼亚读了起来。)

安吉拉

　　"我很熟悉这里。"

弗吉尼亚

　　在穿过无数的门后,我们终于走进了圣索菲亚大教堂,它足有三四米高,很宽敞,也很漂亮,到处透着光亮,还有无数的人。

它一直伫立在这里，就像一座不朽的城市。

"对了，圣索菲亚是谁？我想她一定受了不少苦才让这么大的一个教堂以她的名字命名吧。"

安吉拉

"圣索菲亚不是人名，它的意思是'神圣的智慧'，弗吉尼亚。"

弗吉尼亚

"是拉丁文里'智慧'的意思啊。智慧的性别是女性，而我却连聪明都谈不上。"

神殿就在我们眼前，宏伟壮丽，几乎还是一个世纪前的样子，没有任何改变——除了从屋顶吊下来的是一圈圈现代化的电灯，而不再是蜡烛。但在电灯之上的穹顶，如凤凰涅槃，闪烁如火焰——圣母玛利亚正在凝视着我们，她的膝头坐着一个孩子，一脸平静。一看到她，我内心既喜悦又悲伤，那是我心中永远无法填补的空缺，是我永远都在找寻的母亲。我们之前来的时候只看到了一片空白的石灰——穆罕默德皇室认为基督教壁画是罪恶的，所以把它们都涂掉了。导游手册上说是"历史之友"阿塔图尔克修复了它们。人们都在若有所思地凝视着上方，但他们看上去是为了这里的艺术之美而来，而不是充满激情的教徒。看着这些会让人不禁想起：战争终于结束了。

但据安吉拉说，这里并不是我想的那样。一位美国导游在后面大声地解说："这里便是'中心'，也就是我们说的'脐'，指孩子最初来到这个世界时与母亲相连的地方。罗马人在此处给他们的皇帝加冕，他们认为这里是万物初始的地方……"

是的,是母亲,但我必须逃离她。我的一生都在喊着:"我母亲""我父亲"……

我想去之前和凡妮莎一块去过的那个眺台,那时,圣索菲亚大教堂还只是一个用来做礼拜的清真寺,女人要站在上面看男人做礼拜。"安吉拉,跟我上楼来。"

安吉拉

"这哪里有楼梯?"

弗吉尼亚

"上次我来的时候还没有,只是一段很陡的石阶弯弯曲曲向上延伸至20米高的地方。西奥多西娅女王曾经坐着战车上去,驾着战车逛神殿真是对权力的无耻炫耀!现在应该已经装上电梯了。"

安吉拉

接下来去的这个地方让我终生难忘。

告示牌上写着"斜坡",右边就是个倾斜的通道。我从小就怕进幽闭的地下室,便问那里一位向导是否有其他入口,那小姑娘摇了摇头。入口仅此一处。

粉灰色的墙、低矮的天花板、铺着鹅卵石的地面,从西奥多西娅的时代开始,这通道就存在了——它已经在这里等了我两千年之久。

刚迈过入口,我的勇气就消散了。"里面都是这样的吗?没有窗户?"

弗吉尼亚

"没事的,慢慢来。我记得当时我还很年轻,挽着凡妮莎的胳膊急匆匆地往上爬,生怕错过任何事情。"

安吉拉(走到第一个拐弯处后停下来)

"弗吉尼亚,我不敢。你自己去吧,我坐在这里等你。"

弗吉尼亚

"怎么了?"
我发现她在颤抖,而且呼吸急促。

安吉拉

"没事,我还是试试。"
我不想让她看到我内心的恐惧。我深吸一口气,走过第一个弯道,但前路好像无穷无尽,而且在逐渐变窄,周围一扇窗户都没有。没希望了,这条路没有终点,也没有爱德华的支持,如果我再走下去,我将永远也走不出这里。我转身就想逃,立马撞上了弗吉尼亚,她的身体竟会如此温暖、有力。"我做不到,我有幽闭恐惧症。"

我们一起退到入口。弗吉尼亚深深地凝望着我,她能看透我的恐惧,直面我心底的惶惑。

"也许我是害怕出生。"我说道。我想笑,但心脏却噔噔跳个不停,一阵微风轻轻吹过,我才知道自己的皮肤上已沾满汗水。"我妈说我出生得太快。"

弗吉尼亚

于是，我牵起了安吉拉的手。对她来说，这是一次重生，我虽然从未生过孩子，但我依然可以帮她。我能看出她有多么痛苦，但对我来说，这不过是件轻而易举的事。"一步一步来，"我说，"一步接着一步，我们慢慢就会到达顶端。"

她的手在抖，但还是按照我说的做了。我们来到了第一个拐弯的地方，这里有最后一扇窗户。"不要向后看，只管相信我。如果我们一直这样往前走，就一定会达到。"

安吉拉

她领着我，一步一步向前走。

弗吉尼亚

我能从她的手上感受到她的紧张。她一开始仍想要放弃，我像对孩子一般轻轻地安慰她："没事的，很好，你很棒……"我都记不得自己说了什么。是我的意志力在指引着我们两个人，是女性的力量让这一切成为可能——西奥多西娅女王的战车、凡妮莎和我——是女性的力量驱使着我们走向光明。

安吉拉

我会永远记得她的声音，柔软、低沉、甜美的侬侬软语，是它给了我前行的勇气。如同一根牵引着我的金线，她的手温柔地握着我的手。但另一个声音却试图把我拽回去："你走得太远了，再也无法回头，你将永远被困在黑暗中。"

弗吉尼亚

她对我无声的信赖让我几乎承受不起，但我依然选择承担这重任，用微笑和力量和她一起往前走。忽然，墙上出现一个洞，看着不像窗户，可能是换气孔，透过它能听到孩子们清脆甜美的声音回荡在神殿里。她停下了脚步——我以为她要放弃了——但我看到她试图微笑并用力呼吸。

安吉拉

"我没事。"

弗吉尼亚

于是，我们继续往上爬——再拐三个弯就到了——前方的眺台在迎接我们——她也不再拽着我，但我一直握着她的手直到最后。我们一路走着，脚步越来越轻、越来越快——

安吉拉

终于，我们出来了。上帝保佑！光亮，还有自由。到处都是光，整个世界只有我们。弗吉尼亚带我穿越了黑暗之谷。

我仿佛获得了——新生。我又笑又哭，语言已无法表达我内心的感受。

"谢谢你，谢谢，弗吉尼亚。"我紧紧握住她的手。

弗吉尼亚（笑着躲开）

我还以为她要和我跳舞！"这没什么。"我真的帮到了她，我们重获自由了。

我们走到栏杆旁,向下看去。灯光下有无数忙碌又渺小的人,眺台下有巨型柱子支撑着我们。"我猜,这片穹顶一定在历史的长河中坍塌过很多次。"

安吉拉

"幸亏上来之前你没说,为何会坍塌?"

弗吉尼亚

"地震、战争……人祸,人类总喜欢征服、破坏。引发争端的宗教信仰:异教徒、基督徒、穆斯林。还有英国人、法国人、德国人,在轮回中交战,毁灭又重建。"

安吉拉

"但这里的一切好像是——永恒不灭的,看起来那么伟大,没有任何力量能改变它,就连时间也无能为力。一切都是必然的。我知道,城市会陷落,文明会消亡,我能想象到这一过程,但无论如何也不能真正理解。有个声音始终在说,眼前的一切将永垂不朽。"

弗吉尼亚

"你看,我已经去过那个遥远之地了,那个我们所有人死后的归属之地。等我再回来时,所有我曾认识的人都消失了,仿佛我们从来没有存在过一样。纽约早已遗忘了罗杰、邓肯和凡妮莎,他们就那样转瞬即逝了。他们曾努力想要抓住的东西也都被丢入了故纸堆,或被售卖,或被遗失。而城市的街道还是那么笔直,一切还是崭新如初,太阳依旧照常升起——前人的追求显得那么——肤浅,曾经那么努力又是为了什么?"

"现在的世界不过是搭了新的布景等着新的戏上演。"

当然,安吉拉是无法理解这种不同的。她有丈夫,有女儿,有一个家,虽然她还没学会如何去珍惜。她还迷恋于年轻的最后一道光芒,认为自己的选择可以永恒不变,哪怕她拥有的选择会越来越少。她紧紧地抓住自己所拥有的一切,紧紧抓住手里的钱。

"你准备好下去了吗?"

安吉拉

下去很容易,普通的楼梯而已,我也算将将经过考验了。

刚往下走,光线还很充足,阳光透过大门倾泻下来。仅仅一秒钟后,眼前便陷入了黑暗。弗吉尼亚抓起我的手,让我扶着墙。那一刻我将永生铭记,因为与她相伴。对我而言,弗吉尼亚究竟是什么?是上天赐给我的礼物,还是降下的诅咒?我几乎听不到她的耳语。

弗吉尼亚

"只有石头,只有石头是永恒的,我们只是影子而已。"

(或许因为我看到了她的痛苦和挣扎,此刻的安吉拉无比的真实,而我想对她说的是:"没什么大不了的事,守住自己的婚姻,给予爱德华所需要的一切。")

19

有那么一秒钟,格尔达几乎把莉莉逼到了绝境。"狗是动物,它们不需要被救。"

"狼狼不一样。"

"为什么?"

"它可能不会再回来了。"

"为什么不回来?"

"因为它不知道我是它的主人。"

"好吧……我没必要非把它找回来不可,但是我会去做。"格尔达边说边脱掉裤子,即使冻得浑身发抖,她也必须咬紧牙关,不让莉莉看出来。"我可以的!"格尔达回头大喊一声,啪地跳进冰凉的湖水中。拉尔曼小姐,助我一臂之力吧。她只能奋勇向前,没有任何退路。

莉莉站在岸边,歇斯底里地大笑。"你穿的丁字内裤!我看见了你的体毛!"

"你连——"格尔达本想说"一粒灰尘都看不见",但此时此刻,她已经消失在水下,湖底离她越来越远,有那么一阵,她眼前全是气泡和水草，嘴里吞咽着死亡的气息。但最终，格尔达浮出了水面，径直游向对岸，狼狼的脑袋在水面上一起一伏，快速地移动着，水面荡起圈圈涟漪，它黑色的三角形脑袋上还带点蓝白色的点。

"狼狼，"格尔达边踩水边大喊，"狼狼，到这儿来！"

快点，你这混蛋，格尔达在心里默念。我必须把你带回去，否则莉莉会杀了我的。

谁知狼狼并不领情，哪里有鸟它往哪里跑。乌鸦拍拍翅膀飞走了，它的下一个目标是那些温顺的黑水鸡，这帮家伙被狼狼弄得上蹿下跳，毫无还手之力。

"狼狼！"它在东侧上了岸，甩掉身上一身水。"来吧，狼狼，我保证不再追你。"但它的后腿正铆足劲地上蹿下跳，这不，它找到了新同伴：一只浑身雪白、叫声尖锐的小狮子狗——

"狼狼，回来！"

这两只互相抓咬对方，玩得不亦乐乎。狼狼呜呜地叫了两声，它要向自己未来的恋人——一只更瘦弱、全身沾满泥污的狗狗告别了。狼狼再次跳入水中，朝格尔达的方向叫了一声，那声音低沉粗哑，仿佛在说："好吧，反正我已经玩够了。"

"好孩子，狼狼！我在这！"格尔达轻松游起了侧泳，等着狼狼靠近自己。好的，它朝这边过来了，速度快得如箭一般，距离格尔达只有50米——

突然，怪事发生了。狼狼的鼻子越扬越高，它开始挣扎，激起大片的白色浪花——它被袭击了吗？——一直叫个不停。它捉到鱼了？难不成又在瞎胡闹？

但格尔达分明听出了狼狼内心的恐惧。"我来啦，狼狼！"格尔达大喊。"别怕,我来啦。"

格尔达朝正前方冲了过去,从远处看,她就是一条细细的白线,周围水花四溅——

这些都是莉莉说的,在那之后不久,狼狼就躺在她脚下打盹了。

他们坐在岩石上,孩子们围成一圈,大家既好奇又气愤,怎么就让这个新来的抢了风头。有人用一摞纸盒点了火。

"我告诉过你们,她的速度快得就像火箭似的!不对,应该说像美人鱼。美人鱼才有红头发——(很显然,没人敢质疑莉莉的话,这家伙就爱胡说八道,毫无事实根据。但这次格尔达没有当众拆台,她听见一个孩子在低语:'美银鱼是什么?')——她赶过去时,狼狼几乎要被淹死了,它卡在水草里不能动弹,我猜那里有水蛇出没('是铁丝网',格尔达打断她)——我正要说到这个,别打岔。"莉莉坚称:"所以她必须把狼狼拽出来,不是吗?狼狼这只大狗正在拼命挣扎,格尔达又够不到湖底。这时,她看到血水涌上湖面,原来狼狼的腿被铁丝网缠住了。"

莉莉举起格尔达的手,迎着火光,所有人都能看到她皮肤上那条血迹斑斑的伤痕。"所以她做了件好事,对吧?"

大家齐声表示同意,但心里尽是不满;为庆祝狼狼劫后余生,胡子男孩特意买了汉堡回来给它吃。此时此刻,格尔达正抚摸着它那毛茸茸、油腻腻的大鼻子,热乎乎的气息冲击着格尔达的掌心。胡子男孩恶狠狠地瞪着格尔达。

"它自己也能挣脱出来吧。"他说。

"胡子吃醋了,"莉莉说,"它自己逃不出来,它不会游泳,狼狼又不是美人鱼。"

"美人鱼是女孩,"格尔达纠正她,"别介意,我只想说这是个美丽的词。"

"美银鱼是什么?"之前那个孩子依然没搞懂这个问题。

"美人鱼就是游泳游得很好的人,"莉莉回答,"和男孩女孩没关系。敢于冲上前的才是英雄,即便知道自己会受伤。"

20

弗吉尼亚

我为南丁格尔的献身和服务精神深深地着迷,而安吉拉却变得沉默寡言。这是我们计划的第二天,正在去往于斯屈达尔的路上。电车在街角鸣笛,一个男人站起来给我让了坐——安吉拉脸上闪过一丝不快的神情。

于斯屈达尔,真是个美妙的名字!这个土耳其名字要比斯库塔里温柔得多,不仅仅是一种字正腔圆的感觉,后面的"达尔"读起来仿佛充满了力量。斯库塔里是弗洛伦斯·南丁格尔做护士的地方,她是我母亲的偶像,比我母亲还大二十多岁。对我们来说,她是上一辈人,且因为利顿的关系又有几分好笑[1]。

安吉拉

弗吉尼亚根本不知道,为了让她能够进入斯

[1] 利顿·斯特雷奇于1918年发表了一篇对南丁格尔不敬的文章,使得对南丁格尔的批评变得可以接受,甚至流行起来;而在此之前,所有关于南丁格尔的传记都是非常谄媚的。——编者注

库塔里,我花了多少心思。

弗吉尼亚

　　弗洛伦斯·南丁格尔的《给卡珊德拉的信》是那么——令人伤心。是的,她是对的,女人的才华往往都被浪费了,她们永远被锁在客厅内。但是,单纯的痛苦无益于写作,我更喜欢用智慧写作。智慧和光明,不需要来自男人的嘲笑和同情。

安吉拉

　　弗吉尼亚清闲惯了,什么都是我负责。因为这里是兵营——伊斯坦布尔的兵营——不欢迎任何人参观。你也许会觉得两位受人尊敬的英国女士怎么都不可能被怀疑成间谍,但即便如此,我也要给对方发封传真,解释一下我们的参观动机,还有护照复印件并注明家庭地址。直到今天早餐时间,对方才发来传真,允许我们参观。弗吉尼亚对这些一无所知。那天早晨,在去往码头的电车上,弗吉尼亚摆出一副王者驾临的派头,好像所有这一切都是她应得的,一位男士只给她让座,还没完没了地盯着她看……我猜她只是看起来太奇怪。

弗吉尼亚

　　从电车上了渡轮,清晨的天空一会儿玫瑰红,一会儿珍珠白,甲板上只有我俩和另外一家人(因为他们总是一起出现)。这家人看上去很凶,身穿一模一样的连体衣,肩膀处印着"UKRAINE"几个字母(安吉拉跟我解释,"那是一个国家的名字","那也不是连体衣,我们称之为'运动套装'。")他们盯着我们看,好像我们是外星来的。他们为什么要把自己国家的名字写在衣服上？这个世界真是奇怪，已经如此国际化，却又急于向世人宣布自己对祖国的忠诚。或者他们是"恐怖分子"？安吉拉看起来不太开心，我就没有问她。

兵营建在山上，到达那里的唯一途径就是通过一条大路。那条路看上去极为原始，却又十分宽广，但人行道很窄，这点跟纽约的街道没法比，也没有交通灯和人行横道。笨重的大卡车颤颤巍巍地经过我们身边，车上被绳子捆着的东西晃来晃去，一阵被带起的风吹散了我们的话语。我几乎要聋了，我们能活着到那儿吗？一旦摔倒就会没命，因为我们在卡车司机的视线盲区。相比坐在卡车高处的司机，我们只是低头匆匆赶路的小矮人。

终于，我们在左转弯后到达了兵营。有三个哨兵在空地上方50米高的岗亭上好奇地盯着我们。我们只得在他们警觉的注视下慢慢走近。"微笑。"安吉拉一边拿着证件走上前去，一边回过头来对我说。虽然我的嘴里又干又涩，但还是挤出了一个微笑，哨兵居然也朝我笑了。土耳其男人都很热情。

一个士兵——看上去大约15岁，嘴里并不整齐的牙齿白得发亮——陪同我们进了警卫室。和士兵站在一起总会让人汗毛直立，他们拿走了我们手上的证件，收走了安吉拉的手机。安吉拉怎么能没有手机？

"相机，女士。"

"我没有相机。"

安吉拉假装没听见，但哨兵又问了一遍，她才拿出来："但我想拍点博物馆的照片！""不准拍照。"

"这里有很多士兵。"我低声对她说。

安吉拉

"他们刚被应征入伍,弗吉尼亚,也许还是学生。这里是义务兵役制。"

弗吉尼亚

"不让带相机真遗憾。"

安吉拉

"真不幸——我都没给你照相。"

弗吉尼亚

"我认为这取决于镜头朝向哪边?"

安吉拉

"镜头当然朝着你!"

弗吉尼亚

"好吧,别那样看着我,好像都是我的错一样。"

安吉拉

"我想说的是,照片上没有你的影像。难道我按快门时你恰好在动?"

弗吉尼亚

"照相技术不佳的摄影师居然埋怨起了她的模特。事实上,我并不愿意做你的模特。"

安吉拉

"我想买点纪念品,可以送给我女儿。有机会和你一起度假真让我感到自豪,弗吉尼亚。"

突然,一位中年军官走了过来,笑容中带着些许疲惫,很明显,他有点职业倦怠。穿军装的司机开着小巴车,载着我们仨穿越兵营。"这是东北方的塔楼,"军官说,"您可以从这里出去,参观弗洛伦斯·南丁格尔博物馆。"

弗吉尼亚

我期待过什么?无非是希望能面对真实的她——弗洛伦斯·南丁格尔,比利顿在文章中所讥讽的更加真实的东西。

但是,博物馆实在不尽人意。首先,里面有一屋子棕色的塑料士兵俑,他们并不是克里米亚战争里士兵的样子。另外,还有很多枪支模型以及穿着长靴的冠冕堂皇的军官会对你发号施令。我们身边这位是个知识渊博的胖乎乎的秃头,他一直试图吸引我们注意,但让人假装感兴趣太难了。

安吉拉

看来《三枚金币》的作者不喜欢这里。

军官(带领她们走过装有 19 世纪药品的展柜)

"我是学英语文学的,读过格雷厄姆·格林和《了不起的盖茨比》,非常棒的作者,菲茨杰拉德!"

安吉拉

"是的,谢谢。"

军官

"我们教授说格雷厄姆·格林是间谍。哈哈!"

安吉拉(心情紧张)

"我还是更喜欢《了不起的盖茨比》。"

军官

"没错,那本更好。穿过这里就到了南丁格尔住的地方,请跟我走。这是古时的绷带……你们英国人是不是非常崇敬格雷厄姆·格林?"

安吉拉

"不是啊,我们俩都不喜欢他。"

军官

"这是弗洛伦斯·南丁格尔的客厅。"

安吉拉

这里的视野真棒。每天醒来,她都能与美景为伴:宽阔的河流、来来往往的船只。面前是两大扇落地窗,她肯定能从这里看到从克里米亚战场上回来的伤员,听到他们痛苦的呻吟。"偌大的世界就在她眼前展开。她身处其中,是见证者,更是参与者。"

弗吉尼亚

"这里就是她和家人抗争后来到的地方。"

逃脱了由访客名帖组成的狭隘世界,还有那中产阶级的闺房和客厅围成的牢笼。但她逃到了哪里?无止境的工作、服务于人的苦难、推不掉的责任,就和我的母亲一样。

军官

"弗洛伦斯·南丁格尔给我们带来了现代医学。在此之前,这里就是——你们怎么说来着?坟场。"

安吉拉

"墓地?"

军官

"她对这里进行了彻底清洁,把一切都归置得井井有条。很快,再也没有人因细菌感染死去。我们都很敬佩她。"

弗吉尼亚

"我母亲很崇拜她,她也算是照顾病人的专家。有的女人特别擅长照顾别人,但我不行。"(我在想"责任"。某种程度上,我的写作也是一种责任,我必须得写,即使它折磨着我。)

军官(大笑着)

"我妻子也不会照顾人。真不幸,每天早晨都是我做早餐。"

安吉拉

"真是这样吗,弗吉尼亚?你还照顾过我呢,就在我害怕的时候。你还照顾过你姐姐。"

弗吉尼亚

"但我知道那只是暂时的。"(笑了笑)

是的,我每天都必须写作,至少 1000 字:这是我的责任。也许,现在我终于自由了。

虽然我曾经爱写作胜过爱生命。

安吉拉

"我读过你们同村人对你的评价,就在你……你明白我的意思——"

弗吉尼亚(干脆地)

"死后。"

安吉拉

"没错。很多人都说你和蔼可亲。"

弗吉尼亚

"真……真的吗?这我可不敢当。"

安吉拉

这次,她没有生气。

和军官告别时，我们又是鞠躬又是微笑，对方一直在夸赞英语文学多么伟大，我们却无力回敬他，因为我们对土耳其文学知之甚少。我告诉他，我喜欢帕慕克和沙法克，但我好像说成了沙慕克和帕法克。不管怎样，他停顿了几秒，然后才说道："太好了。再见，女士们。""感谢，十分感谢。"——我还保证英土两国必定会友谊长存，回头想想真是没必要。我为何总想讨好别人呢？

走出军营后，弗吉尼亚问我为什么对军官如此友好，我说土耳其知识分子曾经很喜欢参军，因为他们视之为现代化的标志。"但他们和政府不是一回事，这里的一切都跟英国不一样。"

"我了解旧世界，"弗吉尼亚边走边说，"我在那个世界长大。我的朋友大多是反战人士，拒绝服兵役。军队就是敌人。第一次世界大战爆发时，我30多岁，我们是被战争塑造的一代。当然，我没活过二战，很多事情都不知道。我试图了解你们的世界，但有时，我觉得自己根本做不到。我只是个外来者——一个游客而已——想跟上你们的步伐，但只会处处碰壁。离开写作，生命还有存在的意义吗？难道人必须为写作而活吗？"

"快点，弗吉尼亚，渡轮快开了。"

21

安吉拉

  她说的事确实很重要，但拿主意的必须是我，因为时间已经不多了。下午，弗吉尼亚想去克兹塔——或者叫里安德塔、少女塔——但对于伪历史，我实在提不起兴趣。我没少给她讲故事，她怎么还没听够？学术会议迫在眉睫，我也该做做准备了——尤其是我要穿什么——我在 Zara 看上一件新款夹克。想让弗吉尼亚乖乖听话很容易，因为她完全不了解现代城市——克兹塔距这里只有半小时路程！所以，我催她赶紧去码头，准备坐渡轮去欧洲区。"我必须去购物。""那下次再去克兹塔。"弗吉尼亚嘴上这么说，但我听得出来，她心有不甘。

  海鸥迎风飞翔、围着渡轮盘旋鸣叫，渡轮向佩拉区蜿蜒前行。我开始有点兴奋——当然，凭我的实力，那篇论文已经足够了，但我想穿得年轻点——是选橘黄色呢，还是新近流行的深蓝色？

弗吉尼亚

  "那我们要去大巴扎吗？"

安吉拉

我突然意识到自己刚说了"购物"二字。"不,弗吉尼亚,我的意思是简单买买东西,逛逛服装店,比如 Zara。"她当然不知道 Zara 是什么,她怎么可能知道?下船后,我开始向她解释何为"连锁店"。在现代社会,购物很简单。伦敦的牛津街、纽约的第五大道、伊斯坦布尔的佩拉区,想买什么有什么。

但弗吉尼亚依然固执己见,完全不相信我的话。

弗吉尼亚

"但是,土耳其的商店就应该是给土耳其人开的。你说的那些'连锁店'不是恰恰把你'锁'住了吗?如果全世界都卖一样的东西,那旅行还有什么意义?"

安吉拉(上气不接下气——这条路也太陡了)

"待会儿等你看见各种漂亮衣服,就不会这么说了。况且,为什么土耳其妇女都必须穿得一样?难道你希望她们只能穿自己民族的衣服?"

弗吉尼亚

"我不是那个意思。但我这次看到大街上很多女人都包着头,比我上次见到的还多。"

安吉拉

"现在是宗教政府执政,就连总理埃尔多安的妻子也戴着头巾。"

在通往伊斯提克拉步行街的小路上，我们几乎没看到戴头巾的妇女，因为大部分都是游客，他们用英语或德语和小贩们讨价还价。街道两旁摆满了花里胡哨的小摊：钥匙链、廉价首饰、果汁和各色糖果。

刚走到一半，人群突然朝我们涌来，那阵势如同洪水泛滥，到处推推搡搡，根本走不动。远处有喧闹声，好像有人在大喊，还有警笛声。也许是发生交通事故了吧。

早晨还天高云淡，凉爽宜人呢，这会却热起来了。我脱下外套，往上卷了卷袖子。

弗吉尼亚（在山坡上停下来）

"他们这是急着去赶渡轮吗？"

安吉拉（不想停下脚步）

"也许吧。你会喜欢Zara的，如果你喜欢布鲁明戴尔百货公司，那么你就一定会喜欢Zara。"

但她果真会喜欢吗？Zara比较便宜，但弗吉尼亚貌似很爱花钱。

她居然认为现在买衣服是自私的表现，因为爱德华正需要钱，这着实令我大吃一惊。但工作毕竟是工作，打扮年轻一些至关重要……我知道和她解释不通。

伊斯提克拉！这里永远充满节日氛围，从未安静过——街头艺人、歌手、数不尽的少男少女们，比肩接踵，络绎不绝——永远是人山人海，感觉整个城市的人都出来了。我爱那些神秘的小巷，它们如同海边直通纯真博物馆的秘密隧道。我也爱银器市场那晦暗不明的狭窄入口，上次我还买到了漂亮的首饰。对了，为何不给格尔达买只手镯呢？等她从校返家就给她，也让她高兴高兴。我开始寻找弗吉尼亚。她落在了后面，下巴抬得老高，脸上挂着标志性的笑容。她不善应对人潮，一会儿被挤到这边，一会儿被推到那边，站都站不稳。

"弗吉尼亚！弗吉尼亚！我在这！那边有个小银器市场，在你左手边。"

没错，在左边。我看到了。

就是那里。我突然觉得好像哪里不对劲。

小商贩们挡住了入口，这帮家伙眉头紧皱，挥舞着胳膊在争论什么，但纷争很快就停止了。不，他们——他们在做什么？今天可是周六，响晴薄日的，所有人都想来伊斯提克拉血拼，黑利阿加巴卢斯银货商店竟会歇业？铁窗拉得严严实实，大门紧闭。

弗吉尼亚

突然出现的场景把我吓了一跳——在我前方20米的地方，好多人从白色的大巴车上冲下来，仿佛打碎了的墨水瓶涌出漆黑的墨汁。

安吉拉

路边像救护车一般停了一整排白色公共汽车，数十个男人一涌而出，他们不是医生，也不是士兵，没错，他们是警察。上百名神色凝重的男人皆身穿海军蓝制服，腰间是鼓起的手枪皮套，手持短棒，正严阵以待。远处传来叫喊声，我的心一下子绷紧了。人们纷纷走出来站到门口，静观其变。两个黑人在低声交谈，他们满脸紧张，一副听天由命的样子。其他人面露愠色，用手使劲拍打着墙壁。我突然意识到他们并非游客，而是当地土耳其人，这里是他们的地盘。即便传来最坏的消息，他们也要知道究竟发生了什么，相比之下，游客就轻松得多，这会儿早就跑没影了。

人山人海的另一边，大概在我们前方50米处，传来了愤怒和痛苦的喊叫声，那声音越来越真切。

"发生什么事了？您会说英语吗？"我向一位身材肥胖的男人打探消息。他站在咖啡馆外，前额挂着汗珠，站在太阳下皱着眉头。刚开始，他没听到我说话，还有很多条鱼正等着他下锅炸，没时间理会爱管闲事的游客。哪知过了一会儿，他却简短地说道："这帮家伙禁止我们卖酒，禁止很多事情，这些宗教狂徒。"

"你说的是谁？"

男人正在窥测事态发展，没回答我的问题。"政府。"他之后又说道。

"啊，谢谢。禁止卖酒？但这是个旅游城市。"

"是的，谢谢，你说得很对，"男人说，"但宗教狂徒是不可理喻的。在他们眼里，干什么都是犯罪。所以，他们实行高压政策，禁止游行，禁止言论自由。"

"这会很危险吗？"我指指周围。

"危险？"过了一会儿男人才明白我的意思。他大笑起来："游客应该没关系，我们或学生就说不准了。"

"弗吉尼亚，我们必须马上离开。会议明天开始！我绝不能被捕！"

"但你看，"弗吉尼亚说，"这太不可思议了。"

警察排成方队，从一旁小路的入口一直延伸至我们的左侧。

这里地势较高，利于防御。他们戴着头盔，手握盾牌，一排排塑料在阳光下闪闪发亮。

弗吉尼亚

　　空气中有股酸涩的味道，一种刺鼻的男性体味，仿佛坏掉的东西正在发酵。然后，我的兴奋变成了恐惧，这变化就像牛奶变质般迅速且彻底。警察全身都裹在塑料和金属保护罩中——看起来也没了人的模样——脸和双手都隐藏了起来。他们聚集在一处，仿佛成了一个巨型拳头，攥得紧紧的，正蓄势待发。在我们看不见的人群之后，年轻人愤怒又激情洋溢的叫喊声从另一边传来——此时天空多云，薄薄的云层仿佛把太阳的热量都锁住了，但空气依然炙热。他们的声势越来越大，挑动着紧张的气氛，我那颗紧张的心多希望他们能够停下来。

安吉拉

　　"快走，弗吉尼亚。"我拉住她的胳膊。弗吉尼亚死死地盯着警察看，根本迈不动腿。我强拉着她沿着伊斯提克拉步行街快步往回走，在人群中奋力杀出一条路。

　　这次，我们看到了沉默的抗议者如雕像般稳稳地屹立街头。没有呐喊，没有口号，只有几个心怀信仰、表情严肃的年轻人——是学生？——他们单手举起宣传单，如灯塔一般对着太阳宣誓心中的信仰。示威者们间隔十米分开而站，每个人看起来都是孤独的，这份孤独无法用语言来形容。我为何会有这种感受？每个示威者都展现出了他们的勇气。我们不能像警察那样，将他们视作暴徒。这样站立的姿态，使得警察每次只能逮捕一个人。他们足够勇敢到单枪匹马地对抗整个社会……我要记住这里每一个纤弱的身影，每一张熠熠生辉且波澜不惊的脸庞。此情此景下，我居然一份宣传单都没拿，真是可惜了。

突然，身后的呐喊声愈发强烈，口哨声、警笛声离我越来越近。在政府的强压下，示威已然无法继续。空气中似乎有什么东西——是催泪瓦斯——浓重的酸气和洋葱味紧紧攫住了我的喉咙。我的双眼开始刺痛，涕泪涟涟。

弗吉尼亚

我从来都不喜欢和人群靠得太近——先是被人们的汗液包围——现在是令人窒息的化学气味。我看到一条小路，立刻抓起安吉拉的手朝那个方向跑了过去。她惊恐地看着我，手又干又烫——"快跑。"我说。然后我们挤出人群跑进了一条立着高墙的巷子。

安吉拉

当然，我不相信弗吉尼亚可以带领我们逃出困境——但我只能跟她走。这巷子里又阴又潮，到处是刺眼的涂鸦。我们也不知道自己正去向哪里。

十分钟后，我们来到一个小广场——说是广场，形状又不太规则，姑且称之为一片空地算了。这里阳光灿烂，四周都是建筑物，还有间小咖啡馆——这正是我们此刻需要的。空气再次变得清新可人。一只肥鸽子落在户外的桌子上，正在啄一滩黏糊糊的红色泥浆，我们的出现吓了它一跳。

弗吉尼亚

"幸亏我反应够迅速。"

安吉拉

"没错,你做得相当好。那是血吗?"

弗吉尼亚

我们躲进了咖啡馆。店里还有个吧台,打着炫目的粉紫色灯光。热情的女服务员留着一头很野性的卷发,正朝我们微笑,好像认识我们很久了一样。这时我们才意识到,在刚刚的逃亡过程中我们牵着的手还没有松开,于是我俩立刻心照不宣地放开了手。"等会儿有音乐表演。"她朝吧台点了点头。"我一会儿再过来点单,美国人吗?"有两个年轻女性正喝着啤酒,她们靠得很近,时而轻轻碰杯。

"不是,英国人。"我们点了英式红茶。

"玩得开心吗?"

她看起来很喜欢我们。我们微笑着朝她点头。"除了外面的暴乱。不知道到底发生了什么?"

"哦,是伊斯提克拉——那里总是有情况,但不用担心。你们是怎么找到我们店的?"

"只是碰巧走到这里。"

她的笑容那么令人愉悦,温柔又可爱,就像是一个熟人因我们的到来而特别开心。

安吉拉

"我猜购物是没希望了。"

弗吉尼亚

我们坐在户外喝茶并要了两大块杏肉派，女服务员时不时微笑着走出来。每隔一段时间就有人从伊斯提克拉的方向气喘吁吁地跑过来，那个女服务员会一脸严肃地向他们询问情况。隔壁桌坐着三个留着八字胡的中年男人，他们一边手舞足蹈，一边说着很露骨的笑话。然后，一个个子很高且姿态优雅的红头发女人加入了他们，她把头发精致地挽了起来，嗓音粗哑得就像一只正休息的猎犬，同她那苗条的身姿一点也不搭。他们四个人坐在一起，边抽烟边高谈阔论。那个热情友好的女服务员似乎和他们很熟。

等了一会儿后，已经没有零零散散的人再从那条窄窄的巷子里跑过来了。鸣笛声和哨子声也渐渐听不到了。这个小广场仿佛一个世外桃源，在这个充满阳光和欢笑声的戏剧世界，警察和暴乱者也无法涉足。

安吉拉

向对方敞开心扉后——说出内心的恐惧果然倍感轻松——也让弗吉尼亚放下了防备，她变得更大胆了。

弗吉尼亚

"我能问一个关于你丈夫的问题吗？"

安吉拉

"说吧。"我有点受宠若惊。她之前的大部分问题都是关于现代社会的，我一度觉得自己成了维基百科。

"我要喝点红酒。"弗吉尼亚突然说道。我挥了挥手，长相甜美的女服务员走了过来。"来两大杯土耳其红酒。"这么做违法吗？显然不。

"干杯！"弗吉尼亚迎着灯光举起酒杯，我们碰了一下，她微笑地看着我。弗吉尼亚几乎已经成为一位现代女性，她连着喝了两大口。隔壁的几个人吵闹得更厉害了，那个大嗓门女人连笑声中都透着一股烟草味。

弗吉尼亚问了个让我意想不到的问题。

弗吉尼亚

"安吉拉，你想你的丈夫吗？我是说，从身体上来说。"

安吉拉

"身体上？你是说——你指的肯定不是性方面吧？"
她脸红了。她竟然提到了性！

弗吉尼亚

"是的，我就是那个意思。"

安吉拉

我怎么能和她谈性呢！她又不是我的闺蜜！她是——弗吉尼亚！众所周知的纯洁又受过伤害的弗吉尼亚！《女人的职业》那篇文章里是怎么写的？她说女人无法写出对于身体的感受。

"你为何问这个问题？"

"哦，我只是想知道而已。"她垂下眼皮，抿了一小口酒，然后再次抬起头，眼神里尽是戏谑之情。"我曾经有……这种感觉，很久没发生过了，就在我去世之前。有很多年——我从没有过这方面的——欲望。"

弗吉尼亚

安吉拉吃惊的眼神仿佛我正拿枪指着她似的。她惊慌失措的样子好像我做了什么让她或者让自己丢脸的事情。清教徒！一定是这样，这些现代女权主义者都是清教徒。

但过了一会儿后，她的脸上又恢复了笑容。

安吉拉

"弗吉尼亚，你真的想知道？我不知道该说什么。这很好，能把一切放下，重新活过。你可能会有各种各样的感觉，但这没什么好羞愧的，一切都再正常不过了——"

弗吉尼亚

她的话戛然而止。

我很清楚她想要说什么。"对年龄大的女人也是完全正常的。"她没明白我的意思！我并不觉得自己"老"！

"关键是，安吉拉，我发现自己会去想象一些事情——就是我在街上看到的人，还有……酒店大堂里的人，土耳其人。"

那些一直都在帮助我的人。我当然不会告诉她那个人就是阿赫迈特——他深邃的眼睛、像面包圈般甜美的酒窝——无论他什么时候看我，脸上都洋溢着热情的笑容。还有他那杏仁色的皮肤和性感的嘴唇以及工作制服下线条硬朗的肌肉。

他和伦纳德完全不同，性感又可爱。

"还有那个女孩。"我不假思索地说出了声。

安吉拉

"哪个女孩?"

弗吉尼亚

"就是那个总是面带微笑的女服务员……她可能不是服务员,可能还是个学生,我之前看到她和一位朋友在街上。她叫卡希什。"

安吉拉

"那个打扫房间的服务员?她怎么了?"

弗吉尼亚

"没什么。我们只是聊了聊天,她很聪明。"我的天,安吉拉对我怒目而视——我不应该提起卡希什的。

安吉拉

弗吉尼亚从没夸过我"聪明"!只因为那个女孩漂亮,她就夸人家聪明。弗吉尼亚怎么能如此迷恋土耳其人?我要向她解释何为"白人救世主情结"吗?不行,那样我们非吵起来不可。我只能警告她离服务员远一点。"这想法也没什么错。"(虽然以弗吉尼亚的年龄,她都可以当我妈妈了!)"但你知道,不要对大堂里的服务员太友好。我之前告诉过你,他们无法理解你的初衷。他们会认为你是,嗯——"我说不出口,我说不出"心甘情愿"这几个字。

但最终，我还是说出来了："他们会认为你是心甘情愿的。"

弗吉尼亚

我的酒就要喝光了，血液正在血管里加速循环。"我只是好奇。我不知道你是怎么想的——在这么一段时间之后，你觉得我能……？"也许我说话的声音有点大了，旁边的人会听到吗？但我不在乎。"为什么你觉得我就不'心甘情愿'呢？就用你们现代女人的话来说。"

安吉拉

"弗吉尼亚？"

弗吉尼亚（挑衅地对视着，一言不发）

安吉拉

"弗吉尼亚？？"

弗吉尼亚

"我不明白为什么我不能。我是一个作家，我不能回避任何经历，我有好多事都没做过，就像我不能成为一个土耳其人或是美国人，我也永远都不是一个工人阶级。人的命运是生下来就注定的，你不觉得吗？但出于某些原因——自从我又活了过来——我感到……我可能想要试一下。"作为一个新的人重新试一下。和一个新的人，比如一个土耳其人。

"你为什么盯着我？我又不是处女。难道我的读者都以为我是处女吗？"

安吉拉

"土耳其人？不能和土耳其人，弗吉尼亚。"

弗吉尼亚

"为什么不行？"
安吉拉把嘴巴用力地抿起来。然后，她笑了。

安吉拉

"你在跟我开玩笑。当然，我就知道。"

弗吉尼亚（冷静地）

"不，我是认真的。我从来都没法写出对身体的感受……但那不是重点，我只是——想去试一下。"

安吉拉

"但，弗吉尼亚！每个人都知道……这不是你一个人的事情，你不能拿这种事试水。"

弗吉尼亚

"也许我现在变成了一个完全不同的人，也许我再也不是过去的那个我了。我为什么不能和一个土耳其人发生关系？"

安吉拉

"当然不行,这太荒谬了。土耳其男人,不可能!"

弗吉尼亚

隔壁桌的人绝对在听我们说话。安吉拉吃惊地张大了嘴,然后又合上。她脸都红了,肩膀耷拉着,还好没过多久她就恢复了平静。

安吉拉(振作起来,用正常音量说)

"都是老一套的成见!上了岁数的西方女人,为性来到土耳其!简直是陈词滥调,弗吉尼亚!这是东方主义者的行径!"

弗吉尼亚

她咬牙切齿又神情激愤地说着,最后一个字直说得唾沫横飞。"东方主义者?很坏吗?"

(听她那口气好像在说一个"女杀手",我也不是很了解这个词。)

安吉拉

依然是那般笑容,高人一等,令人生怒。她的嘴唇在动,说着无声的语言,眼神中透着不屑和轻视。我为何突然变得不堪一击?她傲慢!而且无知!没错,弗吉尼亚·伍尔夫也有无知的一面!

《奥兰多》里也有类似的想法。具有浪漫情结的吉普赛人,满脑子都是不切实际的冲动幻想。东方闪烁着飘忽的情色之光。也许我该把这一点写入论文,也许我的态度太恭敬了。

"当然,你不可能理解萨义德的观点,他是位杰出的、深刻的思想家,他对东方世界的观点是颠覆性的。但你必须明白,西方女人和土耳其男人上床,这只是一种老套的成见。"

弗吉尼亚

"那你觉得我应该和谁——发生关系?一个比利时人?一个非洲人?"

安吉拉

"上帝,是雷·库珀曼。库珀曼教授!我们在这呢!"

弗吉尼亚

"不,我想和谁睡就和谁睡。"但我不得不停下来,一个又高又瘦的男人出现在我们身后。

"女士们!"他看上去很吃惊的样子,就好像我们当场撞见了他什么秘密。"安吉拉·兰姆!真是个惊喜啊!当然,我知道你要在会议上做演讲。但是,你在这里做什么?"他戴着无边眼镜,下巴的轮廓清晰俊朗,一边说一边做着手势。

我们邻桌的一位客人和他打招呼,但他假装没看见。

安吉拉

"她是弗吉尼亚,我的朋友。弗吉尼亚,这是威特沃特斯兰德大学的雷·库珀曼。这是所非洲大学,但库珀曼是比利时人,他大部分时间住在布鲁塞尔。"

弗吉尼亚

"听起来是很舒服的安排!"

库珀曼教授

"你肯定在开玩笑,两地往返最麻烦了。"

安吉拉

"你也要在会议上演讲吗?"

库珀曼教授

"我不参加会议,碰到你们纯属巧合,亲爱的女士。"

弗吉尼亚

　　他看起来彬彬有礼,但难掩内心的不安。旁边有个长胡子男人很显然在试图吸引他的注意力,但库珀曼似乎毫无察觉。那位红头发女人的奶油色丝巾掉在了桌子下面,她的脖子看上去有点奇怪。她的手上戴着一枚夸张的戒指,指关节被看起来很重的银色硬壳包裹着,从戒指里伸出来的手指出奇的长,但指甲修得整洁发亮。还有那双优雅的大长腿,下面是两只大脚!我终于明白了,原来她是个男人。我突然害羞了起来,赶紧移开了目光。

安吉拉

　　"你是一个人吗?那和我们坐一起吧。我必须回酒店准备演讲,但我们可以先一起吃个饭。"
　　"教授!"旁边那桌坏小子们齐声喊道,语气里带着戏谑。"学术上的朋友,"库珀曼说,"我必须去打个招呼。"

我们商定晚上八点他来酒店亲自拜访。

"顺便说一句,"临走前,库珀曼转向弗吉尼亚,"你与另一个弗吉尼亚长得太像了,我想每个人都会这么说!"

弗吉尼亚看着他——一次长久的、默默的凝视——脸上挂着微笑,但一语未发。

"她们是远亲,"我说,"她的祖先是莱斯利·斯蒂芬的兄弟,做法官的那个。"

"真的?"

弗吉尼亚

"我和法官确实是亲戚。"我再次确认道。(我说的是事实,他是我叔叔。)

隔壁桌的红发易装男和那几个同志——现在我敢肯定——在朝着库珀曼的方向大笑。当我们离开时,其中一个人还开玩笑地给我们鞠躬。

伊斯提克拉的突发事件已经平息了。警车还在,但聚众游行已经停止。举着宣传单的年轻人也都走了,希望他们不是在警车里。几个警察在周围巡视,眼神充满警觉。

"他相貌很出众,你觉得呢?"

"谁?"

"雷·库珀曼教授。我肯定他很乐意和你共进晚餐。"

显然她要开始做红娘了,试图把我的注意力从土耳其人身上拉回来。游行队伍跨过加拉塔大桥,她还给我介绍了几部他的著作。

安吉拉

"他是很有名的学者,酷爱你的书,尤其是《奥兰多》。我很意外主办方居然没邀请他出席,他最知名的著作是《本质:〈奥兰多〉中变质的性、性别和同性爱概念》。"

弗吉尼亚

"老天。"

安吉拉

"我想他还是单身。"

弗吉尼亚

"闭嘴吧。"

回到酒店后,我们各自回了房间。我有点后悔刚刚和她坦诚相见,她根本没有认真听我想要说什么。现代女性还是会有偏见。我太单纯,年纪也大了,我肯定还是以前的样子——欲望被重重关卡锁住。安吉拉根本没法帮我或给我有用的建议。

所以,我只能靠自己。

我要去寻找儿时就已失去的秘密花园——在我珍视的一切还没有被偷走之前。

22

莉莉只告诉小伙伴们格尔达的游泳技术很棒以及如何把狼狼从铁丝网中救出来,至于事后发生了什么,她一个字都没提。

他们三个总算团聚了。格尔达和狼狼浑身湿漉漉的,冻得直发抖,晶莹透亮的水珠扑扑往下滴。他们躲在湖边的树后,离成人世界的"强盗"和"杀手"远远的。(莉莉告诉格尔达许多可怕的传闻,这些事格尔达只从童话中读到过。"你必须万事小心,我会照顾你的。"莉莉说。)

时间已近中午,太阳烤得人火辣辣的。莉莉紧紧抱住格尔达那湿漉漉的身体。狼狼一边发出哀鸣一边用舌头舔自己的腿,相比之下,莉莉更担心格尔达。"你必须把衣服烘干。"莉莉俨然一副保护者的姿态,"这片树林叫'漫步者',非常有名。""我们干什么去?""我知道一个非常漂亮的地方。"她领着浑身滴水的格尔达穿过狭窄的小路来到一间暖房,这里没有窗户,只有个日式隔间,从远处看就像用浅蓝色的丝带搭成的。"这是'淑女坪',一定要保守秘密哟。"莉莉骄傲地说。

"是'淑女亭'好吧。"格尔达看着门板上的字说。

"差不多就完了。"

（当然不一样，格尔达心想。'亭'的发音更轻柔、饱满。她上过学，她喜欢'亭'这个字。）

亭子里的铁艺造型大多是维多利亚时期的样式，很像格尔达家的花房。屋顶漆成深色，如同紫色的风信子。格尔达把湿衬衣和外套挂在游廊的浅色铁架上。外面的阳光充足，亭子前面是一片湖。"穿成那样也挺好，我也把衣服脱了陪你。"莉莉说。

两个人加一条狗，相互依偎着在阳光下取暖。伴着莉莉的拥抱与抚摸，格尔达身上的鸡皮疙瘩渐渐消退了；狼狼也不再打哆嗦，它站起来四处嗅闻。格尔达与莉莉的亲密举动让它觉得自己被忽略了。

"你负责放风，狼狼。"莉莉开始发号施令。转眼间，她俩就把狼狼忘了，但狼狼依旧尽忠职守。

那个夜晚，在暖烘烘的大岩石上，格尔达和莉莉相拥而眠，旁边放着装鸽子的破柳条箱。男孩们完成了莉莉交代的工作后才慢慢到岩石边躺下，箱子里的鸽子也恢复了安静。一群人松松垮垮、横七竖八地挤在一起睡着了，共同抵御着春夜里的寒风和公园中的"邪恶势力"。

23

弗吉尼亚

　　从内心来说,我从未老去;但若与安吉拉相比,我的确很老了。想到阿赫迈特,我看看镜中的自己:曾经凌乱的灰白头发现在有了色泽,仿佛涂了一层棕色的蜜;眼睛也有了神韵;我的脸颊——似乎也比之前要红润许多?——一张玫红色的鹅蛋脸。我的手顺着身体一直抚摸下来,既不胖也不瘦,可能有点高?是不是有点——引人注目?事实上,我已经变成了伦纳德曾经戏谑的那种女人:"身材保持得不错。"

　　我明白了阿赫迈特看我的那种眼神,但也许这只是一个老女人的幻想。也许他是个调情高手,而我傻兮兮的。也许安吉拉是对的。

　　忽然,我听到隔壁传来她的声音。她现在应该正在练习演讲——"她的会议",她一直这么说。她为什么总是那么急于强调自己?

　　这有点缺乏礼数。我也不想自己太刻薄,安吉拉已经尽了全力对我好,我也慢慢地喜欢上了她。虽然她空有一副无所谓的架势,但其实内心很脆弱。她连闲聊时的措辞都很注意，可能是因为跟我聊天的缘故，她想得到我的肯定，但我们从未讨论过彼此的作品。我把耳朵贴到墙上仔细听着：

"……精英主义者，势利……过于自我……为了艺术而艺术……"

她的话让我怀疑自己，浑身冷汗直冒。但显然她说的不是我，她一定是在拿我和别人比较，比如凯瑟琳·曼斯菲尔德。

"……乏味不堪……象牙塔……无法适应今天……如果……"

不是的，她是我的书迷，她之前告诉过我，不可能——

不可能——她居然讨厌我？

"……名不副实的杰作……《达洛维夫人》和《到灯塔去》……"

是的，她说的是我。

确实，她一直都不喜欢我。

"……毫无生气……贫乏……缺少现实气息……"

她让我重新活过来，却是让我感受生的痛苦。

我浑身都在发抖，我的骨头，我的心，连同我的肠胃全都抵着胸腔搅成一团。

我没法在这儿待下去了，我没法在这个愚蠢的房间里和那正威胁着我的电视屏幕待在一起，它仿佛在用空洞的眼神嘲笑我，目睹我遭受着从墙的那一边传来的带着满满恶意的蔑视之声。

（我曾以为我们是朋友！难道她不喜欢我吗？我的心剧烈地跳动着，我很害怕。这个世界上还有谁会支持我？还有谁会站在我身边让我依赖？）

不，一个也没有。我太孤独了。没有伦纳德的安慰，没有凡妮莎用心倾听我说话，也没有埃塞尔为我考虑一切。

我麻木地走到衣橱那边。是的,还有其他的什么。我的脑袋里响起一首老歌,那是一首——歌手的名字叫什么来着,格里塔·凯勒,她丰满的胸部随着浑厚的低音上下起伏:"时间有限,亲爱的,有太多的事情要做／太少的时间来实现梦想……"

是的,一种时间在加速的感觉:我在变化,安吉拉也是,我周围的场景和道具也在飞快地变换。我盯着衣橱上的钥匙孔,想起道奇森的童话故事里的一个细节:任何一刻都可能是最后一刻。我在这个星球上的第二次生命,如此鲜活又快乐,但——

她讨厌我　她想摧毁我

忽然间,我想到自己一定是在做梦,那种糟糕的感觉正慢慢变淡,变弱。我试图抓住这些碎片,把它拼成一个完整的情节,把正在从边缘侵蚀我的黑暗阻挡在外面……

她的声音依旧无情地从墙那边传过来:"……特权阶级的女儿……保护……"

24

格尔达本来睡得很安心,但凌晨三点醒来后,伴着皎洁的月光,她突然觉得简直没有比自己处境再凄惨的人了。一只体型肥硕的鸽子正透过箱子的缝隙用惊讶的眼神瞪着她。

"你也被困在了这里。"格尔达想,"和我一样迷失了方向,我们再也出不去了。"

妈妈在哪?都是她的错。(这句话已经在格尔达的脑海中徘徊了多久?连大脑中的沟壑都快被填平了。妈妈的错,妈妈的错,妈妈的错,妈妈的……)

哦,不对,她记起来了(这样更糟):是我自己的错。

格尔达绝望地挥舞着右臂,突然,一只冷冰冰的大手死死地拽住她的胳膊。"她不想要可以给我。"一个男声说道。那声音划破夜空,透着贪婪和尖刻。他拽住格尔达的手镯,可惜手镯死死地卡在了格尔达的肉里。

"住手,"格尔达大喊,"那是妈妈给我的。"

她还没来得及呼救,就被一只手捏住了脸颊。"闭嘴,"莉莉说,"否则我就捅死你,知道吗?还有你,"莉莉对胡子男孩说,"离她远点,不然我就咬掉你的耳朵。好好躺着。"她命令格尔达。

"我要睡觉。"莉莉把胳膊横在格尔达的脖间。

格尔达再也忍不住,开始呜呜啜泣。她尽量不出声,但没过多久,她抽泣得连肩膀都抖起来了。

莉莉噌地一下坐起来,俯身看着格尔达。"我不喜欢看人哭哭啼啼的。你怎么了?"

格尔达只好和盘托出。她怕吵醒别人,所以凑到莉莉耳边轻声低语:"其实,我是来纽约找妈妈的……我偷偷跑出来,还拿了她的钱……到这里后我才发现她已经去了土耳其……飞跃了半个地球,我竟搞错了方向……我必须去土耳其找她……我也没有爸爸,他在北极……我弄丢了手机,嗯,我把手机落家里了,这简直是我做过的最愚蠢的事……没有手机,我永远也找不到妈妈——"

"你从我们这得不到任何同情,因为我们都是孤儿。""强盗莉莉"说,"但搞丢手机这事还是挺严重的。别他妈哭了,我来摆平。快把嘴闭上,别打扰我睡觉,明天早晨还要工作……不管怎样,你还是挺酷的。如果我有妈妈,我一定和你一样,跑去摩洛哥找她。"

"是土耳其。"格尔达小心翼翼地纠正道。把情绪发泄出来后,心里痛快多了。

"土耳其就在摩洛哥境内,不信你查查。"莉莉自以为很聪明。没过多久,她便沉沉睡去。

25

弗吉尼亚

我失去了知觉,我必须动起来,去做想做的事情!我脱掉了去斯库塔里穿的鞋子和裤子。

裙子,裙子——

(还在继续,来自隔壁带着满满恶意的蔑视之声还在继续,那声音在衣橱这边仿佛更清晰了:"过度矫揉造作……狭隘……冷漠……"

我并非冷漠无情!也从不狭隘!)

我开始唱歌,只要有声音,任何声音都可以,只要能盖过她的声音。"来吧,让我们漫步在情人巷/让我们再唱一次情人的歌/让我们再唱一遍/再唱一遍……"

那是我在布鲁明戴尔买的,只穿过一次,艳粉色的丝质衬衫式连衣裙。及膝而长,端庄大方,镶着小颗珍珠纽扣。我穿上它,全身的肌肤被它轻轻抚摸。但脚上的鞋子却和衣服不搭,真希望再去布鲁明戴尔买次东西。

我把脚伸进灰褐色的羊皮高跟鞋里,脚踝上的系带看上去十分性感。然后，我把衬衫最上面的两颗扣子解开，并把袖子卷上来，让自己看上去更加——放松。还有，口红。我不安地涂着嘴唇，涂得很饱满——伦纳德曾告诉我，男人都喜欢饱满的嘴唇。伦纳德也曾告诉我，他不反对化妆。伦纳德的言行总会让我吃惊不已。

但对他真实到令人心痛的需求，我却假装视而不见。

他作为一个男人所需要的东西，我没有给过他。虽然尝试过，但我失败了，因为我总是本能地拒绝他。当我同母异父的哥哥们带着他们急迫的呼吸、鲁莽的动作靠近我并带给我无限痛苦时，我无法拒绝他们，因为他们是我的兄长。我犯了错，作为女孩子永远不被原谅的错：我给的是远远超过我那个年纪能承受的东西。是伦纳德让我重新找回了曾经属于自己的一部分，虽然它只剩下一个冰冷的空壳。我总是让伦纳德难堪，虽然我总会想方设法来弥补他，爱抚、触摸和亲吻……但其他的我做不到。我知道他曾经找过妓女，他只是个普通的男人，有着普通男人的欲望，而我那么伤痕累累，对他忽视太多。

但现在，在我120岁或者更老的年纪，我已经变了，我准备好了。我体内的某些东西在微微动荡，也在变得松软。我死过一次，但我又活过来了。现在，或许我真的准备好去爱了。

出门时，我依然能听到她喋喋不休的声音，但她对我的厌恶无法阻止我、击垮我。

一下楼梯我就看到了卡希什，她戴着白头巾，手里的托盘上放着两杯咖啡，她正在给客人送咖啡。她完全吸引了我的注意——看到我的时候，她惊讶地睁大了深色的眼眸。我靠近并仔细端详她，她真的好漂亮。是的，卡希什就是那个我们第一天到达这里看到的女孩，当时她抱着一大摞脏衣服正准备离开酒店，途中放下东西蹲在街边逗猫，直到另一个女孩过来跟她拥抱了一下。她看着我时的笑容——因热情而涨红的脸——让我十分开心，而安吉拉只会让我感觉孤独。

"夫人——"她好像想问我什么事情或给我什么东西，也许是咖啡，但我对她摆摆手表示不需要，"我不需要任何东西，我只是想出去走走。"

她脸上愉快的表情消失了那么一秒，然后又笑了起来，放下托盘拍拍手。"夫人您看上去很漂亮！""谢谢……我说，不要叫我夫人……你看上去……我亲爱的……就像一朵花。"我们彼此望着对方，仿佛时间在此刻绽放，绽放出美丽又香浓的茉莉。"我今晚会在前台工作，您需要我的话随时叫我。"我穿着高跟鞋走下了楼梯。

我走进大堂时，发现阿赫迈特和他的一个朋友正在前台，阿赫迈特仰头看着我说："您真美啊，15号房间的女士。"对他的溢美之词我一点都不吃惊，他的朋友正在认真地看订单，这时候也抬起头来看了我一眼，然后又低下头继续看订单。

伦纳德也曾夸过我美，但为何我自己却从未感受到自己的美？

"为了你我想学更多的单词，因为像'可爱''美丽'这些词完全不足以表达我对您的欣赏。您能教我英语吗？"阿赫迈特问道。

"你应该多待一段时间，然后好好地教我英语。"

"你一定在学校学过英语吧？"话说出口才觉得有点无礼，但他挺直了身板，虽然他身材并不高大。

"我会很多语言，"他得意地说道，"我自学的，用耳朵（他指着自己的耳朵）。我可能会的外语比你还多，但都不太精通。我想

435

像你一样说英语，特别好看。"

"是'好听'，"我纠正他，"当然可以，阿赫迈特，我当然可以教你。"

"你要和14号房间的客人一块儿出门吗？"阿赫迈特问道，语气里带着羞涩。

他似乎记住了所有客人的房号，又或许只是记住了我们的。

"不。"我斩钉截铁地说道。

他盯着我。"我能问，你要去哪里吗？"

"外面。"我说，因为我自己也不清楚。也许他早就从我脸上的表情看出了端倪。"去喝茶。"我随便找了个答案。

"自己吗？"他说，"我，阿赫迈特，可以陪你去。"

"——但你在工作。"

"恰恰相反，我刚刚完工。"他的同伴正在用土耳其语低声说着什么，但阿赫迈特只是盯着我看。他的眼睛是棕色的，就像正在融化的焦糖，而我被包裹其中，它们慵懒地爬过我珊瑚色的丝裙，然后落在我的脸上。我沐浴在他的目光中，微笑着，在我衣裙之下的内心某处，仿佛有电流通过。

有一点憧憬，还有一点紧张。我都120岁了，但我忽然想到："那是18岁的时候，凡妮莎告诉我她觉得我像根木棍般古板、无聊。"那时，我对她这句话没有任何感觉。直到后来我们交换床笫间的故事，她让我觉得自己笨拙又粗鲁，如此失败。

（虽然她爱我，但她也可能会因此而开心，因为我在很多地方都比她强：在赢得父亲的关爱上，我总是更受父亲偏爱；在写作上，我总有写不完的东西和灵感；去了希腊，那个她从未想过要去的地方；在聚会上，她总是低调地坐在那里，像一颗四处吸收光芒的黑宝石,而我像水流一样活泼,奔忙于人与人之间。尽管我最后累得精疲力竭,那又怎样?

但是我俩内心的秘密,作为女人的那个部分,无论是生孩子还是对家庭的热情,她都游刃有余。这是我望尘莫及的地方,我只能任由时间流逝,独自写作,独自在岸上干枯;而她毫不费力地就游到了最中心,被无数的男人和爱慕者包围着;她的两侧簇拥着可爱的孩子——是我喜欢却无法拥有的孩子——他们稚嫩、可爱的脸庞在太阳下粉嘟嘟的。我如此渴望见到他们,而他们只是朝姨妈挥挥手,其他什么都没有。

而现在,忽然间,我能成为我想成为的女人了。)

我在大堂等他穿上夹克。另一个男人站在那里假装工作,却时不时地看着我,我此刻倒是希望他是在打量、观察我。

我不自然地交叉双腿站着。这双在美国买的高跟鞋绝对算不上舒服,但我发现他的目光完全被我的脚踝吸引了,他一定是在看我脚踝上的系带。当他的目光上移和我对视时,我给了他一个微笑,他有点害怕似的立刻低下了头,微微皱了下眉。男人们总是对我感到害怕,但阿赫迈特——不,他不应该对我感到害怕的。

空气里突然有一股清香甘甜的味道,是一身古龙香水味的阿赫迈特出现了。他站在三四米之外,虽然个子不高且有点发胖,但他的笑容如婴儿般温暖甜蜜,眼神里满是热情,而且举止温柔。"把胳膊给我,亲爱的女士。"他说。我们两个就这么走了出来,走进了外面绚丽多彩的世界。

26

格尔达尚在半梦半醒间,莉莉就起身出发了。第一缕阳光给公园镀上了一层薄薄的金色,这是晨跑者每天都会见到的风景。十分钟不到,莉莉竟回来了,她气喘吁吁,浑身散发着轻微的汗味,脸上一副旗开得胜的表情。"给你的。"莉莉把手机交给格尔达,"趁还有座位,快订机票。"

格尔达坐在大岩石上,吹了一夜冷风,手已冻得发僵,现在还没缓过来。她开始和网络作战,系统显示今天上午有去伊斯坦布尔的航班,飞行长达11个小时。格尔达始终没填对信用卡有效期,费了好大功夫才最终搞定。当网页信息显示"请等待,不要刷新"时,一股兴奋之情涌上格尔达的心头。此时此刻,她什么都做不了,唯有紧闭双眼,等待命运的降临——

倘若一切顺利,倘若他们放她离开,倘若她可以凭一己之力走出公园,格尔达就能告别纽约,在飞机上安然入眠。

那天的晨光很美,那群男生看上去也和普通孩子没两样,一点都不吓人——他们情绪低落,昏昏欲睡,有的甚至还很年幼。其中一两个孩子还在梦里叫出声来,狼狼舔着他们的手和脸,莉莉嫉妒地把狼狼踢到了一边。狼狼是她一个人的，只能爱她一人，也许除了狼狼，世界上再也没有谁来爱她了。

"快点弄，我必须把这该死的手机丢了。"莉莉站在格尔达身后目睹了预订机票的全过程，眼睛里尽是艳羡之情（"我没你那么好命，有个富婆妈妈"）。

"再等一下。"格尔达央求着，她祈祷上天眷顾自己，希望这块僵死的屏幕有所反应。事实证明，在完全陌生的国度里，幸运之神还是乐于光顾的。土耳其航空最终放出了一个座位。格尔达刚收到消息，莉莉突然一把夺走手机，消失在灌木丛中。

直到早晨九点，气温开始回暖。蒙头大睡的孩子们再次苏醒过来，伸伸懒腰，吸吸鼻子，肚子饿得咕咕直叫。他们对格尔达这位"入侵者"既好奇又憎恶。胡子男孩特意站在莉莉看不到的地方，时不时扯一扯格尔达的衣服，他用发红的双眼死死盯住格尔达，饱含恶意的眼神中全是喷薄欲出的愤怒。他恨自己，格尔达知道。

"你要走了，""强盗莉莉"说，"你说好教我游泳的，对吧？你一定会回来看我的，是吗？"

格尔达沉默了。她俩不会再见面了，她明白莉莉也知道这一点。"是的，我会的。"格尔达说，"你也会来找我的，如果我需要你的话，这是当然的。咱俩是好姐妹，我一定会来纽约看你。"两个女孩久久地注视着对方，好像忘记了周遭的一切，尽管格尔达听到胡子男孩发出了呕吐的声音。接着，他开始在油布里找什么东西。

"想把行李箱要回去吗，人渣？"男孩讥笑道，"别痴心妄想了，妈咪的小公主，是吧？"男孩突然有点不确定，他看向莉莉，想获得她的批准。

"谁允许你说话的?"莉莉怒吼着,"混球。"

莉莉和胡子男孩对视了好半天。虽然莉莉是首领,但情况并不乐观。岩石的边缘粗糙至极,一群浑身脏兮兮的孩子在周围闲逛,看彼此的眼神都虎视眈眈的,透出野蛮的气势。格尔达觉得胡子男孩肯定是个杀手,因为他根本没有其他事可做。

"行李箱给你了。"格尔达突然说道,"没错,就是你,留胡子的丑八怪。我早不想要这玩意儿了。"格尔达大笑起来,声音中透着紧张。

男孩被惹怒了。"谁要你的破东西,女里女气的垃圾货。"他嘴上说得起劲,却不知下一步该干什么。

"你看看里面。"格尔达说。男生使劲按箱子锁,没反应。

他先横着走了几步,然后跳下岩石,朝格尔达凑过去。男孩肌肉发达,身材瘦削,老奶奶似的胡须被风扬起。他举起闪闪发亮的粉色行李箱就像举根棍子,所有东西都滚到了一边。男孩死死盯住格尔达,盯住她那黑色石头般的小眼睛。

格尔达依然坚守阵地,但她的心却跳得厉害。"我来弄吧,傻瓜。"趁他还没用箱子打自己,格尔达赶紧把箱子抓过来,打开锁,拿出爸爸的瑞士军刀。"看,我说过有东西送给你。"

"没错,她说过。"莉莉附和道。紧张的气氛渐渐消散。孩子们将胡子男孩团团围住。"如果你礼貌地问我,我就告诉你它的用途。"可惜根本没人听她说话,所有人都想摸摸这个奇怪的物件。

至少可以暂时转移大家的注意力,但情况依旧危急。

妈妈在哪里? 她到底有没有想过我?

27

安吉拉

我将论文大声朗读了出来,感觉相当不错,稍作几处小改动后就拿去前台打印了出来。要赶在会议前给她看看吗?我游移不定。但我内心的渴望却相当强烈,根本顾不上理智不理智的。很显然,我急切地想知道她的意见。

按照计划,我们晚上要和雷·库珀曼一起用餐。凡是弗吉尼亚需要的,我都尽力予以满足,没有任何亏欠她的地方,比如人身安全,比如为她创造与男性相处的机会。

可惜,我太过天真了。

首先,我给她房间打电话,竟没人接。然后我去敲了两次门,也没人应声。我把论文从下方门缝塞进去,又试着取回来,还伤到了指甲。送早餐的穆斯林女服务员拿着毛巾经过,看到我趴在走廊上。我猜这里所有人应该都是穆斯林。女孩戴着头巾,身材瘦削,看着相当正派。她站在一旁看了我一秒钟后才开口说话。

"你在找你的……朋友?"

"我在拿东西。"

趴在地上，让我觉得自己低人一等。通常情况下，没有人这样拿东西。

"需要帮助吗？你是想看看你朋友在不在吧？"

"哪有，没有的事。"

"她出去了。而且打扮得很漂亮！"

我站起身，摆出一副高贵庄严的姿态。女孩对我微笑着，她非常漂亮，头巾也遮不住她的美貌。她的皮肤有些苍白，牙齿白净，还有一双墨黑色的眼睛。"你一定很爱她。"

"我当然喜欢她。"女孩的英语口音很怪。"你亲眼看见她出去的？"

"半小时之前。"

楼下大堂里的男服务员也肯定了这个说法。"没错，她先等了一会儿，然后就出去吃饭了。"

"她在等我？"服务员们互相看了看。

"也许是的。"

"但她最后还是一个人出去了？"

服务员们又开始交头接耳。"是的，但我们有个好心的同事去给她指路了。"

"她去的地方安全吗？"

"那是当然。"

"哦，那还好。你知道，这是她第一次来土耳其。"

"没关系，我们会照顾她的！"

其中一位年轻服务员很爱笑。他前额中间长了块疣，很明显受到同事的排挤。跟那位戴头巾的女孩一样，他表现出一副尽力取悦别人的样子。

恰在此时，雷·库珀曼出现在门口。一身亚麻西装的他更显气质了。"雷！弗吉尼亚已经出去了。"

"那咱俩吃吧。"他说道。

我为弗吉尼亚做了那么多，希望有朝一日她也能帮我一把，看来我太天真了。我始终认为弗吉尼亚应该——怎么说呢——有些品味和判断力。她应该坐在这里读一读我的论文，而不是和某个服务员出去约会。

我承认，我并没有那么不痛快。我和雷经常在一些会议上见面。他充满智慧，待人接物彬彬有礼，实在讨人喜欢。说实话，我还中意他的发型和颀长的身姿，浑身上下没一丝赘肉，这点尤为可贵。（爱德华也没有赘肉。爱德华，提起他就伤心。离我那么远，待在那个寒冷的地方。我做了什么？我到底做了什么？）

算了，别想了。"雷，我们走。"

我有点喝醉了，午夜时分回到酒店才想起弗吉尼亚的事。

28

弗吉尼亚

现在的我是如此满足。此地,此刻,在如水的夜灯下。头枕在枕头上,发出轻柔的呼吸声。我们脸贴着脸,肌肤贴着肌肤。

就这么发生了。幸福,就在这里。

这是上天赐予我的第二次机会。

29

安吉拉

她让我失望,也让她自己失望。她根本不是我心目中那个伟大的作家。她——为人吝啬,心胸狭窄。

"不在意读者的感受,缺乏责任感。"

她根本就没想过要帮我修改论文!

30

  莉莉果然出手大方。"我送样东西给你，在你环游世界的旅途中助你一臂之力。"她的脸透着玫瑰色红晕，虽然带着点野蛮气。每次看到这张脸，格尔达都会想起黑莓，仿佛长满伦敦各处花园里的野莓花。对朋友的慷慨相赠，让莉莉有些不好意思。她递给格尔达一张地铁卡。"偷手机时顺来的。"

  "嘿，为什么给她？""不——行！""我也想要！"胡子男孩周围的野孩子们纷纷发出抗议。"她对这丫头可真够好的。"

  场面再次失控。莉莉沉默了一秒，接着用所有人都能听到的洪亮嗓音对格尔达说："你打算送我什么礼物？哪件东西是你最喜欢的？"格尔达明白莉莉必须显示自己的权威。"我没开玩笑，"莉莉凝视着格尔达，"因为我救了你，因为我对你很好，不是吗？"她轻轻地吐出最后几个字。

  格尔达没有丝毫犹豫，立刻从行李箱中拿出《到灯塔去》。她郑重其事地把书交给莉莉，谁知莉莉皱起眉头，接过来瞥一眼就扔到了地上。"这对我们没用。"她打量着格尔达，眼看就要发脾气，"你难道想骗我不成？"

格尔达也不甘示弱,她回瞪着莉莉,不畏惧那愤怒的双眸。"我从不骗人。我知道你的企图,金镯子归你了。"格尔达低声说,"纯金的,是我妈妈的手镯,是她给我的,不是我偷来的。拿走吧,你的手下会很高兴的。"

"管他们干吗?直接给我。"

看着格尔达摘掉手镯,亲吻了一下后交给莉莉,这群无父无母的流浪儿纷纷发出嘲弄的欢呼声。清晨的阳光映在手镯上,反射出熠熠光辉。

莉莉试图戴上,但怎么都搞不定,只好满脸严肃地找格尔达帮忙。格尔达小心翼翼地将手镯套在她那纤细的棕色腕子上。

"你知道我早晚要把它卖了,但不是现在。"莉莉温柔地拥抱格尔达,用双手捧住格尔达的脸,然后将一只手翻转过来,手指上的廉价哥特戒指轻轻搔动着格尔达的脖子。"现在他妈的离开这里。不管你去哪里,直到世界的尽头,咱俩在那里碰面。"

"世界尽头再见。"格尔达说,"你应该放了那些鸽子。"格尔达边跑进树林边回头大喊。"去你的吧!"莉莉兴奋地大声回应。

流浪儿们终于不再跟着她了,一群对格尔达既好奇又憎恨的灰头土脸的家伙。很快,格尔达就回到了那条干净整洁的小路上,穿着各色紧身裤的人们正在跑步,有些人还牵着打扮时髦的宠物狗,快步朝着广场大酒店的方向前进。无论如何,格尔达都要在这个特权世界中生存下去。

格尔达一路向南,偶然间走进了里佐利书店。没错,我是个宅女,格尔达心想。书包里的《到灯塔去》已经折角了,书页脏兮兮的,她想再买一本别的。毕竟马上要坐 11 个小时的飞机,没

447

书怎么打发时间。

"我想要本《一间自己的房间》,"格尔达说,"弗吉尼亚·伍尔夫的作品,非常有名。"

柜台后的年轻男子看上去就像女孩一样纤弱,蓬松的头发盖住眼睛。格尔达在公园风餐露宿了好多天,连性格也变尖刻了,她已经做好挑刺的准备。

"哦,是的,她的作品我都知道,"男子说,"我们刚预订了一套她的作品,看来很多人都喜欢她。"

"我才不管别人喜不喜欢,"格尔达说,"她就是很伟大。这是事实。"(历史老师会认为她这是主观臆断。)

格尔达把书塞进背包,朝地铁站走去。看到两个人穿过旋转栅门后,格尔达才敢刷地铁卡。

第一次没刷开,第二次还没刷开——该死的莉莉,净给我没用的东西!——第三次终于有反应了,格尔达立刻溜了进去,多亏这张魔力卡,她才有机会搭乘这充满魅力、永不间断运行的地铁到达肯尼迪机场。格尔达在盥洗室好好梳洗了一番,从包里拽出一团干净衣服换上。自从离开家,她还没换过衣服呢。耶,安检顺利通过!衣服没被弄脏,也不用拖着行李过安检仪(没有刀具,爸爸肯定会再给她买把新的),可以直达 32 号登机口。土耳其航空的空姐态度好极了,这个长相甜美的年轻女孩留着一头红发,闻上去有股肥皂的香味。格尔达窝在座位里读弗吉尼亚·伍尔夫的新书,继续沉浸在那奇妙的文字世界里,接着像个婴儿般沉沉睡去。再次睁开眼时,外面已经是伊斯坦布尔的阿塔图尔克机场了。

伦 敦

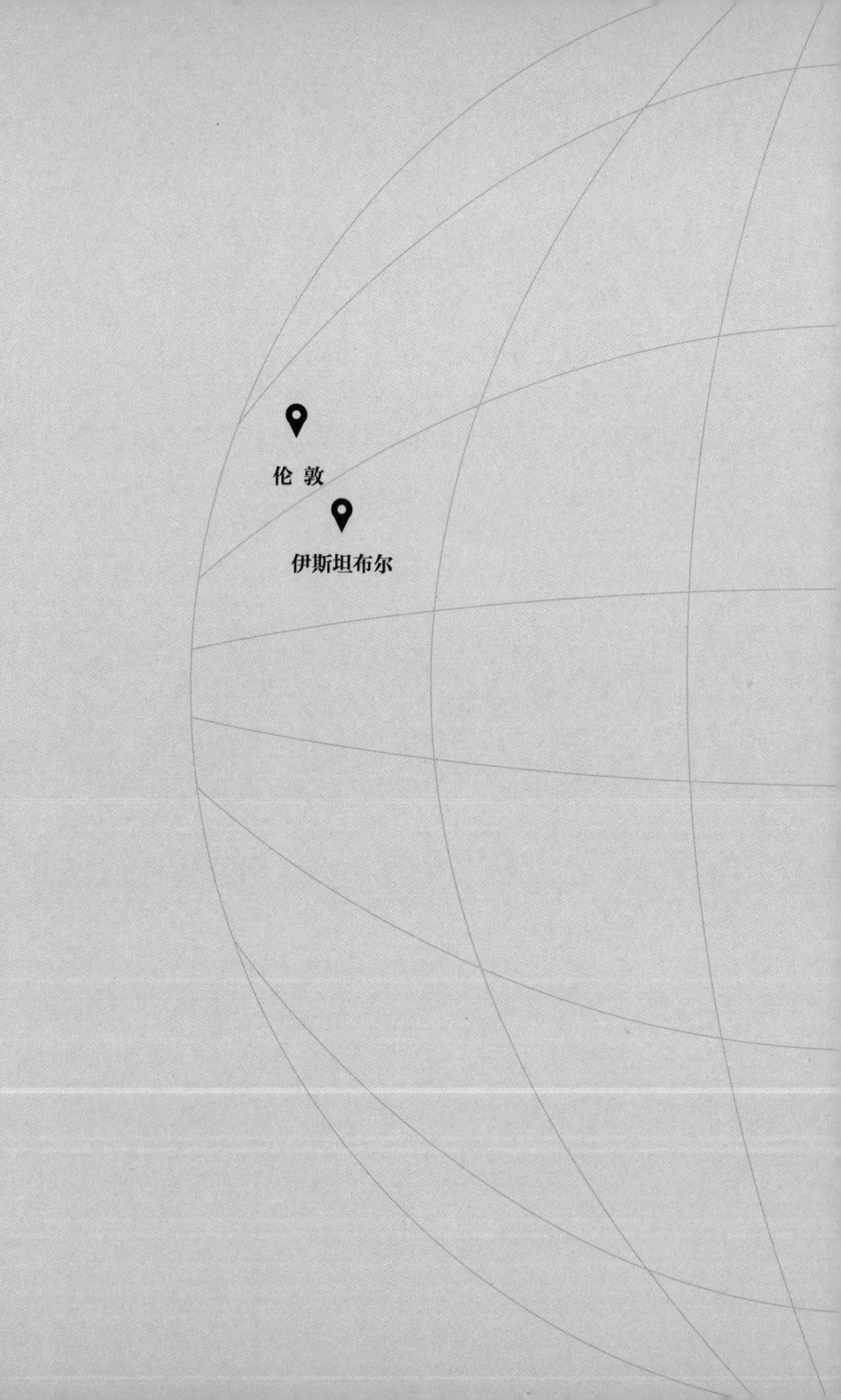

伊斯坦布尔

纽 约

第四部分 无处不在

1

弗吉尼亚

"我之前又没参加过这种会议。当然,我很抱歉让你迟到了。"

安吉拉

又是交通堵塞。开幕式马上就开始了,我应该早早到场和与会嘉宾打个招呼,而不是把弗吉尼亚从床上拽下来,督促她赶快起床。"现在不是谈这个的时候。"

虽说得理不饶人吧,但话刚出口我就后悔了,因为我很想知道昨天晚上究竟发生了什么。

阳光透过车窗,照得人睁不开眼。

弗吉尼亚(生气地)

"你是在跟自己的论文生气吗?我也和你一样对它很生气。"

安吉拉

"与论文无关,我们可能要迟到了。"

弗吉尼亚

我不知道安吉拉为什么要把她的论文从门缝里塞给我看。我并没有很想读,我已经隔着墙听了很多了。她想从我这得到什么?她应该为此感到羞愧。我早上把论文还给了她,一句话也没说。

但我还是有点犯困,仿佛昨夜所经历的一切还残留着最后一丝温存,随后被放飞到了九霄之外,只剩幸福——对昨晚的事,我是不会后悔的。

"你之前说过,在土耳其,人人都迟到,所以他们会等你的。"

安吉拉

弗吉尼亚的脸很模糊,看上去懒洋洋的,好像整个人的轮廓都被虚化了,也更柔和了。难道她——变温柔了?内心变强大了?简直和纽约那个只知躲闪、退避、冷冰冰的弗吉尼亚判若两人。

我偷拿出粉盒,照了照镜子。自从见到弗吉尼亚后,我眉间的皱纹就越来越明显,双眼因为缺乏睡眠而布满血丝,人也瘦了一圈。

她竟然看起来愈发年轻了?

"你太——不为我着想了,弗吉尼亚!出席与你自己有关的会议都能迟到!"

弗吉尼亚

"别忘了是你告诉我不要这么说的。"

安吉拉(提高嗓门)

"住嘴——别狡辩。伦纳德怎么能受得了你?"

453

弗吉尼亚

我看着她，想着从卧室墙壁的另一边听到的那些轻蔑的词语。我想——至少，我们曾是朋友，在一起度过的这段时间她一直支持着我。这个早上她看起来苍老又疲惫：枯黄的头发、忧郁的眼睑、红热的脸颊。

轻蔑藏在外表之下，刀锋埋在玉匣之中。

我闭上眼睛，收起笑容，昨晚的快乐还在摇曳。早上她逼着我喝了太多黑咖啡，现在我的神经都在发抖，整个人头晕目眩。伦纳德从不让我喝太多咖啡。

那些让我想死的论文被她塞了进来……一定是对我太过快乐的惩罚。

安吉拉

"弗吉尼亚，你盯着我看什么？"

弗吉尼亚

我知道我要防着她

  我感到无比的快乐和喜悦，就像回到了小时候

但从没有过安全感
  没有人给我指引方向

伦纳德，我心里最安稳的那个部分，已经不在了

我在无垠的时空里忍耐着
　　　凡妮莎不让我享受情爱
谁又会是我的爱人？
　　　李尔王疯了，但我不敢

是的，她们又一次藏在路边的拐角等我
　　　　发出咯咯的笑声
"孩子，你是我们的，现在就过来。"　　你无处可逃
她们已经抵达　　　眼睛里露出可怕的光芒
那是一双演技完美的演员的眼睛，但我怎么都想不起那个用来形容它的希腊单词。一群鸟在尖叫，出租车被堵在了路中间，被两边的车流挤压着——

安吉拉

"弗吉尼亚，你没事吧？"

弗吉尼亚

我把眼光从她身上移开，望向窗外，我去看、去听、去试着集中注意力——

哦，只是乌鸦，曾向我问好的乌鸦，这些聪明的旧相识们。

它们如同向导一般围着出租车转圈，比以往见过的乌鸦的颜色更灰，是类似袜子或法兰绒裤子的那种灰色。它们说着属于自

己的语言,一种足以拯救我的动物的语言:"呱,弗吉尼亚。呱,呱呱。"

我也是只动物,再正常不过的动物,就像这些鸟一样,我可以有伴儿,也可以飞翔。

我要硬着头皮撑下去。不管是安吉拉还是复仇女神,我都不能害怕。当我看着她时,空洞的悲伤在背后龇牙咧嘴,她口中的谎言,橘色唇膏下藏着尖锐又残忍的牙锋。

我再次看向窗外,望向窗外那个充满阳光的世界——

阳光把这个城市照得如此明亮:玫红色的屋顶、湛蓝无云的天空,这一刻如此完美且永恒。我的喜悦依然在消逝的过程中熠熠闪烁着,像是银色的水流流淌在欲望之河中。

一个孩子从人行道上冒了出来,他头上飞着的是什么东西?是风筝吗?飞过成群身肩重担的成年人——不,那是一只燕子,是两只,两只幼小却勇敢的燕子转着圈飞来飞去,在伊斯坦布尔的上空翻飞——其中一只飞到了我几乎看不见的高处,它在那里徘徊着,然后忽然俯冲下来,我的心几乎停止了跳动,它是跌落下来了吗?

哦,没有,那支队伍仍在蓝天中,六只,甚至更多的十几只,一边吱吱叫着一边在空中表演着杂技,如一条银色的丝带。那清脆的叫声仿佛令人愉悦又精巧的音乐,连安吉拉也抬起头向上看去。

我不会被劫掠,也无法被偷走。

是的,我不怕她,我再次看着她——她只是个易怒的普通人,但并不坏。

"把论文给我,我现在读一下。"

出租车再次发动了,她把论文递给了我。

2

安吉拉

我看着她一页又一页地读我的论文,她看得进去吗?淡紫色的眼睑重得就要垂下来,闪亮的眼珠来来回回转动着。鸟儿吱吱呀呀,烦躁的情绪始终无法消退,我们的出租车又不动了。

我果真了解她吗? 读过的她那些作品难道一点用都没有?我们到底可以有多了解一个人呢?

我一直以为她笔下所有的人物都是她的一部分,把这些人物加在一起便是作者本人——一个不断变幻着的组合体,虽然细节模糊不定,但整体的样貌是稳定不变的。

此时此刻,弗吉尼亚把这一切都否定了,就像《名利场》中的蓓基·夏泼——萨克雷笔下的蓓基让我很不爽,我喜欢她没错,但她太——自私了!

弗吉尼亚的眉头渐渐舒展开了。过了一会儿,她开始放声大笑。"哦,我明白了,清楚了……我真是个傻瓜。"

弗吉尼亚开始加快速度,边看边点头,至少点了两次。我心中的怒火也已消散,但恐惧依然不减。她那如艺术家般修长的手掠过脆弱的纸页。

出租车继续在颠簸中行进，已经到了大学附近的清真寺，距11点还有些时间。

"安吉拉，"弗吉尼亚突然抬头说道，"谢谢你为我辩护，但我实在想知道那些批评家究竟有多愚蠢。"

3

安吉拉

我必须知道昨晚发生了什么,我现在只能说出自己那晚的处境。也许某一天,不论弗吉尼亚在哪儿,她会用自己的语言向我讲述那天晚上的种种。

我最初是如何打算的?找找乐子,调调情罢了。我请库珀曼共进晚餐就是想让弗吉尼亚开心,但她的缺席还是让我顿感轻松。那天太疲倦了,大清早和爱德华吵架——接着是圣索菲亚大教堂的那条暗道——最后又遇上暴乱……

如今,只好靠男人来抚慰心灵了。我决定穿那件阿富汗大衣,让自己显得时髦又年轻。

(雷……可能吗?我看不出有哪里不妥。他还曾赞扬过我的小说,虽然用词相当委婉。)

直到上甜点前,我才放弃对雷的想法。吃开胃菜时,他首次提起吉米,说他俩经常一起散步。我本来还想问吉米是什么品种,等主菜上桌时,我终于知道,原来吉米是个人。

"把人分门别类真够无聊的,"雷说,"在约翰内斯堡,人们对这种事还是很敏感。后来我在咖啡馆看见你和你的朋友，我猜你去那里的原因应该和我一样。"

"什么原因？"我有点跟不上他的思维。原来如此。"哦，我知道了。不，她……不。没错，咖啡馆。是的，是的。"好吧，原来那家咖啡馆是同性恋聚集地，当然，如今是埃尔多安执政，不能公开谈论这件事。

气氛越来越尴尬。"这种场合吉米不会跟我一起来，但我们都喜欢那家咖啡馆，是那里的常客。"

我隐约觉得自己被骗了，好像雷从我这里拿走了某样东西，然后我开始大口喝起红酒来。他甚至连客都不请！居然跟我AA！我虽然没有忘记明天要开会的事，但等我们吃完饭离开时，我已经醉了。

午夜12点，弗吉尼亚肯定回来了。我急需别人的鼓励和认可，哪怕简单点点头，或说句赞扬的话也行，于是我跟跟跄跄爬上楼梯去敲弗吉尼亚的门。途中还不小心撞到了墙，该死，楼梯太他妈窄了。这会儿她应该读完我的论文了。

我又用力敲了一次。

屋内有声音。有人在笑，在动。一定是弗吉尼亚在床上蹦！没错，绝对是她！她也有爱玩闹的一面——我记得在纽约时，她一下就跃过了消防栓，但把自己弄得伤痕累累，希望这次她小心点。不，我不能扰了她的兴致。在距我非常近的某个地方，有只猫咪开心地叫了一声。盛夏时节，连猫都懒懒的，叫声故意拉着长音。又一声，这次更慢、更温柔。接着来了第三声。弗吉尼亚也许没关窗户。就在我们到的那天晚上，弗吉尼亚惊奇地发现两只胆大的流浪猫居然在她的床上玩得不亦乐乎……我以为她再也不会给我开门了。

她没准在说梦话。我不想吵醒酒店里的其他客人。地灯太亮了，所以我看不清她房间内是否开着灯。

"弗吉尼亚？"我轻声喊道。门后传来家具的吱扭声，我听得很清楚，有两个人在说话，还有人在咳嗽。

但声音也可能是从隔壁的13号房传出来的。

我四肢着地趴在地上，想从门缝里看看她到底关没关灯。这虽然是最简单直接的方法，但事后回想起来，的确有失尊严。

突然，门开了，我的丑相彻底暴露了。

趴在地上的我大概就像只山羊，尤其身上还穿着那件阿富汗大衣。

我看见了什么？什么都没看清，因为我没想到门会突然打开。屋内光线昏暗，我费力挺直身子站起来——门口的人并非弗吉尼亚，而是那个脸庞白皙、身材苗条的穆斯林女孩，早晨看到我往门缝里塞论文的也是她。弗吉尼亚说她叫什么来着？女孩没戴头巾，不，她把头巾抓在手里，正要重新戴上。她的头发居然那么短。这女孩挺可爱，粉扑扑的脸蛋就像一朵玫瑰，乌黑的双眸里尽是歉意。

"客房服务，"她说，"我来给您的朋友送茶。您还好吗？希望没给您添麻烦——"

"我本想看看屋里关灯没，不想吵醒弗吉尼亚——"

话说完了，我们愣愣地看着对方。女孩同情地看着我，好像我是个精神失常的疯子。不过也不怪她，这已经是她第二次看到我趴在地上向弗吉尼亚的门缝里窥视了。

我很想弄清房间里的状况，无奈门缝只打开了几厘米。女孩神情紧张,这丫头很讨弗吉尼亚喜欢,我把目光从她身上移开,看向屋内的地毯,居然发现一双闪亮的黑皮鞋,看码数就知道是男人的。屋内绝对有古怪。

"你还好吗,弗吉尼亚?"我大声说。

"我已经睡了。"她听上去懒洋洋的。在她眼里,我永远是那个放心不下、烦躁不安、总想照顾她的唠叨鬼。弗吉尼亚从不为我考虑。

"她很好,我想她已经睡着了,女士。"穆斯林女孩肯定地说,她牢牢挡住房门——那一刻,我成了敌人,而她才是弗吉尼亚的朋友和追随者。

我该怎么办?我成了不受欢迎的人。难道弗吉尼亚正赤身裸体地躺在床上?我为何会有这种想法?我见过她半裸的样子——骨感、瘦削,但胸部却相当丰满。在我面前,她没理由害羞——明显也不介意脱给这个穆斯林女孩看。

不,我从未见过女神裸体的样子。也许,她不再是我心中的女神了。我并不是气愤,只是感到——孤独。我拖着步子向后退去,一副落败的悲惨模样。

"谢谢你。"我对女孩说,试图找回自己的威仪。"我想今天晚上她不会再需要你了。"

她为何摘下头巾?为何还待在这里久久不离开?

4

安吉拉
　　会议前夜，当我辗转反侧、难以入眠时，我告诉自己必须快点睡觉，为明天的发言养精蓄锐，但谁知件件往事如雪花般明晃晃、纷纷扬扬地飘洒在这漆黑的夜空中。

　　1.面色白皙、睫毛乌黑的女孩把头巾摘了下来，脚上连鞋都没穿——这一点我敢确定，蹲在地上不可能看错。
　　2.当然，弗吉尼亚是同性恋。（她丈夫曾在她死后说过这件事。）她之前在咖啡馆里提及自己对男人的"感觉"，根本就是在欲盖弥彰。

　　但是，

　　3.地毯上那双闪亮的黑皮鞋绝对是男鞋，或者是女同性恋的鞋？难道是那个穆斯林女孩的？
　　然而，

4. 她身材娇小，脚也不会大到哪里去……到底怎么回事？弗吉尼亚在搞什么鬼？

凌晨四点，念头再次袭来：

5. 一个令人大跌眼镜的猜想：弗吉尼亚同时和一男一女上床。我为何如此震惊？这不正是《奥兰多》里的情节吗？

6. 也许事情没那么复杂。服务员只是在找一位客人。她虽身材娇小，却生得一双大脚。脱鞋只是出于尊重，这是土耳其人的习惯。虔诚的穆斯林女孩绝不会是女同性恋。弗吉尼亚曾有段30多年的婚姻。单独和女性在一起时，穆斯林妇女确实会摘掉头巾。

事情逐渐解释通了。我开始斥责自己不仅内心阴暗，还吹毛求疵。我为何会被这件事困扰？

7. 好吧，因为我正在失去自己的丈夫。他在那片冰雪世界的咆哮和呼唤，我都听不到。还有格尔达，她的小嘴也张得老大。父女俩同乘一个雪橇，我早知道他们是一伙儿的。

8. 噩梦越来越清晰，以至于在半梦半醒间，我甚至坚信眼前的一切都是真实存在的。极地的光越来越稀薄，黑夜开始了，我死死抓住羽绒被，格尔达和爱德华冻得抱成一团，蓝白色的冰原冷得无以复加。两个微小的身影呼喊着向我求助，我却没搭理他们，如今，他们已离我而去。我在清醒与睡梦的缝隙间挣扎，试图留在那块冰原上，而他们却在梦的边缘越滑越远。

直到白晃晃的日光照在镜子上,我才翻身睡着。一小时后,闹钟响了。

一睁眼,我便决定了,必须把钱转给爱德华。不管怎么说,这笔钱有一部分是他的,我肯定是疯了才会拒绝他的要求。现在还不算太晚,北极此时是午夜,我发了条信息给他:"抱歉,爱德华。40000英镑都汇给你,我们负担得起。"

这下我心里舒服多了(上帝保佑,他不会把钱都花光吧?),然后才有精力琢磨接下来的事。

8:30,我顶着大太阳在屋顶天台等弗吉尼亚一起出发。她还没来,这家伙应该不会爽约。我相信她昨晚没干什么出格的事。

出租车9:10出发。我愤怒地嚼着鸡蛋,将番茄推到了盘子边缘。演讲11点开始,但开幕式定在9:30。弗吉尼亚肯定有不可告人的秘密。吐司弄得我嗓子发干。椅子腿和地板摩擦着,每过一分钟我都要看一次表。弗吉尼亚还没出现,她昨晚一定跟人上床了,没错,我要把她钉在耻辱柱上。

现代女性必须具备职业素养!

(但在性方面不能太开放,这是当然的。)

作为一名女人和女权主义者,她简直让我失望透顶。

我怒气冲冲地走回房间。出租车十分钟后就到。(我刚刚放弃了所有财产!已经沦为一个穷人!)突然,我看见她的房门上插了一把钥匙。

她退房了?

她还好吧?

难道她先行去会场了?

我使劲转动钥匙，走进屋内——
她居然在呼呼大睡。

5

弗吉尼亚

那种幸福，能让人感觉到活着的感觉。我以前从未拥有过，亦从未感受到。她知道我很快乐，所以想要报复我。她把我从床上喊起来时的眼神让我想起一个人来——是谁来着？

那是很久之前，我们布卢姆斯伯里文化团体里的朋友们总会在五六米开外的地方就发现我和凡妮莎来了。凡妮莎穿了一件宽松的新裙子，身形隐约可见。我俩开心地大笑着。凡妮莎有一头蓬松的头发，嘴唇红润，一整个下午她都在四处问候打招呼，人们只是朝我轻轻地点头。我俩挽着胳膊，但人们似乎看不见她般无视她，甚至到后来，他们也对我视而不见了。她快乐的放纵换来的只有他人的厌恶。此刻，我和凡妮莎突然有了相同的感受。硬如岩石的目光将会再次掷向我，我必须低调。（但我很骄傲！）

阿赫迈特，我们是怎么遇到对方、选择对方的？是什么奇迹才促使这一切的发生？发生，幸福就那么发生了。还有卡希什，世界上最温柔的名字。我们聊天聊了好久。我会将这些时刻珍藏直到我生命的最后一刻——我的第二次生命，快乐的生命。

6

格尔达

　　阿塔图尔克机场和纽约的机场差不多，只不过其中一些指示牌上写的不是英文。

　　我记得伊斯坦布尔是座大城市，我尽量不去想"自己已经迷路了。"

　　我想起妈妈说过："这是座永不停息的城市。你会爱上这里的，你将在这里看到全世界，格尔达。总有一天，我会带你去的。"

　　可惜，她食言了。边境管理局不让我入境，因为我没办签证。一位好心的荷兰老师得知情况后告诉我去哪里办落地签。

　　"你是来旅游的？"签证官一脸严肃，他已经准备在我的护照上盖章了。我手里有 20 英镑，足够支付签证费，但我仿佛中了邪，偏给自己找麻烦，"不，我是来参加会议的。"

　　"会议？什么会议？"签证官气得直皱眉头。入境章悬在半空，久久没落下。"你是来旅游的，对吧？"

　　"是国际会议。"他绝对知道，我可以问他会场在哪里。但签证官理都没理，直接在护照上盖了章，收钱，催促她走人。

　　我赶紧找了家能上网的咖啡馆，用谷歌搜索"伊斯坦布尔"

和"国际会议"。妈的,竟然有3100万条结果。

"你将在这里看到全世界,格尔达。"

我要怎样才能在一个完全陌生的世界里找到妈妈?

7

弗吉尼亚

在塔刹干邑酒店外面的大街上,阿赫迈特把他的手轻轻地放在我的肩膀上,轻得就像一片拂过我臂膀的树叶,那是他温柔的宣言,宣告他会在我身边保护我——是的,我正和一个男人并肩同行。他走路的样子就像在跳舞,每一步都是一次轻盈的跳跃,而他的陪伴就像最上乘的克什米尔羊绒大衣温暖着我。

"我该叫你什么?"他问道。此时,我们走在前往赛马场的路上,正路过一家亮着彩灯的餐馆,那彩灯看起来就像一串玻璃球。一切都那么轻松,就像一场小朋友的生日派对。今夜,我要成为另一个人,一个与过去全然不同的人,此刻的微风轻轻吹在脸上是如此凉爽怡人。

"吉尼亚?"我回答。"这是我儿时的小名。"

"很可爱,"他说,"很可爱的名字,跟你本人一样可爱,15号房间的夫人。从现在开始,我就叫你吉妮了。"

"不,是吉尼亚。"我重复了一遍,纠正他。

他点点头,然后小心翼翼地说:"吉妮,这次我说对了!"

有什么关系呢?我笑道。"吉妮。"

我们朝左转了个弯后经过了一家还在营业的卖地毯的商店,柔软的灰金色地毯和已经褪色的玫瑰花从店里歪歪扭扭的墙壁上蔓延了出来。我贪婪地看着这些颜色。

"你想要吗?"他说,"我可以给你弄到折扣。"但我只是摇摇头。"吉妮,你可以买些带回家。"

那一瞬间,我感到无法抑制的悲伤。不,我已经无家可归了。我想让这个夜晚过得再慢一点。如果今夜的每一刻都可以如镜中显影般被一分为二,一直循环下去……未来的美好光景、这激动得令人颤抖的巅峰——每一个落日余晖的照耀下,连破旧的人行道都变得赏心悦目——灰粉色的砂砾、灰蓝色的鹅卵石——每一块石头的每一丝纹路都有自己最独特的色彩、每一寸余晖都千姿百态——所有的一切都是新鲜的、美好的、活生生的——我是如此热爱这个世界,我可以再待久一点吗?不,即使没有我,这所有的一切都依然耀眼如常。

"我要去的地方,什么东西都不能带。"

"为什么?"他问道,突然关切的眼神仿佛要把我看穿,"他们会把地毯卷起来,包得很精美,吉妮。我现在就去和他们商量。"

"等下,"我说,"一切都会很美好。我们不急着做任何事,阿赫迈特。"他急着想去一家餐厅,那里的厨师是他的朋友,"鱼都新鲜得很。"但我说:"我们走走再说吧。"于是,我们继续慢慢往前走,直至走到了海边,太阳已经沉到海面上,天边的云是芍药粉色,然后慢慢变黑。夜晚就要来了,伴随着夜晚的来临,秘密也会滋生,我们也更亲密了。鸟儿都已经归巢,栖息在夜晚的寒白。我的手臂在阿赫迈特的手臂里更加舒适自在,我们的步调也越来越协调,虽然他的腰倚着我的还是让我有点不自然。

每走几步,他就会停下来说:"你真美,吉妮。"他重复着,一遍又一遍。他的气息那么甜美,目光那么深情。他紧紧地盯着我,仿佛要把我吞噬。事情再一次以比我想象得更快的速度发生了,他突然靠得很近。

"我想做一件事。"我说,我都被自己的声音吓到了。我一直不善于表达自己的需要。男人的渴望总是那么强烈和急切,但我拒绝做回以前的那个自己。"现在有点晚——也许太晚了——但你之前说过——在我们刚遇见的时候——你说你可以带我去少女塔。我很想去看看,现在去可以吗?"话还没有说完,他就拉着我走向了相反的方向,朝他的汽车走去。"当然,我带你去。为了你做什么都可以。"

他的车停在一个很陡的坡路上,上车时费了好大力气,坐上车后我再一次放松下来。"车还不错吧?"他很熟练地开着车,穿过拥挤的街道驶向一座大桥。"这就是博斯普鲁斯大桥,我这个司机还不错吧?"

等到我们下车的时候,太阳已经完全落了下去。他直接把我从欧洲区带到了亚洲区!之后,我们坐上了一艘小船。但因为海上的风浪太大,我们被晃得跌跌撞撞,浪花打到我的脸上,我们愉快地笑着;我尖叫,他也学着我叫,阿赫迈特很乐意和我玩这种小孩子的游戏,我们既害怕又兴奋地大叫着,直到远处的塔离我们越来越近,那就是少女塔——闪闪发光的白色塔身,塔顶有灯光,在船上的我们看着它前前后后、左左右右地摇晃着。

船夫一边把船靠岸,一边好奇地盯着我们看。阿赫迈特牵着我的手,扶我上岸。走近看,少女塔褪去了神秘的色彩,这里的一切都被现代化了，不再是那个漂浮在大海上的神话中的塔了。走进去，里面是个游览胜地——一个商店、一间餐厅和一间咖啡馆。但我也并不遗憾，我本来就不应该抱太大希望。

"你知道关于这座塔的故事吗？"阿赫迈特问我。"是的，"我回答道，"希洛和里安德。"

"英雄[1]？"他说。"不，不是英雄，是关于公主的，一个土耳其故事。"

[1] "英雄"的英文单词与"希洛"同字同音。——编者注

"啊，还有另一个版本？快告诉我。"

"这个故事，我保证是真的。可怜的——公主，国王的女儿，是这么称呼吧？他的父亲试图把她与外界隔开，不让她谈恋爱。于是就把她关在了这个塔里。我们这个国家的很多父亲都这么做，非常坏！"

"是的，阿赫迈特，但如果你有一个女儿——"

"我没有，我保证我没结婚。"

"没关系。总有一天你要结婚的，到时候你就要好好为自己的女儿着想了。继续你的故事。"

他一边讲故事，我们一边往塔上爬，深色的木头楼梯很窄，一直通往顶层。

"他就把她关在了这里，只有他一个人可以前来探望。在她要成人的那一天，他带来了一篮子水果为她庆生。他想：'我成功了，她安全地长大成人了！'但是，果篮里却藏了一条蛇，它爬出来咬了那位公主——然后公主就死了。"

"很有趣的故事,"我气喘吁吁地说,"但我不喜欢这个结尾,阿赫迈特。谈恋爱总比被亲生父亲杀死要好得多。"(这些可悲的老一辈人总有一些可怕的想法,蠢蠢欲动的蛇被装在篮子里——)

但我不想再去想那些了。我此刻是一个已经穿越海峡的自由的女人,正和我自己选的男人在一起。

这里并非我理想中的灯塔。我们说笑间就参观完了,仅不到十分钟。这里也和自由女神像不一样,自由女神是光明的使者,是新生命的孕育者。此时,我不再担心逝去的父母的想法,我会好好享受这一天。

顶层只是一个咖啡馆,有一个小吧台,还挂了一些灯笼。我们来到外面的阳台上,海面上新鲜的空气让我冷得浑身发抖,无比美妙的城市夜景在我们周围铺展开来,从海的这一边到那一边。金角湾、马尔马拉海以及连接起欧亚大陆的桥梁和船只,到处闪烁的灯光织就出一张网罗众生的金色的网,照亮了每一条街道和街道上成双入对的人们,夜色下的每一张脸都仿佛闪着光的花瓣,我想着:"这里的一切是如此美好——"

"想喝咖啡吗?"他说,"还是来点酒?"

"咖啡。"

"如实告诉我,"他微笑着问我,"你觉得哪个故事更好,土耳其的还是英国的?"

"希洛的故事历史很悠久,"我说,"它其实不是英国的故事,是希腊的。"

"我们不喜欢希腊人。"

"老实说,我两个故事都不喜欢。这两个故事里,女主角都死了。但在希腊故事里,女主角杀死了她的爱人,也许是个事故,也许不是,然后跳海自尽了。在你讲的故事里,父亲杀死了女儿。难道就不能有一个故事里的女人是活着的吗?我认为——只有生命是最重要的。"

"我从没有想过这些。"他有点难过地说。他看上去真的很难过。"这些都是故事。"阿赫迈特边说边笑着牵起了我的手,把我冷得发白的双手放在他的手里。"现在,今晚,我们要创造一个新的故事。你会喜欢的,吉妮。女人——活着的!"

他一边开心地笑着,一边伸出手去拥抱眼前的一切:灯光、大海、城市和不断往返的船只。"生活真美好。我们会很快乐的。"

的确,他和伦纳德完全不一样。他开车载着我经过苏丹艾哈迈德区,在那条很陡的路上突然把车停了下来。我以为车会从陡坡上溜下去,结果他及时刹了车,我们安然无恙,这一点让我想起伦纳德,他们都同样的沉着、冷静。

等我们终于到达他选定的那家餐厅时,他在角落里选了一个位子坐下:旁边有棵棕榈树,就像一把保护伞。

他说,他喜欢我的眼睛、嘴唇。"你结婚了吗?"他问道。停了几秒后又说:"你肯定结婚了,但没关系。"

"我丈夫去世了。"我回答。

"哦,抱歉,亲爱的。"他很诚恳地说。他从桌子对面深深地望着我,一脸沉重又温柔的神情。我喜欢他的脸颊,圆圆的就像个孩子,也让我想起果肉香甜的焦糖苹果,真想伸手捏一下或用嘴咬一口。我觉得我们一定会很合得来,他肯定会宠着我、让着我。

"你呢,"我说,"你确定你没有结婚吗,阿赫迈特?"

"还没有。"他看起来被我的话吓了一跳。"我还很年轻,"他补充道，然后调皮地笑着，"我会结婚的。结许多次，一直结。"

我们一起笑了起来。我确实很喜欢他。

然后他说："当然，我是在开玩笑，我会结一次婚，并永远爱她。"

听了他的话，我更喜欢他了。

他问了关于我父母和家里的事情。我告诉他索比在希腊患上霍乱的事。"那地方很脏，"他气愤地说，"你哥哥的事真遗憾。如果他是来土耳其的话，就不会发生那种事了。"

他的一个姐姐有五个小孩。我告诉他，我没有孩子。（"现在生来得及吗？""当然来不及了。"）但我姐姐有两个孩子。"我们都是搞艺术的。也许，艺术对我们来说比生命更重要。事实上，我是个作家。"当然，我不会告诉他我生病的事，还有医生的嘱咐等那些长篇大论。

当我说我是个作家时，他的眼睛里露出一丝恐慌。这世界上会有男人喜欢一个聪明的女人吗？除了我最爱的伦纳德。但是，阿赫迈特不需要喜欢我的作家身份。"我很久之前就停笔不写了。"

这句话的每一个字都在我的脑袋里不断膨胀。

"是因为你已经赚够了钱吗？"他问道。

"不，是因为……那段时间已经结束了。"

弗吉尼亚，你以后再也不能写了。

不管怎么说，能坐在这里就已经足够了。

我说："我希望你工作太忙，没有读过我的书。"我知道现代人很少有时间读书。

"我的专业是旅游学，"他说，"毕业于伊斯坦布尔大学。"他的口气像是在讲一个关于自己的笑话，在说一件荒谬又有趣的事，但却被他说得既有魅力又有点讽刺——或者他只是在吹牛，但因为我喜欢他，所以我只看到了他的魅力和有趣。我希望他是可爱又有趣的，因为我内心里有很多可爱又有趣的东西需要得到回应。我告诉他："你的学历可比我高多了。"

"你没上过大学？"

"哎，没有。"

"没关系，不必担心。"他总是带着笑意，友好体贴。"再喝点酒吗？"他边说边帮我倒酒。

"阿赫迈特，你是穆斯林吧？但你喝酒。"

他的脸立刻变得严肃起来。"我从不喝酒，但今晚是例外。"

"我才不信你呢！"

"我说的是实话！"但他看向我的眼睛露出藏不住的笑意，我知道他在说谎，但没有关系。

伦纳德总是不让我多喝酒。喝酒会让我变得情绪激动，当我说话太快或者笑得太多时，他就会担心我。"你需要休息一下，亲爱的。"我曾是他的爱。因为他爱我，所以才给我定下各种规矩，但我并不那么容易受控制。

阿赫迈特没有阻止我喝酒，反而鼓励我喝，但我并没有变得激动和喋喋不休。事实上，我并没有太多话想说。我们只是凝视着对方，满足于有彼此的陪伴，分享食物——他优雅灵巧地用叉子一口一口地喂我——蒜香黄油烤肉、藏红花米饭、如月桂树叶一般绿得发亮的黄油菠菜、红宝石般美味又松软的烤小番茄。我点了一块牛排，但我没怎么吃，而且太大了也根本吃不完，他用叉子叉走后狼吞虎咽地吃光了。他的眼睛还在看着我，一直在看着我，洁白的牙齿和可爱的嘴巴仿佛在等待着什么。他的眼神透露出，它们在等的是我。

我们都清楚一定会发生些什么,但会在哪里呢?很快,我们走出了餐厅,到了街上。夜色已经很浓了,街上有些清冷。我俩踟蹰不决地站在街上,阿赫迈特清了清嗓子——一次、两次——一只奶油色的小猫穿过大街,他终于说话了:"可以请你去我家吗,吉妮?"

接下来是沉默,持续的沉默。接着,我的双手被他温暖的手包裹着,我们转向对方,因为站在斜坡上,他的脸要比我的低一些,然后他小心翼翼地吻了我,我的嘴唇擦过他的上唇,几乎碰到了他的鼻子。他把我搂紧,我们的嘴融为一体,就像两只小动物互相舔舐。

一开始我不确定自己是否喜欢这样,但他和伦纳德完全不同,和克莱夫也不一样,倒是更像凡妮莎!温柔又湿润。

我变成了一个漩涡,裹挟着各种感觉。我的衣服下面有奇怪的刺痛感,地上的鹅卵石似乎更硬了,去往他家的坡道也更陡了。他走得比之前更快,仿佛有什么紧迫的原因急着回去,我也跟着他加快了步伐,尽管我更想慢慢感受在一起的每一刻:星光透过路边柠檬树的缝隙;两个漂亮的女孩子从我们身边路过时,阿赫迈特几乎视而不见。高跟鞋的鞋跟太细了,双脚就像没有穿鞋一般难受,鞋跟顶得脚踝刺痛。很快,不舒服就变成了切实的疼痛感。

"我们到了。"他把我揽到身边。那边有好多门,他的房子就在里面。我差点被什么东西绊倒——是猫还是狗?——我叫了出来,他很快过来安抚我。这里有股刺鼻的动物的味道。街上只有一盏路灯,我有点害怕。他在找什么东西——一定是他的钥匙。

(阳台上有水果和鲜花。我和伦纳德还年轻的时候曾开车前往法国,路过西班牙时曾在比利牛斯的一个旅馆住下歇脚。第二天天气很热,我们决定在这里停留一阵,等坏掉的汽车零件修好后再走。我们像往常一样四处散步,午餐喝了酒,读了一会儿书后便觉得昏昏欲睡。酒店房间阳台上的藤蔓搭起了一个鸟巢状的凉棚,明亮的日光从缝隙处透进来;等我们适应了凉棚里的光线,就看到一团团紫黑色的葡萄,有些还开着芬芳的小花。伦纳德摘下一些葡萄。阳台上放着条纹椅,旁边是盆天竺葵,阳光刚好照在其中一束上,是好看的青紫色。我俩一起坐下来吃葡萄,就像两个孩子窝在一个帐篷里。越来越多的阳光照在我们身上,像是向着南边的方向聚集。忽然,我感到胸部一阵疼痛,左思右想后我还是告诉了伦纳德,他俯身一吻后喂了我一颗葡萄。毫无计划地,我们又尝试了一次一直做不好的那件事。)

走廊的灯亮了。阿赫迈特突然暴露在灯光之下,看上去像一个胖胖的学生。他的房子装修得相当体面:沙发很大,还罩了沙发套,有一种奢华的感觉。但很快,他关了灯,点燃了一支蜡烛,气氛再次神秘起来。他的眼里有火光,两簇闪耀的火焰,我凑近去看,看到了我自己的倒影,那是一张小小的、陌生的脸庞。

"你真美。"阿赫迈特一遍又一遍地说道。他靠得更近了,身上有一股柠檬和香草的味道,我很喜欢。"要不要喝点土耳其茶?要不要躺下来?"

我根本就没打算说谎:"我喜欢你,阿赫迈特。"如此简单。"我很喜欢你,我想要吻你。"

然后,我们在闪烁的烛光里吻了起来。空气里混合着各种气味:蜂蜡、麝香,还有肉桂的味道。街上传来的各种声音:狗吠声、引擎声、电车的电铃声、从寒冷的欧洲山脉间传来的忧郁之音,但此刻在伊斯坦布尔的我是温暖的。我的身体没有一丝疑虑,我的整个身体抑或是体内的酒精在涌动着,我要用力去闻、去品尝并发誓铭记这一刻。

(那天在阳台上,我们也尝试过,抱着微弱的希望,也许这次会不同,那是酒精和阳光带来的空洞的希望,我让伦纳德再试一次,也许一切都会不同,如果他不同,我是不是也会不同?——但哪个要先发生呢?仿佛是鸡和蛋的问题。一切都发生得很尴尬,我的身体紧绷着,除了令人难受的摩擦和孤独感,我没有任何感觉。)

我忘了我们是怎么来到阿赫迈特的卧室的,只记得我脱了鞋——脚上的刺痛如此强烈,以至于得到解脱后是如此快乐。我想是他牵着我的手进来的。"卧室。"他在低语,仿佛旁边有人在偷听一般。这次他没有开灯,但我能闻到他的味道,还有其他味道——泥土,并不难闻,又或许是袜子的味道?他打开了窗户,夜色奔涌而入。

我伸手摸到了可以依靠的墙壁。很显然,这里只有一张单人床,但这样更好,我们会更靠近对方。但不管怎么说,我不会在这过夜,安吉拉会发现的,她会担心!

(回想起来,我当时的确把会议的事抛到了九霄云外。但那是明天的事,而我要活在当下,不想去考虑明天。)

最后,我只记得我们都睡着了。

我在一阵不愉快的推搡中醒来。一个女人在门外或者更远一点的地方大叫着。阿赫迈特已经穿上了裤子,我听到他皮带扣发出的声响以及硬币从口袋里掉出来的声音。

"是谁?发生了什么?"

"我想——是我母亲。"

"她怎么会在这里?"

"她住在这里,但她本来应该和我姐姐在一块儿的。她们一定又吵架了。"

"我该怎么办?"

"我不知道。"

"你有……女朋友应该很正常吧。"

即使在那种情况下,我还在留恋我们的约会。我没有死,也没有变老,我是某个人的女朋友。但我说完才发现我错了,他好像不能有女朋友,如果他的母亲看见我,情况会变得更糟。

"不,不可以。"

"她怎么会知道我在这里?"

"可能我们在客厅落了什么东西?"

"天,我把鞋子落在客厅里了。"我可能没法取回来穿上了,那是我从美国买的,穿上很性感也很痛的高跟鞋。

众所周知,所有的母亲想要的只是一个倾听者,来倾听她们悲惨的身世——撒谎的姐姐、偷窃的侄子。那有一个侧门可以通往邻居的花园,虽然绕路会远一点,但这里离我们的酒店只有一个街区之隔。他坚持要跟我一起回去,我拒绝了。

但没鞋穿也是个问题,直到我们发现我们的鞋码差不多,问题才得以解决。

这就是为什么那天晚上 11 点半我还在马路上大踏步走——就像是爵士乐里的顿足舞那样——我跳了起来,觉得自己很得意又有些傻傻的。在星光和月光的照耀下,我一路下坡穿过伊斯坦布尔的某条后街,穿着珊瑚色的裙子和一双亮闪闪的男式系带皮鞋。

然后，我唱了起来："他们在唱着情歌，为我而唱……"

爱之夜还未结束。
亲爱的，有音乐的时候，就要跳舞。

8

弗吉尼亚

我一路走回来，脸都红了。我忘了那个女孩今晚在前台值班，她正和一位同事聊天，灯光照在她的头巾上。五分钟后，她敲了门，我去开。我俩都心领神会。

可怜的安吉拉，只能从门缝往里看。

我居然让卡希什想起了弗吉尼亚·伍尔夫！我问道："这是件好事吗？""但你看上去更年轻。"她说。当她还是个迷茫的学生时，伍尔夫的《奥兰多》曾带给她希望。现在，她想写作。"有一天，我会写的。"

"亲爱的，我知道你一定可以的。"我低语，抚摸着她茉莉花香味的头发。"把你的想法告诉我。"我说道——黑暗中，我仿佛在和薇塔说话，但这一次在我眼前的是卡希什，我静静地听着。我们抚摸对方，然后彻夜聊天，仿佛她曾是个哑巴，而此刻得以和唯一的朋友聊天。"把关于你的每一件事都告诉我吧。"我在她耳边说。

被透彻了解即是自由。有一天，卡希什会写下我们的故事，关于我们曾一起分享过的这几个小时——这个夜晚是如何与她的清晨相连。就把这个故事留给她吧。

在这里,我活着,去爱,去倾听。性之爱,可以拯救我、抚慰我。在新的生命里,这些东西终究掉落了——曾经的男女之别——我少女时代的黑暗深渊。

此刻剩下的只是一个宽敞又明亮的舞池。

所有人都可以在这里跳舞,一直不停地跳。

9

安吉拉

10：45，我们到达了会场。弗吉尼亚一副兴致勃勃的样子。

会场是宏伟壮丽的土耳其式建筑。深色眼睛的年轻人面露微笑，三三两两聚在一起，每个人都背着装有笔记本电脑的双肩包。

早晨的慌乱与愤怒早已烟消云散，此时此刻，我只需要弗吉尼亚的祝福。我并非学术界人士，但对自己曾接受过的学术训练很自信（我是家里的第一个大学生），这样才能给别人留下好印象。搞学术的大多不喜欢小说家，尤其像我这种业余参加会议的，第一个上台发言着实让我感到压力山大。

但，没错，弗吉尼亚的观点很有分量，尽管我没法完全信任她那些对现代社会的妄想。

我在自己的小说封面上还引用过伍尔夫的话！不，她才懒得读我写的小说。客观来说，我就没见她读过什么，也没写出来过什么东西。

这是一段怪异、动人又危机四伏的友情。天知地知，你知我知，没有其他人涉足，随时都会分崩离析，既无照片留存，也无文字记录。

（所以她——莫非——只是一个幻影？不，不可能。她会笑，会吃东西，还时不时惹得我大发雷霆，弗吉尼亚·伍尔夫绝对是个有血有肉的人。）

米朗教授看到我相当兴奋，挤过人群中无数的告示板和咖啡杯，一把将我拥入怀中，亲吻我的脸颊。这也算无声的安慰吧。交通状况确实糟糕，但主办方确实派了车来接我们，算了，已经不重要了。米朗教授推着我俩朝大厅走去，她要仔细检查音响设备，确保万无一失。我试图向她介绍弗吉尼亚，"这是我的一位朋友……"教授连眼都没眨，我边上楼梯边说，"是弗吉尼亚·伍尔夫的远亲"。米朗教授立刻停下脚步，后面的人也炸开了锅，纷纷涌上来和弗吉尼亚握手，向她表示欢迎。"见到你是我的荣幸。"米朗教授边喘着粗气，边催促我们继续往前走。

这里就是学术大厅了。大理石的凉爽将会冷却午后的闷热。从窗户望出去，一只燕子飞了过去。米朗教授找来负责音响的工程师调试麦克风，这玩意儿怎么看怎么像棍子上顶着只甲壳虫。我跟音响师闲聊早餐吃了什么，我几乎就要脱口而出"我根本食不知味，因为弗吉尼亚还没起床"。讲台又大又漂亮，我站在后面就像雄伟的木塔上立着一个迷你橡皮球。没关系，挡严实点好。昨天喝太多了，现在脑袋还犯迷糊。

听众正陆续入场。依照惯例，工作人员在前排落座。学生则涌到后面几排，刚一坐下，他们就掏出手机，开始发短信。我先和主持人打了招呼，然后是部门主任或者是个院长，最后是级别更高的大人物，可能是教务长或副校长。所有人都老气横秋，只有学生们散发出久违的青春气息，那一双双小手活像扑棱棱的翅膀,银铃般的笑声恰如燕子的呢喃。

格尔达——我突然开始想她。两周后的学期末便是她的生日。

我们站在演讲台上,气氛很尴尬,就像半生不熟的亲戚来参加自己的葬礼。例行合照前,弗吉尼亚想开溜,但米朗教授坚持让她留下。闪光灯亮起后的一刹那,频频点头的学术权威们纷纷开始窃窃私语:"远亲……律师……斯蒂芬家族。"

我的胃开始抽搐,企盼着这一切快点结束。我扫视了一眼整个会场,座无虚席,后方坐满了学生,前排也有几张熟悉的面孔。雷·库珀曼的脸上挂着淡淡的笑容。不会吧——哦,不——她居然也在场,莫伊拉·佩妮,肤色苍白到令人惊讶,扎眼的一头红发梳成了两根辫子。莫伊拉·佩妮博士曾是我的书迷,但不知怎的,我以一种莫名其妙的方式伤害了她。原本针对我的作品的批判性研究也被搁置,我希望她干脆放弃得了。我赶紧看向别处,以防与她四目相对。(难道莫伊拉也研究弗吉尼亚·伍尔夫?太好了,她不是来跟踪我的就好。)

听众已全部就位。与会嘉宾陆续离开演讲台,坐回前排。老教授们都上了年纪,行动难免不便,再加上满脸褶皱,一个个活像坐在椅子上的海龟。我戴好眼镜。副校长敲敲面前的麦克风,不知是哪里接触不良,忽地发出一阵雷鸣般的巨响。副校长用手势示意音响师,命他上台查明原因,谁知这家伙上台时不小心摔了一跤,惹得下面的听众哄堂大笑。架在鼻梁上的眼镜开始隐隐发烫。一番波折后,大会正式开始。

学生们观望了一阵,但终究抵不过手机的诱惑。主持人感谢了会议组织方——伊斯坦布尔大学、米朗教授(实至名归)和副校长(只负责出席)。听众们偶尔鼓掌致意,我隐约间听到了"学术自由"四个字。最后，主持人开始介绍我，很显然，所有内容都是从维基百科上抄的，为增添原创性，他们在语法上做了点细枝末节的调整（条目是我写的，我当然知道）："……冰岛文学奖……畅销书……极具突破性……"

没错，该我上台了。后排的学生们纷纷抬头，跃动的手指暂时停了下来。

首先是简短的致谢。我的目光落在弗吉尼亚的脸上，她独自坐在一处，远离所有学术界人士。我要表露我的心意：她是我最崇敬的作家，我将为她辩护。我从未向她袒露过心声，从没告诉过她我为何喜欢她的作品，也没就文学和她进行过深入的探讨，哪怕这是我的夙愿。我们之间只有友谊和爱。但灯光下的弗吉尼亚怪怪的，她的脸是一片空白。

这些念头拂过脑海，转瞬即逝。我拿起演讲稿，准备开讲——格尔达竟然坐在我视线的正中央，整个会场瞬间变得黯然失色。她，成了唯一的听众。

这不可能。一定是幻觉。

不，那就是格尔达。红彤彤的头发、苍白的圆脸、嘴半张着，好像在说什么。我搞不懂这究竟是怎么回事——她应该在学校，在英格兰，飞机到这还要四五个小时——她们应该只是凑巧长得很像罢了。

不对，真的是她——那个扭头的动作。我要疯了。格尔达不可能出现在这里。

是的，是我的女儿。我最亲爱的女儿。

所有人都等着聆听我的演讲，无数双眼睛齐刷刷地看向我，空气中弥漫着一丝不安。我必须继续，必须向众人演讲我的论文。

我的眼眶湿润了,泪水模糊了视线。我当真是个合格的母亲吗?哪怕为她,我也要完成这次演讲,必须为她,而不是弗吉尼亚。格尔达13岁了,很快就要成年。未来,弗吉尼亚也许会需要她。

摒弃理论,从心出发。我手扶讲台,演讲正式开始。念完第一页就会好起来的。

"召开这次学术会议的目的,就是向一位女士表达崇敬之情,她就是弗吉尼亚·伍尔夫。她用文字对人类的意识进行了如实再现,让我们看到了自我与世界的边界。她告诉我们何为怀疑、何为矛盾,向我们展示了性别的融合与流动。她的日记里闪烁着智慧的光芒,可谓字字珠玑,令其他任何作家都难以望其项背。

"然而,木秀于林,风必摧之。让别人活在阴影之下难免招来嫉妒与愤恨,这种恨可能与爱同样强烈。

"与弗吉尼亚同时代的人认为她是个十足的现代派。但如今,人们却误把她当作反动分子和精英主义者,觉得她势利、自私。区区一介女子竟会激起如此大的民愤,简直匪夷所思。"(脑子里回闪着片段:自从出现在图书馆,这家伙经常让我大发雷霆。)"包括那些根本没读过她作品的人。这也许和她的长相有关:贵族的傲慢混合着脆弱的神经。如果用针扎她,她也会流血——"(或者昏倒,变小,乃至消失。那天在纽约,发现所有书店都倒闭时,她几乎要人间蒸发了。)

之后是点名环节。我列举了弗吉尼亚的"仇家名单",足足用了十分钟才把这花名册念完。

"……为了艺术而艺术……乏味不堪……象牙塔……无法适应今天……如果……名不副实的杰作……《达洛维夫人》和《到灯塔去》……毫无生气……贫乏……缺少现实气息……特权阶级的

女儿……保护……矫揉造作……目光短浅……冷酷……僵化……过于克制……

"这就是世人对弗吉尼亚的诋毁之辞,恶毒至极且毫无根据——而流言蜚语的传播者通常是男性批评家们——"

记得保持微笑。

我抬起头,微笑着环顾全场,但听众们却表情严肃,情绪相当低落。格尔达满脸的疑惑,一副提不起兴致的样子。这可不是我预想的效果。回忆刚刚说过的话,我突然意识到了问题所在:我在不由自主地复制仇恨。(为何收集那么多条引言?是心理阴影在作祟?难道我的心中也埋藏着恨意?)

把这页翻过去。翻过去!走出阴影!找到光明!

我的身体早已做出了反应:手指紧紧抠住演讲稿,将纸页撕开了一个大口子,稿纸纷纷飘落到地上,仿佛一片片巨大的白色尘埃。我把目光从格尔达身上移开,看向后排的学生。他们仍对我有所期待,希望我说些什么。我与他们素不相识,也不知能给予他们什么,但伍尔夫是属于全人类的,这一点毋庸置疑,我只是还未找到合适的词汇将其表达出来。

我能从这群学生身上推测出什么呢?只有两个——不,三个——女生戴着头巾,三四个男生留着伊斯兰式络腮胡(不对,只是普通的胡子而已,不要加'伊斯兰'三个字。面部毛发无关宗教,胡须本就是个包含多重涵义的形象。)此时此刻,会场里约有上百名年轻学生。他们是来听我演讲的,直到现在,他们仍旧兴趣盎然。虽谈不上激情澎湃,但至少没有人低头玩手机。只要措辞得当,演讲必将成功。

"女生们"——我指的是格尔达——"在座的,勇敢的年轻女性们。"(她是怎么到土耳其的?她一直很勇敢,从不怕毛毛虫和甲壳虫。)"弗吉尼亚·伍尔夫有话对你们说。我相信你们研读过《达洛维夫人》,但《一间自己的房间》呢?有谁看过这本书?"下面传来稀稀拉拉的笑声,除了前排的演讲嘉宾(立刻显出自以为是的表情),只有几个人举手。后排一位满脸浓密胡子的男生也举手了。

突然,一阵熟悉的笑声传到我的耳朵里。没错,就是弗吉尼亚,这家伙也跟着凑热闹,举起了修长的手臂。知道我看到她后,这家伙就把手放下了。

中间几排也有个人举了手。

格尔达把手抬得高高的,肥胖的胳膊几乎要脱了臼,显然是激动坏了。

格尔达读过《一间自己的房间》?

简直不可思议,我相信她没骗我。她虽然是个难缠的丫头,但从不说谎。

——我说到哪了?貌似有些偏离正题。

——不能谈性别,我突然意识到这点。性别总会先分化,然后才有融合,之后我会谈到这一点。此时此刻,我想说点别的。

"《达洛维夫人》——一提起弗吉尼亚,你们最先想到的就是这本书,对吧——在许多国家都是如此——这是部杰作——无论从文体,还是结构上看——但它只局限于一场宴会,一群特定的人和某个特定的阶级。那是20世纪早期的伦敦,一个遥远的地方。据我猜测,对你们当中的某些人来说,这部作品显得相当老套。"(我环顾四周,试图证明自己的观点。后排的几个学生面有愧色,他们轻轻动了下身子。我没看弗吉尼亚。)"为什么说你们应该对弗吉尼亚·伍尔夫感兴趣呢？是的，1906年，她曾来到伊斯坦布尔，那时她只有24岁，还是个年轻人。1910年，28岁的她第二次来到伊斯坦布尔——但在她心目中的君士坦丁堡却是个非常不同的城市。

"达洛维夫人是非常成功的文学形象——同样成功的还有《到灯塔去》里的拉姆齐夫妇和《幕间》里的拉特罗布小姐——但她的局限性也相当明显。她具有创造力，但仅限于社交场合。她能在家中营造出剧场的氛围，但她也冷酷无情，她无法满足丈夫的生理需求——也就是说，她性冷淡——不喜欢和男人做爱。

"从文学形象出发，继而展开对作者的研究，这非常有趣。你们当中多少人曾经有意识或无意识地将弗吉尼亚的脸安在达洛维夫人的身体上？她外出购物时，你们是否看到了弗吉尼亚的影子？那优雅的脖颈和精致的长鼻子？"

有人笑了，还有几个在点头，离结束还早着呢。我必须深入剖析，把隐藏在心底的东西一股脑儿都挖出来。他们想听到什么？如何才能投其所好？

"我想让你们认识一个更全面的伍尔夫。她是个伟大的作家，她既不是克拉丽莎·达洛维，也不是拉姆齐夫人。事实上，她可以成为任何人。她拥有济慈似的'自我否定力'——所有人都可以在她身上找到自己丢失的声音——我的声音、你的声音（我指了指前排）、你们的声音（又指指后排）。我相信，每个人都可以在她的书中看到自己的影子。

"无论是政治还是文化，土耳其都处在一个交叉路口。这里是风暴的中心,是21世纪各类冲突的策源地。土耳其虽是北约成员,但却与西方国家面和心不和。你们的总理埃尔多安也曾被美国牵着鼻子走,成了一个崇尚自由市场的资本主义者:这不是这个时代大家都在追捧的吗?然而,如今的各种争端、关税战、经济制裁……这一切的一切难道不是变相的宗教冲突?

"玫红色的圣索菲亚大教堂固然漂亮,但它何尝不是宗教战争的产物。曾经的基督教中心成了穆斯林聚居地,战争永无止境。为了这次演讲,我特地跑去纽约,与此同时,对于这两座城市,我也做了许多深入思考。宗教极端分子炸平了世贸中心,给纽约的天际线画上浓墨重彩的一笔。这两座城市都是宗教战争的受害者。"

(我扫了一眼演讲嘉宾,想看看他们有何反应。大部分人对我说的既感兴趣,又有些迷惑不解。米朗教授扬起的眉毛似乎在暗示:我有点跑题了。)

"土耳其政府——如果我说错了,大家可以指正——与极端正统派过从甚密,遭到废止的前任伊斯兰教领袖法土拉·葛兰曾是土耳其政府的坚定支持者。美国也为自己的宗教信仰而自豪。特朗普推崇'成功福音',福音派基督徒禁止美国学校教授生物进化论。有时,我甚至感到这个世界在倒退,我们太过于追求现代化,以至于让宗教势力有机可趁,打得我们措手不及。如今,阿塔图尔克一手缔造的世俗化国家正在走向政教合一的不归路。

"宗教意味着强权,更意味着束缚。先是不能饮酒,后是不能做爱,也许最终,连人身自由也被剥夺了。

"克拉丽莎·达洛维不喜欢宗教。'爱和宗教!'克拉丽莎想……多么令人厌恶的字眼!她惧怕二者的野蛮,它们操纵的是我们的本能，而非大脑。

"在我从纽约飞往土耳其的班机上有大约30名来自以色列的正统犹太教徒，和他们的共处让我有种时光倒流的感觉。他们用皮带捆住自己的胳膊，面朝东方祈祷。这一切都发生在最现代化的交通工具飞机上，以每小时800公里的时速飞行在大西洋上空。我偶尔听到一位非常年轻的女士解读她的宗教哲学："追随先祖们的脚步。"这是要回归《旧约》，那个最保守、最具战争冲突性的时代！仿佛上帝即将重临人间，幻化成各种形态，无所不在——世俗社会的民主成了最沉重的负担。

"我一直记得弗吉尼亚·伍尔夫对《旧约》的评价。《约伯记》记载，人类要接受上帝无情的试炼。她曾在其中一本书中写道：'昨晚我读了《约伯记》，上帝果真不怎么善良。'

"这就是她运用自己的智慧以及怀疑精神得出的结论，这也是她对你们这些年轻人的期待。你们是幸运的，有机会在土耳其的顶尖学府伊斯坦布尔大学读书深造。在大学里，你们将学会独立思考，学会感知，学会用批判的眼光看待周围的世界。

"但据我所知，土耳其的学术职位和教育经费划拨越来越向宗教方面靠拢。这难道不是对'土耳其特质的违背'？纽约同样无法幸免：发出异议的学者被划为'反美者'。批判自己的国家，怎么就成了罪过？

"弗吉尼亚·伍尔夫也批判过自己的国家。为了揭露战争的愚蠢，她写下了伟大的《三枚金币》。机智、真诚、激情澎湃，此文一出，往昔的男粉丝们立刻群起而攻之——这声音'太刺耳了'，让人极其尴尬。伍尔夫谈到战争的产生，谈到它造成的幻想，在她看来，战争是男人的游戏，所以也难怪男人不喜欢她的言论，就连她的丈夫也是如此。

"伍尔夫甘愿冒着被拘禁的危险。我看过你们国家的年轻人上街抗议，也知道你们所面临的危险。但伍尔夫敢于像男人一样对世界予以讥讽和嘲笑，她有着脆弱的灵魂，但却有一颗勇士般的心。

"不需要别人教你如何勇敢。读伍尔夫的书，每个人都能在其中看到自己的影子，看到自己内心的挣扎。"

我抬起头，所有人都在认真地聆听。格尔达面颊绯红。我离开讲台，走到散落一地、皱皱巴巴的演讲稿旁，这样下面的听众可以真真切切地看清我。我要让他们知道，我和他们一样，也是有血有肉的普通人。

"这是文学的伟大之处。我们研读文学，并非为了应付考试，而是试图找寻新的自我——那还未得到充分表达的自我，以及别人眼中的自我。就像伍尔夫所说的，'那尚未被开发的部分'。唯有文学才能做到这点。

"'每个人都有另一个自我，我想，我希望……'这是弗吉尼亚的原话，有些人可能知道，正是出自她的最后一部小说《幕间》。这部篇幅短小，却蕴藏着丰富情感的作品重塑了艺术，无论农民还是地主、穷人还是富人，所有人都能有所体味。土耳其人同样分三六九等：有上过大学的，比如你们，也有上不起大学的；有住在城市的，也有住在农村的。伍尔夫说过，艺术可以是一场乡村的盛宴，观众也是创作的参与者。正如此时此刻，你们也在影响着我。"我微笑地看向弗吉尼亚。"她说过，艺术将我们团结在一起。我们需要游戏，需要歌唱。"

我不知她是否对我回以微笑，明晃晃的阳光再次流过她的脸庞。突然，她就这样消失了。（我在讲台周围走来走去，肯定是柱子挡住了我的视线,要么就是我的眼镜出了问题。)

"在坐的大部分都比我年轻,"我说,"土耳其是年轻人的国度。我想回到最初的话题,这对你们相当重要。在性这个问题上,弗吉尼亚·伍尔夫——"(我立刻想起那天从游行现场逃离后,我和弗吉尼亚坐在那家咖啡馆里的画面。她鼓起勇气,试图谈论性这个话题,而我却在敷衍她。我真是个傻瓜,竟会觉得她年龄太大,不适合谈这种事。)

"当然,对上了年纪的人也同样重要。"我及时补充道,这样才能讨得前排演讲嘉宾的欢心,他们中的几位露出了扭曲的笑容。"弗吉尼亚·伍尔夫来过伊斯坦布尔——那时是君士坦丁堡。她当时只有24岁,年纪轻轻,毫无人生经验。她看到的是一座清真寺和宣礼塔无处不在的城市,但女人们却更加自由,即便有人戴头巾,但绝称不上虔诚,一走进商店,她们就把头巾撩到脑后,这是弗吉尼亚没有意料到的。她们既不羡慕,也不完全复制伦敦或巴黎的生活,她们有自己的精彩人生。

"1928年,弗吉尼亚创作《奥兰多》时,世界已经发生翻天覆地的变化。一战改变了世界格局,阿塔图尔克掌握土耳其政权,将这个国家引入新的未来。因为《奥兰多》的故事设定在过去,所以伍尔夫可以自由利用自己记忆中的素材。

"她构思了哪些情境?一个发生改变的地方:在那里,万事皆有可能。那里有吉普赛人、秘密特工,还能接连睡上几天不被叫醒。最终,倘若你愿意,倘若你梦到的正是自己所想,你还能从男人变成女人。入睡前,主角还是男性,待三天后醒来,他就成了女人。

"她构建了一个不断流动着的城市,不像纽约——伍尔夫从未到过纽约——那里缺乏正义与公平且社会制度无比僵化。奥兰多生活的那座城市一直在形成中，不像总是将人分门别类固化的其他任何地方。它突破了正统，摆脱了宗教的束缚，希望你们的城市伊斯坦布尔也能永保自由与开放。

"众所周知，《奥兰多》是伍尔夫写给她的恋人薇塔·萨克维尔-韦斯特的作品。但我们也知道，弗吉尼亚非常爱她的丈夫。'我们既是男人也是女人。人类是雌雄同体的动物。英雄可以是男人，也可以是女人。作家也一样。无论当男人还是女人，无论和男人在一起还是和女人，都会同样的幸福与快乐。'这就是《奥兰多》要表达的思想。"

（前两排中有人坐不住了。噢，是莫伊拉，她边喊着什么边挥动手臂，一副怒气冲冲的样子。看来这番演讲触动了某人的神经，我尽量不理会她，但她的声音还是一个劲儿地往我的耳朵里钻："文学与幸福无关！"）

"我非常喜欢这部小说。"我继续说道，"但我并不认为这是她最出色的作品。

"记住，伍尔夫是含着金汤勺出生的。她的父亲莱斯利·斯蒂芬是《英国传记辞典》的编纂者，也是那个时代最负盛名的学者之一。伍尔夫从小娇生惯养，家中用人成群。然而，在《一间自己的房间》里，伍尔夫开始探索身外的世界，彻底脱离了自己的阶级和时代。在我看来，《一间自己的房间》是弗吉尼亚·伍尔夫最伟大的作品，因为它的出现，咱们这些幸运儿——我、诸位老师、在座的学生以及在场的每个人——才能和过去的不幸之人产生关联，比如我们的母亲、祖母和曾祖母，她们的人生从来没有任何希望可言。但借助伍尔夫的绝妙之笔和瑰丽想象，她们得以复活。让我们代她们完成心愿，替她们再活一次。"

我停下来喘了口气，顺便观察着大家的反应。没错，听众的情绪被调动起来了。他们与我同在，他们的心正在变得温热。我在找格尔达，她就在那里，但弗吉尼亚仍然不见踪影。是时候做总结陈词了。

但我突然大脑一片空白，感到无比孤独。我需要别人的帮助，我需要弗吉尼亚。

再接再厉。千万不能在此时功亏一篑。

会场内有人举手，在后面的位置，肯定不是演讲嘉宾，但看年龄也不像学生。我盯着她看了几眼：是一位满脸疲惫的女士，她已头发花白，身穿一件廉价夹克。她已经等不及要发言了。

"请说。"

"抱歉打断，您能给我们朗读一下《一间自己的房间》吗？我没有书，这里的书价都很高。我喜欢你的演讲，我想——怎么说好呢——我想读读这本书。"

屋内一片寂静，所有人都在注视我。一个女人当众讲出这番话是需要勇气的。我的确准备了一大段引文，但那是稿件的最后一页，如今已被我扔到了地上。我可不敢当众再把那几张皱巴巴的纸捡起来。

"我本来是打算当众读一段的，但发生了点小意外。哪位能帮个忙——米朗教授，或你的哪位同事？我没带这本书。"

演讲嘉宾们开始坐立不安、交头接耳，气氛相当尴尬。他们耸耸肩，摆摆手以示抱歉。好吧，我只能打马虎眼，糊弄过去了。又不是世界末日，我安慰自己——但机会已经失不再来。我向这位勇敢的提问者报以微笑，表达歉意。

"教授们也爱莫能助？那抱歉了，各位。演讲就到这里，接下

499

来是提问环节。"我退回讲台,等待听众鼓掌。

突然,台下传来脚步声,有人从会场下面登上了讲台。我大吃一惊:那张可爱的脸正是格尔达,一头火红的头发,仿佛一只在阳光下闪着光的小松鼠。她直挺挺地站在那里,双肩像士兵般向后伸展,脸上露出一个极不自然的大大的笑容。

"格尔达!亲爱的,你要做什么——"

"没关系,妈妈。我有书,你看。我可以朗读。"

上帝,太好了。但我又转念一想:倘若格尔达朗读时出错怎么办?"还是我来吧,亲爱的,谢谢你。"

谁知格尔达轻轻将我推到一边,态度异常坚定。她比之前强壮了不少,个头高了,性格也更成熟,但她终究是个孩子,是我的宝贝女儿——难免鲁莽、轻率,又有点害怕。她身上有股口香糖味,还有廉价的肥皂香。

格尔达拿起麦克风,一阵雷击般的巨响猛地传来,下面的听众纷纷张大了嘴巴。米朗教授眉头紧皱,她半站着,回头询问校方人员,是否发生了事故?

"我是她的女儿。"格尔达一边用苍白的手指指向我,一边当众宣布。"我不是来捣乱的。我有书,现在就为大家朗读。这部作品很棒,你们会喜欢的。"

台下传来友好的笑声。

朗读正式开始。起初,格尔达有些紧张,没错,语速太快了,但渐渐地,她越来越稳,声音也愈发铿锵有力。精彩的文字环绕着她,继而与她融为一体。这些字句优雅地穿过整个会场,化身为弗吉尼亚·伍尔夫与我们同在(顺便问一句,弗吉尼亚去哪了?)——它们也化身为莎士比亚和莎士比亚的妹妹:

我在这篇文章中,告诉过你们,莎士比亚有一个妹妹。不过……她年纪轻轻就死了——哎,她连一个字也没有写过。她葬身在大象城堡酒店的对面,那里如今停靠着往来的公共汽车。而我现在相信,这位一个字都未曾写过、葬在十字路口的诗人依然在世。她活在你我的心中,也活在许多其他妇女的心中,今晚,她们不在这里,因为她们还在刷盘子,还在哄孩子入睡。但她还活着,因为伟大的诗人不会死去,她永世长存,只需要一个机会,便会活生生地走在我们当中……[1]

[1] 译文采用陕西师范大学出版总社于2014年出版的版本,译者吴晓雷。后引文同。——编者注

格尔达清亮的声音在会场中回荡。我环顾会场:弗吉尼亚去哪了?

而这个机会,我想,正在到来,因为你们有力量给予她这个机会。因为我相信,倘若我们再活上一个世纪左右——我所说的,是要过真实的共同生活,而不是我们一个一个作为个人所过的那种小日子——而且我们中的每个人每年都有了500英镑和我们自己的房间;倘若我们习惯于自由地、无畏地写出心中真实的想法……

真实的共同生活，没错，在生命面前，我们不过是一群微小原子的组合，从长远来看，每个个体都息息相关……

……倘若我们……不再总是从人与人之间的关系，而是从人与现实之间的关系去观察人物，对于天空、树木或是万事万物，都能从其本身出发去加以观察……倘若我们面对事实，正因为这是事实，没有可以依靠的臂膀，我们只有独自前行……那么机会就将来临，那死去的诗人——莎士比亚的妹妹，她那入土已久的躯体便会重焕新生……

那些充满魅力的词汇居然出自格尔达之口，我泪流满面。母亲和祖母那辈人已经没有出人头地的机会。我的母亲洛娜，我依然想念她。她就像一朵脆弱的黑玫瑰，还有那双写满恐惧的眼睛。她的脸上总挂着会心的笑容，她热爱阅读，看着女儿成为作家，她既骄傲又痛苦。我深知，母亲也有作家梦。弗吉尼亚也曾为一个出身工人阶级的年轻女人发声，也许，母亲和弗吉尼亚曾有过交集，毕竟她们生活在同一片土地上。不仅如此，她也为格尔达发声，这个新时代的小女孩敢独自闯荡世界，未来她也许会写出我们无法想象的奇幻小说，成为书店里前所未见的作品。

她将会从那些无人知晓的前辈身上汲取生命，就像在她之前，她的哥哥所做的那样，她将重生于世……

弗吉尼亚离开了？我依然没看到她。她介意格尔达用完全不同的口音朗读她的作品吗？

但若没有这种准备,没有我们的努力,没有重生后她对可以活下去、可以写诗的信念,我们就难以期望她的到来……但我仍相信,只要我们为她而努力,她就会到来,而这样一番努力,即便是一贫如洗、默默无闻,也是值得的。

场下掌声雷动。这是属于格尔达的,属于弗吉尼亚的,属于我的,属于将我们团结在一起的所有力量。学生们拼命地鼓掌,纷纷将双手高举过头顶;前排的嘉宾倒是克制含蓄,但米朗教授很开心。突然,一只温暖的手握住了我。格尔达正在向观众鞠躬致谢。"妈妈,这么做对吗?"她轻声问我。

"非常棒,亲爱的。现在是提问环节。"

"那我下台了。"

"你到底是怎么来土耳其的?"掌声逐渐变弱。"别担心,待会儿告诉你。这次别扯太远,知道吗?"

格尔达吻了下我的手,慢慢走下台,看着那逐渐变小的身影,我的心一阵刺痛。我突然瞥到了弗吉尼亚,这才稍稍宽了心。她一直都在?她听到格尔达朗读了吗?

"谢谢大家。"我对着麦克风说。"下面很高兴接受大家的提问。"像往常一样,会场再次陷入沉默,大家你看看我,我看看你。"请开始吧,希望学生可以踊跃发言,老师们不要把风头抢了!"前两排就坐的演讲嘉宾有的稍稍面露愠色,后排的学生则笑成一片。

我环顾会场。谁来打头阵呢?天啊,格尔达正走向弗吉尼亚。她们中间可隔着一整排笑容洋溢的听众呢。此时此刻,她就坐在弗吉尼亚身边。我突然觉得嗓子发堵。没错,她们坐到了一起,她竟敢主动去找弗吉尼亚,她们的嘴唇在动,她们在聊天。弗吉尼亚在与格尔达窃窃私语!

后排那个留胡子的男生举手了。麦克风像接力棒似的传到他手里:"我读过《一间自己的房间》,这是一部只为女性而写的作品,还是男性也有份?"

典型的、充满敌意的伊斯兰式提问。"不只为女性而写,"我语气坚定地说道,"这部作品属于所有人,男性读者同样重要。没有男人帮忙,女人也无法绽放。"

他看上去很气愤,一边摇头,一边挥舞着克风。"你没明白。"男生用另一只手指指胸膛。"我爱这本书。我爱弗吉尼亚·伍尔夫。我已经……已经在帮忙了!"周围的同学一阵哄笑,看得出他很有人气。没错,我误解他了,都是胡子惹的祸。我感到很羞愧。

"抱歉,"我说,"嗯——我没弄清你的意思。"

后排又有人举手,这次是个女生——也或者是男生?她一头短发,英语有点美国腔,但口齿清晰,语速很慢。"弗吉尼亚写到一个男人变成了女人,她认为自己是——阴阳人。"

"雌雄同体,"我纠正道,"请继续。"

"但在现实生活中——我们做不到,父母不允许,社会不允许,这只是无法实现的梦,对吧?"

"我明白你的意思。"虽然嘴上这么说,但心里却未必。我听出了她的愤怒。"从某种程度上来说,性别是天生注定的。但心怀梦想也不是坏事,至少阅读、写作时,我们可以选择当男人,也可以选择当女人——即使在现实中无法随心所欲?"

这样远远不够。怎么可能够呢?女生交还了麦克风,但仍然和旁边的同学滔滔不绝地低声说着什么,神情中满是愤怒。也许某一天,她也会将心中所想写成书,只属于她自己的书,与我或弗吉尼亚毫无关系。

又一位学生举手,是个帅气的男孩,一头浓密的黑发,他自信地挥舞着麦克风:"在伊斯坦布尔,男人也能成为女人,佩拉区可以做变性手术,够胆的可以尝试!"

小伙子的发言被笑声淹没了,但他仍然拿着麦克不撒手。"不,这并非玩笑。你也许觉得好笑,但这是真真切切会发生的。弗吉尼亚·伍尔夫仅凭文字就完成了性别转换,那是她的幸运,而其他人需要的是医生,或者更完善、更健全的法律制度。"

有人点头。气氛越来越火爆,看大家的神情就知道,所有人都在积极思考。隐形眼镜又不听话了,我眨眨眼,重新调整镜片的位置。此时,会场里拂过一缕微风。如此明目张胆地跑题真的没关系吗?

没错,前排也有人举手。哦,不,居然是她,那张熟悉的脸比我大五岁。身材瘦削、脾气暴躁的莫伊拉·佩妮半挣扎着站起来。那天早晨在咖啡馆,她觉得自己不再受重视,于是冲我大喊大叫,活像个女妖。那一幕太恐怖了,令我终生难忘。就在那天,在刺目的阳光下,看着她脸上涌出的浓浓恨意,我才品尝到受欢迎的代价。

(面对我,弗吉尼亚是否有同样的感觉?)

莫伊拉用苍白的手摇晃着麦克风,她都快瘦成鬼了,纤纤细手就像只鸟爪。她要说什么?我无法阻止她。暗红色的头发明显是染发剂的结果,已经红到发紫,与格尔达那浑然天成的亮红色形成了鲜明对比。

莫伊拉从座位上站起来,努力挺直身体。她病了,我看得出来。为了保持平衡,她只好扶住前方的座椅靠背,腰弯得直不起身。但有一秒钟,我心生疑惑:难道是房间在左右摇摆?窗帘纷纷被风扬起,飘动几下又落了下去。

不知不觉间,我竟退到了讲台后侧,我需要保护,需要掩体,我死命抓住光滑的讲台。她无法伤害我,我已经做到最好了。

"我是莫伊拉·佩妮教授。"她用刺耳的声音说。(看来她已经取得了教授头衔。怎么拿到的?上帝,是哪家大学?)"感谢你的……一众评论。"怎么听着像"愚蠢的评论"?"听你谈论弗吉尼亚·伍尔夫,好像你们是老熟人似的。"(好吧,我俩的确很熟。)"这种表述太过主观。为学生们做演讲,缺乏理论支持而空谈结论,简直不可思议。"

她的嗓门越来越大,麦克风吱吱响个不停,那令人痛苦的声音好像是从一只巨型蝙蝠身上发出来的。阳光淌过窗帘间的缝隙,照在她那愈显晦暗的衣服上。"如果我忽略了什么,敬请见谅,但我记得你并没有引用其他学者的观点!"她的说话声更大了,几乎成了尖叫。米朗教授也转过身去。莫伊拉·佩妮像黑影似的盘桓在她身后。"我自己也撰写过不少关于《奥兰多》的论文,从细节出发,深入分析这部作品。"她稍加暂停,莫伊拉的手在抖,所以麦克风才传出令人烦躁不安的破音吧——又或者外面在打雷。"众所周知,如今想谈论弗吉尼亚·伍尔夫,必然绕不过我去年编纂的几篇论文集——"

她停下来,脸拉得老长,空气中立刻充满焦虑的气息——不,比这更糟,她在笑,嘴唇向后咧,露出牙齿和舌头——她拿出一个巨大的塑料购物袋,从里面掏出一卷薄薄的书稿,并将其举至眼前——"《关于阈限与〈一间自己的房间〉:对伍尔夫房间的门槛的困惑与阐释》。"她满意地点点头,然后环顾整个会场,好像光凭论文题目就能证明自己的观点。但莫伊拉的发言还未结束,她举起麦克风,突然发出尖锐刺耳的咆哮,有如晴天霹雳。有那么一瞬间,整个屋子仿佛都在颤抖,听众们惊呆了,一切都乱了套,还有一些学生咯咯地笑起来。莫伊拉直勾勾地瞪着我,这是有声的抗议:"你为何总忽略我的研究?为何嘲讽我,侮辱我?"

我又惊又怕,眼前的一切让我头晕目眩。我不知该对她说什么,我最怕面对他人的恨意。我张大嘴,却发不出声音。我口干舌燥,茫然环视着台下的听众。她也许是对的,我没引用任何人的观点,我抛弃了获得学术界肯定的讲稿。我只相信弗吉尼亚的文字,还试图讨好听众。没错,我在哗众取宠,愤怒的莫伊拉已然将我看穿。

"我——我不知如何回答你,也许我更像个作家,而非批评家。"

"你什么意思??"莫伊拉冲我大喊,她仿佛用尽了毕生的力气握住麦克风。

米朗教授试图把麦克风夺走,莫伊拉用猴子般的尖叫声模仿我说话:"我更像个作家,而非批评家。你凭什么认为作家比批评家高尚?你凭什么认为你可以超越我?"

"我没有。"我说。(也许我就是这样想的。)

突然,坐在中央的格尔达朝我挥手,嘴里还念叨着什么。我貌似听到了"麦克风"三个字?

麦克风被米朗教授夺走了,莫伊拉发出痛苦的咕哝声。只见米朗教授步履蹒跚地向后走去,将麦克风交给格尔达。

"她有话要说。"格尔达拿过麦克风后解释道,然后将其递给弗吉尼亚。接下来便是一番你推我搡。弗吉尼亚先是努力将麦克风推开,但突然,她面露微笑,手拿麦克风站起身来。

"关于伍尔夫夫人,"又是那迷人的声线,低沉如窃窃私语,又如涟漪般幽幽荡漾在本就骚乱的会场中,激起万种声浪。"你的分析相当到位。作为她的远亲,我很高兴。我要说明两件事。首先,我喜欢你的演说。当然——引用也不错。"她在为自己的风趣发笑,可惜听众不明白这一点,"其次,作家和批评家没什么不同。我既是作家也是批评家,弗吉尼亚·伍尔夫也是如此。在我们那个年代,文学批评和好的文学作品地位相等,这并不难理解。我不得不承认——教授,抱歉,我忘记你叫什么了,就是坐在前排,说话声音——超大——那位,我没弄懂你论文的标题是什么意思,为何要研究'困惑'?也许我听错了,难道是'儒学'[1]?"

弗吉尼亚自认为自己双关语用得很妙,她坐下后将麦克风交给格尔达。

格尔达起身说道:"我承认我只有14岁。"(彻头彻尾的谎言!)"肯定没教授懂得多。但是,没有作家就没有批评家,因为没有供他们批评的作品。我要说的就这么多。"格尔达刚坐下,立刻又站了起来。

"我忘了,关于年轻人,我还有些话要说。很显然,我是个年轻人,在座的诸位也是(边说边指向后面几排)。我不想批评弗吉尼亚·伍尔夫,因为她很棒,而且此时此刻,她就在现场,这样做也不礼貌。但关于《一间自己的房间》,我还有点不同意见。"

(真要命。女儿向来自负!她上小学时,老师

[1] "困惑"和"儒学"的英文单词分别为"confusion"与"Confucian",发音近似。——编者注

动不动就跟我告状,说格尔达只要张嘴就停不下来。)

"关于玛丽·卡迈克尔,这位'年轻女子'是书中的虚构人物,被设定为新一代的作家。在弗吉尼亚·伍尔夫的笔下,她是个非常优秀的女孩,但也没到杰出的程度。仅仅因为她太年轻了,所以还不足以证明自己。玛丽·卡迈克尔也许真的是天才,即便她还是个孩子。在座的土耳其同学,尤其是女生,现在还没人知道她们,我期待着她们用土耳其语写作——只有土耳其人能看懂——或者根本没人能看懂。"(格尔达,你语速太快啦!)"我并非只想说我也可能是个天才,但弗吉尼亚曾说过,女作家需要100年才能功成名就,单凭这句话,她就称得上我所知道的最伟大的作家,当然,在我听说她的大名之前,弗吉尼亚就已经很伟大了。正如我说的,我今年只有14岁——还有两周才满14岁,根本用不了100年那么久。世界正在改变。不,世界已经变了。"

谢天谢地,她终于说完了,格尔达把麦克风交给会场人员。

"也许还可以再问一个问题。"我说。

后排的柱子边有人举手,是个女生。等等,是两个女生。我眨了眨眼睛,仔细瞧着。不对,只有一个人。我的眼睛出问题了,没法准确对焦。难道挥手的是一整排人,就像一排田地里的嫩玉米左摇右摆?听众的脸越来越模糊,眼前的画面跳动不止,仿佛海中的浪花。我燥热难耐,身体都快化了,难道是更年期作祟?我一边强撑,一边示意米朗教授:"可不可以多打开几扇窗户?……后面的同学还有问题吗?"

只有一个人举手,只提了一个问题。女孩眉头紧皱,一副充满智慧的样子,一头乌黑的秀发,腿上还放着笔记本电脑。"弗吉尼亚·伍尔夫生于富贵之家,与——你刚才说过,多名出版商保持着联络。我们怎么才能做到她那样？对她而言，当作家要容易许多。"

灵感终于来了。"你写作吗？"我问，"我觉得你有写作的意愿。在座有多少人……"我环顾整个会场，"有多少人打算走写作这条路？"

刚开始没几个人举手，突然，人数越增越多。我凝望着他们，画面是如此动人，又仿佛一首和谐的交响曲。整个会场绽放着活力与青春。那位第一个提问的满脸疲惫的女士也举起了手臂，她在说着什么，但我听不清。透过唇语我猜想，她的意思是"不只限于学生"。

"抱歉，不只限于学生，所有有意写作的人都可以举手。"

是的，格尔达举手了，她的座位离那位女士不远。

小孩子也需要写作。弗吉尼亚就在她身边，身子挺得笔直。

一阵微风慢慢在会场内飘荡开来。终于开窗了吗？前排的听众——那些讲师和助理研究员们，每日奋战在图书馆，为脚注汗流浃背，对引用充满热情："有人断言……""据说……"——他们的手也在挥动，五指逐渐张开、放松，恰如花朵绽放；他们的微笑带着一丝羞涩，但眼神中尽是生命的活力和光彩——

莫伊拉·佩妮也站了起来，斜着身子朝窗户走去。她一身蓝黑色，就像一只振翅欲飞的蝙蝠。日光下，莫伊拉双手伸向窗外的热浪，放下芥蒂的她果然更年轻了——

我可以退场了——不是吗？他们是否还在等待答案，或者已经在彼此的身上找到了？我还要对他们说什么？问题早已出口——谁想写作？——文学的种子已经在每个人的心中蠢蠢欲动——接下来呢？我还能说什么？

刚刚提问题的女生以为弗吉尼亚是那个幸运儿。"弗吉尼亚·伍尔夫生于富贵之家……我们怎么才能做到她那样？对她而言，当作家要容易许多。"

我到处寻找弗吉尼亚。她能给我答案吗？但我看到的情景却让我大吃一惊：弗吉尼亚孤零零地坐在正中央的位置。格尔达已经离开，跑去跟后面的学生聊天了……

弗吉尼亚独自坐着，一动不动。没错，她就是整个会场的定海神针。仿佛是阳光将她定格在了那里，她的脸就像一张照片，在刺眼的日光下黑白分明。脸上的皱纹也消失了，此时此刻的她简直和那张拍摄于年轻时的著名的肖像照一模一样。没人会认错，一个活生生的弗吉尼亚·伍尔夫。然而，那张脸却没有表情。她静静地坐着，犹如一片纸。一束光照在她的脸颊上，弗吉尼亚用力举起手，仿佛把头探出水面那般费力。她要——她要说话。

我敲了敲麦克风，让大家安静下来。雷鸣般的吵闹声在这个明亮的会场里炸裂开来，手舞足蹈的女生们沐浴在阳光下，扭动着身子，彼此挥舞着手臂，而消息就这样传开了，如同翩翩飞翔的燕子："是她！没错！是弗吉尼亚·伍尔夫！弗吉尼亚·伍尔夫就在会场！"

会场顿时安静下来，因为她。这是她的会场，一切都在她的统治下。弗吉尼亚没起身。她无法起身，仅仅说话就已经耗尽了她的所有气力。

我仍然记得初相见的情景，纽约公共图书馆，那沙哑、破碎的声音。"她又要离开了。哦，请留下来，给他们一个答案。"

麦克风就像一艘黑色小船，在一番乘风破浪后，终于被那只苍白、纤细的手抓住了。全场掌声雷动。我看到窗外闪电乍现。会场内，无数闪光灯和咔哧咔哧的快门声不绝于耳，所有人的注意力都在弗吉尼亚身上。场面几乎失控。

弗吉尼亚试图说些什么,每个人都能听到她那粗重的呼吸声,她在努力撑下去。"我的朋友们——"拉长的元音,一口真正的贵族式英语。但是,声音和外表并非弗吉尼亚的全部,她是所有一切的综合体。我知道,**弗吉尼亚就要离开了**。

"你们是我的读者。谢谢,朋友们。你们中的某些人将成为作家,我的作品正是为你们——100年后的作家们而写。我还有什么可说的呢?"

"那位年轻女士认为我是个幸运儿,我承认我很富有。有些人说,没有我的父亲,没有伦纳德,没有一众仆人,我能写出什么?没有钱,我能写出什么?还有那500英镑和一间我自己的房间?"

大错特错,弗吉尼亚,我焦虑地想。

"但我要告诉你们的是,我依然有东西可写。我会为自己发声,我会找机会出版,我也会名利双收。"(她的声音越来越强劲,我从未听过她有如此铿锵有力的声音。)

"所以,你们也必须成功,你们也一定会成功。"弗吉尼亚停顿了一下,也许气力不够了吧。没准是天气的原因,闪电在窗外欢快地回响着。"旁边的年轻女士告诉我,现在自费出版比之前容易得多,但有的人不好意思这样做。记住一句话,几乎我的所有书都是自费出版的。"

"我还能对你们说什么呢?"这次,停顿的时间更长了。她有点喘不过气来。"你们是未来所在。未来就在这个房间里。此时此刻,我甚至觉得这里的阳光永远不会消失。"

"作家只有一种幸运,那就是有一间房间——一间充满阳光的房间,我会在清晨进入,让灵感在其中飞翔,然后在夜晚来临前离开……"

"当你身处其中,去写作。抓住任何机会,去写作。为你的时代而写,为你的同胞而写。"

"也许是因为我错过了属于自己的夜晚,所以才能死而复生……只为了阳光下那片刻的辉煌……"

缓慢,宁静。一个字比一个字用力地挣扎着。她的呼吸轻盈得就如一层薄纱。

"但是,我只是一个过客。我依然渴望写作,但……一切都结束了。"

我们像行星一般环绕着这颗恒星,她越飘越远,连影子都不见了。墙上光影重叠,一张张人脸花瓣似的往下落。我试图抓住演讲稿和讲台,时空正撕裂成上千条细线,突然有一阵脚步声靠近,是不是格尔达——

"写作,"伍尔夫继续说,声音接近耳语,"现在轮到你们了……我写不动了。"

世界一片漆黑。骤然而来的头疼将会场扭曲成一沓纸牌:红桃、黑桃、方片,所有牌都在翻动、旋转,弗吉尼亚那半透明的影像挂在摇摇欲坠的建筑物上,只坚持了一秒钟便消失于无形。明月在马尔马拉海上升起,一束白光在闪烁、消逝

会场撕裂坍塌,

宇宙分崩离析。

我们在虚空中坠落——

10

——飞机在空中翱翔。机舱里,空乘人员跌跌撞撞地走来走去,他们在更换坐椅靠垫,捡起丢落在地的玩具,弗吉尼亚·伍尔夫被我紧紧握在手中——

没错,我手里正翻着《女人的职业》这篇文章。

一位空乘挥动着一个手机。上帝,是我的。我赶紧向对方示意拿了回来。

是的,飞机,风暴,剧烈的震颤

掉落虚空时那道耀眼的白光
    我挣扎着定了定神

把你的手机放进口袋。

口袋里居然有东西,手机塞不进去。我满心不耐烦,把手机使劲往里推,但就是进不去。这件珊瑚色外套甚合我意,绝不能把口袋撕坏了，所以，我决定停下来看看里面到底装了什么。凭手感，我知道那是个小小的圆形物体。掏出来一看，居然是个玻璃质地的圆盘，亮晶晶的，状若牛眼，周围是深浅不一的蓝色圆圈，中间穿着一根金色绳子。生命就是光，它忽而变暗，忽而又绽放光彩。每分每秒，宇宙都在分裂，光也在微妙地变化着……

这是土耳其的特色。我曾见过一个和它类似的——恶魔之眼。我瞪着它，它瞪着我。

人，都有来世，我想，我们可以寄生于他人、寄生于他物……

恶魔之眼看穿了我的灵魂，目光如一只雄孔雀般炽烈。

飞机仍在气流中颠簸，机长开始广播了："抱歉，女士们、先生们。大家可能注意到了，飞机刚被雷电击中——"宽慰的笑声在机舱中蔓延，掌声渐渐热烈起来。

当然，机长的话并非完全属实。座椅给人感觉不太结实，机舱的墙面也不够美观。

格尔达就坐在我旁边，她的另一边有一块三角形或锥形的阴影——不，是个女人。

弗吉尼亚也在飞机上。我顿时松了口气，我并没有失去她。

安吉拉、格尔达、弗吉尼亚，肩并肩出现在另一个世界。倘若时间有岔路，我们将身处何方？

无数的平行世界，无数的平行宇宙。也许，我们从未彻底死去。

此时此刻的弗吉尼亚正开怀大笑，她和格尔达玩得很疯。突然，弗吉尼亚停下来，一动不动地凝视着某人。

515

一位表情严肃的老先生朝这边走来,他用颤抖的手揉擦着双眼。是伦纳德在哭,他看到了自己的妻子。他激动得说不出话,扑通跪倒在弗吉尼亚身边,紧紧握住那只血管突起的手。"弗吉尼亚……弗吉尼亚……世间竟有如此奇迹……"

"伦纳德,我活过来了。"

"他们都在这,我们那些老朋友们……薇塔的金毛犬丢了,利顿正和一位空姐打得火热。"

我们活在他人的生命里。我们也活在文字中。

稀薄的天幕下,流淌着纷繁复杂的故事,我听到了他们的声音,还有人在翩翩起舞……

塔克西姆广场人头攒动,彩虹色的旗帜,火红的康乃馨。一位库尔德语诗人在用三种语言朗诵诗歌,女人们聚精会神地听着。在遥远的曼哈顿,夜幕已然降临,无数的高楼大厦犹如盛开的紫荆树,身着绚烂服装的人们站在窗前挥手。酒店的工作人员纷纷涌上街道,被撕成碎片的制服如同雪花,飘然而落。成群的乌鸦快速飞过:"呱,弗吉尼亚。"

从旧世界到新世界,从君士坦丁堡到伊斯坦布尔,从曼那哈特到曼哈顿,从哈莱姆到布鲁克林,从苏丹艾哈迈德区到塔克西姆广场,人类一代又一代地繁衍,也创造着一个又一个新的故事。

我们活在他人的生命里。我们也活在文字中。

我们在空中翱翔，飞向那尊青绿色的自由女神像，她经常隐匿于远方，但头顶的荆棘桂冠正是自由的象征。

手擎灯塔的不朽丰碑，她就在那儿，既默然无语，又充满希望。

致谢

弗吉尼亚·伍尔夫是英国现代文学史上的名宿，尤其对女性作家而言，我们后辈必须充分认识她的文学天赋。自18岁那年阅读了《雅各布的房间》后，伍尔夫就成了我的灵感之源。直至1980年，在薇薇安·怀利（Vivienne Wylie）博士和戴维·洛奇（David Lodge）教授的指导下，我完成了以弗吉尼亚为重点研究对象的博士论文。

我希望这部小说可以被视作"一封来自21世纪的情书"，与此同时，我也希望借助这次虚构写作来破除心中对弗吉尼亚·伍尔夫的恐惧。尽管关于伍尔夫生前的真实生活细节，我大致上参考了她的作品和一些传记，但其思想情感方面的内容则大多源于我的想象。例如，最后一部分第8节的内容完全是我的虚构，因为没人知道她俩之间到底发生了什么。同样虚构的部分还有伍尔夫对姐姐凡妮莎的爱以及她赴死之前的所思所想。一言以蔽之，本书中的弗吉尼亚只是我的幻想，是萨克雷所说的"虚构的'傀儡'"，她永远只存在于我的头脑中。

本书的创作离不开诸多好友的鼎力相助。首先，我必须感谢伊斯坦布尔的麦尼·欧兹尤尔特·基利希博士，也是《玛吉·吉：英国状况小说的书写者》(*Maggie Gee: Writing the Condition-of-England Novel*)一书的作者，多亏她，我才能对土耳其有些许了解；芭芭拉·古德温（Barbara Goodwin）教授永远是我的首位读者；长住中国的纽约人罗宾·杰瑞德·刘易斯（Robin Jared Lewis）博士也通读了手稿，并提出了修改意见。感谢我的作家朋友希拉里·乔丹(Hillary Jordan)和卡勒德·阿尔·卡密西(Khaled Al Khamissi)；感谢埃及莫赛克酒店的艾高娜作家小筑，让我有时间在此为本书打下基础；感谢阿卜杜拉·阿尔－卡弗里(Abdullah Al-Kafri)、卡迪加·瑟塞(Kadija Sesay)和维克多·苏格博(Victor Sugbo)；感谢纽约公共图书馆伯格收藏的馆员们；感谢安娜·雷夫拉特(Anna Raverat)在曼哈顿与我商讨写作事宜。萨拉·迪伦(Sarah Dillon)博士和卡罗琳·爱德华斯(Caroline Edwards)博士于2012年举办了圣安德鲁斯国际会议，专门讨论我的作品，当时我就藏在房间后侧，与书中的弗吉尼亚·伍尔夫参加关于自己作品的国际研讨会的场景如出一辙。

林德尔·戈登(Lyndall Gordon)博士，也是划时代巨著《弗吉尼亚·伍尔夫：一位作家的一生》(*Virginia Woolf: A Writer's Life*)的作者，他很早就鼓励我完成本书的写作计划。那部短小精悍的传记《弗吉尼亚·伍尔夫》(*Virginia Woolf*)的作者亚历山德拉·哈里斯(Alexandra Harris)博士在较为艰苦的环境中阅读了本书的终稿，并提出了中肯的建议。当然，书中的所有错误都归于我一人。

感谢我最亲爱的女儿、《萨克最后的国王》(*The Last Kings of Sark*)一书的作者罗莎·兰金-吉(Rosa Rankin-Gee)，她阅读了本书的初稿，允许我"引用"她的原话，并引入具有冒险精神的格尔达这一人物。感谢我最亲爱的丈夫、《丘吉尔的巫师》(*Churchill's Wizards*)一书的作者尼古拉斯·兰金(Nicholas Rankin)，感谢你的拯救与支持，感谢你随时随地充当我的读者。尼古拉斯亲自策划了纽约之旅，那是他送给我的生日礼物，就是在那次旅途中参观的纽约公共图书馆成为这个故事的开篇。

20世纪90年代，英国文化协会邀请我去安卡拉和伊斯坦布尔做文献调查，自此，我便喜欢上了土耳其。之后，出于工作，我又数次前往该地。感谢乔纳森·李（Jonathan Lee）和英、土两国的作家同僚，能在2012年的春天结识你们是我最大的荣幸。伊斯坦布尔大学的师生也给予了我诸多灵感，特别感谢埃斯拉·梅利科鲁（Esra Melikoğlu）教授在2011年邀请我参加当地的学术会议（不过与书中所描述的那场会议大相径庭），当时恰巧赶上冰岛火山喷发，长时间的留困让我有机会好好酝酿这部小说。2013年，我有幸参观了帕姆卡莱大学，感谢穆罕默德·阿里·切利凯尔（Mehmet Ali Çelikel）博士、赛达·因塞格鲁（Seyda Inceoğlu）博士及其学生们的热情邀约。

在会议上大发雷霆的莫伊拉·佩妮教授是我第一部小说《死于其他文字》（*Dying in Other Words*）的女主人公，她在《洪水》（*The Flood*）中再次回归，但那时的她已经落魄了。在我的第二部小说《燃烧的书》（*The Burning Book*）中，安吉拉·兰姆还是个少女，但到了《洪水》中，她已经成了一个自私自利的作家。

感谢特蕾西·布莱恩（Tracy Brain）博士，感谢巴斯斯巴大学的同事和同学们聆听我的作品朗读会，那是我第一次公开朗读这部小说里的章节，感谢你们的鼓励。感谢凯瑟琳·里夫（Katharine Reeve）和史蒂夫·梅（Steve May）教授给予我充分的时间完成作品；感谢我的经纪人卡罗莱娜·萨顿（Karolina Sutton）以及柯蒂斯·布朗出版社的全体员工。感谢戴安娜·里奇（Diana Reich）和查尔斯顿文学节邀请我在其盛大的夏季活动中朗读这部小说，活动场地就在弗吉尼亚·伍尔夫经常光顾的庄园。

本书的修订加长新版得以在美国推出，凯瑟琳·布莱特－霍尔姆斯（Katherine Bright-Holmes）功不可没，感谢她的努力与坚持，感谢她对女性作家的诚挚奉献，没有她的文学智慧，就没有本书在美国的出版。整个出版过程困难不断，但她坚持到了最后。感谢本书英国初版的出版社电报出版社萨奇分社，特别感谢琳·加斯帕德（Lynn Gaspard）积极促成本书在美国的出版事宜。感谢编辑安娜·威尔森（Anna Wilson）；感谢排版师莎拉·克里夫（Sarah Cleave），我那怪异的、诗歌似的文稿肯定给你惹了不少麻烦。感谢杰里米·霍普斯（Jeremy Hopes）设计了新封面。最后，我要感谢安德鲁·戴维斯（Andrew Davies）对本书的喜爱，感谢你买下电影版权，并将其撰写成出色的剧本。

图书在版编目（CIP）数据

伍尔夫漫步21世纪曼哈顿/（英）玛吉·吉著；秦程程，肖海译. — 广州：广东旅游出版社，2020.10
ISBN 978-7-5570-2256-3

Ⅰ.①伍… Ⅱ.①玛…②秦…③肖… Ⅲ.①长篇小说—英国—现代 Ⅳ.①I561.45

中国版本图书馆 CIP 数据核字 (2020) 第 103691 号

广东省版权局著作权合同登记号
图字 19-2020-100
VIRGINIA WOOLF IN MANHATTAN by Maggie Gee
Copyright © 2019 Maggie Gee
Published by arrangement with Fentum Press c/o Nordlyset Literary Agency through Bardon-Chinese Media Agency
Simplified Chinese translation copyright © 2020 by Beijing Curiosity Culture & Technology Co., Ltd.
ALL RIGHTS RESERVED

伍尔夫漫步21世纪曼哈顿
Wu'erfu Manbu 21Shiji Manhadun

著　　者｜[英]玛吉·吉

出 品 人｜华小小
责任编辑｜龚文豪
封面设计｜尚燕平
内页制作｜蒋碧君
投稿信箱｜curiosityculture18@163.com

出版发行｜广东旅游出版社
　　　　　广东省广州市荔湾区沙面北街71号首、二层
印　　刷｜天津丰富彩艺印刷有限公司　电话：022-29908595
　　　　　天津市宝坻区新开口镇产业功能区天源路6号
开　　本｜880毫米×1230毫米 1/32　印　张｜16.75　字　数｜380千字
印　　次｜2020年10月第1版 2020年10月第1次印刷
书　　号｜ISBN 978-7-5570-2256-3
定　　价｜78.00元

版权所有，侵权必究
本书如有错页倒装等质量问题，请直接与印刷公司联系换书。